Heike Rommel

Das fremde Grab

Von der Autorin bisher bei KBV erschienen:

Nacht aus Eis

Heike Rommel, geboren 1962 in Olpe, hat Psychologie und Visuelle Kommunikation studiert und lebt in Bielefeld. Sie arbeitet seit über zwanzig Jahren in verschiedenen Einrichtungen für Menschen mit Behinderungen. Ihre ersten Schreiberfahrungen machte sie beim Verfassen eines Fantasy-Romans, bevor sie zum Krimi-Genre wechselte, das ihr als leidenschaftlicher Krimileserin und Tochter eines Kriminalbeamten und einer Polizeiangestellten naheliegt. »Das fremde Grab« ist ihr zweiter Krimi mit dem Bielefelder Ermittlerteam um Kommissar Dominik Domeyer.

Heike Rommel

Das fremde Grab

KBV

Originalausgabe

www.kbv-verlag.de
E-Mail: info@kbv-verlag.de
Telefon: 0 65 93 - 998 96-0
Fax: 0 65 93 - 998 96-20
Umschlaggestaltung: Ralf Kramp
unter Verwendung von:
© Claudio Divizia, © Christian Müller – www.fotolia.de
Redaktion: Volker Maria Neumann, Köln
Druck: CPI books, Ebner & Spiegel GmbH, Ulm
Printed in Germany
ISBN 978-3-95441-265-5

Für Willy
Und für meinen Vater

Prolog

Juli

Langsam kam er wieder zu sich. Benommen und mit einem Schmerz in seinem Schädel, der wie ein eiserner Ring um seinen Kopf lag, eine Schraubzwinge, die enger und enger gedreht wurde. Als er sich die Stirn massieren wollte, spürte er den rauen Strick um seine Handgelenke. Etwas lag auf ihm wie die leichte Berührung einer kalten Hand. Plastikfolie? Er öffnete die Augen und sah nichts als Schwärze. Eine lichtundurchlässige Plane? Er leckte sich über die Lippen, ertastete getrocknetes Blut in seinem Haar. Die Plane gab etwas nach, als er dagegen drückte. Er versuchte vergeblich, sie loszuwerden. Es schien ein großer Plastiksack zu sein, in dem sein Oberkörper steckte. Er tastete nach dem Rand, doch von der Hüfte abwärts war er so fest umschnürt, dass er die Knie nicht richtig anwinkeln konnte. Etwas rieselte auf seine Lippen, Sand knirschte zwischen seinen Zähnen, und er spuckte aus. Auf der Höhe seines Mundes befand sich ein

Riss in der Folie. Als er das Loch vergrößerte, fiel Erde auf sein Gesicht. Er hörte ein Prasseln. Wurde er zugeschüttet mit Erde?

Er drückte die Plane hoch, sodass die Erde zu beiden Seiten hinunterrutschte und das Loch wieder frei wurde. Wo zur Hölle war er? Und wie war er in diese beschissene Lage geraten? Er musste sich am Kopf verletzt haben und dann ... verdammt, er konnte sich an nichts mehr erinnern ... Nur ein Wort blitzte auf: SCHLAMPE. Doch er konnte nichts damit anfangen. Wichtiger war, wie er aus dieser Nummer rauskam!

Er stöhnte. »Hallo? Hallo!« Es klang verwaschen. »Issajeman?« Er rief, so laut er es vermochte.

Die Antwort war fortwährendes Prasseln. Gierig sog er die modrig riechende Luft ein. Das Prasseln hörte sich jetzt dumpfer an, das Gewicht, das auf der Plane lastete, nahm zu. Er konnte das Loch nicht mehr freihalten. Schnell wurde die Luft knapp. Also besser flach atmen.

Mit einem Mal fiel ihm Kanada ein. Als sie damals am Ende eines romantischen Sommers in den Rockies gezeltet hatten. Im September war es bereits kühl gewesen, sodass er seinen Mumienschlafsack in der Nacht bis auf ein kleines Loch fest zugezogen hatte. Als er am nächsten Morgen aufgewacht war, hatte er Panik bekommen und von innen hektisch an der Schnur gezerrt ... Er musste aufhören, daran zu denken, das führte zu nichts! Mumie ... wieso hieß so ein Schlafsack Mumienschlafsack? Und wieso dachte er über so etwas Idiotisches nach? Eine spinnwebenverklebte Mumie mit Klauenfingern tauchte vor seinem inneren Auge auf. Er bemühte sich, das Bild wegzuschieben … Scheiß auf die Mumie, denk nach, Idiot! Wenn er doch nur die Hände freibekommen würde …

Er riss mit den Zähnen an dem dicken Strick, der in seine Handgelenke schnitt, mühte sich ab, die Kunststofffasern durchzubeißen. Während seine Kiefer mahlten, krabbelte etwas an seinem Ohr. Ein Tausendfüßler? Er versuchte, das Insekt wegzuschlagen, doch es schien geradewegs in sein Ohr zu kriechen. Er wusste, er sollte sich beherrschen, doch er schrie, bäumte sich auf, stemmte sich vergeblich gegen das, was ihn von oben niederdrückte, ihm die Luft nahm. Erde rieselte auf sein Gesicht …

1. Kapitel

Neun Monate später.
Montag, 25. März

Der Schnee war gewichen, der Winter noch nicht. Was immer auch an Licht und Luft wollte, lag unter der modernden Laubschicht des Vorjahrs begraben. Kommissar Dominik Domeyer übersprang die Pfützen, während er den Hasenpatt bergab joggte, die kleine Ansammlung von Schrebergärten hinter sich ließ und in den Park abbog, der den Johannisbach umgab. Seine Atemwolken lösten sich in der Luft des grauen Morgens auf. Durch seine Laufschuhe drang allmählich Nässe und mit ihr die Kälte.

Er hatte unruhig geschlafen in der letzten Nacht, schlecht geträumt und war viel zu früh aufgewacht. Lag es an dem Streit mit seiner Frau am Vortag? Betty war ziemlich sauer, dass er den neuen Wagen gekauft hatte.

Oder war seine Bettlektüre der Grund? Er hatte abends eine Geschichte aus einem Buch seiner Tochter gelesen. *Es gibt gewisse Themen, die zwar das Interesse ganz gefangen nehmen, die aber allzu grauenvoll sind, als dass sie echter Dichtung als Thema dienen dürften.* Natürlich ließ sich Edgar Allan Poe danach lang und breit über die gewissen Themen aus. Als Teenager hatte er Poes Erzählungen verschlungen. Trotzdem würde er das Buch am liebsten verschwinden lassen, statt es zurück auf die Anrichte zu legen, wo Lissa es vergessen hatte. Unwillkürlich schüttelte er sich. Seine Schuhe lösten sich mit jedem Schritt schmatzend vom Boden. Das braune Wasser des Johannisbachs gurgelte, führte Zweige und Blätter mit sich. Es hatte viel geregnet in den letzten Wochen, Ostwestfalen versank im Morast. Dominik beeilte sich, nach Hause zu kommen.

Als er eine Stunde später die Tür der angenehm leeren Cafeteria des Präsidiums aufzog, kam ihm eine Mischung aus Kaffeeduft und dem Geruch warmer Brötchen entgegen. Er beglückwünschte sich zu der Idee, heute im Präsidium zu frühstücken, zumal er keine Lust auf eine weitere Auseinandersetzung mit Betty hatte. Er wollte gerade mit seinem Tablett den nächsten Tisch ansteuern, als er eine einsame Gestalt an einem Fenstertisch entdeckte. Der breitschultrige Riese saß mit dem Rücken zu ihm, doch Statur und militärisch kurzer Haarschnitt ließen keinen Zweifel zu. Der Erste Kriminalhauptkommissar Bent Andersen war aus dem Urlaub zurück. Dominik zögerte. Big Bents Büro lag zwei Türen von seinem eigenen Büro entfernt. Er hatte die letzte Mordkommission geleitet, der Dominik für kurze Zeit angehört hatte, bevor er von ihm rausgeworfen worden war. Aber es würde seltsam aussehen, wenn er sich in der verwaisten Cafeteria an einen anderen Tisch setzte.

Er trat näher. Bent hielt einen Kaffeebecher in seinen Pranken, an denen frühlingsgrüne Farbe klebte.

»Morgen, Bent.«

Bent zuckte zusammen, löste seinen Blick vom Fenster. »Dominik Domeyer!« Er räusperte sich. »Hallo.«

»Darf ich?«

Bent nickte und räusperte sich noch einmal. Sein Gesicht war sonnengebräunt, die zahlreichen Narben darin glichen feinen, hellen Linien. Nina hatte erwähnt, dass er auf eine Kanareninsel geflogen sei.

»Der Urlaub von Bielefeld hat gutgetan, hm?«, fragte Dominik.

»Allerdings. Bei dem Wetter kann man sich vorstellen, wie Varus mit seinen Legionen im Schlamm des Teutoburger Waldes stecken geblieben ist.« Er lächelte, was selten vorkam.

»Angeblich bei Kalkriese.«

Fragend blickte Bent ihn an.

»Das ist bei Osnabrück.« Dominik winkte ab. »Vergiss das. Die sind nur neidisch. Arminius gehört uns.«

»Ich habe den muskelbepackten Hermann schon in Stein nahe Detmold bewundern können.«

Eindeutig: schon wieder ein Lächeln. Hatte Andersen im Urlaub die Frau seines Herzens kennengelernt? Als hätte er damit bereits zu viel von sich preisgegeben, kippte Big Bent seinen Kaffee hinunter, räumte hastig die Reste seines Frühstücks auf das Tablett und stand auf. »Ich muss los. Die neue Sonderkommission trifft sich in fünf Minuten.«

Dominik runzelte die Stirn. »Welche Soko?«

»Der Brandanschlag in dem Mehrfamilienhaus heute Nacht.«

»Oh, ich …«

»Du bist nicht dabei, Dominik. Du sollst einen alten Vermisstenfall übernehmen, der neu aufgerollt wird. Ich hatte heute Morgen eine Unterredung mit dem Kommissariatsleiter und …«

»Wie viel hast du ihm geboten, um mich aus der Soko rauszuhalten?« Dominik biss sich auf die Lippen. Aber er konnte die Bemerkung nicht mehr rückgängig machen.

Bents graue Augen wurden schmal, dann fing er an zu grinsen. »War nicht billig. Vier Wochen in meinem Ferienappartement auf Gran Canaria. Für Nina Tschöke habe ich noch kostenlosen Spa-Besuch draufgelegt.«

Kaum zu glauben, ein Scherz vom EKHK!

Bent war schon dabei, sein Tablett im Ablagewagen zu verstauen, als Dominik ihm nachrief: »Soll das heißen, dass ich den Fall zusammen mit Nina bearbeite?«

Andersen hob den Daumen.

Na, immerhin etwas.

Dominik entdeckte auf seinem Schreibtisch eine dünne Akte, die am Freitag noch nicht dort gelegen hatte. Er hatte seine Jacke erst halb ausgezogen, als es klopfte.

Nina Tschöke steckte den Kopf zur Tür herein. Ihre Augen hinter der modischen Brille wirkten klein, und ihre Kurzhaarfrisur war heute ohne Styling. »Morgen, Dodo. Nimmst du Frank Tillmann Herbst bald mal wieder in euer Büro zurück? Sagen wir … heute?«

»Wie geht es eigentlich deinem Bruder?«, fragte er.

»Lenk nicht ab!« Nina setzte sich auf Franks Schreibtisch und grinste. »Seitdem Ottfried und ich im Dienstwagen vor der Behindertenwerkstatt aufgetaucht sind und Blaulicht und Martinshorn eingeschaltet haben, ist Kai der King dort.«

»Unser größter Fan, was? Du siehst müde aus.«

»Der geschätzte Kollege Herbst hat mich gestern Abend – oder soll ich sagen Nacht? Na, jedenfalls hat er mich privat angerufen und mir sein Leid geklagt.«

»Frauengeschichten?«

»Frauengeschichten. Oder der Mangel daran. Nimmst du ihn zurück? Mein Büro ist sowieso zu klein. Frank und du ... ihr hattet euch doch wieder versöhnt, oder?«

»Kann man so sagen. Wieso nervt er dich? Versucht er etwa wieder, mit dem Rauchen aufzuhören?«

»Nein, aber er hat den Blues. Seit *Wochen*. Ich brauche eine Pause!« Sie hielt ihm ihre gefalteten Hände flehentlich unter die Nase. »Sag einfach: Ja!«

»Ja.«

Sie rutschte vom Schreibtisch und winkte zum Abschied.

»Halt! Nicht so schnell. Andersen hat etwas über einen Vermisstenfall erzählt, der wieder aufgerollt wird? Der hatte erstaunlich gute Laune. Vermutlich, weil er die nächste Zeit nicht mit mir zusammenarbeiten muss.«

»Du magst ihn nicht, stimmt's?« Nina musterte sich im Garderobenspiegel. »Du verzeihst ihm immer noch nicht, dass du die Mordkommission wegen Befangenheit verlassen musstest.«

»Falsch, Nina. Ich weiß, dass das damals nicht anders ging. Es ist Bent, der mir aus dem Weg geht, keine Ahnung, wieso. Also, worum geht es bei dem Fall?«

Ihr Blick begegnete seinem im Spiegel. Sie wandte sich um und deutete auf die Akte auf seinem Schreibtisch. »Vor etwa neun Monaten verschwand ein Mann namens Richard Heberlein. Ich habe damals Heberleins Beschreibung in die Datenbank für Vermisste eingegeben. Der Rechner hat bis heute keine Übereinstimmung von Heberleins Merkmalen mit denen unbekannter Toter oder nicht identifizierter Personen ausgespuckt. Der Mann war Anlageberater, hatte Schulden …«

»Der dümpelt vermutlich gerade auf einer Luftmatratze vor den Fidschi-Inseln, in einer Hand den Cocktail, in der anderen die Bikini-Schönheit, und freut sich, dass er den Koffer voll Geld hat retten können.«

»So sehen also deine Träume aus, Dodo. Ich schicke dir gleich Frank.«

Er grinste. »Das ist kein Ersatz. Das musst du doch einsehen.«

Sie zwinkerte ihm zu und verschwand.

Er schlug die Akte auf. Der achtunddreißigjährige Richard Heberlein wurde seit Juli des Vorjahres von seinen Eltern vermisst. Auch seine Lebensgefährtin Lara Kaspari war verschwunden, wie der Vermieter des Paares der Polizei mitgeteilt hatte. Kasparis Schwester, die in Bielefeld wohnte, hatte sie dagegen nicht vermisst gemeldet und als Grund angegeben, nur sporadisch Kontakt zu ihr gehabt zu haben. Die Befragungen von Richards Eltern, seinem Bruder Wolfgang und dem Vermieter hatten ergeben, dass er öfter in Geldnot gewesen war und vor seinem Verschwinden seine Miete nicht mehr hatte bezahlen können. Vor Kurzem wandten sich seine Eltern wieder an die Polizei, weil ein von ihnen engagierter Privatdetektiv zehn Tage zuvor Lara Kaspari in Ulm aufgespürt hatte. Der Detektiv hatte ihr eine Reihe von Fragen gestellt, die ihren Weg in die Polizeiakte gefunden hatten. Dominiks Blick blieb an einem Wort hängen: *Schlampe.*

Plötzlich hörte er ein Räuspern. Frank stand in der Tür mit einem Karton, auf dem oben ein Kaktus thronte. Dominik hatte ihn nicht kommen hören.

»Hallo, Frank. Ein Blumenstrauß hätte es doch auch getan.«

»Hi.« Frank hievte den Karton auf seinen Schreibtisch, stellte den Kaktus neben die Geranie und begann ohne ein weiteres Wort, Aktenordner auszupacken.

Dominik überflog einen Absatz, in dem Frau Kaspari dem Detektiv gegenüber angab, dass sie sich nach Richards spurlosem Verschwinden bedroht gefühlt habe. Eine zuknallende Schublade ließ ihn aufblicken. Frank rammte seine Ordner ins Regal, riss Schubladen auf und warf Locher, Stifte und Klarsichtfolien hinein, bevor er sie wieder zuschmetterte. Das Ganze hatte etwas Verbissenes. Er war schon lange nicht mehr mit Frank Bier trinken gewesen, wie sie es früher regelmäßig getan hatten. Ihr Kontakt hatte sich in den letzten Wochen darauf beschränkt, ein paar Worte zu wechseln, wenn sie sich zufällig auf dem Flur begegnet waren. Aber an wem lag es?

»Bist du auch bei der neuen Soko?«, fragte Dominik.

»Nach dem Urlaub, ja.« Frank holte das Buch *Polizeiarbeit im Stadtviertel* aus einem Karton und warf es auf den Tisch, von wo es auf den Boden rutschte. Er tauchte mit wehendem Blondhaar ab, stemmte sich mit rotem Gesicht wieder hoch und donnerte das Buch zurück auf den Tisch.

Dominik brachte das gerahmte Foto von seinen drei Kindern auf seinem Schreibtisch in Sicherheit, bevor es umkippen konnte. Er räusperte sich. »Möchtest du darüber reden?«

»Worüber?« Frank warf sich auf den Drehstuhl, der ein klägliches Quietschen von sich gab. Sein Hemd mit dem Elefantenmuster war zerknittert, an einem Ärmel fehlte ein Knopf.

»Kaum leihe ich dich für ein paar Wochen an Nina aus, schon geht's bergab mit dir.« Dominik deutete auf den Ärmel. »Es geht um deinen Vierzigsten, oder? Weil die Traumfrau sich noch immer nicht bei dir vorgestellt hat? Frank, Traumfrauen gibt es nicht, das solltest du …«

»Wovon redest du eigentlich? Ich würde gerne in Ruhe einräumen, falls das möglich ist.«

»Sicher. Kein Problem.« Dominik versuchte, sich auf die Akte zu konzentrieren, während Frank mit Ordnern und Büchern rumorte, Kartons und Blumentöpfe herbeischleppte, mit seinem Drehstuhl quietschte und rollte.

Schließlich gab Dominik auf.

In der Teeküche traf er auf den Kollegen Weber, der sich Kaffee aus einer großen Thermoskanne eingoss.

»Na, Ottfried, was würdest du tun, wenn eine sympathische, attraktive, junge Dame vor dir steht, die Hände ringt und fleht: ›Sag einfach ja!‹?«

Ottfried Weber kratzte sich das Doppelkinn. »Hm, kommt darauf an …«

»Ich sehe schon … Was macht die Mucke?«

»Die Generalprobe war natürlich … vergeigt ist nicht ganz treffend. Aber doch schon, ohne dem geht's ja nicht.«

»Auf keinen Fall geht's ›ohne dem‹«, sagte Dominik. »Du hast recht, Ottfried, die Generalprobe muss schiefgehen, damit das Konzert gut wird.« Er füllte zwei Tassen mit Kaffee und ging damit zu Ninas Büro. Die Tür stand offen. Nina saß am Schreibtisch und leerte einen Aschenbecher von Frank in den Papierkorb aus.

Dominik reichte ihr eine Tasse und setzte sich auf den Besucherstuhl. »Du hast den Fall also vor einem Jahr bearbeitet«, begann er. »Wenn es denn einer im polizeilichen Sinne ist.«

»Zusammen mit Kux und Weber.« Nina verzog das Gesicht. »Ich hätte gerne weiterermittelt, aber die beiden kamen zu dem Schluss, es wäre nur ein Paar, das untergetaucht ist wegen der Schulden. Dafür sprach auch, dass die Kaspari von ihren Angehörigen nicht vermisst gemeldet wurde. Wir dachten, ihre jüngere Schwester wusste wohl schon, dass Lara sich dünne gemacht hatte. Tja, denn …« Sie nahm einen Schluck Kaffee, blickte zum Fenster. Am Himmel waren Regenwolken aufgezogen. »Ihre Schwester wollte uns weismachen, sie hätte selten Kontakt zu ihr, aber die Wände ihrer Wohnung waren mit Fotos tapeziert: Die beiden Schwestern Wange an Wange in die Kamera strahlend. Mal Skiurlaub, dann Paris. Und so weiter. Jedenfalls haben wir ihr nicht geglaubt. Und zumindest Kaspari ist ja tatsächlich nur untergetaucht.«

»Aber Heberleins Eltern haben ihren Sohn vermisst gemeldet und sogar einen Privatdetektiv engagiert.«

»Komm du mal gegen zwei ältere Herren an, die dir deutlich zu verstehen geben, dass sie mehr Erfahrung haben. Und Kux ist ja immer Webers Meinung. Da war ich erst ein halbes Jahr bei euch.«

»Du hast mein vollstes Verständnis. Aber was hat die Kaspari als Grund für ihren Wegzug angegeben? Ich hab die Akte noch nicht ganz gelesen.«

»Angst. Kurz vor Richards Verschwinden klebte ein Zettel unter ihrem Scheibenwischer. ›Schlampe‹ habe in Großbuchstaben drauf gestanden. Nach seinem Verschwinden habe sie seltsame Anrufe bekommen. Jemand, der in den Hörer atmete und dann auflegte.«

»Wieso Schlampe?« Dominik runzelte die Stirn.

»Ich habe ein Foto von Lara gesehen: Sie ist eine ausnehmend schöne Frau. Für manche kann das schon ein Anlass sein. Richard sah auch nicht gerade übel aus.« Sie lächelte.

»Du hättest mit ihm auf die Fidschis gehen sollen.«

Draußen ging ein Schauer nieder. Ein Rauschen und das Geräusch von Reifen auf nassem Asphalt drangen zu ihnen, bis Nina aufstand und das Fenster schloss.

»In der Südsee soll das Wetter besser sein. Tja, ich fürchte allerdings, da ist er nicht. Bei einem Anlageberater denkt man immer gleich an Geld als Grund für sein Verschwinden, aber womöglich ging es gar nicht darum. ›Schlampe‹ klingt nach eifersüchtigem Ex-Liebhaber von der Kaspari, wenn du mich fragst.« Sie deutete mit dem Kopf Richtung Fenster. »Nach dem Unwetter ist vor dem Unwetter. Ich fühle mich allmählich wie die Bewohnerin eines Schattenreiches.«

»Gefangen im ewigen Zwielicht.« Könnte auch von Poe stammen, dachte Dominik.

»Ich fange noch einmal bei der früheren Nachbarin des Paares an«, sagte Nina. »Die hat nämlich im letzten Jahr eine fremde Frau ums Haus schleichen sehen, kurz bevor Heberlein verschwand. Die Beschreibung war vage, aber immerhin.«

»Und ich höre mir an, was Heberleins Eltern zu sagen haben.«

»Ja, verschaff dir einen frischen Eindruck. Ich habe diese Leute schon letztes Jahr kennengelernt.« Nina schauderte kurz, wie von einer unangenehmen Erinnerung.

Der Citroën roch mistneu. Dominik drehte Keith Jarrets *Death and the flower* probehalber lauter, während er auf die Vilsendorfer Straße einbog und stadtauswärts fuhr. Die Boxen lieferten einen satten Klang, der von überall herzukommen schien. Nicht schlecht. Er konnte sich jetzt mühelos bei jenen jungen Männern einreihen, deren Autos vor roten Ampeln mit dumpfen Bässen rhythmisch vibrierten, durch die geschlossenen Scheiben eine amputierte Fassung der Musik nach draußen gaben. Obwohl er argwöhnte, dass es drinnen bei denen auch nicht viel besser klang. Lissa hatte so lange gequengelt, bis er das teure Klangpaket geordert hatte. Das wusste ihre Mutter noch gar nicht. Besser, Betty erfuhr es auch nicht.

Der grünspanbedeckte Adler des Grafschaftsdenkmals blickte gleichmütig auf den Stau, der sich am

Kreisel in Jöllenbeck im Norden Bielefelds gebildet hatte. Nachdem ein liegen gebliebener Wagen von der Fahrbahn geschoben worden war, floss der Verkehr wieder, und er fand das Haus der Heberleins halb verborgen von ausladenden Rhododendron-Büschen am Ende einer Sackgasse. Dahinter begann ein Wanderweg. Als er einen der Äste streifte, traf ihn ein Schauer von Regentropfen. Auf dem gepflasterten Weg durch den Vorgarten lagen zahlreiche Zweige, die der Sturm abgebrochen hatte, der in der letzten Nacht über Ostwestfalen gezogen war. Eine Amsel hüpfte über den vor Nässe dunklen Gartenboden. Am Fuße einer Zierweide lagen ein Gartenzwerg mit Schubkarre und ein rostrotes Bambi einträchtig nebeneinander. Hinter einer Scheibe im Erdgeschoss verschwand ein Gesicht so schnell, dass er es nicht erkennen konnte. Nach dem ersten Klingeln öffnete eine kleine, weißhaarige Frau. Sie quittierte den gezückten Dienstausweis mit einem Nicken.

»Elisabeth Heberlein? Ich würde Ihnen gerne noch ein paar Fragen …«

»Bitte«, sagte sie nur und bedeutete ihm mit einer Geste hereinzukommen. Sie stieg ein paar Stufen der Treppe hoch, die vom Flur aus ins Obergeschoss führte, und drehte sich nach ihm um. »Kommen Sie, ich zeige Ihnen etwas.«

Es handelte sich um ein kleines Jugendzimmer mit schmaler Bettcouch, Minischreibtisch und Kleiderschrank. An einer Wand hing ein gerahmtes Foto von einem Herrn, der ihm vage bekannt vorkam. Als er den Titel *Der Weg zur finanziellen Freiheit* auf dem Bücherbord entdeckte, war ihm klar, wo er bereits ein Bild von ihm gesehen hatte: im Buchladen auf einem Büchertisch mit Werken von Finanzgurus und Motivationstrainern.

Frau Heberlein war seinem Blick gefolgt. »Richard war ein Fan von dem. Er war mehrmals bei seinen Auftritten.« Ein Lächeln glitt über ihr Gesicht. »Danach war er immer so voller Ideen. Und schauen Sie.« Sie deutete auf eine Reihe von Pokalen in einer schmalen Vitrine. »Er war begeisterter Tänzer, hat bei einigen Turnieren gewonnen.« Sie nahm ein anderes Foto von der Wand und hielt es ihm hin. »Richard und Cecilie. Sie haben lange zusammen getanzt. Wir hatten uns eigentlich gewünscht, dass ... Sie wissen schon.«

Das Foto zeigte einen gut aussehenden, jungen Mann mit Siegerlächeln, der seine hübsche Tanzpartnerin an ihrer biegsamen Taille umfasst hielt. Sie hatte den Kopf keck zurückgeworfen, eines ihrer schlanken Beine war angewinkelt. Das Bild hatte etwas von den Fünfzigern.

»Richard ist jetzt achtunddreißig?«, begann er.

»Seit dem 5. Januar neununddreißig. Er hat vor ein paar Jahren noch einmal bei uns gewohnt, weil er ... aus beruflichen Gründen umziehen musste. Und Sie wissen ja, bezahlbare Wohnungen sind heutzutage nicht so leicht zu bekommen.«

»Seit dem letzten Juli haben Sie Ihren Sohn also nicht mehr gesehen?«

»Eigentlich seit Mitte Juni. Da habe ich nämlich meinen Sechzigsten gefeiert. Da ist er gekommen. Mit dieser ... mit seiner Lebensgefährtin, wie man heute sagt. Aber bitte, nehmen Sie doch Platz.«

Sie wies auf die Bettcouch, und er ließ sich nieder. Sie setzte sich auf den einzigen Sessel im Zimmer. Über ihr begann schon die Dachschräge, und er begriff, warum sie ihm die Couch und nicht den Sessel zugewiesen hatte. Sie zupfte eine Blume des Strohblumenstraußes zurecht, der in einer Vase auf dem Couchtisch stand.

»Frau Heberlein …«

»Mein Mann ist letztes Jahr am 24. Juli fünfundsechzig geworden. Wir haben natürlich gefeiert, auf der Sparrenburg. Richard wollte auch kommen mit seiner …«

»Mit Lara Kaspari?«

»Mit dieser … mit der Kaspari, ja. Aber sie sind nicht gekommen. Richard hat sich weder gemeldet, noch war er telefonisch erreichbar. Wir wussten nicht, was wir tun sollten. Mein Mann und ich, wir haben kurz hintereinander Geburtstag, und da gab es im letzten Jahr ausgerechnet gleich zwei größere Feiern. Vielleicht war ihm das zu viel, habe ich noch gedacht. Wolfgang – das ist der Ältere unserer beiden Söhne – war sehr aufgebracht. Wir haben uns natürlich Sorgen gemacht, sind am nächsten Tag bei Richard vorbeigefahren, doch da schien niemand zu Hause zu sein. Wolfgang hat uns vor Augen geführt, wie unzuverlässig Richard sein kann. Also gut …« Ihre Hände flogen kurz hoch, um dann wieder in ihrem Schoß zu landen. »Es stimmt schon. Richard hat manchmal kurzfristig abgesagt oder eine Familienfeier verpasst. Auch schon mal einen Geburtstag. Aber dann ist er am nächsten Tag oder in der Woche danach angekommen, manchmal mit nichts oder nur mit einer Rose oder mit einem Schmuckstück, das er sich gar nicht leisten konnte. Er ist ein bisschen unberechenbar, unser Jüngster, aber *wenn* er kam, dann haben wir immer viel gelacht.«

Dominiks Blick wanderte vom Karomuster der Couch über das Karomuster des Sessels zum Karomuster der Vorhänge. Selbst Frau Heberleins Hose war kariert. Doch alle Muster waren verschieden. Nichts passte hier zusammen.

»Wie alt war er, als er wieder bei Ihnen eingezogen ist?«

»Vierunddreißig. Aber dann hat er sich selbstständig gemacht. Er hat nur ein halbes Jahr hier gewohnt.«

»Sie mögen Lara Kaspari nicht?«, hörte er sich sagen.

Frau Heberlein schob ihre Hände zwischen die zusammengepressten Knie. »Ein paar Tage nach dem Fünfundsechzigsten meines Mannes habe ich Richards Vermieter angerufen. Ich dachte, der hat einen Schlüssel und kann uns da vielleicht reinlassen. Aber dieser Vermieter …« Sie zog am Deckchen unter der Vase mit den Strohblumen, bis es parallel zur Tischkante lag. »Er sagte, in dem Haus stünden zwar noch Möbel, aber die Schränke wären leer geräumt, die beiden wären auf und davon. Sie wären mit einigen Monatsmieten im Rückstand, und er hätte vorgehabt, eine Räumungsklage einzureichen. Die Haustürschlüssel fand er bei sich im Briefkasten, aber er hätte zur Sicherheit die Schlösser ausgewechselt. Wir haben Richards Mietschulden natürlich beglichen. Und seine Möbel hier eingelagert.« Sie zupfte an den Strohblumen. »Er hätte auch wieder zu uns ziehen können, keine Frage. Allerdings ohne diese Frau.«

»Ihnen ist nicht der Gedanke gekommen, dass er vor seinen Gläubigern davongelaufen sein könnte?«

»Vor dem Vermieter? Es waren doch nur drei Mieten! Ich habe jeden Tag versucht, ihn auf dem Handy zu erreichen. Ich besaß nur diese Handynummer von ihm. Wir haben noch eine Woche gewartet, dann sind wir zur Polizei. Die haben uns gesagt, dass er vielleicht gar nicht gefunden werden will. Ich habe das nie geglaubt, Herr ...«

»Domeyer. Und warum nicht?«

»Er hätte sich in jedem Fall früher oder später bei uns gemeldet. Richard ist nicht herzlos, wissen Sie. Er ist ... er hat ein sehr einnehmendes Wesen.«

Ein helles Prasseln ließ ihn aufblicken. Ein Graupelschauer trommelte gegen die Dachfenster.

»Und dann spürte der Privatdetektiv, den Sie engagiert haben, Frau Kaspari auf.«

Sie nickte. »In Ulm. Erst nach einem Dreivierteljahr ist es ihm gelungen. Angeblich ...«

»Ja?«

»Angeblich hatte Richard angedeutet, dass ihre Geldsorgen bald ein Ende hätten. Ohne nähere Erklärung. Und dann wäre er spurlos verschwunden.«

»Wann?«

»Laut Kaspari Anfang Juli des letzten Jahres. Das hätte sie so sehr beunruhigt, dass sie aus der gemeinsamen Wohnung ausgezogen wäre, ohne eine Adresse zu hinterlassen. Düster, oder?« Sie stand auf und knipste eine Stehlampe an.

Ein leises Donnergrollen war zu hören.

»Bei wem hat Ihr Sohn Schulden gehabt? Können Sie mir eine Liste seiner Gläubiger erstellen?«

»Das ist es ja gerade. Ich weiß nichts von neuen Schulden, wir haben seine Schulden doch beglichen! Richard hatte 2008 selbst viel Geld bei einer Anlage verloren und später auch seine Stelle bei der Bank. Aber wir haben ihm Geld gegeben, mein Mann und ich. Richard hatte eben Pech …«

»Ist Ihr Mann auch zu Hause?«

»Der liegt im Krankenhaus. Er hatte vor Kurzem einen Schlaganfall. Er kann sich nicht mehr verständlich machen. Das war alles zu viel für ihn. Er regt sich schnell auf, wissen Sie, und das bei seinem hohen Blutdruck.«

»Ihr Sohn war also selbstständig, als er verschwand?«

»Als Anlageberater, ja. Aber was weiß ich schon? Diese Kaspari ist eine ganz Ausgebuffte, von wegen beunruhigt. Was, wenn sie uns nur Märchen erzählt und sie steckt selbst hinter Richards Verschwinden? Ich glaube, die hat ihn ausgenommen, und als er dann … Sie müssten die Frau mal sehen, dann wüssten Sie, was ich meine! Glauben Sie mir, da ist etwas faul!«

Betty Domeyer bewegte die klammen Zehen. Es war eine blöde Idee gewesen, den einsamen Spaziergang durchs Moorbachtal mit Wildleder-Pumps anzutreten. Ihre Freundin Christiane behauptete immer: Egal, wie es dir geht, in einem schicken Outfit fühlst du dich gleich besser. Also hatte sich Betty für ihr feuerrotes Lieblingskostüm entschieden, auch wenn es inzwischen zu eng geworden war, wie fast alles in ihrem Kleiderschrank.

Als sie sich auf den Sitz ihres Twingos fallen ließ und der Wollstoff des Kostüms hörbar riss, musste sie sich auf die Lippen beißen, um nicht einfach loszuheulen. Was war bloß los mit ihr in letzter Zeit? Waren das etwa schon die Wechseljahre? Sie war doch sonst nicht so ein Seelchen. Betty forschte nach dem Riss, der sich auf ihrer Hüfte befand. Der Reißverschluss war ausgerissen. Sie zuckte zusammen, als ein Fichtenzapfen auf ihre Windschutzscheibe prallte, seufzte und startete den Wagen. Kurz nachdem sie vom Horstheider Weg auf die Theesener Straße abgebogen war, wurde es so dunkel, als ob das Ende der Welt bevorstünde, aber es war nur der nächste Guss.

Ihr Reihenhaus in Schildesche kam in Sicht. Direkt vor der gemeinsamen Garageneinfahrt zwischen Hörstkötters Haus und ihrem eigenen parkte ein Leichenwagen, der gerade losfuhr und ihr die Zufahrt freimachte. War Oma Horstkötter gestorben?

Betty hielt in der Einfahrt, stieg aus und öffnete die Garagentür. Das Auto, das in der Garage stand, leuchtete so hell, dass es aussah, als hätte es ein weißes Loch in die Düsternis geschnitten. Sie machte das Licht an. Der nagelneue Citroën, den sie sich nicht leisten konnten, glänzte in kühlem Weiß. Sie ballte die Faust um ihren Autoschlüssel und hatte nicht übel Lust, *Betty was here* in den makellosen Lack zu ritzen. Was man eben so ritzte. Sie war siebzehn gewesen, als sie das letzte Mal etwas geritzt hatte. Während eines grottenlangweiligen Wanderurlaubs mit ihren Eltern. Eine Strafe für Betty, die damals jeden Monat einen neuen Jungen anschleppte.

Bis zu jenem Frühsommer, als sie *ihn* kennenlernte, diesen Jungen, der aus riesigen, braunen Augen zu bestehen schien. Ihre Eltern konnten noch nicht wissen, was das bedeutete. Dass er alles auslöschte, was bisher gewesen war und noch kommen würde. Also zwangen sie sie, mit nach Tirol zu fahren. In irgendeiner Schutzhütte hatte sie *Dominik & Betty* ins Holz geritzt, mit einem Herzen umkringelt. Es war ein Akt der Verzweiflung gewesen. War es die Distanziertheit, die sie herausgefordert hatte? Das Melancholische in seinem Blick? Alles, was sie wusste, war, dass sie ihn kriegen musste. Drei endlose, verregnete Wochen Tirol. Vermutlich war die Schutzhütte längst abgerissen worden.

Auch jetzt trommelte der Regen aufs Garagendach. Sie ließ ihr Auto in der Zufahrt stehen. Im Haus war es still und dunkel. Sie kickte die engen Pumps von den Füßen. Unter der Tür zum Keller war ein Streifen Licht zu sehen. Dominik schraubte vermutlich das neue Teleskop unten in seinem Hobbyraum zusammen. Lissa und Robin schienen noch nicht zu Hause zu sein. Ihr Sohn hatte irgendetwas von einem Vortrag in der *Bürgerwache* erzählt. Lissa erzählte dagegen selten, was sie vorhatte. Nachdem Betty ihr lädiertes Kostüm gegen bequeme Sachen getauscht hatte, ging sie in die Küche. Geistesabwesend band sie sich die dicken, roten Haare zurück. Dieses neue Auto … neigte Dominik noch mehr als früher dazu, sie außen vor zu lassen? Oder fiel es ihr nur stärker auf?

Nach einem Blick in die Speisekammer entschied sie sich für Kartoffelsalat und Würstchen. Nach kurzer Zeit stieg Dampf aus dem Kartoffeltopf, machte aus der warmen Küche eine Art Dampfbad. Sie öffnete das Fenster, als ihre Tochter hereinschwebte. In einem hochgeschlossenen, schwarzen Kleid mit Spitzenbesatz, das aus dem 19. Jahrhundert zu stammen schien. Das sei ein besonderer Stil, hatte ihr Robin mal erklärt. Gothic oder so ähnlich.

Lissa hob den Deckel vom Topf und wich vor dem Dampf zurück. »Und – was wird das?«

»Es gibt Kartoffelsalat mit Würstchen.«

»Aha?!« Lissa verzog den Mund. »Für mich also nur Kartoffelsalat.«

»Ich kann noch Veggie-Schnitzel aus dem Supermarkt für dich holen.« Dominik stand lächelnd in der Tür.

Betty spürte, wie ihr heiß wurde. Als ob sie unter Dampf stünde wie der Kartoffeltopf. »Was willst du eigentlich zum Fünfundsiebzigsten deiner Großmutter anziehen?«, fragte sie beiläufig.

»Dieses Kleid.« Lissa setzte sich an den Tisch, stützte das Kinn in die Hand und schlug eine Zeitschrift auf.

»Ist das dein Ernst?« Betty prüfte die Kartoffeln mit der Gabel.

Die hübschen Züge ihrer Tochter entgleisten. »Und wieso nicht?«

Dominik setzte sich neben Lissa und legte den Arm um ihre Schultern. »Weißt du was? Warum gehen wir nicht zusammen shoppen? Ich brauche auch noch ein passendes Hemd, und für dich kaufen wir dann was Schickes, Zeitloses, hm?«

»Okayyy«, sagte Lissa gedehnt. »Aber nur, wenn ich nicht nach Kotz-Stadt muss. Ich will in meinen eigenen Laden.«

Betty schüttete die Kartoffeln ab. »Lissas Kleiderschrank platzt aus allen Nähten. Da sind dieser Faltenrock und die weiße Bluse, die du vor drei Jahren zur Konfirm…«

»Mama! Da war ich dreizehn!«

»Aber du bist kaum gewachsen. Und dass du dir Watte in deine Push-up-BHs ...«

»Ja, danke schön!« Lissa sprang auf und rannte aus der Küche.

Betty drehte Dominik weiter den Rücken zu, pellte die Kartoffeln entgegen ihrer Gewohnheit am Ausguss. Sie hörte, wie er seinen Stuhl zurückschob. Sie wünschte, er würde sie nur ein einziges Mal berühren, ihr die Hand auf den Rücken legen oder den Arm um die Schultern, so wie er das bei Lissa tat.

»War das wirklich nötig?«, fragte Dominik leise.

»Wenn jemand neu eingekleidet werden muss, dann sicher nicht Lissa, sondern Robin.« Sie öffnete das Glas Bockwürstchen.

»Neu einkleiden?«, rief Robin aus dem Flur und kam in die Küche. »Gibt's was Leckeres? Ich hab vielleicht Hunger!« Er warf einen prüfenden Blick über ihre Schulter. »Würstchen! Krass!«

Betty musterte seine alte Lederjacke. Darunter trug er einen ausgeblichenen Kapuzenpullover undefinierbarer Farbe und eine ausgefranste Jeans.

»Es geht um den Geburtstag deiner Großmutter«, erklärte Dominik.

»Muss ich mir da einen Seitenscheitel kämmen? Mit nassem Kamm und so?«

»Robin, ich rede davon, dass du neue Sachen brauchst!«, sagte Betty.

Ihr Sohn verschränkte die Arme. »Du bist also der Meinung, dass man dem Warenfetischismus Vorschub leisten sollte.«

Betty stemmte die Hände in die Hüften. »Ich bin dafür! Absolut!«

»Das Spektakel ist der Moment, in dem die Ware zur völligen Besetzung des gesellschaftlichen Lebens gelangt ist«, gab Robin zurück.

Dominik pfiff anerkennend.

»Das ist nicht von mir. Das ist von Guy Debord.«

»Und wenn's vom lieben Gott wär!«, rief Betty. »Ich bügele deine Hemden, und du knüllst sie in deinen Schrank ...«

»Weil ich keinen Platz hab! Wann kann ich endlich in Nils' Zimmer umziehen? Das ist viel größer als meins!«

»Wie wäre es mal mit Ausmisten, Robin?«

Robins Nasenflügel blähten sich. »Wenn du glaubst, dass Nils hier wieder einzieht, kann ich nur sagen – träum weiter, Mama!«

Betty, die sonst nie um eine Antwort verlegen war, starrte ihn mit offenem Mund an.

»Zieh erst mal die Jacke aus.« Dominik schob ihn aus der Küche. »Das besprechen wir später.«

»Man darf die Wahrheit ja nicht mal *erwähnen*«, erklang es halblaut aus dem Flur.

Betty stützte sich auf die Spüle. Für einen Moment gestand sie sich ein, wie sehr sie ihren Ältesten vermisste. Dass sie sich insgeheim genau das vorstellte: Dass Nils eines Tages wieder einziehen würde. Sie ergriff eine Kartoffel, verbrannte sich, ließ sie fallen, erstach sie mit der Gabel, worauf sie in zwei Teile zerbrach, die auf dem Boden landeten. »Ach, Mist!«

Dominik hob die Kartoffel auf. »Ich mach das schon.« Er nahm ihr behutsam das Messer aus der Hand, brachte das Kunststück fertig, sie dabei nicht zu berühren. Nicht einmal flüchtig.

Antiquariat Roland Marx stand auf dem Messingschild, darunter klein *Detektei*.

Ja, was denn nun, Buchhändler oder Privatschnüffler?, dachte Nina und versuchte, etwas hinter den halb heruntergelassenen Rollläden der beiden Schaufenster zu erkennen. Sie drückte auf den Klingelknopf neben dem Schild. Durch eine Schallschutzmauer drang gedämpft das Rauschen des Verkehrs vom Ostwestfalendamm an ihr Ohr. Das Viertel wirkte verschlafen. Die einzigen Passanten waren zwei Frauen, die bei *Ferdis Pizza Pinte* die Straße überquerten. Sie trugen weite, dunkle Gewänder, die nur das Gesicht freiließen. Hier in der Nähe gab es inzwischen eine Moschee, fiel Nina ein. Sie war früher öfter zu Ferdi gegangen. Die alte Studentenkneipe kam ihr jetzt vor wie ein Relikt aus einer anderen Zeit. War das ehemalige Arbeiterviertel mit den günstigen Mieten immer noch bei Studenten beliebt?

Während Nina noch überlegte, ob sie in *Ferdis Pizza Pinte* ihr Abendessen einnehmen sollte, schloss jemand die Tür zum Antiquariat auf. Der Mann mit der Schiebermütze und dem freundlichen Durchschnittsgesicht sah sie fragend an. Wer so harmlos und unauffällig aussah, hatte es als Privatdetektiv vermutlich leicht.

»Roland Marx?«

Er nickte lächelnd. »Das Antiquariat hat schon geschloss...«

»Ich möchte kein Buch kaufen.« Sie hielt ihren Polizeiausweis hoch. Erst auf den zweiten Blick erkannte sie, was sie an diesem Gesicht irritierte: Er hatte keine Haare, nicht einmal Wimpern oder Augenbrauen. Eine Krankheit, nahm sie an.

»Es ist wegen Heberlein, nicht wahr?«, sagte Marx.

»Ja. Nur ein paar Fragen.«

Sie folgte ihm in einen düsteren Raum mit hohen Bücherregalen, Büchertischen und Bücherkisten und weiter durch den engen Gang, den die Bücher freiließen, in ein Büro. Er zog einen Vorhang zurück, und spärliches Hinterhoflicht fiel auf eine staubige Zimmerpflanze der Spezies Plastikgrün, einen überladenen Schreibtisch und Rollschränke. Er bot ihr einen Besucherstuhl an und setzte sich hinter seinen Schreibtisch.

»Mir war klar, dass die Polizei bei mir auftauchen wird. Ich bezweifele allerdings, dass ich Ihnen weiterhelfen kann. Ich habe alles an die Familie Heberlein weitergegeben, was ich durch Lara Kaspari erfahren habe.«

»Sie ahnten, dass wir kommen, weil …«

»Weil ich mich geirrt habe. Ich bin zuerst davon ausgegangen, dass Richard Heberlein zusammen mit seiner Freundin untergetaucht ist. Frau Kaspari hat nämlich Lebenszeichen von sich gegeben.«

»Und doch hat es lange gedauert, bis Sie sie fanden.«

Marx lächelte. »Sie wollte nicht gefunden werden. Sie hat sich telefonisch bei ihren Eltern gemeldet, die ihr Rentnerdasein in Andalusien verbringen. Lara sagte ihnen, sie sollten sich keine Sorgen machen, sie würde eine Weile verreisen und wäre nicht mehr unter ihrer Bielefelder Telefonnummer zu erreichen. Sie würde sich wieder bei ihnen melden.«

»Hat sie etwas über den Zweck ihrer Reise gesagt?«

»Sie hat ein Foto-Shooting auf Mallorca erwähnt, das sie begleiten würde. Die Frau ist Kosmetikerin und Visagistin. Aber wenn Sie mich fragen, dann hat sie ihren alten Eltern einen vom Pferd erzählt.«

»Und ich frage Sie.«

»Mallorca ist ein schöner Ort, um zu recherchieren. Man kann auf den Spuren von George Sand wandeln … Kennen Sie George Sand?«

»Herr Marx …«

»Schon gut. Was ich sagen wollte, es ist dennoch frustrierend, wenn man so gar nichts findet, was auf einen Aufenthalt des lieben Töchterleins hindeutet.«

»Warum hat sie gelogen?«

»Weil sie ihre Eltern nicht beunruhigen wollte. Jedenfalls behauptet sie das.«

»Und ihre Eltern hatten die ganze Zeit über Kontakt mit ihr?«

»Keineswegs. Die haben danach vergeblich versucht, sie unter ihrer Handynummer zurückzurufen.«

»Gab es sonst noch ein Lebenszeichen von ihr?«

»Ihre Schwester Eveline hat einen ähnlichen Anruf bekommen und konnte sie danach ebenso wenig unter der angezeigten Nummer erreichen.«

»Ihre Eltern wussten also nichts.«

»Richtig. Die haben erst später durch die Polizei erfahren, dass ihre Tochter ebenso wie Richard Heberlein die gemeinsame Wohnung verlassen hat und die beiden spurlos verschwunden sind. Als sie das hörten, dachten sie, dass dieser – ich zitiere – ›windige Anlageberater‹ ein krummes Ding gedreht und ihre Lara da hineingezogen hat. Dann sei er bestimmt ins Ausland geflüchtet, um den hiesigen Strafverfolgungsbehörden zu entgehen.«

»Halten Sie das für möglich?«

»Möglich schon. Richard ist unauffindbar und die Kaspari hat offenbar Angst.«

»Sie hat sich versteckt?«

Er hob die Hände. »Weder ihre Familie noch ihre Freunde wussten, wo sie sich aufhält.«

Durch das Fenster sah Nina, wie eine Frau mit Kopftuch Wäsche von einer Leine nahm. Ein Mädchen mit langem, dunklem Zopf half ihr dabei.

»Wie haben Sie Lara Kaspari gefunden?«

»Ende Februar dieses Jahres erhielten ihre Eltern einen kurzen Brief von ihr, dass sie gesund und munter sei und sich wieder melden würde. Der Brief war in Davos abgestempelt. Ich habe dort die Hotels abgeklappert, und siehe da ...« Er gestattete sich ein Lächeln. »Lara Kaspari und ein Mann namens Geronimo Kilian hatten zu der Zeit für zehn Tage ein Doppelzimmer in einem Fünf-Sterne-Hotel gemietet. Herr Kilian ist mit einer Zweitwohnung in Ulm gemeldet. Und wie sich herausstellte, ist Frau Kaspari bei ihm untergekrochen. Übrigens ist Kilian ein älterer Herr mit solider Finanzlage. Die Kaspari scheint eine Vorliebe für solche Herren zu haben.«

»So? Richard Heberlein war nicht von dieser Sorte.«

»Stimmt, aber ich habe im Zuge meiner Nachforschungen herausgefunden, dass sie sich schon einmal von einem älteren Herrn, wie soll ich das ausdrücken ...« Seine nicht vorhandenen Augenbrauen ruckten nach oben.

»Das schaffen Sie schon.«

»Nun, eine äußerst attraktive, junge Frau und ein mindestens dreißig Jahre älterer Herr mit Geld ... Ich bezweifele, dass sie sich auf den ersten Blick in seine Tränensäcke verliebt hat.«

Nina lachte.

»Das ist natürlich der pure Neid«, fügte er mit einem Grinsen hinzu. Er schaute auf seine Uhr. »Und zum Ausgleich für diese Ungerechtigkeit der Welt muss ich jetzt ein Glas Rotwein trinken. Ab 18 Uhr ist das erlaubt, finde ich. Möchten Sie auch eins?« Er zog eine Lade aus seinem Schreibtisch auf und förderte eine Flasche Beaujolais und zwei Gläser hervor.

»Ich dachte, Privatdetektive trinken immer Whisky. Aber nein, lassen Sie nur, ein andermal vielleicht«, sagte sie, als er ihr mit fragendem Blick ein Weinglas entgegenhielt. »Noch einmal zurück zu Heberlein. Von ihm haben Sie keinerlei Spur entdeckt?«

Es gluckerte leise, als er sich Wein eingoss. Ein schräger Sonnenstrahl, der es bis in den Hinterhof geschafft hatte, ließ den Wein rot funkeln. »Banker sind komisch, oder?« Er trank einen Schluck, leckte sich die Lippen. »Der Mann hat die Kontakte zu seinen früheren Freunden, die gleichzeitig seine Arbeitskollegen waren, abgebrochen, als er vor Jahren seine Stelle bei der Bank verlor.«

»Sie haben nichts herausgefunden?« Sie konnte die Enttäuschung, die in ihrer Stimme schwang, nicht ganz verbergen.

»Er hatte nur noch mit *einem* der ehemaligen Kollegen sporadisch Kontakt, und das eher oberflächlich. Man trifft sich alle paar Monate auf ein Bier, schickt sich Urlaubspostkarten, so in der Art. Er konnte mir leider keinen Hinweis geben, wo Richard sich aufhalten könnte.« Er nippte an seinem Glas. Für einen Moment sah es so aus, als würde er den Wein kauen.

Nina wurde bewusst, dass sie die Enden ihres Halstuches zu einer Wurst gedreht hatte, und ließ sie los. »Wollen Sie mir noch etwas …«

»Dieser Freund, ein gewisser Jens Vogeler, hat mich vor Kurzem angerufen. Er hätte seinen Dachboden entrümpelt und Postkarten von Richard gefunden. Warten Sie …« Er stand auf, holte einen Schuhkarton aus einem der Rollschränke und gab ihn ihr. Obenauf lag eine Postkarte mit einem Strandmotiv. »Belangloses Zeug. Urlaubspost eben. Nur diese Karte …« Er wühlte im Karton und zog eine Karte mit der Ansicht eines Schlosses hervor, das von einem Park und Wäldern umgeben war. »Heberlein war dort wegen einer Sportverletzung in der Reha. Die Karte ist im Januar des letzten Jahres gekommen, also fünf Monate vor seinem Verschwinden.«

Lieber Jens, las Nina, *ich dachte immer, man könnte sich in einer Kur erholen. Stattdessen hetze ich von einer öden Therapie-Maßnahme zur anderen. Und abends: nichts als Langeweile. Immerhin habe ich ausgerechnet bei der Aquafitness eine Bekanntschaft gemacht, die noch sehr interessant werden könnte!* Ein Smiley rundete diesen Satz ab. *Grüße aus der Klinik am Schlossberg, Richard.*

»Mehr haben Sie nicht für mich?«

»Ich könnte Ihnen noch ein Glas Wein anbieten.«

Nina lehnte wieder dankend ab.

Die einzigen Geräusche auf der Büroetage waren das Heulen des Windes und ein gelegentliches Knacken in der Heizung. War sie die Letzte hier? Nina schloss den Deckel des Kartons, den der Privatdetektiv ihr überlassen hatte. Der Inhalt gab in der Tat nicht mehr her als den vagen Hinweis einer Bekanntschaft, die Heberlein in der Reha gemacht hatte. Ob sein Freund Jens Vogeler, den sie am nächsten Morgen treffen würde, Näheres darüber wusste?

Nina lauschte. Vor einer Stunde hatte sie das letzte Mal die schwere Glastür auf dem Flur ihrer Büroetage klappen hören. Auch aus Bent Andersens Büro, das ihrem gegenüberlag, kam kein Mucks. Die Soko versammelte sich in einem anderen Trakt mit größeren Räumen, aber vielleicht waren die Kollegen auch schon nach Hause gegangen. Zeit, Feierabend zu machen. Sollte sie vorher noch einmal versuchen, die ehemalige Nachbarin von Richard Heberlein und Lara Kaspari zu erreichen? Die Babysitterin hatte gesagt, dass Frau Adler gegen zwanzig Uhr aus ihrer Kanzlei zurück sei. Sie warf einen Blick auf ihre Uhr. Also jetzt.

Frau Adler meldete sich nach dem sechsten Klingeln. Sie klang müde. Im Hintergrund heulte ein Kind. »Tut mir leid, Frau Tschöke, in den nächsten Tagen werde ich bis spätabends im Büro sitzen müssen, vor Ostern habe ich Einiges zu erledigen. Aber wenn Sie heute Abend kommen möchten ...?«

Nina willigte ein. Es würde vermutlich ein kurzes Gespräch werden. Sie hatte die Nachbarin des Paars schon im letzten Sommer befragt und nicht viel von ihr erfahren. Aber man wusste ja nie. Sie schnappte sich ihre Tasche.

Der Flur war schwach erhellt von der Notbeleuchtung und dem Licht der Straßenlaternen, das durch das große Fenster am Ende des Flurs fiel. Hier klang das Heulen des Windes lauter. Irgendwo musste ein Fenster nicht richtig geschlossen worden sein. Plötzlich knarrte eine Tür, öffnete sich einen Spaltbreit, aber niemand trat heraus. Der Wind?

»Dodo, Frank?«, rief Nina halblaut.

Es war deren Büro am Ende des Gangs. Zögernd ging sie darauf zu. Sie hatten wohl vergessen, das Büro abzuschließen. Sie wollte die Tür gerade zudrücken, als sie den Umriss einer Person am Schreibtisch gewahrte. Nina schrie auf. Die Person wandte den Kopf.

Mit pochendem Herzen tastete sie nach dem Lichtschalter. Frank blinzelte in die plötzliche Helligkeit. Durch das schräg gestellte Fenster wehte ein kühler Wind.

»Mensch, Frank! Hast du mich erschreckt! Sitzt hier in der Dunkelheit allein in einem eiskalten Büro und rührst dich nicht!«

»Ich habe nachgedacht.«

»Soso. Lust auf einen Feierabendkaffee zum Aufwärmen?«

Frank nickte.

In der Teeküche holte Nina eine saubere Tischdecke mit blau-weißem Bayernkaro aus dem Schrank und breitete sie auf dem Tisch aus. Der Kaffee, den Frank aufgesetzt hatte, sah mehr aus wie Tee.

»Was ist denn das wieder für eine Scheiße?«, fluchte er. Seine Laune schien sich nicht gebessert zu haben.

Nina schaute ihm über die Schulter. »Die Filtertüte ist umgeklappt, das Wasser läuft nebenher. Ich setze neuen auf.«

Brummelnd reichte er ihr die Dose mit dem Kaffee.

Sie schaufelte Pulver in den Filter. »Worüber hast du denn nachgedacht, Frank?«

»Darüber, wie dämlich ich war, mich damals auf diese Affäre einzulassen.«

»Das Übliche also. Dass du nur draufzahlst und …«

»Ich weiß, ich muss sie endlich vergessen. Das will ich ja auch.«

»Wäre allerdings besser. Ich meine, du sitzt jetzt wieder mit Dodo in einem Büro und …«

»Ja, Nina, ich weiß ja!«

Nina begutachtete die röchelnde Maschine. Der Kaffee lief jetzt in normaler Stärke durch. Sie holte eine Tüte Honigwaffeln aus ihrer Tasche und bot Frank davon an. »Nervennahrung?«

Frank biss herzhaft in seine Waffel.

»Warst du mal wieder im Netz?«, fragte sie. »Du hast doch früher öfter Frauen übers Internet kennengelernt.«

»Ja – und was für welche! Da wird gelogen und betrogen, was das Zeug hält. Falsche Altersangaben sind das Mindeste. Und dann die Fotos, da wird der Damenbart und Was-weiß-ich-nicht-alles wegretuschiert … Nina, ich hab einfach keine Lust mehr!«

»Suchst du ein Model mit Traummaßen, oder was?«

»Als ob ihr keine Ansprüche hättet!«

»Doch, sicher.« Nina nahm sich noch eine Waffel. »Willst du die Geburtstagsfeier zum Vierzigsten wirklich abblasen?«

»Ich habe dem Vermieter dieser Deele schon Bescheid gesagt.«

»Warum machst du nicht stattdessen eine Reise in deinem Kurzurlaub?«

»Allein verreisen, schön mit Pärchenterror im Hotel? Super Idee!«

Nina biss in die Honigwaffel. Auch die, die zurzeit mit Frank zu tun hatten, brauchten Nervennahrung. »Dann such dir eine Reisebegleitung. Über Ostern ist Hauptreisezeit.«

»Zu kurzfristig.«

»Versuch es im Internet. Immer noch besser, als zu Hause Trübsal zu blasen.« Nina kramte in ihrer Tasche. Sie hatte in der Mittagspause einen Topf mit Narzissen für ihre Küchenfensterbank gekauft. Sie wickelte den Topf aus dem Papier. »Für dich. Kleines Ostergeschenk.« Ihr Blick fiel auf die Uhr über der Eckbank. »Oje, Frank, ich muss los. Ich hab noch eine Verabredung.«

Er hob die Brauen.

»Dienstlich!«, fügte sie hinzu.

Kies knirschte unter Ninas Reifen, während sie auf den Hof einbog. Das Gebäude, das mal ein großer Kotten gewesen sein musste, war mit weißen Klinkern verschandelt worden. Nina hatte ihr Navi gebraucht, um das Haus wiederzufinden, in dem Richard Heberlein und Lara Kaspari früher gewohnt hatten. Sie selbst war im Johannistal im Südwesten Bielefelds zu Hause: Nördlich des Obersees begann die Terra incognita. Zumal ihre Scheibenwischer kaum gegen den Regen angekommen waren.

Frau Adler besaß einen eigenen Eingang, vor dem ein BMW parkte. Sie öffnete ihr mit einem erschöpften Lächeln. Nina hinterließ nasse Abdrücke auf den glänzenden, hellen Steinfliesen des Vorflurs. Sie bot an, ihre Schuhe auszuziehen.

»Ach, lassen Sie nur, Frau Tschöke. Morgen kommt die Putzfrau.« Sie führte sie in ein großes, gemütlich eingerichtetes Wohnzimmer und bot ihr einen Sessel vorm Kamin an.

Nina sank tief in den Sessel und streckte die Füße Richtung Kamin aus. Die Wärme tat gut.

Frau Adler nahm in dem anderen Sessel Platz. Sie trug noch ihr Business-Kostüm. »Hans ist jetzt im Bett.« Sie seufzte. »Aber Greta geht erst schlafen, wenn ich ihr ein Märchen vorgelesen habe.«

Hänsel und Gretel, dachte Nina schläfrig. Sie riss sich zusammen. »Ich werde Sie sicher nicht lange aufhalten, Frau Adler.«

»Kein Problem.« Frau Adler lächelte tapfer. »Was wollen Sie denn wissen?«

»Nun ja, ich … ist Ihnen in der Zwischenzeit noch etwas eingefallen?«

»Ich hätte Sie angerufen, wie vereinbart.«

»Und diese Frau, die sie damals hier herumschleichen haben sehen …«

»Hier sieht man selten fremde Leute …«

»Ja … haben Sie die noch einmal gesehen seitdem oder …?«

»Nein. Ich hätte Sie angerufen, bestimmt.«

Nina glaubte ihr. Vermutlich hielt sie gerade eine berufstätige Mutter ganz sinnlos von ihrem verdienten

Feierabend ab. »Sie sagten aus, diese Frau mit den auffallend blonden Haaren habe hinter einem Busch versteckt das Haus beobachtet. Ist Ihnen sonst noch etwas an ihr aufgefallen? Irgendein Detail …«

»Leider nein. Als ich das nächste Mal aus dem Fenster schaute, war sie schon wieder verschwunden. Ich habe sie nur kurz gesehen, und das auch noch bei Nacht.«

»Wie waren Herr Heberlein und Frau Kaspari eigentlich als Nachbarn?«

»Richard war charmant, er eilte mir oft zu Hilfe, wenn ich mit dicken Einkaufstüten aus dem Auto stieg. Mit Lara habe ich an Sommerabenden manchmal einen Plausch im Garten gehalten. Wir hatten ein gut-nachbarschaftliches Verhältnis, nicht mehr und nicht weniger.«

»Hatten Sie den Eindruck, dass die beiden sich gut verstanden?«

»Ich habe nie gehört, dass sie sich gestritten hätten. Und wenn ich sie zusammen gesehen habe, wirkten sie wie ein verliebtes Paar.«

Ein Knacken ertönte aus dem Babyphon, dann ein Weinen.

»Entschuldigen Sie, ich … das ist Hans.« Frau Adler drückte sich aus dem Sessel hoch. »Bin gleich zurück.«

»Natürlich.« Nina gähnte unterdrückt. Wenn sie noch lange vorm Kamin saß, würde sie einfach im Sessel einschlafen. Sie stand auf und wanderte im Wohnzimmer umher. Hinter einem großen Fenster schwankten die Äste einer Blautanne im Wind, ein Zittern lief durch ihre Zweige. Um sich die Zeit zu vertreiben, schaute sich Nina die Bücherwand an. Sie nahm ein Buch aus dem Regal. *Vom Winde verweht* – wie passend. Mit einem Mal fühlte sie sich beobachtet. Ein Mädchen im weißen Nachthemd stand in der Tür. Sie hielt einen Plüschhasen an sich gedrückt.

»Bist du Greta?«

Die Kleine nickte. »Mama will mir doch eine Geschichte vorlesen!«

»Wie alt bist du?« Sie stellte das Buch ins Regal zurück.

»Sieben. Und ich kann schon Zahlen.«

»Aber selbst lesen kannst du die Geschichte noch nicht?«

»Doch, aber mit Mama ist es schöner.«

Nina lächelte. »Sie kommt sicher gleich.« In diesem Moment drang wieder lautes Weinen aus dem Babyfon.

»Ach, das dauert doch ewig, wenn der schreit!«

»Soll ich dir vorlesen?«

Gretas Gesicht hellte sich auf. »Ja! Komm!« Sie lief auf Nina zu, griff nach ihrer Hand und zerrte sie hinter sich her durch einen Flur in ein Kinderzimmer.

Auf dem Boden lagen Zeichnungen verstreut. Vorsichtig stieg Nina darüber. Auch an den Wänden waren Zeichnungen mit Heftzwecken befestigt. Greta hüpfte ins Bett und klopfte auffordernd neben sich. Nina setzte sich zu ihr.

Hinter einer Galerie von Plüschtieren, die das halbe Bett einnahmen, zog Greta ein Märchenbuch hervor. »Aschenputtel!« Sie starrte Nina mit funkelnden, blauen Augen erwartungsvoll an.

»Zu Befehl!« Nina gab ihr einen Nasenstüber. Sie dachte manchmal darüber nach, wie es wäre, Kinder zu haben, und schob den Gedanken dann immer beiseite: Da war ihr behinderter Bruder, ihr fordernder Beruf. Und einen Mann hatte es schon länger nicht mehr in ihrem Leben gegeben. Unvermittelt stieg ein Bild in ihr auf: das Licht der Morgensonne auf seinem gut geschnittenen Gesicht bei ihrer ersten gemeinsamen Besprechung. Woher kam das denn plötzlich? Außerdem war es keine gute Idee, einen Kollegen …

»Aschenputtel! Lies doch!« Greta legte ihr das Buch in den Schoß.

Nina schüttelte den Kopf über sich selbst und schlug es auf.

Greta las die besten Stellen laut mit. »›*Aschenputtel*‹, *sprach sie,* ›*bist voll Staub und Schmutz und willst zur Hochzeit?*‹« Die Kleine zeigte so temperamentvoll auf die Illustration von dem traurigen Aschenputtel, dass Nina das Buch aus den Händen rutschte. Als sie es wieder aufhob, entdeckte sie eine Kinderzeichnung, die halb unter dem Bett lag. Sie zeigte eine Figur mit vom Kopf abstehendem, gelbem Haar und weitem Rock.

»Du kannst gut malen.« Nina reichte Greta das Blatt. Ihr Blick fiel auf die Wachsmalzeichnungen an der Wand. Auf etwa der Hälfte der Zeichnungen war die gleiche Figur zu sehen, erkennbar am gelben Haarbusch.

»Weiter!«, quengelte Greta.

»Hast du die alle gemalt?«, fragte Nina. »Wer ist das mit den gelben Haaren?«

»Die Hexe.«

»Hat die Hexe auch einen Namen?«

»Nö.«

»Ist die Hexe aus einem Buch? Woher kennst du die?«

»Früher hat sie sich im Garten versteckt. Sie machte immer so zu mir.« Greta legte einen Finger über ihre Lippen. »Aber sie kommt nicht mehr.«

»Im Garten ... okay ... seit wann kommt sie nicht mehr?«

»Im letzten Sommer war sie nicht mehr da. Genau wie Lara und Richard.« Greta schob die Unterlippe vor.

»Bist du traurig, dass Lara und Richard nicht mehr da sind?«

Greta nickte. »Die sind nett.«

»Warum ist die Frau mit den gelben Haaren eine Hexe?«

»Weil sie so aussieht.« Greta hob das Buch auffordernd hoch. »›Aschenputtel‹, sprach sie, ›bist voll Staub ...‹«

»Warte mal, Greta!« Nina hatte etwas entdeckt. Sie stand auf und pflückte eine der Zeichnungen von der Wand. Auf dem Bild war die Figur neben einem roten Auto zu sehen. Es schien sich um einen Bulli zu handeln. Ein riesiges VW-Emblem prangte an seiner Frontseite. Greta hatte mit ungelenken Buchstaben sogar den Anfang des Nummernschildes gemalt: BI-K... Den zweiten Buchstaben konnte man mit etwas Fantasie als L deuten. Der Rest war unleserlich.

»Darf ich das Bild haben?«

»Ja, aber jetzt musst du weiterlesen!«

Während Nina vorlas, rollte Greta sich im Bett ein. Kurz bevor Aschenputtel den Prinz bekam, war das Mädchen eingeschlafen.

Was für eine merkwürdige Ausbeute des Tages, dachte Nina, als sie sich bei Frau Adler verabschiedete. Hänsel, Gretel und die Hexe.

Nach dem Abendessen ließ sich Betty mit einem Sherry auf dem Sofa nieder und machte den Fernseher an. Dort lief irgendeine Vorabendserie. Sie trank ihr Glas leer und goss sich gleich noch eins ein.

Robin schaute kurz ins Wohnzimmer, begegnete ihrem Blick und verschwand wieder.

»Rob… Robin?«

Zur Antwort bekam sie Gelächter vom Band. Es war eine der schlechteren amerikanischen Serien. Sie schaltete den Fernseher aus. Auf einen Schlag herrschte Stille. Nur das Ticken der Wanduhr war zu hören. Sie rang kurz mit sich, holte dann die Tüte gerösteter Erdnüsse aus dem Schrank. Gerade als sie die Tüte aufgerissen hatte, klingelte das Telefon. Auf dem Display stand eine wohlbekannte Nummer. Sie lächelte. »Betty Domeyer.«

Am anderen Ende hüstelte es. Dann wurde aufgelegt. Dieser Mann! Sie stöhnte und rief zurück.

»Frank Herbst.«

»Wenn du nicht willst, dass ich mitkriege, dass du anrufst, musst du schon deine Nummer unterdrücken.« Sie wanderte zurück zum Sofa und machte es sich bequem.

»Oh … ich … ja. Tut mir leid. Ich wollte nur … ist Dominik da?«

»Mit dem Teleskop auf der Dachterrasse. Er guckt in den Mond.«

»Ah. Okay. Ja also ... ich ...« Er holte tief Luft. »Ich wollte nur Bescheid sagen: Ich werde meinen Vierzigsten am Sonntag doch nicht feiern.«

Betty riss die Augen auf. »Ja, aber warum denn nicht?«

»Mir ist nicht so nach Party. Sorry, aber ... Tschau, Betty.«

»Frank, ich ...«, begann sie, doch er legte in diesem Augenblick auf.

Betty stopfte sich eine Handvoll Erdnüsse in den Mund. Sie hatte Frank seit drei Monaten nicht mehr gesehen und sich insgeheim darauf gefreut, ihn bei der Party wiederzutreffen. Er klang so niedergeschlagen. Der vierzigste Geburtstag war doch nicht das Ende der Welt. Erst lud er alle groß ein und dann ... Sie schüttelte den Kopf und packte die Tüte mit den Erdnüssen wieder in den Schrank. So ging das nicht weiter! Seitdem sie die Affäre mit Frank beendet hatte, nahm sie immer mehr zu. Ihre Freundin Christiane hatte sie schon vor Wochen gefragt, ob sie nicht wieder bei den Weight-Watchers einsteigen wolle. Sie verspürte wenig Lust, aber alles war besser, als hier zu sitzen und in Selbstmitleid zu baden! Sie tippte Christianes Nummer.

»Hier bei Christiane«, meldete sich eine Stimme, die Betty zwar bekannt vorkam, ihr aber nicht gehörte.

»Äh, Betty Domeyer hier, ich wollte ...«

»Ach, hallo Betty!« Kein Zweifel, dieser Singsang, das war Kordula Sandler. »Lebst du auch noch? Wir feiern gerade meine Scheidung ...«

»Ihr feiert ...«

»Meine Scheidung, ganz recht. Ich bin ja so froh, dass ich damals auf einem Ehevertrag bestanden habe. Markus war so klein mit Hut.« Kordula kicherte. »Und rate …«

»Kord…«

»… mal, was ich gleich nach dem Gerichtstermin gemacht habe!«

»Du bist betrun…«

»Ich habe eine Karibikreise gebucht! Zwei Wochen Karibik über Ostern. Ich finde, das habe ich verdient! Du glaubst gar nicht, was für ein befreiendes Gefühl das ist! Das solltest du auch mal probieren!«

»In die Kari…«

»Nicht die Karibikreise, Liebes. Na, die natürlich auch …« Sie lachte und bekam einen Schluckauf. »Lieber ein Frosch in der Hand als ein Prinz auf dem Dach.« Sie brach in Gelächter aus, unterbrochen von Hicksern. »Verzeihung, upps, Betty … ich rede dummes Zeug. Ist ja auch eher so, dass der Frosch zum Prinz wird, oder war es umgekehrt?« Ein weiterer Lachanfall folgte. Allmählich verebbte das Lachen. »Christiane fragt nach dir. Soll ich sie dir geben?«

Ein Knacken drang aus dem Hörer. Dann hörte sie Christianes Stimme. »Betty, du machst dich rar in letzter Zeit! Aber du braucht sicher Ruhe, nach allem, was passiert ist. Dominik ist aber wieder bei dir … Oder? Jedenfalls hat Kordula …«

»Das ja.«

»Aber?«

Betty holte tief Luft. »Ich frage mich, wieso er eigentlich zurückgekommen ist.«

»Also weißt du …« Christiane zögerte. »Warum fragst du nicht *ihn*?«

Das Ticken der Uhr schien lauter zu werden.

»Hallo? Betty?«

»Ja … hör mal, gehst du noch zu den Weight-Watchers?«

»Na klar. Heute Abend zum Beispiel. Komm doch mit! Die Gruppe ist ein total netter Haufen. Und die neue Gruppenleiterin ist super. Wie wär's?«

Sie waren spät dran. Das Treffen fand in einem Sportzentrum an der Westerfeldstraße statt. Als sie den Raum betraten, stieg gerade eine rundliche Mittfünfzigerin von der Waage. Betty zögerte, doch Christiane drängte hinter ihr in den Raum.

Auf den in Reihen angeordneten Stühlen saßen die üblichen Verdächtigen: zwei jüngere Frauen, ansonsten Frauen in Bettys Alter, die sich mit einem Dauerlächeln dafür entschuldigten, auf der Welt zu sein. Während Christiane sich wiegen ließ, setzte sich Betty in die zweite Reihe neben den Quoten-Mann, der ein freundlicher Bär mit Hörgerät und riesigen Füßen war. Er beugte sich zu ihr herüber, um sie zu fragen, ob sie wisse, welches Thema heute dran sei. Ein Duft, in dem Zitrone und Zedernholz mitschwangen und noch etwas Weicheres, streifte ihre Nase. Betty schüttelte den Kopf.

Der Duft intensivierte sich. Nicht der Mann war die Quelle. Aus den Augenwinkeln sah sie, wie neben ihr zwei schlanke Beine übereinandergeschlagen wurden, die Spitze des hochhackigen Stiefels wippte. Die zierliche Frau, die ihre pelzbesetzte Jacke über ihrer Stuhllehne drapierte, erwiderte ihren Blick mit einem Lächeln ihrer sehr roten Lippen. Ansonsten war ihre Farbe angefangen von dem wie gelackt glänzenden Pagenkopf über das enge Minikleid bis zu ihren Stiefeln ausschließlich Schwarz. Ein kompromissloses Schwarz, in das sich nichts Verschnörkeltes mischte, kein Schimmer von Violett oder Grau wie bei Lissa. Wenn ihre zu kurz geratene Nase nicht himmelwärts gezeigt und ihre Augen nicht einen Hauch zu weit auseinander gestanden hätten, wäre sie hübsch gewesen. Doch sie war auch so eine attraktive Erscheinung.

»Hey, Malou!«, sagte Christiane, setzte sich neben die schwarze Dame und legte ihr die Hand auf die Schulter. »Darf ich dir Betty vorstellen?«

Malous Augen blitzten. »Freut mich, Betty.«

»Mich auch.« Sie hörte ein lautes Räuspern und wandte den Kopf.

»Guten Abend allerseits!« Eine sportlich wirkende Frau stand wie eine Lehrerin vor den Stuhlreihen. Sie lächelte zwei jungen Frauen zu, die sich als Letzte auf den Stühlen niederließen, und begann, Heftchen mit dem Wochenthema zu verteilen. Die Frau, die sich den Neuen als Brigitta vorstellte, hatte etwas von einem Waschbär. Um die Augen, wo vermutlich die Skibrille gesessen hatte, war ihre ansonsten tiefbraune Haut weiß. Sie erzählte eine witzige Geschichte zum Thema »Heißhunger«, bei der es um nächtliche Kühlschrankbesuche ging. Der große Mann neben Betty bebte vor Lachen. Danach erklärte Brigitta: »Bevor wir mit dem Thema Heißhunger weitermachen, würde ich gerne von euch erfahren, wie es euch seit dem letzten Treffen ergangen ist. Habt ihr etwas Besonderes erlebt, etwas, worauf ihr stolz seid? Wobei habt ihr euch lebendig gefühlt?« Brigitta spielte mit dem Kugelschreiber zwischen ihren Fingern. »Wer möchte anfangen? Nur Mut!« Sie ließ ihre weißen Zähne aufblitzen.

Ich fang an, dachte Betty. Nein, sie war nicht stolz drauf, aber sie hatte sich das letzte Mal lebendig gefühlt, als sie ihren Mann mit dessen Freund und Kollegen betrogen hatte.

Reihum wurden Geschichten über kleine Erfolge im Kampf gegen die Pfunde erzählt. Betty ertappte sich bei einem Gähnen. Die Frau neben ihr, deren Geschichte sie interessiert hätte, schwieg.

Während die Gruppenleiterin zum Wochenthema überleitete, flüsterte Betty Malou ins Ohr: »Wieso bist *du* eigentlich hier?«

»Weil ich mich daran erinnern möchte, wie es einmal gewesen ist. Damit es nicht wieder so wird«, flüsterte Malou zurück.

»Das musst du mir näher erklären«, flüsterte Betty.

»Später«, erwiderte Malou.

Brigitta warf ihnen einen strafenden Blick zu und widmete sich den kalorienarmen Rezepten.

Am Ende des Treffens überreichte die Gruppenleiterin feierlich die Belohnungen für in der letzten Woche erreichte Gewichtsverluste. Christiane wurde stolze Besitzerin von zwei bunten Perlen, denn sie hatte zwei Pfund abgenommen. Betty tauschte einen Blick mit Malou.

»Ich habe zu Hause eine ganze Schachtel davon«, sagte Malou. »Das heißt, es sind hundert Goldsterne, um genau zu sein, ein Stern pro Pfund.«

»Ach du Scheiße, fünfzig Kilo?!«, entfuhr es Betty. »Und das funktioniert? Wegen ein paar lumpiger Holzperlen oder Sternchen?«

»Nicht deshalb.« Malou lächelte unergründlich.

»Oder damit Brigitta ihre gebleachten Zähne entblößt?«

Malou grinste.

Betty schlug Christiane und Malou nach dem Treffen vor, zusammen einen Wein trinken zu gehen, doch Malou winkte ab: »Tut mir leid, Mädels, ich muss nach Hause. Ich habe noch so Einiges zu regeln vor meinem Urlaub.«

»Wo hast du dein Auto geparkt, Malou?«, fragte Betty.

»Ich bin zu Fuß hier. Ich wohne in Schildesche.« Malou lächelte. Ihre Augen waren von einem so tiefen Blau, dass Betty sich fragte, ob sie farbige Kontaktlinsen trug.

Wie sich herausstellte, wohnte Malou nicht weit von ihr. Während Christiane in ihr Auto stieg, um nach Sennestadt zu reisen, spannte Betty ihren Schirm auf und hakte Malou unter, die keinen Schirm dabeihatte. Ein Fahrradfahrer mit flatterndem Regencape holperte ihnen über das Kopfsteinpflaster entgegen. Die Glocke der Stiftskirche schlug zehn, als sie die Reihe der Fachwerkhäuser hinter sich ließen und in die Huchzermeierstraße einbogen. Betty überlegte, wie sie den Einstieg finden sollte, um Malou das zu fragen, was sie schon die ganze Zeit über hatte fragen wollen.

Auf der Höhe der Friedhofsgärtnerei platzte sie damit heraus. »Sag mal, Malou, wie hast du das geschafft? Fünfzig Kilo!«

Malous Schritt stockte. Dann ging sie weiter. »Das kann man sich nicht vornehmen«, erwiderte sie.

»Nein?«, fragte Betty wie eine eifrige Schülerin. »Aber wie macht man …«

»Man muss es wirklich wollen.«

»Na ja, aber … auch wenn man etwas will …« Betty blieb stehen.

Malou strich sich eine Strähne ihres feuchten Haars zurück, die sich in ihrem Mundwinkel verfangen hatte. Ihr dreieckiges Gesicht mit den runden Wangen hatte etwas Puppenhaftes, das im Kontrast zu ihrer Femme-fatale-Aufmachung stand.

»Das ist ja nicht so einfach«, fügte Betty hinzu. »All die guten Vorsätze …«

»Man muss den ersten entscheidenden Schritt tun, der alles ändert, unwiderruflich. Und ganz allmählich kommt ein neues Lebensgefühl. Dabei geht es um weit mehr als nur ums Gewicht. Das ist dir klar, oder?«

Der Wind rauschte in den Bäumen des angrenzenden Friedhofs. Malous Pelzkragen wurde hochgeweht. Sie nahm den Kragen zusammen und barg ihr spitzes Kinn im Pelz.

»Äußerlich wie innerlich wirst du ein anderer Mensch«, fuhr sie fort, »du vollziehst eine Transformation. Du hörst auf, das ewige Opfer zu sein, nimmst dein Leben endlich in die eigenen Hände! Denn niemand außer dir selbst wird dich retten.« Sie lächelte. »Wollen wir weiter? Ist ungemütlich hier.«

Betty nickte. Sie hätte Malou gerne noch Fragen zu der Transformation gestellt, wusste aber nicht, wie sie das anstellen sollte, ohne allzu neugierig zu wirken.

Außerdem standen sie kurz darauf vor Malous Haus. Es war ein Neubau mit einem Vorgarten aus Kieselsteinen, Zierahorn und Harlekinweide und gerade mal zwei Straßen von Bettys Reihenhaus entfernt.

»Bist du nächste Woche wieder bei den Watchers?«, fragte Betty.

»Ich mache Urlaub über Ostern, da fällt die Gruppe ja sowieso aus, aber danach komme ich wieder.«

»Dann sehen wir uns nächstes Mal dort, Malou, oder?«

»Das werden wir.« Malou winkte mit ihrer kleinen Hand.

Der Wind frischte auf. Betty fröstelte. Sie hörte hinter sich ein leises Miauen. Ein Augenpaar glomm auf. Eine schwarz-weiße Katze duckte sich unter einem Kirschlorbeerbusch. Als Betty sich wieder umdrehte, war Malou verschwunden.

2. Kapitel

Dienstag, 26. März

Müde kaute Nina an ihrem Rosinenbrötchen, verstreute Krümel im Fußraum ihres Toyotas, während sie den Wagen auf den Parkplatz des Fitnessstudios steuerte. Wie zum Teufel brachte man es fertig, frühmorgens noch vor der Arbeit in einem Studio zu trainieren? Nicht einmal das Muskelpaket hinter dem Tresen schien schon richtig wach zu sein. Der junge Mann stellte Eiweißdrinks in ein Regal und nahm keine Notiz von ihr. In die Hip-Hop-Musik aus den Lautsprechern mischte sich das rhythmische Trommeln von Sportschuhen auf dem Laufband. Nina warf ihren Coffee-to-go-Becher in den Abfalleimer unter dem Desinfektionsmittel-Spender.

Ein Dutzend Eifrige rackerten sich auf Crosstrainern und an Kraftgeräten ab. Vogeler hatte am Telefon davon gesprochen, dass er auf dem Laufband zu finden sei. Dort war er tatsächlich der Einzige. Nina trat in sein Gesichtsfeld. Er verringerte das Tempo stufenweise, bis er nur noch ging. Sie schätzte den drahtigen Mann mit dem kurzen, dunklen Vollbart auf Mitte dreißig – ihr eigenes Alter.

»Herr Vogeler, können Sie ... könnten Sie nicht ...« Sie deutete auf das Laufband.

»Frau Tschöke, richtig? Das ist mein Cool-down.« Es klang vorwurfsvoll. Aber nach ein paar Schritten stoppte er das Band und wischte sich mit einem Handtuch über das Gesicht.

Sie ließen sich auf einer Sitzecke in der Nähe des Tresens nieder.

»Herr Vogeler, ich hatte Ihnen ja schon am Telefon mitgeteilt ...«

»Und jetzt möchten Sie von mir wissen, ob ich eine Ahnung habe, wo Richard sein könnte. Aber die habe ich nicht.« Er saugte an einem Trinkhalm im Deckel seiner Wasserflasche.

»Fangen wir mal eine Nummer kleiner an. Wann haben Sie Ihren Freund Richard das letzte Mal getroffen?«

Sein Blick wanderte über eine Fotowand mit schönen, lachenden, jungen Menschen an Sportgeräten. »Letztes Jahr beim Leineweber-Markt – und das auch nur zufällig.«

Also im Mai, nur gut einen Monat, bevor er verschwand, überlegte Nina. »Nur zufällig? Aber Sie hatten doch gelegentlich Kontakt, oder?«

»Selten. Richard hat sich sehr zurückgezogen.«

»Warum glauben Sie, hat er das getan?«

Jens Vogeler senkte den Blick auf seine Wasserflasche. »Er konnte nicht mehr mithalten.«

Nina war verwirrt. »Sie meinen, sportlich …? Haben Sie zusammen mit ihm Sport …«

»Ich meine in finanzieller Hinsicht. Wir haben zusammen gefeiert, geurlaubt und so weiter. Aber als er seine Stelle verlor, lief es wohl nicht mehr so gut. Zuerst tönte er rum, von wegen wie viel besser die Selbstständigkeit wäre.« Vogeler wischte sich mit seinem Handtuch den Nacken. »Er kam mit immer neuen Projekten um die Ecke.« Er schüttelte den Kopf. »Richard war einfach nicht mehr auf der Gewinnerstraße, auch wenn er noch eine Weile versuchte, die Fassade aufrechtzuerhalten.«

»Und deswegen hat er sich nicht mehr bei seinen Freunden gemeldet?«

»Na ja, es wurde allmählich peinlich. Wir haben uns am Wochenende öfter in verschiedenen Clubs getroffen, und jeder aus der Clique war mal dran, eine Runde zu werfen. Richard hatte immer eine andere Ausrede. Eines Tages fuhr er mit einem rostigen Seat vor. Sein Audi wäre in der Werkstatt, und dann folgte eine blumige Geschichte. Das hat ihm keiner mehr abgenommen.« Vogeler zuckte mit den Achseln.

»Hätte er nicht einfach zugeben können, dass es ihm finanziell nicht so gut ging?«

»Richard?« Vogeler lachte auf. »Unser Richie wollte immer und überall der Erste sein. Dagegen ist nichts einzuwenden. Es gibt eben Leute, die was aus sich machen wollen, und Richard gehörte dazu. Die schönste Frau, der dickste Wagen, die meisten Abschlüsse bei Finanzprodukten …«

»Warum musste er dann die Bank verlassen?«

»Weil immer die gehen müssen, die zuletzt gekommen sind, wenn es eng wird. Richard war ein guter Verkäufer. Es war nicht seine Schuld. Es wurden eben Stellen abgebaut im Zuge der Finanzkrise. Uns allen ging damals der Arsch auf Grundeis. Aber es hat *ihn* getroffen.«

»Wie haben Sie ihn erlebt, als Sie ihn das letzte Mal sahen? Auf dem Leineweberfest«, fügte sie hinzu.

»Es schien ihm gut zu gehen. Ja, wirklich!« Er nickte vor sich hin. »›Jens, wir müssen uns mal wieder treffen‹ und so weiter. Wir haben nur ein paar Sätze gewechselt, wir standen in der Nähe einer Bühne, und die Band war laut. Außerdem war er mit Lara da, und die wollte weiter zu einer anderen Bühne.«

»Mit Lara Kaspari … und wie wirkten die beiden miteinander?«

Vogeler grinste. »Schätze, mit Lara hat er seine Traumfrau gefunden. Die hatten nur Augen füreinander.«

»Anfang des letzten Jahres hat er Ihnen eine Postkarte aus einer Reha-Einrichtung geschickt. Er schreibt da von einer Bekanntschaft, die sich als sehr interessant erweisen könnte oder so ähnlich.«

Vogeler kniff die Augen zusammen. »Ja, ich glaube, ich erinnere mich.«

»Zu der Zeit war er aber schon mit Lara Kaspari zusammen, oder?«

»Sicher, die waren schon länger zusammen. Bei Lara ist er solide geworden.« Er grinste. »Früher hat Richie nichts anbrennen lassen.«

»Er ist ein Frauentyp?«

»Allerdings, das ist er.«

»Was hat er dann wohl mit ›Bekanntschaft, die interessant werden könnte‹ gemeint? Hat er das noch mal erwähnt?«

»Nein.« Vogeler schabte über seinen Bart. »Ich kann mir nur vorstellen … vielleicht ein zukünftiger Geschäftspartner? Seitdem er die Stelle verloren hat, scheint er ständig auf der Suche nach lukrativen Geschäftsmodellen zu sein.« Durch den Trinkhalm schlürfte er lautstark den Rest aus der Flasche. »Wer weiß, womöglich ist ihm endlich das Geschäft seines Lebens über den Weg gelaufen. Und das in der Reha!«

Dominik schob die Küchengardine ein Stück zur Seite. Da parkte schon wieder dieser Leichenwagen vor dem Haus der Nachbarn. Tatsächlich schoss Frau Horstkötter gerade quicklebendig um die Ecke. Einen Augenblick später klingelte es.

Frau Horstkötters Hornbrille war beschlagen. »Morgen, Herr Domeyer. Ihre Frau hat ihren Wagen in der Einfahrt stehen lassen.« Sie schenkte ihm ein reizendes Lächeln.

Anfang des Jahres hatte er für sie eine Privatführung durchs Präsidium organisiert als Dank für eine entscheidende Zeugenaussage. Seitdem hatte er einen Stein bei ihr im Brett.

»Schon verstanden.« Er nahm die Autoschlüssel vom Haken und folgte ihr. Er räusperte sich. »Wie geht's denn Ihrer Mutter?«

»Gut! Danke!« Frau Horstkötter eilte mit schnellen Schrittchen der Garage zu.

Offenbar hatte der Leichenwagen nichts mit den Nachbarn zu tun. Die hochbetagte Oma Horstkötter müsste demnächst ihren Hundertsten feiern, wenn er sich nicht irrte. Er fuhr Bettys Twingo aus der Einfahrt. Frau Horstkötter dankte es ihm mit einem Handzeichen, bevor sie mit ihrem Micra davonbrauste.

Als er zurückkam, bediente sich Robin gähnend an der Kaffeemaschine.

»Robin, dieser Leichenwagen …«

Robin inspizierte den Kühlschrank. »Das ist nur Gevatter Tod.«

»Wer bitte?« Mit dicken Küchenhandschuhen öffnete Dominik die Backofentür, Hitze schlug ihm entgegen.

»Lissas Freund. Ich nenne ihn so, weil er immer mit diesem Wagen fährt. Eigentlich heißt er Erik.«

»Ihr Freund? Sie hat einen … Aha? Macht der eine Ausbildung beim Bestatter?«, fragte Dominik.

»Nö. Das ist mehr so sein Stil. Erik aus Drähsden. Du, dieses Brötchen …«

Dominik ließ das Brötchen, das er in den Handschuhen barg, auf Robins Teller fallen. Durch das Küchenfenster sah er seine Tochter auf den Leichenwagen zulaufen. Die steifen, schwarzen Locken, die sie am Hinterkopf hochgesteckt hatte, wippten. Ein bleicher Jüngling im schwarzen Ledermantel entstieg dem Auto. Eine Art Hahnenkamm aus hellblonden Zacken zierte seinen Kopf, die Seiten waren ausrasiert.

»Dresden, sagt du?«, murmelte Dominik.

»War es nü Leipzsch ödder Drähsden?«

»Das ist doch wohl kein Neonazi?«

»Der ist harmlos«, erklärte Robin. »Nur schüchtern. Der ist auch in der Goth-Szene. Hängen auf Friedhöfen rum und so.«

Lissa umhalste den blassen Herrn vom anderen Stern, und sie küssten sich stürmisch, ohne dass einer seiner Haarzacken ins Wanken geriet. Dann sprintete Lissa um den Wagen herum und stieg ein, bevor das Gefährt mit lautem Röhren aus Dominiks Blickfeld entschwand.

Er seufzte leise. Er hatte Lissas glückliches Gesicht gesehen, bevor sie eingestiegen war. »Gevatter Tod hat ein Problem mit dem Auspuff«, sagte er. »Ich gebe ihm mal die Nummer von unserem Schrauber.«

Robin grinste. »Besser ist das.«

»Sag deiner Mutter, dass ich zur Arbeit gefahren bin.«

Nina parkte ihren Wagen am Waldrand. Der VW-Bulli leuchtete rot durch das Geäst der Buchen. Es war ihr mithilfe des Fahrzeugtyps und des unvollständigen Kennzeichens gelungen, die Halterin des Fahrzeugs zu ermitteln. Die »Hexe« wohnte natürlich im Wald.

Ninas Navi hatte sie Richtung Süden über den Kamm des Teutoburger Waldes bei *Peter auf'm Berge* geführt und dann wieder in nordwestliche Richtung in die Nähe des Bußbergs. Ein ungepflasterter Weg führte zu dem Haus. Beim Näherkommen sah sie, dass der Bulli voller Beulen und Rostspuren war. Nina zog die Luft ein, als sie den kleinen, braunen Kopf hinter dem VW-Bus entdeckte. Doch was sie im ersten Augenblick für einen Schrumpfkopf gehalten hatte, entpuppte sich als tönerne Fratze. Im moosigen Rasen, der das Häuschen umgab, steckten etliche dieser Tonköpfe auf Eisenstangen. Eine Künstlerin?

Hinter einem verdreckten Fenster zum »Vorgarten« hing ein zerrissener, bunter Vorhang. Die zerbrochene Scheibe des anderen Fensters war durch eine Sperrholzplatte ersetzt worden. Der Name auf dem Klingelschild war verblasst. Vielleicht lebte Rose Wildeboer hier gar nicht mehr.

Plötzlich hörte Nina ein Gackern hinter dem Haus. Sie ging um das Gebäude herum. Eine Frau streute einer Schar Hühner in einem offenen Verschlag Futter aus einem Eimer hin. Die mehreren Schichten Wollpullover und der weite Rock, den sie über einer Jeans trug, konnten nicht darüber hinwegtäuschen, dass sie spindeldürr war. In ihrem verfilzten, blonden Haar steckten kleine Zweige und Blätter.

»Frau Wildeboer?«

Die Frau fuhr herum. Nina hatte eine ältere Frau erwartet, aber diese hier war jung, höchstens Ende zwanzig. Tiefe Schatten lagen unter ihren Augen. Sie verzog ihr schmutziges Gesicht. »Wer sind Sie? Was wollen Sie auf meinem Grundstück?«

»Ich bin Polizistin. Sie sind im letzten Jahr öfter in der Nähe der Wohnung von Richard Heberlein und Lara Kaspari gesehen worden und …«

»Verschwinden Sie!« Sie wandte sich ab, fuhr fort, ihren Hühnern Futter hinzuwerfen.

»Ich möchte Ihnen nur ein paar Fragen stellen.« Nina bemühte sich um einen ermunternden Ton.

Die Frau drehte ihr den Rücken zu und sprach leise mit sich selbst. Nina verstand nur Fetzen: »… nicht mehr zu kommen … wegbleiben … macht sowieso nichts …«

»Was haben Sie gesagt?«, fragte Nina freundlich.

»Die Polizei soll wegbleiben!«, schrie Frau Wildeboer plötzlich. »Die Polizei macht sowieso nichts!«

»Macht nichts … was meinen Sie denn damit?« Nina wünschte, sie hätte einen Psychiater an ihrer Seite. Diese Dame hatte ein Problem, eindeutig!

Frau Wildeboer wandte sich mit verzerrtem Gesicht zu ihr um. Sie ließ den Eimer fallen, schnappte sich einen Spaten, der an dem Verschlag lehnte, und drohte Nina damit. »Ohne Lara Kaspari wäre mein Vater noch am Leben!«

»Ihr …?«

»Doktor Armin Wildeboer!«, schrie sie, als ob Nina schwerhörig wäre. »Sie hat ihn *umgebracht*!« Rose Wildeboer stach mit dem Spaten in ihre Richtung.

»Habe ich verstanden.« Nina versuchte ein Lächeln und hob die Hände. »Hören Sie, Frau …« Sie brach ab, als ihr Blick auf das Rechteck aus frisch aufgeworfener Erde am Rand des Rasens fiel.

Der Café-Teil der Bäckerei am Bethel-Eck war in einer Art Wintergarten untergebracht und bot einen guten Blick auf die Passanten, die der Bushaltestelle zustrebten. Richards älterer Bruder Wolfgang arbeitete bei einer Krankenkasse und hatte das Café vorgeschlagen, wo er seine Mittagspause zu verbringen pflegte. Dominik vertrieb sich die Zeit bis zu Heberleins Eintreffen damit, die Leute auf der Straße zu beobachten. Viele waren jung, Schüler vermutlich. Ein gebeugter Mann manövrierte umständlich seinen Rollator über die Bordsteinkante, und es bildete sich eine Schlange von Autos, die geduldig darauf warteten, dass er die Straße überquerte. Ein hochgewachsener Anzugträger mit Brille und säuerlichem Zug um den Mund huschte durchs Bild. Mitte fünfzig, pedantisch, geschieden und verärgert über jeden Cent der Unterhaltszahlungen, die er an seine Ex zu leisten hatte, tippte Dominik. Er rührte in seinem Latte macchiato. Ein idealer Observierungsposten. Ein Räuspern riss ihn aus seinen Gedanken. Der Geruch eines aufdringlichen Aftershaves streifte seine Nase. Er schaute auf.

Der Anzugträger stand vor ihm. »Verzeihen Sie, sind Sie ...«

»Dominik Domeyer, Kripo Bielefeld.«

Der Mann nickte knapp und verzog die dünnen Lippen zu einem gequälten Lächeln. »Wolfgang Heberlein.« Bevor Heberlein sich setzte, warf er noch einen Blick auf die Uhr. Geschwister konnten sehr unterschiedlich sein. Das hatte Dominik bereits bei Betty und deren Schwester Andrea festgestellt, der kühlen Juristin mit der steilen Karriere. Wenn er sich das Foto von Richard Heberlein mit Tanzpartnerin vor Augen führte, war eine Familienähnlichkeit kaum zu erkennen.

»Worum geht es denn?« Heberlein wandte sich um, da gerade die Kellnerin an ihren Tisch trat, und bestellte sich ein belegtes Brötchen und Kaffee.

»Können Sie sich das nicht denken?«

Heberlein schob die Speisekarten auf dem Tisch zusammen. Seine hageren Finger zuckten. »Doch. Um meinen Bruder, um wen sonst? Ich sage Ihnen gleich, ich werde meine Mittagspause nicht überziehen.«

»Keine Bange, ich habe nur ein paar Fragen. Sie sind sicher im Bilde, was die Nachforschungen dieses Privatdetektivs ...«

»Ist kaum zu vermeiden, da meine Mutter von nichts anderem mehr redet. Seit ungefähr einem Jahr. Vorher war Richard auch oft Thema, aber seitdem er verschwunden ist, tja.« Er zuckte kurz mit den Achseln. »Schon komisch, je abwesender man ist, umso mehr Beachtung findet man. Also am besten gleich ganz aus dem Staub machen.«

»Er ist wohl kaum verschwunden, um Beachtung zu finden. Wieso dann?«

Heberlein schürzte die Lippen. »Ganz einfach: Er hat über seine Verhältnisse gelebt. Er hatte Mietschulden, stand vielleicht vor der Pfändung. Ah!« Er schob den Zuckerstreuer beiseite, um der Bedienung Platz für den Teller mit dem Brötchen und die Kaffeetasse zu machen.

»Ihre Mutter sagte, dass Ihre Eltern für vieles aufgekommen seien.«

»Das stimmt allerdings«, nuschelte Heberlein mit vollem Mund. Er kaute so hastig, wie er sprach. »Sie sind immer für alles aufgekommen. Er hat sie nur fragen brauchen, falls er sich dann mal bequemte aufzutauchen. Manchmal auch per Telefon.«

»Und warum hat er sie dann wegen der Mietschulden nicht gefragt?«

»Tja.« Heberlein pulte mit seiner Zunge in seiner Backentasche. »Ich habe vor ziemlich genau einem Jahr, also Ostern, erfahren, dass meine Eltern schon früher eine Hypothek auf ihr bereits abbezahltes Haus aufgenommen haben, um Richard Geld zu leihen. Sie werden dieses Geld natürlich nie wiedersehen. Ich nehme an, bei ihnen war nicht mehr viel zu holen.«

»Sie halten Ihren Bruder für so berechnend?«

Heberlein saugte an seinen Zähnen. Seine Zunge löste sich mit einem Schmatzlaut. »Womöglich fand selbst er es inzwischen geschmacklos, sich an unsere Eltern zu wenden. Ich kann es nicht sagen. Ich habe – außer auf Familienfeiern – keinen Kontakt zu meinem Bruder.«

»Laut Lara Kaspari hatte er noch immer Geldsorgen, doch er glaubte, sie bald ganz los zu sein. Haben Sie eine Idee, was er damit gemeint haben könnte?«

Heberlein trank seinen Kaffee in wenigen Schlucken leer. »Wie gesagt, ich habe nichts mit Richard oder seinen windigen Geschäften zu tun.«

»Schuldete er Ihnen Geld?«

»Darf ich mal kurz lachen?« Er stopfte sich den Rest des Brötchens in den Mund und wischte sich die langen Finger einzeln an der Serviette ab. »Ich müsste ja völlig verblödet sein, ihm auch noch Geld zu leihen! Nachdem er praktisch schon unser Erbe durchgebracht hat. Mein Vater hatte deswegen einen Schlaganfall. Und meine Mutter bezahlt auch noch einen Privatdetektiv!«

»Halten Sie es für möglich, dass Ihr Bruder Opfer eines Verbrechens wurde?«

»Kann sein, dass er einfach keine Lust hat, sich bei unseren Eltern zu melden. Wäre nicht das erste Mal. Kann auch sein, dass einer der Leute, die durch ihn Geld verloren haben, die Faxen dicke hatte. Woher soll ich das wissen?« Wieder warf er wie ein gestresster Manager einen Blick auf seine Uhr.

Dominik bezweifelte, dass die Krankenkasse ihre Angestellten so unter Druck setzte. »Die Leute, die durch ihn Geld verloren haben – wissen Sie, wer …?«

»Ich weiß gar nichts. Wie gesagt. Er hat früher bei einer Bank gearbeitet, dann selbstständig. Sie werden schon herausfinden, welcher Anleger sich betrogen fühlt. Er lebt sein Leben, ich meins, und je weniger ich mit ihm zu tun habe, desto besser.«

»Diese Lara Kaspari ...«

Er hob abwehrend die Hände. »Ich kenne sie praktisch nur vom Sehen. Keine Ahnung, wie er sich eine solche Frau leisten konnte.«

»Leisten? Eine solche Frau?«

»Wieso fahren Sie nicht zu ihr und sehen selbst?« Heberlein holte seine Brieftasche aus der Innenseite seines Jacketts.

»Das werde ich. Ich wollte nur wissen, wie Ihr Eindruck von Lara Kaspari ist. Ihre Mutter ...«

»Kann sie nicht ausstehen, ich weiß.« Er zählte Geld ab und legte es auf den Tisch. »Sie werden Bescheid wissen, wenn Sie sie treffen. Und jetzt ...«, lächelnd tippte er auf seine Uhr, »muss ich leider los.«

Als Ausgleich zu diesem unergiebigen Gespräch drehte Dominik die Anlage im neuen Wagen auf. Er ließ ein altes Live-Album von Sting erschallen, reihte sich summend in den Stau ein, der sich vorm Adenauer-Platz zu bilden pflegte. Auf der Stapenhorststraße wechselte er zu Chaka Khan, groovte sich durch bis zur Kurt-Schumacher-Straße und wartete auf dem Parkplatz des Präsidiums, bis der letzte Ton ihrer Version von *Castles in the sand* verklungen war.

Beschwingt betrat er das Büro und erwischte Frank vor dem kleinen Spiegel neben der Garderobe, wo der gerade seine blonden Fusselhaare hochhob und seine Geheimratsecken begutachtete.

»Bisschen Schwund ist immer.«

»Kannst du nicht anklopfen?«, raunzte Frank.

»Ist zufällig auch mein Büro. Sag mal, Betty hat mir erzählt, du bläst deine große Geburtstagsfeier ab. Wieso eigentlich?«

»Muss los, Dodo!« Frank griff nach seiner Jacke und war im nächsten Moment zur Tür hinaus.

»Schönen Urlaub noch!«, rief Dominik ihm nach.

Die Glastür im Flur fiel scheppernd zu.

Kopfschüttelnd setzte er sich an seinen Schreibtisch, lehnte sich zurück und verschränkte die Hände im Nacken. Er hatte noch immer Heberlein, den Älteren, im Ohr. *Keine Ahnung, wie er sich eine solche Frau leisten konnte.* Er blätterte die Unterlagen des Privatdetektivs durch, die ihm Heberleins Mutter gegeben hatte. Wieder stach ihm ein Wort ins Auge: *Schlampe.* Er wählte Lara Kasparis Nummer in Ulm.

Die riesige Pfütze spiegelte das Mondlicht. Bent stellte fest, dass er mittendrin geparkt hatte. Er schulterte seine Sporttasche und machte einen Satz, um nicht hineinzutreten. Das Fitnessstudio war trotz der späten Stunde gut besucht. Er steuerte auf einen der Crosstrainer zu, um sich warm zu machen. Mehr Spaß machte der anschließende Langhantel-Kurs. Er schaffte mehr Gewicht auf seiner Stange als die meisten anderen Kursteilnehmer – und das, obwohl er schon Monate vor seinem Umzug nach Bielefeld mit dem Training pausiert hatte. Durchgeschwitzt und froh, sich aufgerafft zu haben, betrat Bent die Umkleide und hatte ein Déjà-vu-Erlebnis.

Direkt neben seinem Spind stand *er* und knöpfte sich seine Jeans zu.

»Ähm ... Entschuldigung, darf ich mal?« Jemand mit einer ausladenden Tasche wollte vorbei.

Bent machte den Eingang frei. Natürlich war es nicht Andy. Aber es war jedes Mal ein Schock. Als er wieder hinsah, blickte er direkt in Dominik Domeyers dunkle Augen. Der hob die Brauen, lächelte und winkte kurz, dann zog er ein T-Shirt aus seinem Spind.

Wieso passierte ihm das immer noch? Vielleicht, weil er an Dominiks Anblick im Präsidium und im Supermarkt in Schildesche gewöhnt war, aber nicht im Fitnessstudio. Mit Andy war er Jahre lang zusammen ins Studio gegangen, eine der wenigen gemeinsamen Aktivitäten, die nach der Anfangszeit ihrer Beziehung geblieben waren.

»Aber das hier ist nicht Flensburg«, murmelte Bent. Zum Glück!

Ein schlaksiger Junge, der seinen Hallenschuh schnürte, sah fragend auf. Bent nickte ihm zu und ging zu seinem Spind. Dominik zerrte gerade seine Tasche heraus.

»Ich wusste gar nicht, dass du auch hier trainierst«, sagte Bent zur Begrüßung. »Reichlich schmal, diese Schließfächer.«

»Oder die Taschen zu voll.« Dominik lächelte. »Ich habe den Bademantel mitgeschleppt. Diese Tasche nehme ich sonst für die Sauna.«

Der Kollege wirkte, als käme er gerade von dort, mit seinem geröteten Gesicht, den noch feuchten, dunklen

Locken. Wie war es bloß möglich, dass sich zwei Menschen dermaßen ähnlich sahen, ohne miteinander verwandt zu sein?

Dominik trat auf ihn zu.

Bent wich zurück. »Wie ... wie läuft's denn so mit eurem Fall?«, sagte Bent, um irgendetwas zu sagen.

»Ich werde morgen nach Ulm fahren zur Freundin des Vermissten. Sie bewahrt noch Unterlagen von ihrem Richard im Keller auf. Könnte interessant werden. Der Typ war Anlageberater.«

Selbst die langen Wimpern ...

»Bent?«

»Ja? Ulm? Du hast von Ulm geredet. Schön ... ihr kommt also weiter.«

Dominik zog den Reißverschluss seiner Sporttasche zu. »Und der Brandanschlag?«

»Es gibt zwei Verdächtige. Wir werden sehen.«

Dominik schulterte die pralle Tasche. »Na dann, schlaf gut, Bent.«

Schlaf gut?

»Schönen Feierabend«, sagte Bent.

Auf dem Heimweg fiel ihm ein, dass er vergessen hatte, Brot einzukaufen. Er parkte den Volvo vor seinem Haus und ging zu Fuß zu dem kleinen Supermarkt, der noch bis 22 Uhr geöffnet hatte. Inzwischen war ihm Schildesche vertrauter, aber es würde dauern, bis er alle Gassen kannte, die durch den alten Ortskern führten. Deshalb schlug er einen neuen Weg ein und wunderte sich, als er an einem Haus mit der Leuchtschrifttafel *Marineheim* vorbeikam. Gegenüber ragte ein Anker aus einem Betonsockel. Bent wohnte erst seit vier Monaten in Bielefeld, aber ein Hafen wäre ihm wohl aufgefallen. Hier existierte nur ein künstlicher See. Und auf dem Johannisbach konnte man höchstens Papierschiffchen fahren lassen. In der Nähe des Ankers entdeckte er eine Gedenktafel für die *auf See Gebliebenen*. Vermutlich gab es auch in Bielefeld etliche, die zur See gefahren waren.

Zu Hause machte er die Schlafzimmerfenster sperrangelweit auf. Es roch noch nach Farbe, obwohl er die lösungsmittelfreie genommen hatte. Er entfernte zwei Streifen Abklebeband, die er über der Fußleiste vergessen hatte, und trat zurück. Das neue Bett aus Kirschbaumholz kam vor dem kühlen Grün der Wand besser zur Geltung. Ein Regal fehlte noch, das er zusammen mit seinen Freunden Henning und Ralf bei IKEA besorgen würde. Vielleicht sollte er die beiden und deren Bekannten Joe bald zum Essen einladen. Sie hatten ihm beim Streichen geholfen. Aber nicht nur dabei. Ohne Henning und Ralf würde er sich hier noch immer fremd und einsam fühlen. Sie waren die einzigen Menschen, die er in Bielefeld gekannt hatte, als er hierher gezogen war, um Andy hinter sich zu lassen. Anfangs hatte er sich kaum aufraffen können, seine Umzugskartons auszupacken.

Bent blätterte in seinen Kochbüchern, machte sich eine Liste von möglichen Zusammenstellungen. Als er von einem Rezept für Weincreme aufsah, stellte er fest, dass es schon fast elf war. Zu spät zum Telefonieren, aber nicht, um Einladungen per Mail zu verschicken. Sein Arbeitszimmer war das unfertigste Zimmer in der neuen Wohnung. Schon vom Flur aus hörte er die Tür im Wind klappern, als wäre ein Flaschengeist dort eingeschlossen und wollte heraus. Er schloss das Fenster. Das Licht des Vollmonds beschien den ausgekühlten Raum.

Er drehte die Heizung auf und öffnete sein Mailprogramm. Sein Posteingang füllte sich mit Werbung. Er löschte einen Newsletter von einer Baufinanzierungsvermittlung, den er bestellt hatte, als er noch plante, mit Andy zusammen ein Haus an der Küste zu erwerben. Seine Schwester Maike schickte einen Gruß aus Lanzarote, wo sie irgendeinen Reiki-Grad erwarb. Nacheinander löschte er die Mails bis er auf Candy@... stieß. *Candy*?!

Einfach löschen. Sein Finger trommelte leicht auf der Maustaste, während er die Mailadresse anstarrte.

Mit einem Rumms flog das Fenster wieder auf. Papiere wirbelten über den Sekretär. Er stand auf, um es richtig zu schließen. Fröstelnd rieb er sich die Hände. Trotz der voll aufgedrehten Heizung wurde es nicht warm im Raum.

Er rief bei Henning an. »Habe ich dich geweckt?«

»Macht nichts. Ich gebe zu, ich bin vorm Fernseher eingeschlafen.«

»Der Mistkerl hat eine Mail geschickt. Ich kenne die Adresse nicht, aber ›Candy‹ ist wohl offensichtlich. C. Andy wie Andy Ciccione.«

»Du weißt doch, man soll keine Mails von unbekannten Absendern öffnen. Was sich da alles verbergen kann – und hüpf, hat es dich angesprungen und infiziert.« Henning gähnte.

»Das Andy-Virus?«

»Ein besonders Bösartiges. Ruiniert die gesamte Festplatte. Ganz schnell löschen!«

»Ich soll löschen«, wiederholte Bent.

»Du hast dir eine neue Sim-Karte und die Geheimnummer besorgt. Warum nicht auch 'ne andere E-Mail-Adresse? Und übrigens – Joe mag dich sehr.«

»Was hat das jetzt damit zu tun?«, fragte Bent.

»Denk mal drüber nach. Hast du sie schon gelöscht?«

»Ja … nein …«

»Ich will es klicken hören.«

Bent bekam Herzklopfen. Adieu, Andy. Er löschte die Mail. »Ich hab's getan.«

»Hurray!«

»Danke, Henning. Ich habe dir per Mail eine Einladung zum Essen geschickt.«

»Super. Schaue ich mir morgen an.« Henning gähnte lautstark. »Gute Nacht!«

Bent löschte weiter an der langen Liste. In letzter Zeit war er nicht dazu gekommen, sein Postfach zu leeren. Bei der vorletzten Mail zuckte sein Finger von der Maustaste zurück. *Candy*. Schon wieder. Vielleicht war es etwas Wichtiges, einem gemeinsamen Freund war etwas passiert oder Andys Mutter Gianna … Er sollte das nicht tun, er hatte lange genug unter Andy gelitten, er hatte seine Heimatstadt verlassen, nur um loszukommen von diesem Mistkerl! Er blickte auf, sah zu, wie eine dunkle Wolke sich vor den Mond schob. Dann holte er tief Luft und öffnete die Mail.

Und traute seinen Augen nicht.

Nina klopfte an die Bürotür des Kollegen Redekop. Es kam keine Antwort. Sie hatte es heute schon mal vergeblich bei ihm versucht. Sein Büro des KK11 lag auf einem anderen Flur. Sie drückte die Klinke herunter. Die Tür war unverschlossen. Fritz saß am Schreibtisch, den grauen Schopf tief über eine Zeitschrift gebeugt.

»Hallo, Fritz!«

»Nina!« Die Lesebrille rutschte ihm fast von der Nase. Er hielt die Zeitschrift *Der Kriminalist* in die Höhe. »Ich lese gerade über die Gefahren des Internets: virenverseuchte Mails, Mobbing, gefälschte Profile bei diesen Kontaktbörsen. Da kann jeder reinschreiben, was er will. Ich könnte mich praktisch als Pamela Anderson ausgeben ...«

»Mach das, Fritz. Hör mal, der Fall Wildeboer ...«

»Immer dieses Internet! Man kann doch einfach eine Chiffre-Anzeige im *Westfalenblatt* aufgeben, habe ich recht?«

»Klar. Du hast vor ein paar Jahren einen Fall bearbeitet, bei dem es um einen Dr. Armin Wildeboer ging, nicht wahr?«

Fritz nickte und faltete die Hände vor seinem Bauch. »Setz dich. Was zu trinken?«

Nina ließ sich in einem Besuchersessel nieder. »Nein, danke. Ich habe es ein bisschen eilig ...«

»Eilig, das ist auch so was, immer haben es alle eilig ...«

Fritz, Skatbruder der Kollegen Ottfried Weber und Walter Kux, stand kurz vor der Pensionierung. Nina seufzte innerlich. »Also, Fritz, ich wäre dir wirklich dankbar ...«

»Schon gut. Vor fünf Jahren stürzte Dr. Wildeboer vom Balkon eines Apartments in den Tod. Das war die Wohnung seiner Geliebten, die kaum älter war als seine Tochter Rose. Rose beschuldigte die Geliebte, ihn gestoßen oder jemanden dafür beauftragt zu haben. Die Geliebte hätte ihn loswerden wollen, denn er hätte mit ihr sein Vermögen bereits durchgebracht. Das Apartment hatte er ihr nämlich geschenkt.«

»Und wer war diese Geliebte?«

»Eine gewisse Lara Kaspari. Ich habe sie damals befragt. Kann mich noch gut erinnern.« Fritz begann, zu grinsen, als hätte er einen besonders guten Witz gelandet.

Nina brauchte einen Moment, um zu verstehen, dass das Grinsen anzüglich gemeint war. So kannte sie ihn gar nicht. »Aber das Ganze wurde eingestellt?«

»Ja. Die Kaspari hatte ein wasserdichtes Alibi. Acht Leute haben sie beim Friseur gesehen. Und der gute Dr. Wildeboer war offenbar depressiv und zum Todeszeitpunkt schwer alkoholisiert.«

»Interessant. Dieser Privatdetektiv erzählte, Frau Kaspari hätte eine Vorliebe für ältere Herren mit solider Finanzausstattung. War Wildeboer vermögend?«

»Der Mann war Radiologe und besaß früher eine Villa. Er muss mal richtig Geld gehabt haben. Als er in Rente ging, hat er wohl beschlossen, dass Dolce Vita angesagt ist, hat mit der weit jüngeren Kaspari angebändelt und seine Gattin verlassen.« Fritz ließ die Daumen umeinander kreisen. Sein Blick wanderte kurz zu einem Bild an der Wand, das die Kreidefelsen von Rügen zeigte. Vielleicht plante er schon sein eigenes

Dolce Vita. »Viel war nicht mehr übrig, als er starb. Aber wie er sein Geld ausgab, war ja seine Sache. Und das einzige Kind in der Psychiatrie …« Fritz schürzte die Lippen.

»Rose Wildeboer war also nicht glaubwürdig?«

»Traurige Geschichte, sie hat erst ein Medizinstudium begonnen und ist dann in die Methamphetamin-Sucht abgerutscht. Sie litt zeitweise unter einer Psychose, wohl von diesem Dreckzeug verursacht. Stieß wilde Anschuldigungen aus. Eben paranoid.«

»Habt ihr Kasparis Apartment untersucht?«

Fritz sah sie über den Rand seiner Lesebrille hinweg an. »Meine liebe Nina, was meinst du wohl?«

»Entschuldige. Und was ist dabei herausgekommen?«

»Jede Menge Fingerabdrücke von Lara Kaspari, was kaum verwunderlich ist. Interessant waren drei Gläser auf dem Couchtisch mit Resten von Gin Tonic. Auf einem waren Wildeboers Abdrücke, auf einem anderen Kasparis Abdrücke, und auf dem dritten wurden die eines Unbekannten gesichert, ebenso DNA aus Speichelspuren. Die DNA konnte keinem polizeilich bekannten Straftäter zugeordnet werden. Wildeboers Mageninhalt ließ darauf schließen, dass er sich eine ordentliche Menge Gin hinter die Binde gegossen hatte. Vom Aufprall wird er nicht mehr viel gemerkt haben.«

»Wie tröstlich«, murmelte Nina. »Stellst du mir die Akte zur Verfügung?«

»Willst du das Ganze wieder aufrollen?«

»Diese Rose Wildeboer wurde gesehen, wie sie um das Haus von Kaspari herumschlich, kurz bevor deren

Liebhaber Richard spurlos verschwand. Wenn wir im Fall Richard Heberlein gründlicher ermittelt hätten ...«

»Nina, mach dir keine Vorwürfe! Du weißt ja, wie das ist. Bevor man sich versieht, liegen drei neue Fälle auf dem Schreibtisch. Unsere Kapazitäten ...«

»Trotzdem, ich will eine richterliche Durchsuchungsanordnung für das Haus und Grundstück von Rose Wildeboer! Die Geschichte riecht doch förmlich nach Rache!«

»Na gut, aber warum hat sie sich dann nicht schon eher gerächt? Dr. Wildeboers Tod liegt Jahre zurück.«

Nina knabberte an ihrer Lippe. »Hm ... wie lange war Rose Wildeboer in der Psychiatrie?«

»Ich habe das nicht die gesamte Zeit über mitverfolgt. Aber sie scheint immer mal wieder dort gelandet zu sein.«

»Die Frau ist drogensüchtig, hat mit sich selbst zu tun. Möglich, dass sie erst jetzt stabil genug ist, um so etwas zu planen.«

Fritz nickte. »Und die Kaspari? Ist die auch verschwunden?«

»Sie war nach dem Verschwinden von Heberlein eine Zeit lang abgetaucht, und das war vielleicht ihr Glück! Was ich mich gerade frage: Könnte der Unbekannte, dessen Spuren an dem dritten Glas gefunden wurden, der vermisste Heberlein sein?«

Er nickte langsam, stand auf und zog einen Aktenordner aus dem Regal. »Die Akte Wildeboer.« Er reichte ihr den Ordner. »Halt mich auf dem Laufenden, Nina, ja?«

»Es geht mir von Tag zu Tag besser und besser.« Frank imitierte den affektierten Tonfall der Yogalehrerin, die er mal auf einer Party kennengelernt hatte, und streckte seinem Abbild im Garderobenspiegel die Zunge raus. Er ignorierte das Blinken des Anrufbeantworters, schlurfte mit einer Flasche *Detmolder* weiter durch den Flur zum Wohnzimmer, wo er sich in seinen Fernsehsessel fallen ließ.

Heute war eigentlich Kino-Tag mit den Jungs. Er hatte ihn schon das letzte Mal geschwänzt, doch heute Abend verspürte er mindestens genauso wenig Lust wie in der Woche zuvor, wenn nicht weniger. Er machte die Flasche auf, trank einen Schluck und wischte über das beschlagene Etikett. Zum Glück war der Kasten *Detmolder* noch halb voll. Er nahm einen weiteren Schluck. Glück, was war das? Ein Kasten *Detmolder*? Oder doch besser *Herforder*?

Sein Blick fiel auf den Bücherstapel mit Ninas Narzissentopf obendrauf. Lauter Psychoratgeber. Nina hatte ihn förmlich damit beschossen. Die Frau konnte direkt einen Buchladen eröffnen. Zuoberst lag ein Titel, bei dem es um Selbstliebe ging. *Liebe dich selbst und es ist wurscht, mit wem du pimperst* oder so ähnlich.

Vielleicht lag da der Hund begraben. Aber wie sollte das gehen, wenn er seit Monaten nichts mehr auf die Kette bekam, außer Kollegen und Freunde zu verprellen? Und genau genommen war es ihm alles andere als egal, mit wem er pimperte. Das letzte Büchlein, das Nina ihm in die Jackentasche geschmuggelt hatte, war trotzdem eine Unverschämtheit. Die Adressen von Psychoheinis. So weit würde es noch kommen! Er griff nach dem Narzissentopf und las das Schildchen. Es handelte sich um die Sorte *Tête à tête*. Na wunderbar. Der Wink mit der Narzisse sozusagen. Bei Nina war immer alles irgendwie bedeutungsschwanger. Der Narzissentopf war natürlich ein Sinnbild. Das neu erwachende Leben oder so.

Plötzlich erschien ihm die Flasche in der anderen Hand auch wie ein Sinnbild: Der Sumpf, in dem er langsam versank, wenn auch ein leckerer Sumpf. Also: Flasche oder Topf? Versinken oder wie immer alles hinter sich lassen und neu anfangen? Letzteres war nie das Problem gewesen. Warum sollte es jetzt ein Problem sein? Nur weil er vierzig wurde?

Wenn er einen Rat brauchte, hatte er sonst immer Dominik angerufen. Der war immerhin zehn Jahre älter. Aber Dominik sah trotz seines Alters blendend aus und hatte eine Frau an seiner Seite, die er nicht zu schätzen wusste. Was wusste der schon von einer Midlife-Crisis? Frank nahm noch einen Schluck. Sicher, er hatte auch früher gelegentlich einen Durchhänger gehabt, aber wenn das so weiterging, würde er Ostern hier immer noch sitzen und grübeln und sich selbst auf den Sack gehen. Bis er das Bier ausgetrunken hatte, musste er sich entscheiden.

Seine Schlucke wurden kleiner, zögerlicher. Er holte die Euro-Münze aus seiner Jeanstasche, die er immer für den Einkaufswagen bereithielt. Narzisse war Bild, klar. Flasche Zahl. Er drehte die Schicksals-Münze in seiner Hand. Das Bild zeigte eine Harfe. Ein irischer Euro. Er trank den letzten Schluck aus der Flasche und warf. Die Münze segelte durch die Luft und landete irgendwo hinter der TV-Bank. Frank stöhnte, hievte sich aus dem Sessel, ließ sich auf alle viere nieder und entdeckte den Euro im Kabelgewirr neben der Steckerleiste. Das Ergebnis war eindeutig.

Mit leisem Ächzen stand er auf, holte seinen Laptop, pustete den Staub runter. Sollte er es mit seinem alten Nickname versuchen? Er fühlte sich zurzeit nicht gerade wie ein *Badboy35*. Aber das war vermutlich besser, denn sonst würde er sich womöglich ein Date mit einer Dame einhandeln, die er schon kannte. Lustlos begann er, in den einschlägigen Portalen zu suchen. Schließlich blieb er in seinem alten Portal, wo er sein Profil noch nicht gelöscht hatte. Er entdeckte einige neue Profile mit Foto, darunter zwei interessante. Eine der beiden Damen war online. Er wollte gerade Kontakt aufnehmen, als sie *ihn* kontaktierte. Nicht schlecht, dachte Frank und tippte eine Antwort.

Während er auf ihre Erwiderung wartete, ging er ans Fenster und zündete sich eine Zigarette an. Die Ampeln an der Kreuzung zum Ostwestfalendamm-Tunnel schwankten im Wind. Als er sich wieder aufs Sofa setzte, hatte sie bereits geantwortet. Sie chatteten eine Weile, bis sein Magen knurrte. Er nahm den Laptop mit in die Küche, fischte sich ein Tetrapack Milch aus dem Kühlschrank, nahm einen großen Schluck direkt aus der offenen Packung und begann zu würgen. Beinahe hätte er die saure Milch über die Tastatur gespuckt, schaffte es gerade noch bis zum Ausguss.

Sorry, musste kurz mal was zu mir nehmen. Noch da, Mylady33?

Na sicher doch. Bin auch hungrig!

Frank grinste.

3. Kapitel

Mittwoch, 27. März

Als Dominik gegen acht am Kreuz Wünnenberg-Haaren auf die A44 Richtung Kassel fuhr, musste er die Sonnenblende runterklappen. Die Sonne kam hervor – kaum zu glauben nach Wochen des Regens und dem nächtlichen Sturm. Auf der Höhe von Kassel klappte er die Blende wieder hoch. Neuer Regen prasselte auf seine Windschutzscheibe.

Nina hatte ihn am Vorabend angerufen und vom Tod eines gewissen Dr. Wildeboer berichtet. Diese Lara Kaspari schien nicht ohne zu sein. Ihre Liebhaber segneten das Zeitliche oder verschwanden spurlos. Er legte eine CD von *La Vela Puerca* ein, die ihm Robin gegeben hatte. Schneller Ska aus Südamerika, ideale Laufmusik, aber auch für das Gasgeben geeignet. Als er um zehn nach zwölf Ulm erreichte, zeigte der Himmel ein einheitliches Grau.

Kasparis Apartment lag in einem Neubau im Zentrum. In dem Augenblick, in dem sie ihm die Tür öffnete, wusste er, was Wolfgang Heberlein mit einer »solchen Frau« gemeint hatte.

Lara Kaspari lächelte ihn an. »Wollen Sie nicht hereinkommen, Herr Kommissar?« Ihre Stimme war samtig. Dunkel.

Das war ihm am Telefon gar nicht so aufgefallen. »Ich … also … ja, gerne.«

Ihr Lächeln vertiefte sich. »Bitte kommen Sie.«

Er folgte ihr durch einen breiten Flur in ein großes Wohn-Esszimmer mit einer Fensterfront vom Boden bis zur zwei Stockwerke hohen Decke mit Blick aufs Ulmer Münster. Eine Wendeltreppe schraubte sich zu einer Galerie, von der weitere Türen abgingen.

»Möchten Sie etwas trinken? Vielleicht einen Kaffee?«

»Gern, ja.«

Während Eva Mendes' Doppelgängerin davonschwebte, um Kaffee zu holen, betrachtete er geistesabwesend das Panorama. Rief sich ins Gedächtnis, dass die Frau etwa halb so alt war wie er.

Er schrak zusammen, als sie plötzlich neben ihm stand.

»Wollen Sie sich nicht setzen?« Sie stellte das Tablett mit dem Kaffeegeschirr auf den Glastisch zwischen den beiden Sofas.

Sie nahmen einander gegenüber Platz.

»Sie haben eine tolle Aussicht«, bemerkte er.

Sie erwischte ihn beim Blick auf ihr Dekolleté.

Reiß dich zusammen, du Depp!

»Ja, nicht wahr?« Sie goss Kaffee in zwei Designertassen. »Ich weiß nicht, ob ich Ihnen noch viel erzählen kann.« Sie schlug ihre langen Beine übereinander. »Sie wissen bereits, dass Richard seit der Nacht auf den 4. Juli verschwunden ist.«

»Wann genau haben …«

»Er hat abends gegen halb acht das Haus verlassen und wollte noch zu einem Kunden. Ich habe ihn nie wiedergesehen.«

»Ein Kunde? Hat er …«

»Richard hatte sich mit einer Vermögensberatung selbstständig gemacht. Er arbeitete von zu Hause aus, hat aber auch Kunden besucht.«

»Wissen Sie, ob er an dem Abend, an dem er verschwand, oder später von jemand anderem gesehen worden ist?«

»Ich kenne niemanden, der ihn danach sah.«

»Lief es gut mit seiner Selbstständigkeit?«

Lara Kasparis glatte Stirn legte sich in feine Falten.

»Nicht? Also haben *Sie* ihn finanziert?«, fragte er weiter.

»Nein … ich fürchte, Richard hat Schulden gemacht. Er meinte, das Ganze müsste erst einmal richtig anlaufen.«

Unwillkürlich musterte er die Ledersofas, die offene Küche aus Eiche und Edelstahl, die dicken Teppiche.

Sie folgte seinem Blick. »Das ist nicht mein Apartment. Ein alter Freund hilft mir«, erklärte sie. »Das wollten Sie doch wissen.«

»Das geht mich nichts an.« Er klaubte eine schmelzende Schoko-Kaffeebohne von seiner Untertasse.

»Ich musste meine Arbeit in Bielefeld natürlich aufgeben. Aber letzten Monat habe ich hier einen Modelvertrag unterschrieben.« Ein kleines Lächeln kräuselte ihre vollen Lippen. »Ich komme also klar.«

Als würde er sich Sorgen um sie machen.

Er wollte sich die schmelzende Zartbitterbohne in den Mund stecken, als sie ihm durch die Finger flutschte. Er schnappte sie gerade noch, bevor sie auf den hellen Teppich fallen konnte. »Verzeihung.« Er leckte sich Schokolade von den Fingern.

»Ist doch nichts passiert.« Lächelnd sah sie ihm in die Augen. Einen Moment zu lang.

Er räusperte sich. »Sie haben vorhin erwähnt, dass er an jenem Abend zu einem Kunden wollte. Um wen es sich handelte, wissen Sie nicht?«

»Das hat er nicht gesagt. In seinem Kalender stand nur *D.S.* Es könnte Dietrich Schlüter gewesen sein. Der war ein Kunde.«

»Kennen Sie diesen Kunden? Wissen Sie, wo ich ihn finden kann?«

»Nicht persönlich. Richard hat Schlüter manchmal erwähnt, weil der wohl öfter über mangelnde Renditen seiner Anlagen jammerte. Seine Adresse kenne ich nicht, aber die Nummer müsste im Bielefelder Telefonbuch zu finden sein.«

»Also gab es Spannungen zwischen diesem Schlüter und Ihrem Freund Richard?«

»Ich weiß nur, dass Richard ihn anstrengend fand. Mehr kann ich dazu nicht sagen.«

»Besitzen Sie Richards Kalender noch?«

»Seinen Bürokram bewahre ich im Keller auf. Es lagen kurz nach seinem Verschwinden noch zwei Briefe für ihn in unserem Briefkasten. Ich habe alles zusammen in Kartons gepackt. Die Kleidung habe ich dem Roten Kreuz gespendet. Nehmen Sie die Kisten aus dem Keller doch mit. Mir ist sowieso lieber, ich bin das Zeug los.«

»Sind Sie nie auf die Idee gekommen, die Sachen zu seinen Eltern zu bringen?«

»Keine Sekunde lang!«, sagte sie heftig. Ihre Wangen röteten sich. »Sie haben mir immer zu verstehen gegeben, dass ich nicht die Richtige für Richard bin. Nicht gut genug. Außerdem wollte ich nur noch weg, als ich ... Sehen Sie, seine Eltern hätten ein großes Theater gemacht. Also habe ich unsere Sachen gepackt, den Rest stehen lassen, bin in mein Auto gestiegen und nach Ulm gefahren, wo ich ... wie gesagt, einen alten Freund habe.«

»Sie sind also Hals über Kopf abgereist?«

»Hals über Kopf, nein ... erst zwei Tage später. Zuerst habe ich gewartet, ob er nicht wiederkommt. Habe alte Bekannte angerufen, ob sie wüssten, wo er ist. Auch diesen Schlüter, aber der war nicht erreichbar. Ich dachte, vielleicht könnte mir irgendwer etwas sagen, aber dann ...« Ihre Miene verdüsterte sich.

Dominik griff nach dem Glas mit Wasser, das sie neben den Kaffee gestellt hatte. »Was dann, Frau Kaspari?«

»Niemand, mit dem ich gesprochen habe, hatte eine Ahnung, wo er sein könnte oder was er damit gemeint hat.« Sie lächelte gepresst.

»Gemeint hat?«

»Damit, dass die Geldsorgen bald ein Ende hätten.« Sie spielte mit ihrer Perlenkette.

»Liegt es da nicht nahe, dass er von einem Kunden sprach? Was hat Ihnen daran solche Angst gemacht?«

Die Perlen ihrer Kette klackerten leise gegeneinander. »Richard sagte, er hätte einen dicken Fisch an der Angel, ich müsste nur Geduld haben, das Ganze bräuchte seine Zeit. Mag sein, dass das ein Kunde war, ein außergewöhnlicher Kunde. Und dann …« Ihr Blick wanderte zum Ulmer Münster.

»Frau Kaspari?«

»An dem Tag, nachdem er verschwand, begannen diese Anrufe. Das Telefon klingelt, ich melde mich mit meinem Namen, höre jemanden atmen, dann wird aufgelegt.«

»Und dann reichte es Ihnen?«

Sie nickte, trank den letzten Schluck aus ihrer Kaffeetasse.

»Ein außergewöhnlicher Kunde … Frau Kaspari, Richard hat im Januar des letzten Jahres eine Reha in einer Klinik am Schlossberg gemacht …«

»Ja, stimmt, in der Nähe von Bad Driburg war das. Er hatte sich beim Skifahren das rechte Knie verletzt.«

»Einem Freund hat er eine Postkarte geschickt, in der er von einer interessanten Bekanntschaft spricht, die er in der Reha gemacht habe. Um wen könnte es sich da handeln?«

»Davon hat er mir gegenüber nichts erwähnt. Mag sein, dass es um Geschäftliches ging. Oder um einen guten Arzt, könnte ich mir vorstellen, denn Richard hatte eine Zeit lang große Probleme mit seinem Knie.«

»Hm. Verstehe. Eben sagten Sie, seine Eltern hätten Theater gemacht, wenn Sie Ihre Befürchtungen mitgeteilt hätten über Richards Verschwinden. Und was ist mit seinem Bruder? Wie hätte der reagiert? Sie kennen doch Wolfgang Heberlein, oder?«

Die Tasse mit Untertasse in ihrer Hand begann zu klappern, sie stellte sie ab und massierte sich die Hände. Ihr Blick ging ins Leere.

»Sie kennen ihn?«

»Ich kenne ihn«, sagte sie tonlos. »Allerdings kenne ich ihn.«

»Das hört sich an, als wären Sie ihm lieber nicht begegnet.«

»Er hat mich belästigt. Bei einer Familienfeier. Der sechzigste Geburtstag von Richards Mutter wurde in einem großen Gasthof gefeiert. Ich kannte ihn kaum. Es gab einen Sektempfang. Wir haben ein paar Worte gewechselt, ich war freundlich, mehr nicht. Ich bin irgendwann zur Toilette gegangen, und als ich rauskam, stand er in diesem schmalen Flur und bedrängte mich.« Sie schloss die Augen. Eine Falte erschien zwischen ihren Brauen.

Dominik machte eine Bewegung und stieß dabei das Glas um. »Upps.« Er richtete es schnell wieder auf, aber das Wasser war bereits auf das Bambustischset gelaufen und begann, auf den Teppich zu tropfen. Er wollte nach einer Papierrolle fragen, aber er sah, dass sie noch immer die Augen geschlossen hatte.

»Er hat mich gegen die Wand gedrängt und versucht …« Sie schüttelte den Kopf, presste die Lippen aufeinander. »Seine Mutter betrat den Flur, da ließ er mich los, natürlich.« Sie öffnete die Augen, starrte blicklos auf die Pfütze auf dem Tisch.

Er zog eine Packung Papiertaschentücher aus der Hosentasche und tupfte damit das Tischset ab. »Sie hätten ihn anzeigen können.«

Ihr Blick blieb stumpf. »Es hätte Aussage gegen Aussage gestanden.«

»Aber seine Mutter ...«

»... hat das wohl anders interpretiert. Sie behandelte mich danach noch kühler als zuvor.« Sie sah auf den Haufen feuchter Papiertaschentücher, die auf dem Tisch lagen, ohne ihn zu fokussieren. Dann schaute sie ihn an. »Kurz bevor Richard verschwand, steckte ein Zettel unter meinem Scheibenwischer. Nur ein Wort: *Schlampe*, und das in Großbuchstaben!«

»Denken Sie etwa ...« Heberleins Mutter? Die kleine Frau mit der Vorliebe für Karos? Man sah es den Leuten nicht an.

»Zutrauen würde ich ihr das. Aber diese Anrufe ... dieses Atmen – es war einfach widerlich. Das war nicht Elisabeth, also Richards Mutter.«

»Sie haben Wolfgang Heberlein in Verdacht«, stellte er fest.

Sie kehrte die Handflächen nach oben. »Richard war ihm im Weg. In mehr als einer Hinsicht, fürchte ich.« Über ihrer Oberlippe hatten sich feine Schweißperlen gebildet.

»Besitzen Sie den Zettel noch? War das Wort Schlampe gedruckt oder ...?«

»Es war handgeschrieben. Aber ich habe den widerlichen Zettel sofort vernichtet!«

»Schade.« Ihm fiel das Telefonat mit Nina ein. »Sagen Sie, kennen Sie eigentlich eine Rose Wildeboer?«

Lara Kaspari seufzte. »Diese arme Irre! Rose ist ein Crystal-Meth-Junkie. Sie behauptet, ich hätte jemanden dafür bezahlt, ihren Vater zu ermorden oder so ähnlich. Und Armin vorher finanziell ausgenommen.«

»Aber so war es nicht?«

Ihre braunen Augen verdunkelten sich. »Natürlich nicht! Ich kann nur Vermutungen anstellen, wie es zu dem Sturz vom Balkon kam. Armin ging es nicht gut. Ich hatte ihm kurz vor seinem Tod mitgeteilt, dass ich mich von ihm trennen würde. Das war vor etwa fünf Jahren, als ich Richard kennenlernte. Armin wollte nicht wahrhaben, dass es vorbei war. Und als er es dann realisierte …« Sie machte eine müde Bewegung mit ihrer manikürten Hand. »Es war tragisch, aber …« Sie sah ihn mit schmerzlichem Blick an.

»Verstehe. Könnte Rose Wildeboer hinter dem Zettel und den seltsamen Anrufen stecken?«

Frau Kaspari leckte sich über ihre vollen Lippen. »Jetzt, da Sie es sagen … Rose hat sich eine Weile in der Nähe unseres Hauses herumgetrieben. Angeblich, weil sie mich beobachten wollte, um mich des Mordes zu überführen. Diese Verrückte! Rose wäre dumm genug, einen solchen Zettel mit der Hand zu schreiben, statt ausgeschnittene Buchstaben aus der Zeitung draufzukleben.«

»Haben Sie sich nie gefragt, ob Rose etwas mit Richards Verschwinden zu tun haben könnte?«

»Sie meinen, sie wollte mich treffen, indem sie Richard etwas antut?«

Mit einem Mal wurde die Eingangstür von außen aufgeschlossen.

»Entschuldigen Sie.« Sie schenkte ihm ein strahlendes Lächeln, sprang auf und eilte einem älteren Herrn mit weißem Haarkranz entgegen. Er küsste sie kurz auf den Mund, stellte dann zwei Papiertüten mit Einkäufen ab. Sein Kaschmirmantel klaffte auf und enthüllte einen runden Bauch unter dem schwarzen Hemd.

»Darf ich vorstellen«, sagte Lara Kaspari. »Dominik Domeyer von der Bielefelder Kripo – mein Freund Geronimo.«

Dominik schüttelte dem lächelnden Herrn die Hand.

Sie rieb sich die Hände, schaute von einem zum anderen. »Ich habe dir schon erzählt, dass Herr Domeyer wegen Richards Sachen hier ist.«

»Das – und Sie sagten vorhin, Sie hätten Richards Bekannte angerufen. Würden Sie mir die Namen aufschreiben?«

»Ich meinte frühere Kollegen. Aus seiner Zeit bei der Bank. Richard hatte nur noch zu Jens Vogeler Kontakt. Aber da ich nicht wusste, an wen ich mich wenden sollte … Warten Sie.« Sie wandte sich um.

Geronimo war bereits davongeeilt, um Block und Stift zu holen. Lara notierte ihm einige Namen. »Die Liste seiner Kunden finden Sie wahrscheinlich bei seinen Papieren.« Sie nestelte an ihrer Perlenkette. »Wenn Sie möchten, können wir dann in den Keller gehen.«

Graues Licht fiel durch die Kellerfenster. Die wenigen Gegenstände verloren sich in dem Raum. Sie führte ihn zu zwei Kartons, die neben einer Golfausrüstung standen.

»Das ist alles?«

»Seine Bücher habe ich auch gespendet. Einer Bücherei.«

»Sie rechnen wirklich nicht damit, dass er wiederkommt.«

»Nein. Er hätte sich in jedem Fall bei mir gemeldet. Er liebte mich.« Sie senkte den Blick.

»Und das ist …« Er schlug den Deckel der obersten Kiste auf.

»Seine Korrespondenz, Geschäftliches, Kalender und so weiter.«

»Das ist ja eine ganze Menge.« Er blätterte in einem Heft mit Kontoauszügen. »Warum haben Sie sich damals nicht an die Polizei gewandt?«

Sie sah ihn einen Moment lang ausdruckslos an, dann lächelte sie. »Die Möglichkeiten der Polizei sind begrenzt.«

»Das versteht sich von selbst. Aber mit Ihrer Aussage wäre weiter ermittelt worden. Sie sind stattdessen einfach untergetaucht. Warum?«

»Weil ich Angst hatte, das sagte ich doch schon.«

»Der Detektiv hat lange gebraucht, um Sie aufzuspüren. Waren Sie die ganze Zeit über hier in Ulm?«

»Ja, aber das wusste niemand. Ich wollte nicht gefunden werden von … von dem, der hinter Richards Verschwinden steckt. Der Kerl, der ins Telefon geatmet und dann aufgelegt hat. Ich wollte auch nicht, dass meine Eltern oder meine Schwester deswegen bedrängt werden, also habe ich ihnen nur gesagt, dass es mir gut geht, und nicht, wo ich mich genau aufhalte.«

»Und hier fühlen Sie sich sicher?«

»Ich habe mich sicher gefühlt, ja … bis der Privatdetektiv, den Wolfgang Heberlein auf mich angesetzt hat, hier aufkreuzte.«

»Der Auftrag kam von Richards Eltern.«

»Behaupten die …«

»Hat Richards Bruder Sie noch einmal belästigt? Kontakt aufgenommen?«

»Das wird er sicher tun.«

»In dem Fall melden Sie sich bei uns. Und wenn Ihnen noch etwas einfällt, natürlich.« Als er ihr seine Karte überreichte, streifte sie wie zufällig seine Hand.

Die Scheiben der Fachwerkhäuser der Altstadt reflektierten die Sonnenstrahlen, die gerade die Wolkendecke durchbrachen. Dominik marschierte mit Richards verbliebenen Habseligkeiten geradewegs zum Parkhaus, verstaute die Kartons im Kofferraum, setzte sich ins Auto und starrte die Betonwand an. Mit einem Mal kam ihm das Bild in den Sinn. Morgens auf dem Weg zur Autobahn war er noch bei seinem Laufkumpel Volker vorbeigefahren, um es abzuholen. Er hatte sich wortreich bedankt, und Volker hatte ihm mehrmals versichert, er habe sowieso längst etwas anderes an der Stelle aufhängen wollen. Als ob es nur irgendein Bild wäre.

Er holte es vom Rücksitz und schälte das Lächeln des Dalai Lama aus dem Papier. Ein herzliches Begrüßungslächeln, nur auf den zweiten Blick hatte es einen leicht ironischen Unterton. Vor einem Vierteljahr, als er ein paar Tage bei Volker gewohnt hatte, war ihm das Tibeter-Oberhaupt ein vertrauter Gesprächspartner geworden. Ein guter Zuhörer gewissermaßen. Was er Volker natürlich nicht auf die Nase band. Ob es noch immer funktionierte? Er strich über den silbernen Holzrahmen, und Staub rieselte in den Fußraum. Er würde einen schöneren Rahmen besorgen.

Was war das eben mit Lara Kaspari?, fragte er sich. Alles geriet in Unordnung.

Der Dalai Lama lächelte amüsiert.

Ordnung machen, dachte er. Endlich Ordnung bringen in dieses Chaos. Die vage Empfindung von Unordnung hatte sich allmählich verstärkt zu dem Verdacht, dass er seit einiger Zeit etwas Bedeutsamem auswich. Dem Thema Betty. Seiner Ehe.

Der Dalai Lama lächelte ermunternd.

Da war noch etwas: Wieso sagte Lara Kaspari, Richard liebte sie, und nicht: Wir liebten uns? Interpretierte er zu viel da hinein?

Der Dalai Lama schwieg.

Diese Frau war eine echte Schönheit und setzte ihre Attraktivität ein. Was das in Bezug auf Richard Heberleins Verschwinden bedeutete, wusste er noch nicht. *Dass* es in diesem Zusammenhang eine Bedeutung hatte, hielt er für sehr wahrscheinlich.

Er legte eine Hörspiel-CD ein und startete den Wagen. Nach einer halben Stunde schaltete er den Player wieder aus, weil seine Gedanken abschweiften zu der Frau, mit der er Betty vor einer halben Ewigkeit untreu geworden war. Betty hatte nie davon erfahren. Eine Episode, die der Gedanke an seine Kinder beendet hatte. Warum fiel ihm das gerade jetzt ein?

Der Dalai Lama lächelte ihm vom Beifahrersitz aus zu, als wollte er sagen: Die Antwort kennst du schon.

In Bents Wohnzimmer türmten sich Pakete von IKEA. Was ursprünglich als Samstagsaktion geplant gewesen war, hatten sie schon an diesem Tag erledigt, weil Ralf heute den Bulli von seiner Arbeitsstelle ausleihen durfte und das Transportproblem damit erledigt war.

»Sollen wir dir helfen aufzubauen?«, fragte Henning. »Du siehst müde aus.«

Bent nickte. »Ich habe einen langen Tag hinter mir.« Die Wahrheit war, dass er in der Nacht kaum geschlafen hatte und nur deshalb zu IKEA mitgefahren war, um sich von Andys Mail abzulenken.

Ralf lächelte. »Wir bauen schnell auf und lassen dich in Ruhe.«

»Ich mache uns erst mal Kaffee«, sagte Bent. »Soll ich ein paar Käse-Spinat-Teigtaschen in den Backofen schieben?«

Kurz darauf gruppierten sie sich mit ihren Tellern und Tassen um den Turm aus Paketen herum. Eine Weile herrschte Schweigen, bis die letzte Teigtasche vertilgt war.

Henning legte die Füße auf einen Karton. »Du hast sicher Nachtisch für uns.«

»Hör gar nicht hin.« Ralf verdrehte die Augen.

»Er hört ja auch nicht hin, er ist ganz woanders«, sagte Henning. »Wo eigentlich?«

»Wir fangen einfach mal an mit Auspacken, was, Bent? Los, aufstehen, Faultier!« Ralf schob Hennings Beine von dem Paket.

Bent trug das Geschirr in die Küche. Aus dem Wohnzimmer drang das Geräusch von reißender Pappe. Als er wiederkam, hüpfte Henning auf einem Haufen geknickter Pappschachteln, um sie zu stauchen. Ralf hockte auf dem Boden und war dabei, Schrauben aus Tütchen zu holen und zu sortieren. Sie waren nicht zu stoppen.

Henning klappte seinen Werkzeugkoffer auf. »Ich brauche jetzt die lange Schraube.«

»Die habe ich doch eben noch gesehen ...« Ralf ließ seinen Blick über den Boden schweifen, bis er an Bents Schuhen hängen blieb und höher wanderte. »Sag mal, gehen wir dir auf die Nerven, Bent? Möchtest du lieber allein sein?«

»Er hat ein duktales Adenokarzinom des Pankreas«, platzte Bent heraus. »Inoperabel.«

»Wie?« Ralf fiel die Schraubentüte aus der Hand. »Was?«

»Bauchspeicheldrüsenkrebs.«

»*Wer?*«, fragte Ralf.

Henning legte den Schraubenschlüssel beiseite. »Du hast die Mail also doch gelesen!«

»Er hat noch eine geschickt. Da dachte ich, es müsste was Wichtiges sein.«

»Um wen geht es denn?«, murmelte Ralf.

»Um seinen Ex. Um Andy, wen sonst?« Henning drückte den Schraubenschlüssel wieder in die Schaumstoff-Aussparung. »So wird das nichts mit dem Loslösen, Bent!«

»Begreifst du denn nicht? Das ist das Todesurteil«, sagte Bent.

»Allerdings«, sagte Ralf. »Ein Onkel von mir hatte Bauchspei...«

»Und was hat Bent damit zu tun?«, rief Henning. »Sie sind nicht mehr zusammen!« Er holte einen Hammer aus dem Koffer. »Hat Andy keine anderen Freunde, die ihm das Händchen halten?«

»Wart ihr lange zusammen?«, fragte Ralf.

»Sechs Jahre, mit Unterbrechungen zwar, aber ja ... schon eine Weile«, sagte Bent.

»So eine Nachricht lässt einen doch nicht kalt!«, sagte Ralf.

Henning klopfte mit dem Hammer in seine Handfläche. »Hast du eine Ahnung, wie Bent unter diesem Kerl gelitten hat? Unter Andy Narziss Ciccione?«

»Andy ist kein Heiliger«, gab Bent zu. »Trotzdem ... es wird ein Abschied. Ich ...«

»Er hat dich wieder in seinen Fängen!« Henning schüttelte den Kopf und warf den Hammer auf den Teppich. »Dann kann ich Joe also Bescheid sagen, dass das Essen ausfällt, weil du über Ostern nach Flensburg fährst?«

»Ich sollte sowieso zu meinen Eltern fahren. Ich war schon Weihnachten nicht da.« Bent pflückte einen Klebestreifen vom Teppich und wickelte ihn um seinen rechten Zeigefinger. »Wir finden einen anderen Termin für das Essen. Geht es auch unter der Woche?«

Die Sonne leuchtete rot durch das junge Grün der Bäume. Betty hatte den Nachmittag damit verbracht, die Terrassenplatten zu säubern. Fröstelnd rieb sie sich die Arme. Während der Arbeit hatte sie nicht gemerkt, wie kühl es geworden war. Zumal es dunkel wurde draußen. Von der Terrasse aus sah sie Lissa mit weiß geschminktem Gesicht im langen, schwarzen Rock durchs Wohnzimmer wandeln und wieder verschwinden. Betty streifte ihre Gartenschuhe ab und ging hinein. Auf dem Esstisch lag ein aufgeschlagenes Buch mit dem Einband nach oben. Edgar Allan Poe. Sie drehte es um.

Wenn meine Natur das Wachsein nicht länger auszuhalten vermochte, so überließ ich mich nur mit Sträuben dem

Schlaf; denn mir schauderte bei der Vorstellung, dass ich mich beim Erwachen in einem Grab wiederfinden könnte. Und wenn ich endlich in Schlummer sank, so war es nur, um in ein Weltall von Wahngebilden zu stürzen …

Seufzend klappte Betty das Buch zu. Warum konnte ihre Tochter nicht einfach normal sein? So wie Kathrins Tochter, die Volleyball spielte, sich ehrenamtlich bei der Jugendarbeit ihrer Kirchengemeinde engagierte und jetzt schon wusste, dass sie Tiermedizin … Ein dumpfes Klopfen ertönte plötzlich, das Buch rutschte ihr aus der Hand.

Sie hatten doch keine Handwerker mehr im Haus? Die neue Heizung war bereits letzte Woche installiert worden. Das seltsame Klopfen hörte auf. Betty schüttelte den Kopf über sich selbst. Dennoch lauschte sie. Gerade als sie zu glauben begann, dass sie sich alles nur eingebildet hatte, hörte sie es wieder. Es kam von unten. Plötzlich ein gedämpfter Schrei. Sie stand wie erstarrt. Nach einer Weile begann das Klopfen wieder.

»Mama, was machst du denn hier im Dunkeln?« Robins Umriss hob sich vorm Licht des Flurs ab.

»Ach nichts … ich … Hast du das auch gehört? Dieses Klopfen? Und den Schrei?«

Licht flutete das Wohnzimmer.

Robin lehnte grinsend im Türrahmen. »Das war Papa.«

»Ist der schon zurück aus Ulm? Ich habe ihn gar nicht kommen hören.«

»Ist er. Er hat ein Bild aufgehängt in seinem Nerd-Keller. Und sich auf den Daumen gehauen. Die Wand ist nicht so toll. Er hat es schon an mehreren Stellen versucht. Jetzt hängt es über der Mineraliensammlung.«

»Da hängt doch die Andromedagalaxie, die er erst neulich ...«

»Abgehängt!«

Lissas Gesicht erschien hinter Robins Schulter. Sie spähte auf den Tisch, schlängelte sich an ihm vorbei, schnappte sich Poes Erzählungen und barg das Buch in ihren Armen, als wollte es ihr jemand entreißen.

»Ich erzähle Mama gerade von dem Bild«, erklärte Robin.

Lissa grinste. »Wir haben ihn auf der Treppe erwischt.«

»Wie er so runterschlich, als wollte er einen Porno in den Keller schmuggeln«, sagte Robin.

»Wir dachten erst, er hätte es für dich gekauft, für den neuen Raum in der Heilpraktikerpraxis«, sagte Lissa.

»Nämlich?«

»Ein großes Foto vom Dalai Lama«, sagte Robin.

»Der Da... Seit wann ist er denn religiös?«

»Ommmm.« Lissa kicherte.

»Übrigens hat vorhin deine Freundin Christiane angerufen. Sie hat irgendeinen Unfall gehabt«, sagte Robin.

Im Flur roch es nach gebratenen Eiern. Während Betty Christianes Nummer tippte, hörte sie Geschirr klappern. Machte Dominik das Abendessen? Zeichen und Wunder, dachte sie gerade, als Christiane sich meldete.

»Der Klassiker, Betty. Frühjahrsputz. War zu faul, die Leiter zu holen. Schön blöd!« Sie stöhnte. »Steig bloß nie auf einen Klappstuhl! Mein rechter Fuß ist angebrochen. Ich darf ihn nicht groß belasten. Malou hat gerade für mich eingekauft.«

»Falls du etwas brauchst ... Wir haben Ostern nur den Geburtstag meiner Mutter vor uns, ansonsten bin ich da.«

»Danke, Betty. Ich komme soweit klar, ich hatte Malou allerdings versprochen, ihre Katze zu füttern, während sie in ihren Osterurlaub fährt ...«

»Kann ich machen«, sagte Betty schnell. »Wir sind doch praktisch Nachbarn.«

»Du bist ein Schatz! Augenblick, ich sage ihr Bescheid. Sie ist noch da.«

Betty hörte Gemurmel im Hintergrund, danach wieder Christiane: »Sie freut sich und bringt dir nachher den Schlüssel vorbei.«

Christiane leitete rasch wieder zu ihrem derzeitigen Lieblingsthema über: die energetische Modernisierung, die sie für ihr Haus plante. Sie ließ sich über Dämmstoffe und Wärmeverluste aus, bis Betty das Telefonat mit dem Hinweis auf das Abendessen beenden konnte. Sie lächelte bei dem Gedanken, dass sie Malou bald näher kennenlernen würde. Malou wirkte wie eine Frau, die viel erlebt hatte und ihr Leben anpackte. Und anders als sie selbst nicht nur darauf wartete, dass ein Wunder geschah. Ihr Lächeln erstarb, als sie die Küche betrat. Wunder gab es tatsächlich nur im Märchen. Der Tisch war abgeräumt – bis auf das Gedeck an ihrem Platz. Eine beschlagene Tupperdose mit Rührei stand auf dem Teller. Sie hatten nicht auf sie gewartet.

Wie so oft in letzter Zeit verbrachte sie den Abend allein im Wohnzimmer. Nachdem sie den letzten Absatz ihres Krimis das dritte Mal gelesen hatte und sich immer noch fragte, wer noch mal Onkel Sal gewesen war, legte sie das Buch beiseite. Na gut, sie hatte eine Weile telefoniert, trotzdem hätten sie mit dem Abendessen auf sie warten können. Wärmeverluste … hier halfen weder Styropor noch Steinwolle. Ein leises Geräusch ließ sie aufblicken. Es war von der Terrassentür gekommen. Betty erhob sich und ging ihrem Spiegelbild in der Glastür entgegen. Sie trat nah an die Scheibe und fuhr mit einem erstickten Laut zurück, als plötzlich ein Gesicht dahinter auftauchte. Dann lächelte sie und öffnete die Tür.

»Hallo, Malou! Warum hast du nicht vorne geklingelt?«

»Die Fenster vorne waren alle dunkel.«

»Setz dich! Möchtest du was trinken?«

»Nach dem Urlaub gerne, aber ich habe heute Abend noch was vor.« Malou drückte ihr einen Schlüssel in die Hand. »Das ist supernett von dir, dass du dich um den Kater kümmerst. Ich schreibe dir alles auf: Futtermenge und so weiter. Ach ja, und meine Handynummer, falls irgendetwas sein sollte. Den Zettel lege ich dir auf meinen Küchentisch.«

Nach wenigen Minuten war Betty wieder allein. Sie hatte den Geruch von Malous Parfüm noch in der Nase. Im Grunde genommen kannte sie die Frau kaum, dennoch … Sie starrte auf den Schlüssel in ihrer Hand und gestand sich ein, dass sie Malou am liebsten ihr Leid geklagt hätte.

Am frühen Abend kehrte Nina von ihrem Besuch bei Heberleins Mutter zum Präsidium zurück. Als Erstes sah sie im Kopierraum nach, ob endlich das Fax mit der richterlichen Durchsuchungsanordnung für Rose Wildeboers Grundstück gekommen war. Die Staatsanwältin hatte es schon am Vortag beantragt. Doch weder in ihrem Postfach noch im Faxgerät entdeckte sie etwas. Nina starrte das Faxgerät eine Weile an, als könnte sie es auf diese Weise zum Leben erwecken. Seltsam. Die Anordnung müsste eigentlich da sein. Sie zuckte mit den Achseln, holte sich eine Bionade aus dem Kühlschrank in der Teeküche und ging in ihr Büro. Wenigstens war sie in Jöllenbeck erfolgreich gewesen, auch wenn es eine Weile gedauert hatte, bis sie in dem gut geputzten Jugendzimmer von Richard Heberlein noch einen Kamm mit ein paar Haaren von ihm entdeckt hatte. Frau Heberlein nötigte sie zu Kaffee und Kuchen und erklärte ihr gefühlte zehn Mal, warum an Richards Verschwinden »etwas faul« sei und die Polizei sie im Stich gelassen habe. Nina stimmte ihr insgeheim zu.

Sie setzte sich an ihren Schreibtisch und trank einen Schluck aus der Bionade-Flasche. Die Haare hatte sie bereits zum Landeskriminalamt geschickt, wo man Heberleins DNA mit den Spuren am dritten Longdrink-Glas in dem früheren Apartment von Lara Kaspari vergleichen würde. Durchaus denkbar, dass er der unbekannte Dritte war, der kurz vor Armin Wildeboers tödlichem Balkonsturz mit Lara und ihm Gin Tonic getrunken hatte. Mehr konnte sie jetzt nicht tun. Jedenfalls nicht ohne die verdammte Durchsuchungsanordnung!

Sie blies über den Flaschenhals und starrte auf ihren Paula-Modersohn-Becker-Leinwanddruck an der Wand, der nach Franks Auszug aus dem Büro wieder zur Geltung kam. Heberleins Mutter hatte den Finger in die Wunde gelegt. Sie hätte sich nicht von Kux und Weber drängen lassen dürfen, den Fall zu den Akten zu legen! Und je länger das Ganze zurücklag, desto kälter wurden die Spuren. Die Dämmerung färbte den matten Glanz auf dem Kunstdruck rötlich. Sie nahm ihr Halstuch ab, wickelte es neu und band es sich wieder um. Die gute Rose Wildeboer war womöglich durch ihren Besuch alarmiert worden und gerade dabei, die Beweise zu vernichten!

Sie stand auf, um noch einmal zum Kopierraum zu gehen, als das Telefon schrillte. Die Staatsanwältin?

Aber es war nur Frank. Er klang ungewohnt munter. »Rate mal, Nina!«

Nina holte tief Luft. Die Sache mit Rose Wildeboer kam ihr mit einem Mal dringlich vor. »Frank, ich …«

»Ich bin deinem Rat gefolgt. Ich habe gleich ein Date in der *WunderBar*! Na, was sagst du?«

»Gratuliere.«

»Ich hoffe, sie sieht ihrem Foto ähnlich. Wir planen nämlich einen kleinen Osterurlaub am Meer! Ich rufe dich nachher mal an und berichte.«

»Tu das. Na, dann viel Erfolg!«

Sie hatte das Telefon gerade abgelegt, als es erneut klingelte. Dieses Mal war es die Staatsanwältin.

»Hallo Frau Ränsch, gut, dass Sie anrufen, ich …«

»Ich muss Sie enttäuschen. Dieser Richter ist der Ansicht, dass allein die Tatsache, dass Frau Wildeboer sich vor dem Verschwinden von Herrn Heberlein öfter in der Nähe seines Hauses aufgehalten haben soll, keinen ausreichenden Tatverdacht begründet. Da müssen Sie schon etwas mehr vorweisen.«

»Ich fürchte, dass Rose Wildeboer den Tod ihres Vaters rächen wollte. Sie hasst seine Ex-Geliebte Kaspari ...«

»Mag sein, aber es ist für den Richter nicht ersichtlich, was Herr Heberlein mit Rose Wildeboer zu tun haben sollte. Wir brauchen etwas Handfestes. Tut mir leid, Frau Tschöke. Guten Abend.«

»Aber ... Hallo?«

Frau Ränsch hatte aufgelegt. Nina rammte das Telefon in die Ladestation.

Der Teutoburger Wald hob sich dunkel vom Nachthimmel ab, an dem die ersten Sterne funkelten. Nina fuhr bis zum Ende der asphaltierten Straße, rumpelte ein paar Meter über den unbefestigten Weg und parkte den Dienstwagen am Waldrand. Ihre Scheinwerfer erfassten einen Igel, der ins Gebüsch huschte, bevor sie erloschen. Das Licht der nächsten Straßenlaterne reichte nicht bis hierher. Sie blieb im Auto, bis ihre Augen sich an die Dunkelheit gewöhnt hatten. Für alle Fälle steckte sie eine Taschenlampe ein, denn auch aus dem Haus von Rose Wildeboer, das hinter den Bäumen lag, drang kein Schimmer nach draußen.

Zweige knackten unter ihren Schuhen, während sie sich dem Haus vorsichtig näherte. Wildeboers VW-Bulli verdeckte den Hauseingang. War sie da? Nina duckte sich hinter dem Bulli. Heute Nacht schien der Frühjahrssturm Pause zu machen, der Wind raschelte etwas in den Blättern, ansonsten blieb alles dunkel und still. Nina wandte den Kopf. Bis zum Hühnerstall waren es etwa zwölf Meter. Sie sprintete los bis zu einem Verschlag, hinter dem sie sich versteckte. Die Viecher gackerten nicht einmal. Auch auf dieser Seite des kleinen Hauses drang kein Licht aus den Fenstern. Wildeboer schlief wohl schon.

Das Blatt des Spatens schimmerte hell im Mondlicht. Er lehnte an dem Verschlag wie bei ihrem ersten Besuch. Das umgegrabene Stück Erde befand sich im hinteren Teil des Gartens, noch hinter einem alten Apfelbaum. Sie nahm den Spaten und huschte zu dem Baum, suchte von dort aus den Saum des Rasens ab, wo er von einer verwilderten Hecke begrenzt wurde. Als sie die umgegrabene Stelle nicht fand, vergewisserte sie sich, dass im Haus noch immer alles dunkel war, und machte dann kurz die Taschenlampe an.

Das Rechteck hob sich dunkel von dem Rasen ab. Während sie die wenige Schritte bis zu der Stelle ging, sanken ihre Schuhe in den feuchten Boden ein. Nachdem sie eine Dreiviertelstunde gegraben hatte, schmerzten ihre Arme. Sie wischte sich den Schweiß von der Stirn und reckte die Schultern nach hinten. Bisher hatte sie nichts entdeckt, was darauf hindeutete, dass das hier etwas anderes als ein Beet war. Aber jetzt schon aufgeben? Das konnte sie später immer noch! Mit Kraft stieß sie den Spaten wieder in die Erde und traf mit einem hässlichen, metallenen Klingen auf etwas Hartes.

Ihr Herz begann zu pochen. Sie leuchtete kurz in die Grube und stellte fest, dass es nur ein Stein war. Sie atmete laut aus und schaufelte weiter. Der laute Beep-

Ton einer Whats-App-Nachricht ließ sie zusammenzucken. Mist! Sie holte das Handy aus der Jackentasche.

Hey Nina, mein Date ist sexy! Ich schick dir dann eine Karte aus dem Osterurlaub an der Ostsee …

Frank ☺

Sie schaltete rasch ihr Handy aus und blickte sich um. Im Haus schien sich nichts zu regen, es war nur eine kurze Tonfolge gewesen. Sie trieb den Spaten wieder in die Erde, und stieß mit einem dumpfen Klock erneut auf etwas Hartes. Der Strahl ihrer Taschenlampe irrte in der Grube umher, bis er auf …

Nina schluckte. Der Knochen hob sich bleich von der dunklen Erde ab. Er wies keine Fleischreste mehr auf. Sie tippte auf Unterarmknochen. Aber … konnte Richard Heberleins Leiche nach gerade mal neun Monaten bereits skelettiert sein? In der Erde schritt der Verwesungsprozess langsamer voran als an der Luft. Handelte es sich etwa um die Überreste einer älteren Leiche?

Als Licht hinter ihr aufflammte, ließ sie die Lampe vor Schreck in die Grube fallen. Vor dem hellen Scheinwerferlicht des Bullis zeichnete sich die dunkle Silhouette einer Gestalt mit abstehendem Haarbusch ab.

Nina machte eine Bewegung zu ihrer Walther im Achselholster unter ihrer Jacke, als Wildeboers Stimme durch die Nacht gellte: »Das würde ich lieber lassen!«

Nina veränderte ihren Blickwinkel und erkannte, dass die Frau ein Gewehr auf sie gerichtet hielt.

»Hände hoch, oder ich schieße!« Wildeboer kicherte. »Die Flinte ist von meinem Vater. Funktioniert gut. Eines der wenigen Dinge, die ich noch von ihm habe.«

Nina hob die Hände. »Damit kommen Sie nicht durch!« Sie bemühte sich um einen ruhigen, bestimmten Ton. »Und das wissen Sie, stimmt's? Denn die Polizei …«

»Beep-beep.« Rose Wildeboer kicherte wieder und trat ein paar Schritte näher, während sie das Gewehr auf Nina gerichtet hielt. »Ich schlafe immer im Bulli. Im Haus schlaf ich schon lange nicht mehr. Nachts flüstern dort die Wände, und ich muss aufschreiben, was sie flüstern.« Sie kam näher.

»Frau Wildeboer …« Nina konnte ein leichtes Zittern in ihrer Stimme nicht unterdrücken. »Diese Grube …«

»Das ist keine Grube«, schrie Wildeboer und rannte auf sie zu, zielte mit dem Gewehr auf Ninas Kopf.

Nina riss die Augen auf.

»Sag es!«, schrie Rose Wildeboer.

Der Gewehrlauf drückte gegen Ninas Stirn.

»Was?« Ninas Stimme war nur ein Hauch.

»Nicht nur eine Grube! Grab! Das ist ein Grab! Sag es!«

»Grab …« Nina schluckte. »Das ist ein Grab.«

4. Kapitel

Donnerstag, 28. März

Dominik kreiste mit den Schultern, um seine Muskeln zu lockern. Er saß seit dem frühen Morgen im Büro über Heberleins Unterlagen. Ein Klopfen ertönte, dann das Quietschen der Türangel. Statt der erwarteten Nina stand Fritz Redekop in der Tür.

Fritz schürzte die Lippen, während er die Papiere betrachtete, die sämtliche Ablageflächen bedeckten. »Komplizierter Fall?«

»Der Vermisste ist Anlageberater. Kennst du dich mit diesem Anlage-Gedöns aus?« Dominik machte eine ausladende Geste, die das Elend auf zwei Schreibtischen umfasste.

»Hast du dir damit die Nacht um die Ohren geschlagen?«

»Man sieht es, hm?« Fritz Redekop musste nicht wissen, dass er die halbe Nacht damit verbracht hatte, eine Bilanzaufstellung mit Gründen für und gegen seine Ehe anzufertigen.

Er war vor einiger Zeit in der Autobiografie von Charles Darwin auf eine derartige Aufstellung gestoßen. In einem anderen Buch über das Thema »Rationale Entscheidungsfindung« war sie ihm wieder begegnet, und zwar so weiterentwickelt, dass der erwartete Nutzen einer Entscheidung berechnet werden konnte. Nach kurzer Beratung mit dem Dalai Lama hatte er begonnen, das Verfahren auf sein Problem anzuwenden. Leider war er bisher nicht weit gekommen.

»Was kann ich für dich tun, Fritz?« Er deutete auf Franks Drehstuhl, und Fritz setzte sich.

»Ich suche Nina. Ich wollte fragen, ob ihr die Akte Wildeboer kopiert habt. Dann würde ich das Original wieder mitnehmen. Schon weitergekommen?«

Dominik unterdrückte ein Lächeln. Fritz Redekop war für seine Neugierde bekannt. »Frag lieber Nina, die hat sich auf Rose Wildeboer eingeschossen.«

»Nina ist nicht da. Darf ich?« Fritz klappte eine Brotdose auf. Er schien es sich für einen längeren Plausch gemütlich machen zu wollen. Leberwurstgeruch breitete sich aus.

»Noch immer nicht? Sie ist manchmal unpünktlich, aber ... es ist ja schon fast Mittag.«

»Wohl wahr.« Fritz betrachtete sein Butterbrot von allen Seiten, als könnte er sich nicht entscheiden, an welcher Stelle er es zuerst in Angriff nehmen sollte. »Was hältst *du* eigentlich von der Geschichte mit der Kaspari?«

»Hör zu, Fritz: Wenn du deine Mittagspause mit mir verbringen möchtest, dann schlage ich vor, lass uns in den Bürgerpark gehen.« Dominik deutete nach draußen. Die Sonne enthüllte, dass die Fenster geputzt werden mussten.

Bevor sie losgingen, steckte Dominik Heberleins Kalender und einen Brief ein, den er in dessen Unterlagen entdeckt hatte. Fritz war ein alter Hase beim KK11. Es konnte nicht schaden, die Sache mit ihm zu besprechen.

Draußen war es milder als die Tage davor. Auf dem kurzen Weg zum Park erzählte Fritz, dass er ins Grübeln gekommen sei, seitdem Nina bei ihm war, um nach der Akte Wildeboer zu fragen. »Ich überlege, ob ich nicht etwas Entscheidendes übersehen habe. Manchmal denke ich sogar, seine Tochter könnte ihm über die Brüstung geholfen haben. Immerhin hat Armin Wildeboer sich von ihrer Mutter getrennt, als er mit der Kaspari zusammenkam, und Rose ist ziemlich …« Er machte eine wischende Bewegung vor seinem Gesicht. »Aber die Kaspari ist auch speziell, wie?« Er zwinkerte Dominik zu.

Sie gingen an der bronzenen Elch-Statue vorbei, die ein städtischer Arbeiter mit zischendem Hochdruckreiniger von Graffitis befreite, und steuerten auf die letzte freie Bank am Teich zu.

»Speziell stimmt schon, sie setzt ihr Aussehen ein. Früher bei Armin Wildeboer, heute bei einem anderen älteren Herrn. Ob auch bei dem vermissten Richard Heberlein …?« Dominik zuckte mit den Achseln und öffnete seine Tupperdose mit dem Brötchen und griechischem Salat.

Ein Mops blickte schnüffelnd zu ihm auf und wurde von seiner Besitzerin an der Leine zurückgerissen.

»Ich habe bei Frau Kaspari Unterlagen von Heberlein entdeckt«, fuhr er fort. »Wenn du Interesse ...«

»Klar!« Fritz nahm ihm den Brief aus der Hand und setzte seine Lesebrille auf. »*Ich habe viel Geld durch Sie verloren. Sehen Sie sich vor, denn ich habe nichts mehr zu verlieren*«, las er laut. »Unterschrieben mit *Dietrich Schlüter*. Und wer ist das?«

»Jemand, dem Heberlein seit Jahren Fondsanlagen vermittelt hat, die offenbar in den Keller rutschten. Es gibt noch einen langen Brief von Schlüter, in dem er mit Heberlein abrechnet, allerdings ohne ihm zu drohen. Im dem langen Brief beklagt er sich über Heberleins miese Anlage-Tipps.« Ein Ball rollte zwischen seine Füße. Ein schmächtiges Kerlchen stand vor ihm, trat von einem Bein aufs andere und grinste, bis er ihm den Ball zuwarf und der Junge erlöst davonrannte.

»Als die Fondsbeteiligungen und Aktien an Wert verloren, ist Schlüter nervös geworden und wollte verkaufen und auch die monatlichen Käufe einstellen. Heberlein hat ihm offenbar abgeraten, so nach dem Motto *never catch a falling knife* und der *cost-average-effect* und was weiß ich noch alles.« Dominik pflückte ein Stück Schafskäse von seiner Hose.

»Kost-watt?« Fritz nahm die Brille ab.

»Das ist diese Banker-Sprache, Fritz. Merk dir einfach: Die wollen verkaufen, um Provisionen einzusacken. Heberlein hat Schlüter hartnäckig kontaktiert, um ihm weitere Anlagen zu vermitteln oder ihn zum Umschichten zu bewegen. Jedenfalls hat Schlüter sich so Einiges aufschwatzen lassen, in der Hoffnung, die Verluste der einen Anlage durch eine hohe Rendite in einer anderen auszugleichen. Am Ende war er den größten Teil seines Vermögens los. Seine Altersvorsorge.«

»Du meine Güte! Aber diese Bankleute machen einen auch ganz wuschig mit Kost-dies und Kost-das …«

»Und das Beste kommt noch.« Er reichte Fritz den großen, ledergebundenen Kalender.

Fritz blätterte darin.

»Hier …« Dominik legte einen Finger zwischen die Seiten. »3. Juli: *D.S.* Wie Dietrich Schlüter. Lara Kaspari hat mich darauf gebracht. Und die Briefe von Schlüter, die ich in Heberleins Unterlagen fand, sprechen auch dafür. Es gibt etliche D.S.-Einträge in seinem Kalender. Er hat Schlüter im letzten Jahr bis zum Juli nicht gerade selten getroffen. Phasenweise mindestens einmal wöchentlich. Und das letzte Mal am 3. Juli. An dem Abend, als Heberlein verschwand!«

Fritz stieß einen Pfiff aus.

»Der lange Brief war auf den 10. Juni datiert, der kurze Drohbrief auf den 1. Juli. Beide steckten in unfrankierten Umschlägen mit aufgedruckter Adresse von Heberlein. Sie sind in derselben Schriftart gedruckt und mit Kugelschreiber von Schlüter unterschrieben worden. Er hat sie wohl eigenhändig eingeworfen.«

»Ich würde mich nicht mit jemandem treffen, der mir kurz zuvor einen Drohbrief geschickt hat.« Fritz biss in ein Mett-Brötchen und verströmte Zwiebelgeruch.

»Vielleicht haben sie miteinander telefoniert und sich auf ein weiteres Treffen verständigen können. Und während des Treffens ist Schlüter der Kragen geplatzt.«

»Kann auch sein. Als Nina mir von dem Fall erzählte, dachte ich, ah, schau an, schon wieder die Kaspari, weil: Ich glaube nämlich nicht an Zufälle, Dodo.«

»Ich auch nicht. Aber manchmal liegen die Dinge einfacher als gedacht. Laut Kaspari sprach Richard Heberlein davon, einen ›dicken Fisch‹ an der Angel zu haben, kurz bevor er verschwand. Ob er Schlüter damit meinte?«

»Hast du den Kerl schon aufgespürt?«

»Bisher habe ich nur herausgekriegt, dass der in Vilsendorf wohnt.«

»Na, da hast du es ja nicht weit. Schöner Osterspaziergang.«

»Über den Hasenpatt. Wie passend.«

Eine Gruppe von Schülerinnen zog vorbei. Eine von ihnen wäre fast über Dominiks ausgestreckte Beine gestolpert, da sie den Blick starr auf ihr Smartphone gerichtet hielt. Auf den feuchten Rasenflächen, die vom Teich aus anstiegen, wurden Decken ausgebreitet. Es waren größtenteils junge Leute, die picknickten oder Federball spielten. Weiter oben in der Nähe des *Cafés im Bürgerpark* führte eine Gruppe älterer Herrschaften eine Art Tanz in Zeitlupe auf. Qi Gong oder Tai Chi, Betty wüsste es vermutlich.

»Die Kaspari verdächtigt Richards älteren Bruder Wolfgang, etwas mit seinem Verschwinden zu tun zu haben«, machte Dominik weiter. »Er hätte ihr nachgestellt. Außerdem war er sauer darüber, dass Richard seinen Eltern einen guten Teil vom gemeinsamen Erbe abgeluchst hat und trotzdem hoch im Kurs steht. Und dass Wolfgang Heberlein scharf ist auf die Kaspari, kann ich mir vorstellen.«

»Wer nicht?« Fritz lachte und schraubte seine Thermoskanne zu. »Geld und Eifersucht, die beiden Klassiker ...«

Auf dem Rückweg zum Präsidium rief Dominik Nina an. Die Mobilbox ihres Handys schaltete sich ein. »Nina, ruf mich mal zurück. Oder bist du heute auf geheimer Mission?« Er tauschte einen Blick mit Fritz, der mit den Achseln zuckte.

Nach der Mittagspause versuchte Dominik vergeblich, Schlüter telefonisch zu erreichen. Mehr Erfolg hatte er bei Ute Vienenkötter-Lange vom Kommissariat für Wirtschaftskriminalität. Sie meldete sich nach dem ersten Klingeln. Er hatte Ute bei der letzten Weihnachtsfeier kennengelernt und sich länger mit ihr unterhalten. Sie war noch nicht lange im Kommissariat – eine junge, blasse und sehr ernsthafte Polizistin, die sich verschreckt zurückzog, als die Grande Dame des Erkennungsdienstes, Bella Schnathorst, bei der Feier aufkreuzte, ihm ihren Sektatem ins Gesicht blies, während sie ihn begeistert mit »Dodo-Schatz« begrüßte und sich ohne Umschweife auf seinen Schoß fallen ließ. Nachdem er es endlich geschafft hatte, die nicht eben leichte Bella von seinem Schoß zu bugsieren, musste er feststellen, dass Ute die Feier bereits verlassen hatte. Seitdem war sie wie vom Erdboden verschluckt, obwohl sie beide im selben Präsidium arbeiteten. Ihre Karte hatte er behalten.

Jaa ... sie erinnere sich an ihn.

Während des Telefonats wurde sein Lächeln breiter. »Das wäre wunderbar, Ute! Ich kann hier nichts entdecken, das unmittelbar auf ein Delikt hindeutet, aber du hast ein geschultes Auge, und bevor ich was übersehe ...«

Pfeifend räumte er das Büro auf, machte Kopien von den beiden Briefen des erbosten Herrn Schlüter, packte alle Unterlagen zurück in die Kartons und brachte sie ihr.

Sie saß an einem Schreibtisch, der nach viel Arbeit aussah, telefonierte und notierte sich dabei etwas.

»Einen Moment.« Sie deckte die Muschel ab, stand auf und gab ihm artig die Hand.

»Ist das auch wirklich in Ordnung?«, fragte er. »Falls es dir zu viel ist, kann ich auch jemand and...«

»Kein Problem. Stell es einfach dort ab.« Aus irgendeinem Grund errötete Ute.

Mit einem Anflug von schlechtem Gewissen packte er die Kartons auf die letzte freie Stelle ihres Schreibtischs und machte sich auf den Weg, um der Reha-Klinik bei Bad Driburg einen Besuch abzustatten. Auch wenn er sich nicht viel davon versprach, musste er zumindest überprüfen, was sich hinter dieser »interessanten Bekanntschaft« verbarg, die Richard Heberlein laut Postkarte bei der Aquafitness gemacht hatte.

Nina hustete und richtete ihren Oberkörper auf. Sie musste auf dieser fleckigen Matratze eingeschlafen sein. Ihr Mund war trocken, und ihr Kopf schmerzte. Es roch nach Katzenklo und Müll. Abgesehen von der Matratze bildete ein einsamer Stuhl das Mobiliar des Raums. Das Tageslicht enthüllte eine verschimmelte Wand, an der anderen hingen die Tapeten in Streifen herab. Unter den Kritzeleien, die jeden Zentimeter von ihnen bedeckten, war ein verblichenes Rosenmuster erkennbar. »Meine Mutter hat mich Rose genannt, weil sie Rosen so liebte.« Das war einer der wenigen positiv gefärbten und klaren Sätze gewesen, die Rose Wildeboer in der vergangenen Nacht von sich gegeben hatte. Und sie hatte fast die ganze Nacht lang geredet!

Nina verstand so viel, dass Wildeboers Mutter im Frühling des Vorjahres »aus Gram« gestorben sei und ihr das Häuschen und etwas Geld hinterlassen habe. Ihre Mutter sei nicht mehr auf die Füße gekommen, nachdem ihr Vater sie wegen Lara Kaspari verlassen habe. Kaspari wäre somit »eine zweifache Mörderin«, die überführt werden müsste. Hatte der Tod von Roses Mutter einen späten Racheakt ausgelöst?

Nach mehrmaligem Nachfragen gab sie zu, zu wissen, dass Richard Heberlein der »neue Bock« der Kaspari sei. Mehr war aus ihr dazu nicht herauszubekommen. Stattdessen gab sie ausführlich ihrer Verbitterung darüber Ausdruck, dass ihr Vater sie damals gezwungen habe, ein Medizinstudium zu beginnen, obwohl sie gerne Tierpflegerin geworden sei. Die Ärzte seien ohnehin ein verlogenes Pack, nur Handlanger der Pharmaindustrie. Der Rundumschlag endete damit, dass es ihrem Vater recht geschehen sei, dass die Kaspari »und ihre Handlanger« ihn vom Balkon gestoßen hätten. Welche Handlanger? Nina bereute später, dass sie die Frage gestellt hatte. Rose Wildeboer biss sich an dem Wort Handlanger fest, das bei ihr sämtliche bösen Mächte vom CIA bis zur Fleischindustrie zu umfassen schien. Bei Anbruch der Morgendämmerung schwirrte Nina der Kopf.

Sie setzte sich auf. Neben der Matratze lag ein Haufen leerer Verpackungen: Tetrapacks, Plastikflaschen, Konservendosen ... Dabei machte Rose Wildeboer nicht den Eindruck, als ob sie viel zu sich nähme, abgesehen von dem Crystal-Meth, das sie schnupfte. Vermutlich investierte sie ihre Erbschaft größtenteils in das weiße Pulver.

Nina durchsuchte ihre Jackentaschen nach ihrem Handy. Dann fiel ihr ein, dass sie alles Wichtige losgeworden war: Wildeboer hatte sie mit vorgehaltenem Gewehr gezwungen, ihre Pistole, das Handy und die Autoschlüssel abzugeben. Und ohne die Schlüssel kam sie nicht an das Funkgerät in ihrem Dienstwagen heran. Wildeboer hatte keinen Hehl aus ihrer Verachtung für die unfähige Polizei gemacht, die eine Mörderin frei herumlaufen lassen würde.

Dieses Zimmer lag im ersten Stock. Sie ging zu einem der Fenster, schob die zerrissene Gardine beiseite und blickte hinunter in den Hof, wo der Bulli stand. Aber schlief Wildeboer nicht wegen der flüsternden Wände im Bulli? Bestimmt hatte sie auch die Dienstwaffe und die anderen Dinge in dem VW deponiert.

Nina stellte fest, dass die Zimmertür verschlossen war. Sie nahm Anlauf und trat dagegen, die Tür flog krachend auf, dahinter gähnte ein dunkler Flur mit einer Treppe. Von unten kam ein wenig Licht. Sie lauschte, doch außer dem Knarren der Stufen unter ihren Schritten war nichts zu hören. Auch die Haustür war verschlossen. Sie inspizierte das Wohnzimmer und ein verdrecktes Bad, betrat dann die Küche, in der sich benutztes Geschirr auf sämtlichen Ablageflächen stapelte. Es stank nach verdorbener Milch, obgleich ein kühler Luftzug durch das Fenster drang, dessen Scheibe teilweise zerbrochen und mit Sperrholz geflickt war. Plötzlich hörte sie ein Rascheln. Nina hielt den Atem an. Durch die offene Tür zum Flur sah sie eine fette Ratte huschen. Sie stieß einen Schwall Luft aus. Der lange, rosafarbene Schwanz verschwand um die Ecke. Nina drückte die Sperrholzplatte nach draußen und entfernte die spitzen Glasreste, bevor sie aus dem Fenster stieg.

Hinter den Scheiben des Bullis regte sich nichts. Sie blickte zum Haus zurück, meinte, eine Gardine gesehen zu haben, die bewegt wurde. Sie beobachtete das Haus für eine Weile. Aber es schien nur der Wind gewesen zu sein. Wenn Wildeboer im Bulli schlief, dann vermutlich im hinteren Teil des VWs, durch dessen Seitenfenster Nina von Weitem nur die obere Hälfte des Wageninneren sehen konnte. Sie schlich näher heran und lugte durch ein Fenster. Wildeboer lag auf einer Matratze, die Augen halb geöffnet, ein getrockneter Speichelfaden hatte eine silbrige Spur auf ihrem Kinn hinterlassen. Nina hatte sich schon ducken wollen, aber Wildeboer schien zu schlafen. Neben ihr auf der Matratze lag die Dienstwaffe. Es war zu riskant. Sobald sie die Tür des Bullis aufmachte, würde Wildeboer vermutlich aufwachen und sich die Walther schnappen. Sofern die Tür nicht sowieso abgeschlossen war.

Durch die Äste des Gesträuchs schimmerte der blausilberne Dienstwagen. Nina schlich zum Fahrerteil des Bullis und spähte durch das Seitenfenster. Ihr Herz machte einen Sprung. Auf dem Sitz lagen ihre Autoschlüssel und ihr Handy! Behutsam umfasste sie den Griff der Autotür. Sie ließ sich öffnen. Das Geräusch kam ihr laut vor, doch Wildeboer rührte sich nicht. Nina griff nach ihren Sachen, verzichtete darauf, die Tür zu schließen und rannte zum Wagen.

Das Glas der Windschutzscheibe war von Rissen durchzogen. Vor der geöffneten Autotür fand sie das zertrümmerte Funkgerät im Dreck. Ninas Finger zitterten, als sie den Schlüssel ins Zündschloss steckte. Sie schloss kurz die Augen, dann drehte sie ihn. Nichts! Nicht mal das heisere Rasseln des Anlassers. Sie drehte den Schlüssel wieder und wieder, der Wagen sprang nicht an. Als sie per Handy Verstärkung anfordern wollte, stellte sie fest, dass Wildeboer ihre Simkarte entfernt hatte. Ein Klopfen ließ sie aufblicken. Es war der Lauf der Flinte, der gegen das Seitenfenster stieß, dahinter sah sie Rose Wildeboer grinsen.

»Du bist tot«, sagte Wildeboer fröhlich und drückte ab.

Es klickte.

Nina spürte ihr T-Shirt am Rücken kleben.

»Schade. Keine Munition.« Wildeboer wirkte für einen Moment bekümmert, dann kicherte sie. »Munition hat er mir nicht hinterlassen.« Sie ließ das Gewehr sinken und entblößte grinsend ihre dunkel verfaulten Zähne. »Aber ich habe ja noch deine Pistole.«

In einer einzigen Bewegung drückte Nina die Tür auf, rammte sie gegen Wildeboer und ließ sich aus dem Wagen fallen. Wildeboer war auch zu Boden gegangen, ihr Gewehr unter das Auto geschlittert, aber die Frau schaffte es, die Walther unter ihrem Rockbund hervorzuzerren, bevor Nina es verhindern konnte.

Wildeboer riss die Augen auf, ihre Miene verzerrte sich zu einer Fratze des Triumphs, während sie die Walther auf Nina gerichtet hielt. »Rose schläft nie. Du hättest nicht herkommen sollen, Bullenarschloch!«

Hinter Paderborn hatte es angefangen zu regnen. Als Dominik auf den Besucher-Parkplatz der Klinik am Schlossberg fuhr, fielen die letzten Tropfen. Aus den umliegenden Waldhängen stieg Nebel auf. Ein Eichhörnchen flitzte den Stamm einer Rotbuche im angrenzenden Park hinauf. Vor dem Haupteingang des großen, alten Gebäudes hielt ein Taxi. Ein schwergewichtiger Mann hievte sich mühsam heraus und humpelte mithilfe von Krücken auf die Glastür zu, die sich automatisch öffnete. Die Klinik sei auf Patienten mit orthopädischen Problemen, Herz-Kreislauf-Erkrankungen und Stoffwechselstörungen spezialisiert, hatte ihm die Dame am Telefon erzählt. Der Mann, der gerade durch die Glastür verschwunden war, vereinigte vermutlich Probleme in allen drei Bereichen auf sich.

Nur wenige Menschen hielten sich im Foyer auf, saßen an niedrigen Tischen und blickten durch hohe Sprossenfenster auf den Park. Am Empfang teilte man Dominik mit, dass Frau Brune, die Leiterin der Klinikverwaltung, in ihrem Büro in einem der Seitenflügel auf ihn warte.

Seine Gummisohlen quietschten auf dem Steinboden des langen Flurs. Frau Brunes Büro lag ganz am Ende. Eine kleine Frau mit herzförmigem Gesicht und kurzen, dunklen Haaren öffnete auf sein Klopfen.

»Kommen Sie herein, Herr Domeyer.« Ihr Händedruck war überraschend kräftig.

»Ihr Büro ist wirklich schön.«

Er schaute sich um in dem Eckzimmer, dessen hohe Fenster auf den Park hinausgingen. Dort wischte eine alte Dame mit einem Papiertaschentuch eine der Parkbänke trocken, die um einen Springbrunnen gruppiert waren, bevor sie sich setzte. Am Rande des Springbrunnens zielte ein pausbäckiger Amor aus Stein mit seinem Pfeil ins Leere.

»Ja, wir sind privilegiert hier, so mitten im Grünen. An den Park schließt sich ein Wald mit Wanderwegen an.« Sie wies auf eine Sitzgruppe am Fenster, und sie ließen sich dort nieder.

»Wie alt ist dieses Gebäude?«

»Oh, ich meine, aus dem 19. Jahrhundert. Es ist mittlerweile umfassend modernisiert worden. Zur Klinik gehören aber auch Neubauten, das Schwimmbad zum Beispiel …«

»Apropos Schwimmbad, ich benötige Informationen zu einem Herrn Richard Heberlein, der sich im Januar des letzten Jahres hier aufhielt und unter anderem eine Aquafitness-Therapie bekam.«

»Patientendaten können wir leider …«

»Es geht nur um die Frage, wer damals diese Therapiemaßnahme durchführte. Mit dieser Person möchte ich mich unterhalten.«

»Augenblick …« Frau Brune lächelte verbindlich, ging zu ihrem Schreibtisch und tippte etwas an ihrem PC, ohne sich zu setzen. »Wir haben drei Physiotherapeuten, die auch Aquafitness anbieten, und im Januar …« Sie tippte weiter. »Einer war krank und der andere im Urlaub. Dann kann es nur Frau Kühn gewesen sein. Moment mal … ja, Sie haben Glück, Frau Kühn ist im Haus, das heißt, gerade im Schwimmbad. Ihr letzter Termin vor Ostern.«

Das Schwimmbad war durch einen verglasten Laubengang mit dem Hauptgebäude verbunden und lag mitten im Park. Stickige Wärme und Chlorgeruch umfingen ihn, als er die Schwimmhalle betrat. Die Maßnahme war offenbar beendet, denn der letzte Teilnehmer verließ gerade das Becken und gab sein rotes Plastikschwimmelement bei einer jungen Frau ab. Dominik trat beiseite, um die vorwiegend älteren Leute in ihren Bademänteln vorbeizulassen.

Die junge Dame, die die Schwimmelemente in einen Kasten stapelte, hielt inne. »Hey! Sie dürfen hier nicht mit Schuhen rein!« Sie schüttelte den Kopf und stapelte weiter.

Er zog sich Schuhe und Socken aus.

Sie streifte ihn mit einem Seitenblick. »Hier ist sowieso Schluss für heute. Wen suchen Sie denn?«

»Frau Kühn?« Er zeigte ihr seinen Polizeiausweis.

»Ja?« Sie runzelte die Stirn.

»Können wir uns irgendwo unterhalten?«

Die Bank am Rande des Beckens war feucht. Auch seine Hosenbeine hatten schon Nässe gezogen, er krempelte sie hoch, nachdem sie sich gesetzt hatten, und betrachtete seine weißen Füße, die in diesem Jahr noch keinen Sonnenstrahl gesehen hatten. »Immerhin muss ich Sie nicht in Badehose befragen, sonst wäre meine Autorität dahin.«

Frau Kühn erwiderte sein Lächeln nicht. Nebenan rauschte das Wasser der Duschen.

»Es geht um einen Ihrer Teilnehmer vom letzten Jahr ...« Er zog das Foto hervor, das ihm Richard Heberleins Mutter überlassen hatte. Können Sie sich an diesen Mann erinnern?«

Sie betrachtete es eine Weile, nickte und gab es zurück.

»Wissen Sie, ob er einen besonderen Kontakt zu irgendeinem der anderen Teilnehmer hatte?«

Sie starrte ihn an. »Wir haben hier alle paar Wochen neue Patienten. Wie soll ...« Sie brach ab, nahm ihm das Foto aus der Hand und schaute es sich eingehend an. Dann nickte sie wieder und blickte nach draußen.

Das große Fenster war beschlagen. Das Wasser im Becken gluckste leise. Ein vergessenes Schwimmelement dümpelte am Rand.

»Es hat eine Auseinandersetzung gegeben, deshalb erinnere ich mich.«

»Aha? Mit einem der anderen Teilnehmer?«

»Ganz recht, Herr ...?«

»Domeyer. Wissen Sie, mit wem und worum es ging?«

»Ja, weiß ich. Er hatte einen Streit mit einem Herrn Sudbrock. Wir Therapeuten nannten den ... na ja, das dürfen Sie aber bitte nicht weitergeben ...«

»Wie Sie ihn intern nannten? Von mir kommt kein Sterbenswörtchen.«

»Wir nannten ihn ... Kotzbrock.« Sie kicherte unvermittelt. »Wir haben alle paar Monate mal jemanden, der ... na ja, schwierig ist. Wir müssen natürlich immer freundlich bleiben.«

»Das verstehe ich, Frau Kühn. In welcher Hinsicht war er schwierig?«

»Auf den ersten Blick unterschied er sich nicht groß von den anderen älteren Herrschaften: Ein herzkranker, alter Knabe mit massivem Übergewicht. Aber Kotzbrock ist Unternehmer, was er auch bei jeder sich bietenden Gelegenheit hat raushängen lassen. Uns Physiotherapeuten hat er behandelt wie seine Untergebenen.« Sie verdrehte die Augen.

Von nebenan ertönte das Geräusch eines Föns.

»So eine Art Firmenpatriarch?«

»Allerdings! Wenn ich mal fünf Minuten zu spät kam, weil ich aufgehalten wurde, hat er sofort kommentiert: Also, wenn einer der Angestellten seiner Möbelhauskette so unpünktlich wäre, hätte er in Null-Komma-Nix eine Abmahnung in der Tasche … dann das Genörgel ohne Ende, wie schlecht hier alles organisiert wäre, wenn er sein Unternehmen so führen würde … In diesem Stil ging es immer weiter.«

»Und der Streit mit Richard Heberlein?«

»Da drehte es sich um Kotzbrocks Tochter. Die war nämlich regelmäßig beim selben Aquafitness-Kurs dabei, die Arme. Vermutlich hat er in der Verwaltung Rabatz gemacht, dass sie auch ja dieselben Termine auf dem Therapieplan bekam wie er. Unmöglich, der Typ!«

»Klären Sie mich auf. Seine Tochter …«

»Ich weiß nicht mehr, wie sie hieß, jedenfalls plauderte sie häufiger zwischen den Übungen oder auch nach der Therapie mit diesem Herrn …«

»Heberlein.«

»Heberlein. Mit dem Mann auf dem Foto jedenfalls. Eines Tages bekam ich mit, wie dieser Heberlein und Kotzbrock sich angifteten. Die Tür zur Umkleide stand offen, deswegen …« Sie lächelte entschuldigend.

»Schon klar.«

»Kotzbrock wollte, dass Heberlein seine Tochter in Ruhe lässt.«

»Hatten Sie denn den Eindruck, dass Kotz… ich meine Sudbrocks Tochter sich in irgendeiner Weise belästigt fühlte von Heberlein?«

»Ganz im Gegenteil. Ich glaube, ihr hat seine Aufmerksamkeit gutgetan. Die ist nicht gerade eine Schönheit.«

»Was, meinen Sie, lief da zwischen den beiden?«

»Ich bezweifele, dass das übers Flirten hinausging. Die beide waren ein ungleiches Paar: er einer der attraktivsten Männer auf dem Klinikgelände und sie dick und rund wie der Herr Papa.«

»Und – hat er sie nach dem Streit mit ihrem Vater in Ruhe gelassen?«

Frau Kühn fuhr sich durch die kurzen, blonden Haare und grinste. »Ich meine, ich hätte die beiden irgendwann danach noch mal durch den Schlosspark flanieren sehen. Geschah Kotzbrock recht! Stellen Sie sich vor, der reiche Sack hat dem Heberlein sogar Geld angeboten, damit der den Kontakt zu seiner Tochter abbricht!«

Der Wind fuhr durch die nassen Blätter einer Linde und wehte ihm Tropfen ins Gesicht, als er die Abkürzung zum Parkplatz nahm, den die Verwaltungsleiterin ihm empfohlen hatte. Er stieg in seinen Citroën, faltete den Ausdruck mit Sudbrocks Adresse und steckte das Papier ein. Schade, dass Nina nicht mitgekommen war. Die hatte bei solchen Geschichten ein Gespür für Zwischentöne. Vermutlich hatte der verschuldete Heberlein am Ende doch Geld von Sudbrock angenommen, wenn die Dame ohnehin unattraktiv war. Dominik überprüfte, ob inzwischen Nachrichten von Nina auf seinem Handy eingegangen waren. Nichts. Das war gar nicht typisch für die Kollegin. Sein Blick fiel auf die Uhr im Auto. Höchste Zeit, Lissa zum Einkaufen abzuholen! Die Geburtstagsfeier von Bettys Mutter fand in einem Schlosshotel im Münsterland statt. Hoffentlich fanden sie was Schickes für Lissa, das Bettys strengen Maßstäben standhalten würde.

Betty verstaute den Staubsauger im Abstellschrank im Flur. Wo war der große Stand-Spiegel geblieben? Sie fand ihn im Wohnzimmer, wo Vater und Tochter sich darin bewunderten. Dominiks Arm lag um Lissas Schultern, ihr Arm um seine Taille. Die beiden sahen gut aus. Er wirkte beinahe wie ihr älterer Bruder, durchtrainiert und mit vollem, dunkelbraunem Haar, in dem sich noch nicht viele Silberfäden zeigten. Das Ganze hatte etwas von Partnerlook: Lissa trug ein elegantes, eng anliegendes Kleid aus grauer Seide mit einer Raffung in der Mitte des Rockteils, Dominik ein tailliertes Hemd in der gleichen Farbe und Hose und Jackett aus schwarzem Feinkord. Auf Lissas Brust prangte ein scheußlicher Kettenanhänger: Ein silberner Drache, der auf einem roten, tropfenförmigen Stein kauerte. Lissa fiel eine Schmuck-Haarnadel aus den hochgesteckten Haaren. Sie ging vorsichtig in die Knie, wohl weil ihr Kleid so eng war, und hob sie auf.

»Darf ich?« Betty nahm ihr die Nadel aus der Hand.

»Ach, hallo Betty.« Dominik löste seinen Blick vom Spiegel.

»Dein Vater kann so etwas nicht.« Betty steckte ihrer Tochter die Nadel ins Haar. Einen Moment lang bedauerte sie, dass nicht sie mit Lissa einkaufen gegangen war. In letzter Zeit gab es so viel Streit zwischen ihnen. »Schick seid ihr. Schade nur, dass Frank die Party abgesagt hat. Ich habe Mutter noch nicht erzählt, dass wir doch zum Abendessen bleiben könnten.«

»Das muss sie auch nicht wissen.« Dominik band sich eine dunkelrote Seidenkrawatte um, die im Farbton zu Lissas Schmuck passte. »Wer konnte ahnen, dass Frank was Besseres vorhat? Er fährt mit einer Dame über die Feiertage an die See. Er hat mir gestern Abend eine SMS geschickt und sich für seine Muffeligkeit entschuldigt. Tja, ein neues Techtelmechtel hebt gleich die Laune, stimmt's?«

»Oh«, machte Betty. »Ich dachte, er … mit wem denn?«

»Eine mysteriöse Schönheit, wie man sie nur im Internet kennenlernt, nehme ich an.« Dominik rückte seine Krawatte zurecht und lächelte seinem Spiegelbild zu. »Mit Robin gehe ich am Samstag einkaufen.«

Betty überließ die beiden ihrer Modenschau und machte sich auf den Weg, um Malous Katze zu versorgen. *Mir ist nicht nach Party.* Sondern danach, mit meiner neuen Liebe in die Flitterwochen zu fahren, sollte es wohl heißen. Geistesabwesend wich sie einem Mädchen aus, das auf dem Bürgersteig mit ihrem Fahrrad Schlangenlinien fuhr. Auf dem Gepäckträger des schwankenden Gefährts saß noch ein weiteres Mädchen, die Beine weit von sich gestreckt. Betty holte eine Tafel Schokolade aus ihrer Tasche. Als sie schließlich vor Malous Haustür stand, stellte sie fest, dass sie die Schokolade in Gedanken schon fast verputzt hatte. So wurde das nichts mit dem Abnehmen.

Malous grau getigerter Kater sprang ihr maunzend entgegen, rieb sich an ihren Beinen, beobachtete jede ihrer Bewegungen, während sie den großen Beutel mit dem Trockenfutter öffnete, den Malou unübersehbar auf den Küchenblock in der Mitte ihrer von dunkelroten Hochglanzfronten dominierten Küche gestellt hatte. Wenigstens der freute sich, wenn sie vorbeischaute. Sie maß die Tagesration mit einer kleinen Schaufel ab. Die Stückchen fielen mit hellem Klickern in den Napf. Während der Kater sich darüber hermachte, wanderte Betty durchs Erdgeschoss. Alles wirkte großzügig, blitzblank und ordentlich, fast schon leer, verglichen mit ihrem eigenen Zuhause, wo jedes bisschen Platz ausgenutzt war und immer irgendwo etwas herumlag, was nicht dorthin gehörte. Das Wohnzimmer war geschmackvoll und teuer mit modernen Eichenmöbeln eingerichtet. Von dort aus führte eine Glastür zum Wintergarten mit Korbmöbeln und Palmen, in dem auch das Katzenklo untergebracht war. Sie erneuerte die Streu und setzte sich in einen Korbsessel. Die schrägen Strahlen der Abendsonne ließen sie blinzeln. Der Kater kam zu ihr, strich um ihre Beine, sprang auf ihren Schoß.

»Zack, wieder eine neue Liebe, so schnell geht das«, sagte Betty und streichelte das Tier. »Na du? Ich weiß nicht einmal deinen Namen. Ich nenn dich einfach Tiger. Frank ist doof, oder?«

Tiger schnurrte, als sie seinen Nacken kraulte. Malous Einrichtung wirkte wie aus *Schöner Wohnen* kopiert. Was hatte sie sich erhofft? Was wollte sie von dieser Frau? Erfahren, wie man Kilos verlor? Sich ein neues Leben bastelte? Gar ein anderer Mensch wurde? Sie blieb noch eine Weile sitzen mit Tiger auf dem Schoß, bis die Schatten das letzte Licht verschluckten. Betty machte Anstalten aufzustehen, und der Kater sprang davon, verschwand in die Dunkelheit. Irgendwo in dem Haus knackte es leise. Sie lauschte, und prompt knackte es noch einmal.

»Betty, du spinnst«, sagte sie halblaut.

Der Kater hatte sie gewärmt, doch jetzt wurde ihr kalt. Sie stemmte sich aus dem Sessel und tastete sich durch die Zimmer, bis sie im Flur stand. Tiger war nirgendwo zu sehen. Betty machte Licht. Sogleich war ihr wohler zumute. Unentschlossen verharrte sie auf der untersten Stufe der Treppe. Sie würde in ein paar Tagen sowieso im ganzen Haus Blumen gießen müssen, also konnte sie auch gleich nach oben gehen und nachsehen, ob die obere Etage persönlicher eingerichtet war.

Oben begannen schon die Dachschrägen. Es gab ein großes, helles Bad mit Whirlpool, eine Art Gästezimmer, ein Schlafzimmer, von dem aus man über die Dachfenster in den Sternenhimmel schauen konnte. Sie löschte das Licht, legte sich auf Malous Bett und blickte eine Weile in den Nachthimmel, bis sie das Gefühl bekam hineinzukippen. Rasch setzte sie sich auf, lauschte ihrem Herzschlag. Ihr Blick fiel auf das Buch auf Malous Nachttisch. Ein Buch von Henning Mankell, das sie nicht kannte, obwohl sie viele seiner Krimis gelesen hatte. *Tiefe* hieß es. Tiefe, ja. Bisher hatte sie hier nur Oberfläche entdeckt.

Der Vollständigkeit halber warf sie noch einen Blick ins Arbeitszimmer. Eine Reihe Vitrinenschränke mit Büchern, ein Schreibtisch. Was arbeitete Malou eigentlich? Sie inspizierte die Bücher: Kunstbände, Selbsthilfebücher, ein Bildband über argentinischen Tango, Liebesromane, Krimis – ziemlich durchschnittlicher Geschmack. Auf dem Schreibtisch befand sich nur ein aufgeklappter Laptop, daneben Schreibutensilien, ein Fitnessstudio-Kursplan und ein Reiseprospekt von einer Ferienwohnanlage. Kein Vergleich zu den Stapeln auf ihrem Schreibtisch in der Heilpraktiker-Praxis.

Betty setzte sich auf den Drehstuhl, stützte die Ellbogen auf den Schreibtisch und starrte müde den schwarzen Bildschirm an. Sie klappte ihn zu, als ein Geräusch sie zusammenzucken ließ. Es war nur Tiger, der die Tür ein Stück aufgestoßen hatte und hereintappte. Er sprang auf ein Regal, von da aus auf einen Bücherschrank, von wo aus er einen Dompfaff belauerte, der im Wipfel eines Baums vorm Fenster saß. Der Vogel flatterte auf und ließ sich ein Stückchen tiefer wieder nieder.

»Ich verlasse dich jetzt, Tiger, meine Müdigkeit siegt gegen meine Neugierde.«

Als Betty nach Hause kam, war es fast so dunkel und verlassen wie bei Malou. Die Kinder schienen nicht da zu sein. Unter der Tür zur Kellertreppe entdeckte sie einen Lichtschein. Sie fand Dominik in seinem Hobbykeller, er saß an seinem alten Schreibtisch und schrieb etwas in ein Ringbuch. Über ihm griente der Dalai-Lama.

»Hallo«, sagte Betty.

Er zuckte zusammen, wandte sich um. »Ach, du bist es.« Er schob seine Hand wie ein Lesezeichen zwischen die Seiten des Ringbuchs und klappte es zu. »Ist irgendwas?« Er spielte mit dem Stift.

»Nichts ... ich ... ich wollte nur Hallo sagen. Bin gerade wiedergekommen.«

»Ach so.«

Es hatte nicht den Anschein, als ob sie vermisst worden wäre.

Nina massierte ihren eingeschlafenen Fuß. Es war schwierig, eine bequeme Position auf dem durchgesessenen Sofa zu finden. In das Summen der Fliege, die immer wieder gegen die trübe Lampe prallte, mischte sich das Schniefen von Rose Wildeboer, die sich weißes Pulver in die Nase zog, während sie gleichzeitig die Walther auf Nina gerichtet hielt. Wildeboer saß ihr gegenüber auf einem schiefen Sessel, bei dem ein Holzbein durch einen Ziegelstein ersetzt worden war.

Wie lange wollte die Frau noch weitermachen? Sie hatte Nina zurück in ihre heruntergekommene Behausung getrieben und war in den vergangenen Stunden ihren Hass »auf die Bullenärsche« losgeworden. Wildeboer hatte es weidlich ausgekostet, »mal am Drücker zu sein«, wie sie das nannte. Nina hatte angenommen, dass Wildeboer irgendwann in ihrer Aufmerksamkeit nachlassen und ihr die Gelegenheit bieten würde, an ihre Waffe zu kommen. Doch die junge Frau, die sich gerade die Spuren des Meth-Amphetamins aus dem Gesicht wischte, wirkte noch immer hellwach, schien nicht einmal Hunger oder Durst zu kennen. Nina hatte den Eindruck, als ob Wildeboer selbst nicht so genau wüsste, was sie mit ihr tun sollte. Sie hätte Nina längst töten können. Wollte sie sie als Geisel?

Wildeboer agierte irrational, aber dumm war sie nicht.

»Frau Wildeboer, je länger Sie mich hier festhalten, umso schlimmer machen Sie die Sache …«

»Halt die Klappe!«

»Meine Kollegen …«

»Ja, deine Kollegen, wo sind die? Ihr Bullenarschlöcher seid zu dämlich, oder? Ihr könnt nicht mal auf euch selbst aufpassen.« Wildeboer kicherte und fuchtelte mit der Pistole herum.

»Was haben Sie denn jetzt vor?«

»Dich leiden sehen, Bullenschwein! Denkst du, die hätten mich ernst genommen, die Bullenschweine? Als mein Vater ermordet wurde, hat das keinen von euch interessiert!«

»Wir haben die Ermittlungen im Fall Armin Wildeboer wieder aufge…«

Wildeboer schrie auf. »Hältst du mich für blöd, dass ich das glaube?«

Nina atmete tief ein und wieder aus. »Könn… könnte ich ein Glas Wasser bekommen?«

Rose Wildeboer deutete mit der Pistole Richtung Küche. »Ich komme mit, Lady, damit du keinen Unsinn machst.«

Obwohl die Waffe ihren Rücken nicht berührte, spürte Nina die Mündung der Walther wie einen Hitzepunkt zwischen ihren Schulterblättern, während sie in die Küche voranging. Sie unterdrückte einen Würgereiz. Der Gestank nach verdorbener Milch war hier unerträglich. Eine nackte Glühbirne, die von der Decke hing, beleuchtete den Unrat. Nina verzichtete auf eines der verdreckten Gläser auf der Spüle und trank Wasser direkt aus dem Hahn. Wildeboer verfolgte jede ihrer Bewegungen. Aus den Augenwinkeln sah sie eine Kakerlake unter einem der Tellerstapel verschwinden. Wie war es möglich, so zu leben? Die Sperrholzplatte vor dem zerbrochenen Fenster rappelte leise. Wildeboer hatte sie genötigt, die Platte wieder einzusetzen, nachdem Nina morgens aus diesem Fenster gestiegen war.

»War's das, Bullenschwein?«

Nina hob die Hände. »Schon gut. Ich hab genug getrunken.«

Sie gingen zurück ins Wohnzimmer. Unter dem Sessel, in dem Wildeboer gesessen hatte, sah Nina etwas schimmern. »Darf ich mich in den Sessel setzen? Mein Rücken … Das Sofa ist ziemlich hart …«

Wildeboer schnaufte verächtlich, deutete mit der Waffe auf den Sessel. »Bitte schön, Prinzesschen.«

Nina setzte sich in den schiefen Sessel, bemühte sich, die Simkarte, die Wildeboer aus der Tasche ihres halbzerrissenen Rocks gefallen sein musste, mit dem Fuß zu verdecken. Die Sprungfedern des alten Sofas quietschten, als Wildeboer sich niederließ. Eine Zeit lang war nur das Summen der Fliege zu hören, es wurde lauter, hektischer, nachdem sie zum heißen Kern der Lampe vorgedrungen war. Dann hörte es auf. Die Fliege fiel auf den zerkratzten Tisch. Ihre Beinchen zuckten.

»Der Kerl ist tot, stimmt's?«, sagte Wildeboer plötzlich.

»Wel...«

»Na der, mit dem du mich die ganze Zeit über genervt hast!«

»Richard Heberlein?« Nina tat so, als wollte sie sich am Knöchel kratzen, barg rasch die Simkarte in ihrer Hand, legte die Hände in den Schoß.

»Heberlein! Was für ein bescheuerter Name. Er hat den Tod verdient, weißt du.«

»Hat er das?« Nina führte die Hand mit der Karte unter ihren Pullover, strich über ihren Bauch, schob dabei die Karte unter ihren Hosenbund. »Ich ... ich muss zur Toilette.«

Wildeboers helle Augen wurden schmal. »Aber ich komme mit.«

Die Toilette war nicht sehr groß, eine Art Gästeklo. Die Schüssel war verdreckt, eine Klobrille gab es nicht mehr. Vor dem kleinen Fenster hing ein Eisengitter, das aus Zeiten stammte, in denen es etwas gegen Einbrecher zu schützen gegeben haben mochte. Nina wandte sich um zu Wildeboer. »Die Tür, darf ich die ...«

»Mach schon. Denkst du, ich will dich schiffen sehen? Aber ich bleibe hier stehen, damit das klar ist!«

Nina schloss die Tür. Einen Schlüssel gab es nicht. Mit fahrigen Bewegungen setzte sie die Simkarte in das Handy ein und stellte fest, dass Dominik mehrmals versucht hatte, sie zu erreichen. Sie drückte auf Rückruf. Während das Freizeichen ertönte, drehte sie den Hahn über dem gesprungenen Waschbecken auf. Rostrotes Wasser plätscherte ins Becken.

»Hallo Nina, ich habe mich schon gewundert, dass du gar nicht zurückrufst.«

Sie betätigte die Spülung. »Rose Wildeboer hat meine …«

»Okay, Nina, sprich lauter, ich verstehe dich schlecht.«

Sie wartete, bis das Rauschen der Spülung leiser wurde. »Wildeboer hat meine Dienstwaffe und hält mich in ihrem Haus fest!« Sie gab die Adresse durch und hörte die Frau hinter der Tür laut fluchen.

Nina presste sich gegen die Wand und drückte wieder auf die Spülung.

»Verstanden. Ich fordere das SEK an. Wir sind so schnell wie möglich da. Nina? Hallo?«

»Mach schnell!« Sie schob ihr Handy in die Tasche.

»Scheiße, scheiße, scheiße!« Das war Wildeboer. »Komm da raus, sonst hole ich dich!«

Nina brach der Schweiß aus. Sie musste plötzlich an diesen Südafrikaner denken, der seine Freundin durch die geschlossene Badezimmertür erschossen hatte. Das Wasser aus dem Hahn tropfte durch den Riss im Waschbecken auf die Fliesen. Sie wagte nicht, auf die andere Seite zu gehen, um es auszustellen, drückte sich stattdessen noch tiefer in die Ecke neben der Tür.

Mit einem Mal sah sie alles überdeutlich, den unregelmäßigen Wasserstrahl, der durch das rissige Gummirohr floss, sich in die eine und die andere Richtung wandte, die Tropfen, die das Waschbecken sprenkelten, der grauen Patina blassrote Tupfer verliehen, den am Ende abgesplitterten Holzstiel des Abflussreinigers neben der Toilette. Hinter der Tür knarrten Holzdielen. Nina ging in die Hocke und zog den Stiel an der verkrusteten Saugglocke zu sich. Ihre Knie knackten leise, als sie sich vorsichtig aufrichtete.

Die Klinke quietschte. Ninas Fäuste schlossen sich um den Stiel, sie hob ihn über ihre Schulter, während sich die Tür wie in Zeitlupe öffnete. Der gedrungene Lauf der P99 DAO erschien, dann schoben sich Wildeboers Finger mit den abgekauten Nägeln ins Blickfeld, sie hielt die Walther mit beiden Händen umfasst. Nina holte tief Luft und schlug zu.

Wildeboer brüllte auf, die Walther fiel zu Boden. Mit der Schulter rammte Nina die Tür gegen Wildeboer, die nochmals aufschrie, bückte sich nach der Pistole, spürte einen dumpfen Schlag von der Tür im unteren Rücken und stürzte gegen die Toilettenschüssel. Etwas Warmes lief ihr ins Auge, als sie die Walther zu fassen bekam. Nina rollte sich auf den Rücken und richtete die Pistole auf Wildeboer, die schwer atmend und mit verzerrtem Gesicht in der Tür stand und sich ihr Handgelenk massierte.

»Es ist vorbei, Rose!« Nina wischte sich das Blut aus dem Auge. Schwankend kam sie auf die Beine. »Vorbei!«

»Ja!« In Wildeboers Augen flackerte etwas auf. »Dann erschieß mich doch! Tu's doch!«

»Bleiben Sie stehen!«

»Ach ja, soll ich? Ich hab's getan. Ich hab den Kerl umgebracht!« Wildeboer machte einen Schritt auf sie zu. »Na, los doch, mach ein Ende, Bullenfotze!«

»Stehen bleiben, verdammt!«

Plötzlich begriff Nina, was Wildeboer vorhatte. Blitzschnell trat sie einen Schritt zurück, machte eine rasche Drehung und trat Wildeboer mit Wucht gegen die Brust. Die schmale Frau flog nach hinten, knallte auf den Rücken und blieb besinnungslos liegen. Nina kniete sich neben sie, legte zwei Finger an ihren Hals und fühlte einen Puls. Dann holte sie ihr Handy heraus.

»Wir sind in ein paar Minuten da«, meldete Dominik sich.

Nina wurde schwindelig, sie legte das Handy beiseite, stützte sich mit beiden Händen auf dem Boden ab und schaute zu, wie das Blut von ihrer Stirn auf die Holzdielen tropfte.

5. Kapitel

Freitag, 29. März

Sein Erwachen war mühsam, gehüllt in Dunkelheit und einen muffigen Geruch. Etwas Bitteres lag auf seiner Zunge. Da war ein Kitzeln am Rande seines Bewusstseins, doch er ließ sich eine Weile weitertreiben – auf einem endlosen Meer, auf einer Wasserwüste ohne oben und unten. Das Kitzeln wurde stärker, steigerte sich zu einem Stechen, und er begriff, warum er an Wasser dachte. Er bewegte die Stirn, ohne dass sich das mitbewegte, was seine Augen bedeckte. Vergeblich spannte er die Arme an, die hinter seinem Rücken zusammengebunden waren. Die Stricke schnitten schmerzhaft in seine Handgelenke. Nicht einmal die Lippen konnte er öffnen, sie waren verklebt mit etwas auf seinem Mund.

Ein Stöhnen kam tief unten aus seiner Kehle, ein Laut des Unmuts, auf den es keine Antwort gab. Er strampelte mit den Beinen, die an den Fußgelenken zusammengebunden waren, seine Füße stießen auf eine harte Begrenzung von etwas Weicherem, auf dem er gekrümmt und blind wie ein Fötus lag. Ein Bett? Er musste den Kopf klarkriegen, herausfinden, wo er war, was passiert war! Er ahnte, dass er das schon einmal gedacht hatte. Bevor er wieder abgetaucht war. Was also war das Letzte, an das er sich erinnern konnte? Rekonstruieren … das Letzte …

Der Gedanke trieb aufs offene Meer hinaus, sank tiefer, löste sich auf, wie alles sich auflöste bis auf das Stechen, das nach einiger Zeit wieder aus der Tiefe emporstieg und an die Oberfläche drängte. Da war etwas, das er tun sollte, erinnerte er sich. Wenn er sich doch bloß konzentrieren könnte! Er wälzte sich herum, kippte plötzlich und fiel mit einem Poltern auf den Boden. Staub stieg in seine Nase, er nieste. Er lag jetzt auf dem Bauch, der Druck auf seine Blase war unerträglich geworden. Kälte kroch in seinen Körper. Er drehte sich auf die Seite, dann weiter auf den Rücken, was nur halb gelang, da ihm seine zusammengebundenen Hände im Weg waren.

Er spannte sich an, schlug mit den Füßen auf den Boden, stöhnte, so laut er es vermochte. Plötzlich hörte er eine Tür klappen, Schritte, knarrende Holzdielen. Dann wurde es wieder still. Er stöhnte noch einmal, bäumte sich auf, trommelte mit den Fersen auf den Boden. Stille. Die Stille beobachtete ihn. Schaute, was er als Nächstes tun würde. Er schüttelte den Kopf, stöhnte wütend. Lauschte. Die Schritte entfernten sich. Sein Kopf fiel zurück, sein Körper wurde schlaff. Warme Flüssigkeit lief seine Schenkel hinunter.

Nach einer Weile begann er zu frösteln. Bevor es ihn erneut in die Tiefe zog, schreckte er hoch, gerade lange genug, um zu bemerken, dass seine Hose nass und klamm an seinen Beinen klebte.

Dominiks Füße trugen ihn wie von selbst das Südfeld hoch. Der Morgen hatte kühl begonnen, doch inzwischen hatte die Sonne die Luft erwärmt, und das Laufshirt klebte an seinem Rücken. Er dachte daran, dass Nina genauso verrückt war wie er. Es hätte böse ausgehen können. Er hatte morgens noch mit ihr telefoniert und ihr geraten, sich eine Auszeit zu gönnen. Aber Nina wollte unbedingt an der Durchsuchung von Wildeboers Haus und Grundstück teilnehmen. Die würde am Ostersamstag stattfinden und war inzwischen vom Richter abgesegnet worden. Ob der Knochen, den Nina dort entdeckt hatte, Heberlein gehörte? Er war gespannt, was sie bei der wilden Rose noch so alles finden würden.

Er war ihr noch nicht begegnet. Sein Bauchgefühl sagte ihm, dass Heberlein tatsächlich tot war und die Kaspari in irgendeiner Form damit zu tun hatte. »Die Klassiker«, hatte Fritz gesagt. Geld oder Liebe? Klang wie der Titel einer neuen Samstagabendshow. Rache war allerdings auch ein Klassiker.

Schweiß rann über sein Gesicht, während er sich dem Haus inmitten der Felder Vilsendorfs näherte. Nur noch an der Form und der Holzverkleidung an den Seiten des großen Dachs mit den kleinen Fenstern war erkennbar, dass es sich um ein altes Bauernhaus handelte. Der Dachfirst hing ein wenig durch. Der Putz, der das Fachwerk bedeckte, bröckelte stellenweise ab. Vor einem der beiden Eingänge lag ein rotes Bobby

Car, daneben war ein Suzuki geparkt. An einem Fenster klebte eine »Mini-Maus« als Fensterbild.

Er stellte seinen mp3-Player ab. Sein Blick wanderte über die andere Seite der Fassade, über die Holzfenster, die Alpenveilchen, die auf den Fensterbänken aufgereiht waren, den Ton-Korb mit Stiefmütterchen, auf dessen Henkel mit bunten Keramikbuchstaben *Willkommen* geschrieben war. Dieser Eingang gehörte Schlüter, wie er am Klingelschild erkannte. Auf sein Klingeln folgte Stille. Karfreitagsruhe. Keine der Spitzengardinen bewegte sich, keine Schritte im Haus, kein Hund, der bellte. Und sein Körper signalisierte ihm: Weiterlaufen! Er machte einen Schritt zurück und wollte gerade seinen Player wieder einschalten, als eine junge Frau mit einem Käsekuchen aus dem anderen Eingang trat.

»Kann ich Ihnen helfen?« Sie musterte ihn von oben bis unten.

»Ich möchte Herrn Schlüter sprechen. Aber es scheint niemand zu Hause zu sein. Wissen Sie vielleicht, ob er verreist ist?«

»Aber Herr Schlüter …« Sie blinzelte. »Ich kenne nur Frau Schlüter. Sie hat … ihr Mann ist doch verstorben, das hat sie jedenfalls erzählt. Wir sind erst letztes Jahr hier eingezogen.«

»Ist Frau Schlüter Ihre Vermieterin?«

»Ja, genau.«

Ein rundlicher, junger Mann mit Jackett und Krawatte trug einen Kindersitz aus dem Haus.

»Er will zu Herrn Schlüter«, erklärte sie ihm.

Der richtete seine Krawatte. »Da kommen Sie wohl zu spät.«

»Und wann ist er verstorben?«, fragte Dominik.

»Wann ist der gestorben?« Sie blickte den Mann fragend an.

Er schürzte die Lippen. »Letztes Jahr im Sommer oder so? Das war vor unserer Zeit.«

»Das hat Ihnen Frau Schlüter erzählt?«

Beide nickten.

»Und die ist nicht zu Hause?«

»Die besucht für ein paar Tage ihre Tochter in München. Sie wollte über Ostern wieder da sein, aber wann genau ... tut mir leid.« Sie stellte den Käsekuchen auf dem Dach des Suzuki ab und schloss das Auto auf.

»Und die Nummer ihrer Tochter in München haben Sie nicht zufällig?«

Die Augen des jungen Mannes wurden schmal. »Leider nicht.« Er öffnete die hintere Autotür und schob den Kindersitz hinein.

Es war offensichtlich, dass sie ihn loswerden wollten. Er bedankte sich, schaltete seinen Player ein und lief los. Lenny Krawitz' *Where are we running* fegte für kurze Zeit alle Gedanken an Schlüter aus seinem Kopf. Nur noch wenige Wochen bis zum *Hermannslauf*!

Bent Andersen fuhr seinen Volvo selten richtig schnell. Die leere Autobahn verführte ihn, den Wagen auf 170 Kilometer pro Stunde hochzujagen. Nicht mal am Elbtunnel gab es heute Stau. Hinter Neumünster drosselte er sein Tempo. Seine Eltern rechneten erst am Karsamstag mit ihm. Er konnte natürlich auch schon heute Nachmittag bei ihnen aufkreuzen. Er solle so früh wie möglich kommen, damit sie endlich mal Zeit hätten zu erzählen, hatte seine Mutter am Telefon gesagt. Und sie seien auf jeden Fall zu Hause.

Er hatte Andy nur eine kurze Nachricht auf dem AB hinterlassen, dass er eventuell am Karfreitag vorbeikommen würde. Gut möglich, dass Andy gar nicht da war. Der Weg über Flensburg war allerdings kein Umweg. Und wenn sein Ex nicht zu Hause war, war auch das ein Zeichen. Vermutlich hatte Andy die Nachricht über seine Krankheit an alle seine Freunde geschickt, und es war nicht wichtig, ausgerechnet Bent an seiner Seite zu haben. Andererseits war es eine Möglichkeit, die Vergangenheit aufzuarbeiten, einmal *ernsthaft* über die Gründe der Trennung zu reden. Und doch hatte Andy jetzt andere Sorgen. Ein inoperabler Tumor! Im Grunde ging es wohl um Abschied. Der Abschied von dem Menschen, der sein Fühlen und Denken beherrscht hatte, bis er nach Bielefeld gezogen war. Und der ihn auch noch Monate nach seinem Umzug beschäftigt hatte, wenn er ehrlich war.

Er parkte am Bahnhof. Nach der Autofahrt würde es guttun, sich die Beine zu vertreten. Auf dem Weg durch den Carlisle-Park fiel ihm auf, dass die Vegetation hier im Norden zurücklag. Die beiden Birken, die wie siamesische Zwillinge unten am Stamm zusammengewachsen waren, zeigten nur Knospen. Am Südermarkt stellte ein Kellner Tische und Stühle auf den Platz vor einem Café. Ein Pärchen in Daunenjacken strebte schnell auf einen der Tische zu. Dabei gab es niemanden, der ihnen die Plätze streitig machte, denn sie waren die einzigen Gäste. In der Fußgängerzone der Altstadt waren nur wenige Passanten unterwegs. St. Nikolai war eingerüstet, auf dem Kirchendach flatterte eine blaue Plane, als wollte sie den Holzlatten entkommen, mit denen sie befestigt war.

Am Nordermarkt bog Bent rechts Richtung Hafen ab. Wenn er schon mal da war, konnte er auch gleich einen Blick auf die Förde werfen. In Bielefeld waren sie schon stolz auf ihr Lutter-Bächlein, das stellenweise durch die Altstadt plätscherte. Egal, es war ihm um den Abstand gegangen, und tatsächlich hatte er in den letzten Wochen immer weniger an Andy denken müssen. Auch jetzt konnte er immer noch umdrehen, zurück durch die Altstadt spazieren, vielleicht einen schönen Tee im *Roten Hof* trinken, und dann auf nach Glücksburg zu seinen Eltern.

Es war ein seltsames Gefühl, wie ein Tourist über die Promenade des historischen Hafens zu schlendern. Viel war heute nicht los: Keine Stände, etwa mit dänischem Lakritz, Töpferarbeiten oder Silberputzzeug, die man sonst selbst sonntags hier antraf. Seine Schuhe erzeugten ein rhythmisches Klackern auf den Holzbohlen des verwaisten Museumshafens. Was wollte er hier?

Er setzte sich auf eine Bank und betrachtete ein historisches Dreimaster-Segelschiff, das hier vor Anker lag. Das Spiel der Sonne auf den Wellen spiegelte sich in seinem schwarz lackierten Rumpf wider. Er hatte das Meer vermisst, doch das war nicht der Grund, warum er hier saß. Es war die Entscheidung, die er vor sich herschob. Dabei hatte er sie längst getroffen. Es fiel nur schwer, sich das einzugestehen.

Er ging zurück zum Nordermarkt, bog dort in eine schmale Gasse ein. Als Erstes fiel sein Blick auf einen der Findlinge, die einen Vorgarten von dem Katzenkopfpflaster abtrennten. Jemand wie Bella Schnathorst würde an dem Stein sicher noch Lackspuren von seinem Volvo entdecken. In diesem engen Hof war es nicht einfach gewesen zu rangieren. Das ockerfarben gestrichene, unverputzte Backsteinhaus am Ende der Gasse, das drei Jahre lang sein Zuhause gewesen war, sah aus wie immer.

Er gab sich einen Ruck und klingelte. Vielleicht war Andy ja auch gar nicht da.

Der Summer ertönte. Bent drückte die Tür auf, und es kam ihm vor, als ob er mit dem Treppenhaus geradewegs sein altes Leben beträte. Die blauweißen Kacheln, die abgetretenen Holzstiegen, die Wucherpflanze auf dem Fensterbrett mit Blütendolden, deren süßlicher Geruch sich mit dem Duft von Bohnerwachs vermischte. Und am Ende des Flurs im ersten Stock Andy mit breitem Lächeln!

Er sah gut aus. Sehr gut sogar. Das lag wohl an der Sonnenbräune. Ganz gleich, wie erschöpft man war, die Bräune ließ einen erholt aussehen. Und Andy wurde schnell braun, viel schneller als er.

»Was ist, Bent? Willst du im Flur Wurzeln schlagen?«

Sein Ex kam mit ausgebreiteten Armen auf ihn zu. Es ging alles ganz schnell. Er spürte Andys feste Umarmung. Das hatte er immer gemocht. Fest, ganz fest umarmt zu werden. Obwohl bei Andy nicht viel dahintersteckte. Halbherzig erwiderte er den Druck, schob ihn dann ein Stück von sich weg und blickte ihn forschend an. Andys Strahlen war verschwunden. In seinen großen, braunen Augen sah Bent die Angst.

»Willst du nicht reinkommen?«, sagte Andy mit belegter Stimme. Sein Blick glitt zu der anderen Wohnungstür im ersten Stock. »Ich erzähle dir das alles lieber drinnen. Ich hab schon Tee für uns gekocht.«

»Du warst dir also sicher, dass ich …?« Bent brach ab.

»Ja«, sagte Andy schlicht.

6. Kapitel

Samstag, 30. März

Es gab Täler und Kämme in diesem Meer, tiefe Täler, in denen er lange dümpelte und aus denen er sich nur widerwillig emporspülen ließ zu den kurzen Zeiten der Wachheit, in denen er sich seines schmerzenden Körpers und seiner Lage bewusst wurde. Wie jetzt in diesem Moment. Der Hunger wühlte in seinem Magen, und seine Zunge klebte trocken am Gaumen. Dazu stank er wie ein Penner. Es war der beißende Gestank alten Urins, der von seiner Hose aufstieg, er konnte sich selbst kaum aushalten. Er wusste, dass er die kurzen Wachphasen nutzen musste. Doch er konnte sich bei bestem Willen an nichts erinnern, nichts, was dazu geführt haben könnte, dass sein früheres Leben mit einem Schlag vorbei war und er mit verbundenen Augen, geknebelt und gefesselt, in irgendeinem modrigen Keller lag. So etwas Ähnliches musste es sein, denn es war kühl hier. Doch es roch auch nach Holz. Und seine Finger tasteten einen kratzigen Teppich. Eine Art Souterrain?

Sein Kopf war wie mit Watte gefüllt. Ihm kam nicht die geringste Idee, wer ihn hier festhielt. Er konnte nicht einmal sagen, wie lange er hier schon war, denn Tag und Nacht existierten nicht mehr für ihn. Vor allem aber: Was würde mit ihm passieren? Wer immer es auch war, konnte ihn nicht ewig festhalten. Aber wieso er? Kidnapping? Er besaß nicht viel Geld. Vielleicht wusste sein Kerkermeister noch nicht, was er mit ihm tun sollte. Oder war hier niemand mehr außer ihm? War er einfach zurückgelassen und dann vergessen worden? Der Gedanke ließ ihn schaudern. Wie lange hielt es ein Mensch ohne Wasser aus? Drei oder vier Tage?

Plötzlich hörte er ein leises Klirren. Er hob den Kopf, spannte die Muskeln an. Dann ein Schlüssel, der sich im Schloss drehte! Ein Scharren von Schritten auf dem Teppich. Er spürte kaltes Metall hinter seinem Ohr und stöhnte auf. Es folgte ein brennender Schmerz auf Lippen, Wangen, Ohren, im Nacken. Er fluchte, Tränen rollten seine Wangen hinunter. Das Klebeband war zerschnitten und ruckartig mitsamt einiger Nackenhaare abgerissen worden.

»Hey, wer …«, brachte er heraus, bevor er sich an dem Wasser verschluckte, das in seinen Mund lief. Er hustete, schluckte gierig, bis nichts mehr kam. »Warten Sie …« Ein Tuch erstickte sein Rufen. Das Wasser wurde abgewischt. Er hörte das Ratschen einer Klebe-rolle. »Was wollen Sie von mir? Wieso bin ich hier?«

In dem Moment, in dem er Luft holte, wurde Klebeband auf seinen Mund gepresst. Er versuchte, den Kopf wegzudrehen, aber er spürte ein Gewicht auf seiner

Brust, der Kerl stützte sich auf seinem Kopf ab, drückte ihn brutal zur Seite, keuchte. Ein schwacher Duft stieg in seine Nase, der ihn an irgendetwas erinnerte. Ein Aftershave oder ein Eau de Toilette? Bevor er darauf kam, wurde sein Kopf zur anderen Seite gedrückt, das Klebeband festgezurrt. Verfluchter Mist! Er stöhnte unwillig. Hörte eine Tür klappen, das Drehen des Schlüssels. Wütend trat er mit seinen zusammengebundenen Füßen ins Leere. Das Brennen in seinem Gesicht ließ langsam nach. Auf seiner Zunge lag ein eklig-bitterer Nachgeschmack, aber wenigstens war er nicht mehr ganz so durstig. Offenbar hatte sein Kerkermeister nicht vor, ihn sterben zu lassen. *Noch* nicht jedenfalls.

Ob er sein Gefängnis erkunden konnte? Er bewegte sich in die Richtung, in der er die Tür gehört hatte, indem er sich auf die hinter dem Rücken gefesselten Hände und seine Füße stützte, den Hintern anhob und sich ein Stückchen weiterschob, sich wieder setzte und die Bewegung wiederholte. Mühsam arbeitete er sich voran. Nach einer Weile stieß er mit den Füßen gegen etwas Hartes. Er rutschte herum, bis er mit dem Rücken gegen eine Wand lehnte. An seiner Wange spürte er etwas Raues, wohl Holz. Bleierne Müdigkeit überkam ihn. Langsam sackte er zur Seite. Als er wieder am Boden lag, strich ein Luftzug über sein Gesicht. Türspalt?, dachte er, und dämmerte weg.

Ein Hahn krähte, eine Reihe von Spatzen flog auf aus einem Obstbaum, der schon Knospen zeigte. Auf Eisenstäben aufgespießte Dämonenköpfe aus Ton bewachten das Haus mit der rissigen Fassade. Die Morgensonne wurde von den gläsernen Überresten der Fenster reflektiert, die wie spitze Zähne in den dunkel gähnenden Öffnungen wirkten. Hinter dem Baum waren einige Beamte damit beschäftigt, an der Stelle zu graben, wo Nina den Knochen gefunden hatte. Fritz Redekop zog sich gerade Gummihandschuhe an, Bella Schnathorst vom Erkennungsdienst kniete am Boden und kehrte ihm ihren breiten Rücken zu, während sie etwas begutachtete, das sie in ihren Händen hielt. Dominik entdeckte Nina vor einem Verschlag. Hühner stolzierten um sie herum und pickten mit ruckenden Köpfen Körner auf, die sie ihnen aus einem Eimer hinstreute.

Sie wirkte blass. Auf ihrer Stirn klebte ein großes Pflaster. »Die Viecher brauchen auch etwas«, sagte sie zur Begrüßung.

»Warum machst du nicht mal Pause, Nina?«

»Schon gut. Mein Bruder ist noch mit der Osterfreizeit unterwegs, und allein zu Hause würde ich doch nur an den Fall denken. Rose Wildeboers Zustand ist übrigens stabil, sie ist in die Psychiatrie eingewiesen worden, um zu entgiften.«

»Ist sie vernehmungsfähig?«

»Noch nicht.« Nina stellte den Eimer ab und sah ihn stirnrunzelnd an. »Sie wollte sterben, Dodo! Ich habe es in ihren Augen gesehen. Wirklich, sie …« Nina umfasste seinen Arm.

»Ich glaube dir.«

»Aber sie konnte es nicht selbst machen, also … Sie hat versucht, mich zu provozieren, sie wollte, dass ich …« Sie schluckte, ließ ihn los.

»Du hast ihr nicht mal ins Bein geschossen.«

»Mein Tae-Bo-Training hat sich gelohnt, hm? Ich weiß nicht, warum ich nicht geschossen habe.«

»Intuition. Keine Zeit zu denken.«

Nina nickte, band sich das Halstuch fester und wandte sich zu Fritz Redekop um, der über die Wiese zu ihnen gekommen war. Er präsentierte ihnen einen Schädel in einer durchsichtigen Tüte. Schaut euch das an!«

»Säugetierschädel.« Dominik nahm ihm vorsichtig die Tüte aus der Hand. »Vermutlich ein Hund, aber ...« Er stutzte, als er die eingedrückte Stelle unter dem Plastik tastete, und hielt den Schädel ins Sonnenlicht. Das Loch hatte die Größe einer Zwei-Euro-Münze.

»Der ist erschlagen worden«, sagte Fritz.

»Nicht zu fassen! Und *dafür* ...« Nina brach ab und fuhr sich durch die Haare.

Dominik legte ihr kurz die Hand auf die Schulter. »Habt ihr noch etwas gefunden? Wart ihr schon im Haus?«

»Außer Crystal-Meth?« Fritz zuckte mit den Achseln. »Wir haben fast alles durch. Ob die Knochen, die wir im Garten ausgegraben haben, sämtlich zu dem Tier gehören, ist noch offen. Das geht alles zum forensischen Osteologen. Nach Ostern sind wir schlauer.« Er nickte ihnen zu und entfernte sich mit dem Schädel.

Dominiks Handy klingelte. Es war Ute Vienenkötter-Lange, die ihm mitteilte, sie habe jetzt Heberleins Unterlagen gesichtet.

»Augenblick, Ute. Braucht ihr mich hier?«, fragte Dominik.

Als Nina den Kopf schüttelte, verabredete er sich mit Ute im Präsidium. Nina betastete ihr Pflaster.

»Bist du sicher, Nina? Du machst nicht den Eindruck …«

»Es geht mir gut, nur … ich finde diesen Ort bedrückend.« Sie rieb sich die Arme, als ob sie fröre, und ließ ihren Blick über das Haus wandern.

»Was glaubst du – hat sie gesagt, sie hätte Heberlein umgebracht, um dich dazu zu bringen, sie zu erschießen?«

Nina blies ihren kurzen Pony hoch. »Sie hat keine Einzelheiten zu der Tat genannt. Sie hat nicht mal Heberleins Namen genannt. Kein Täterwissen. Nichts, was …« Sie holte tief Luft. »Ganz ehrlich? Ich weiß es nicht.«

Auf Dominiks Büroetage stand nur Bents Tür weit offen. Die Putzfrau zog dort den Staubsauger mit Aufsatzdüse über die Fußleisten. Mit schlürfendem Geräusch entfernte sie auch noch das allerletzte Stäubchen aus dem superordentlichen Büro des MK-Leiters. Sein eigenes Büro war offensichtlich nicht geputzt worden. Wohl wegen der unausgepackten Kisten, die Frank auf seinem Schreibtisch und dem Boden geparkt hatte. Außerdem roch es nach Rauch, obwohl der Kollege schon seit Tagen im Urlaub war. Er lüftete. Ohne große Hoffnung versuchte er noch einmal, Frau Schlüter zu erreichen – und hatte überraschend Erfolg. Amalie Schlüter schien sich nicht zu wundern, dass die Polizei anrief, und fing sogleich an, über ihre Tochter zu erzählen.

»Ausgerechnet am Karfreitag muss sie nach Mallorca fliegen. Aber diese jungen …«

»Frau Schlüter, ich habe jetzt leider nicht so viel Zeit. Ich würde gerne heute Mittag bei Ihnen vorbeikommen, wenn es Ihnen passt.«

»Rast? Was? Heute Mittag?«, rief sie.

Die Dame schien schwerhörig zu sein. Hatte sie verstanden, dass er von der Kripo war? »Ich komme heute Mittag bei Ihnen vorbei«, brüllte er. »Passt das?« Er ging mit dem Telefon ans Fenster, schaute runter aufs Rondell vorm Haupteingang.

»Ob das passt?«, fragte sie.

»JA!«

»Aber um elf Uhr esse ich Mittagessen.«

»Dann um zwölf?«

»Was?«

»UM ZWÖLF!«

»Ja! Schreien Sie doch nicht so!«

»Wiederhören.«

Waren das etwa Blattläuse an Franks Benjamini-Baum? Er überlegte noch, als es klopfte.

»Ach, hallo Ute. Ich wäre doch auch in dein Büro gekommen.« Er stellte sich vor Franks traurige Pflanzensammlung.

»Kein Problem. Wo kann ich die abstellen?«

Er räumte eine Ecke seines Schreibtischs frei und nahm ihr die beiden Kartons mit Heberleins Unterlagen ab.

»Mein Kollege ist gerade erst wieder hier eingezogen. Setz dich doch.« Er räumte rasch den Papierstapel von Franks Drehstuhl. »Ein Kaffee? Oder Cappuccino oder …«

»Danke, ich habe heute Morgen schon Kaffee getrunken.« Ein Lächeln huschte über ihr blasses Gesicht.

»Fein … dann … oder Apfelschorle?«

Sie schüttelte den Kopf, und eine Strähne löste sich aus dem zurückgebundenen, dunkelblonden Haar. Sie strich sie hinters Ohr zurück und nahm an Franks Schreibtisch Platz. »Geschlossene Fonds …«

Er hob fragend die Brauen.

»Richard Heberlein hat seinen Kunden hauptsächlich geschlossene Fonds vermittelt«, fuhr sie fort. »Das sind höchst riskante Anlagen, von denen Privatanleger besser die Finger lassen sollten.« Sie zog ihre dunkelblaue Strickjacke aus, hängte sie über die Lehne, nestelte am Kragen ihrer Bluse, ging jedoch nicht so weit, den obersten Knopf zu öffnen, sondern legte die gefalteten Hände auf dem Tisch ab.

»Aha«, sagte Dominik. »Und … was genau ist der Unterschied zu … äh … nicht geschlossenen Fonds?«

»Bei geschlossenen Fonds handelt es sich nicht um klassische Wertpapiere, sondern um direkte Beteiligungen, zum Beispiel an Windparks oder Schiffen. Das bedeutet, dass jedem Anleger tatsächlich ein Teil des Unternehmens gehört, er aber auch das volle unternehmerische Risiko trägt.« Die grünen Augen hinter den dicken Brillengläsern musterten ihn aufmerksam, als wollte sie prüfen, ob er die Tragweite begriff. »Der Anleger kann sein ganzes Kapital dabei verlieren«, fügte sie hinzu.

»Wissen die Leute denn nicht, worauf sie sich einlassen?«

»Bei schlechter Beratung und zweistelligen Renditeversprechen?« Ihre Hände öffneten sich. »In dem Bereich tummeln sich leider auch unseriöse Anbieter, denn anders als Aktienanlagen sind geschlossene Fonds in Deutschland in der Vergangenheit kaum überwacht worden.«

»Und jetzt ...«

»... gibt es ein neues Gesetz. Damit will man erreichen, dass die Beratungsqualität sich verbessert und die Produkte transparenter werden. Außerdem müssen die Verkäufer neuerdings eine Sachkundeprüfung ablegen, eine Haftpflichtversicherung abschließen und sich registrieren lassen, etwa bei den Gewerbeämtern oder bei der Bafin. Wenn Beschwerden eingehen, können Beschäftigungsverbote ausgesprochen oder Bußgelder verhängt werden.«

»Und Herr Schlüter hat ...«

»Unter anderem in Büroimmobilien mit hohem Leerstand investiert, ebenso wie etliche andere Kunden des Herrn Heberlein.«

»Kann man solche Verkäufer nicht verklagen?«

»Das ist nicht so einfach. Wer liest diese Verkaufsprospekte schon so genau? Und wenn auf Seite 248 im Kleingedruckten auf alle Risiken hingewiesen wird, hat der Anleger ein Problem, den Prospektfehler nachzuweisen.«

»Wenn man all das lesen würde, was einem so bei Versicherungen und Banken in die Hand gedrückt wird, käme man zu nichts anderem mehr. Und wenn man es versucht, kapiert man nur die Hälfte. Zumindest als Otto Normalverbraucher.«

»So ist es, Dominik, und manche nutzen das aus. Auch das soll besser werden durch strengere Auflagen. Es soll kürzere, verständliche Versionen von Verkaufsprospekten geben, außerdem Beratungsprotokolle, verlängerte Verjährungsfristen und und und. Ob das etwas bringt, wird man sehen.«

»Falls ich also mal nicht weiß, wohin mit meinem vielen Geld …«

»Dann auf keinen Fall in geschlossene Fonds investieren.« Sie lächelte. »Da ist der Sparstrumpf unter der Matratze noch die bessere Wahl.«

»Also war Heberlein einer von der windigen Sorte, denen man nichts nachweisen kann?«

»Ich habe recherchiert und einen kritischen Artikel über diesen Büroimmobilien-Fonds gefunden. Sowohl von der Lage als auch von der Qualität der Immobilien her war keine hohe Mietrendite oder Auslastung zu erwarten. Anders ausgedrückt: Er hat seinen Kunden Beteiligungen an Schrottimmobilien vermittelt. Und aus den Briefen, die du mir kopiert hast, geht hervor, dass es sich bei den Anlagegeldern um Schlüters Altersvorsorge handelte.«

»Das Ganze stinkt zum Himmel?«

Ute nickte. »Könnte ich doch ein Wasser oder eine Schorle bekommen?«

»Es ist warm geworden, was?« Dominik sprang auf und suchte in dem Kasten im Regal nach einer vollen Flasche. Frank hatte offensichtlich die Letzte ausgetrunken. Er unterdrückte einen Fluch. »Augenblick.« Er holte Wasser aus der Teeküche. Unterwegs traf er die Putzfrau, die den Staubsauger hinter sich herzerrte. »Machen Sie bei uns auch noch sauber?« Er deutete auf sein Büro.

Sie schnitt ein gequältes Gesicht und nickte stumm.

Ute beugte sich gerade über den Benjamini-Baum, als er eintrat. »Spül…«

»Der …«

Sie hatten gleichzeitig zu sprechen begonnen. Sie lächelte schüchtern.

»Der gehört meinem Kollegen«, stellte Dominik klar.

»Ach so. Man kann den Baum mit einer Spüllösung einsprühen. Das hilft gegen die Läuse.«

»Ich richte es ihm aus.« Er goss ihr Wasser in ein Glas. »Schlüter hat im ersten Brief mit einer Klage gedroht«, fuhr er fort. »Im zweiten nicht mehr. Vielleicht hat er zwischendurch eingesehen, dass eine Klage nicht Erfolg versprechend war.«

»Danke.« Sie nahm einen Schluck Wasser und setzte sich. »Selbst wenn eine Klage Aussicht auf Erfolg gehabt hätte: Wäre überhaupt etwas bei Heberlein zu holen gewesen?«, fragte sie.

Vom Flur her drang das Quietschen der Staubsaugerrollen. Eine Tür schlug zu. Das Summen des Staubsaugers.

»Menschen sind schon für weniger ermordet worden«, sagte er. »Obgleich Heberleins Leiche bisher nicht gefunden wurde.«

»Vielleicht hat er sich abgesetzt.« Sie nahm die Brille ab, hauchte sie an und putzte sie mit einem Taschentuch.

Dominik schloss die Tür und setzte sich wieder auf seinen Drehstuhl. »Vielen Dank jedenfalls für deine Mühe.« Er lächelte.

»Es war keine Mühe. Nicht viel jedenfalls.« Sie versteckte ihre schönen, grünen Augen wieder hinter der Brille.

»Willst du nicht zu uns wechseln? Wir können gute Leute brauchen.«

Ute starrte in ihr Glas. »Habt ihr keine guten Leute?«

Eine Pause entstand.

»Doch, sicher«, sagte er. »Ist Wirtschaftkriminalität denn so spannend?«

Sie sah auf. »Durchaus«, sagte sie ernst.

»Darf ich dich mal auf einen Wein einladen? Oder … vielleicht einen Kaffee in der Kantine?«, fügte er hinzu, als sie die Stirn runzelte.

»Ich bin verheiratet. Das heißt nicht, dass ich keinen Kaffee …« Sie wurde rot.

»Ich bin auch verheiratet.« Er verschränkte die Hände auf dem Kopf.

Aber was bedeutete das? Der Versuch, sich Klarheit in Bezug auf seine Ehe zu verschaffen, gestaltete sich mühsam. Er hatte begonnen, den Dalai Lama ein klein wenig für dieses ewige Grinsen zu verabscheuen. Der Kerl machte sich lustig über seine Anstrengungen.

»Ich denke«, fuhr er fort, »das Leben ist bestimmt so kompliziert wie ein Verkaufsprospekt mit … sagen wir … mit fünfhundert, ach was, tausend oder mehr Seiten, kleingedruckt und in Fachchinesisch.«

»Hieroglyphen!« Ihr Gesicht verzog sich.

Er dachte einen Augenblick lang, sie würde in Tränen ausbrechen, aber sie lachte.

»Babylonische Keilschrift?«

»Sanskrit.« Ihre Schultern zuckten. »Kisuaheli.«

»Dazu noch Enigma-verschlüsselt!«

»Mindestens!«

In diesem Moment ging die Tür auf und sie starrten in ein laut saugendes Rohr, das die Putzfrau im Anschlag hatte. »Soll ich nu putzen oder nich?«

»Kein Problem.« Ute sprang auf, drückte sich, bevor er etwas sagen konnte, an der Putzfrau vorbei, winkte kurz und verschwand.

»Enigma-verschlüsselt«, murmelte er. »Mindestens.«

Amalie Schlüter war eine alte Dame mit langen Haaren, die sie nach Grace-Kelly-Art am Hinterkopf aufgewickelt trug. In der Diele roch es nach Rotkohl und Sauerbraten, und Dominik bekam Hunger. Sie führte ihn ins Wohnzimmer, bot ihm einen Platz auf der verblichenen Couch an.

»Erkennen Sie diese Briefe, Frau Schlüter?«

Ihre Augen verengten sich, sie rückte mit ihrem Sessel näher heran.

»Diese Briefe, kennen Sie die?«, wiederholte er lauter.

Sie las von seinen Lippen ab. Dann nahm sie die Briefe, die er auf den Couchtisch gelegt hatte, setzte eine Lesebrille auf und schaute sie sich genau an.

»Ja, den kenne ich.« Sie hielt den längeren Brief hoch. »Den hat er noch im Juni geschrieben, weil er so wütend war. Und jetzt ist der Heberlein über alle Berge?«

Sie tastete nach ihrem Hörgerät, hielt ihren Kopf so, dass ihm ihr Ohr zugewandt war.

»Er ist verschwunden. Wir suchen nach ihm.«

Sie nickte. »Habe ich mir schon gedacht, dass die Polizei nach ihm sucht. Wir haben fast unser ganzes Geld verloren. Der Anwalt sagte damals, da sei nichts auszurichten. Nur das Haus habe ich noch. Und ein bisschen Miete. Aber es muss ja auch immer was am Haus gemacht werden. Meine Tochter meinte, ich ...«

»Frau Schlüter, was ist mit dem anderen Brief?«, rief er.

Sie hantierte mit ihrer Lesebrille und entfaltete den kurzen Brief noch einmal. »Hm. Davon hat er nichts gesagt. Aber kann ja sein, dass er ...« Dann hob sie die Brauen. »1. Juli ... der ist am 1. Juli abgeschickt worden?«

»So ist er datiert. Ich habe ihn in einem unfrankierten, an Heberlein adressierten Umschlag gefunden.«

»Datiert?« Sie sah ihn über den Rand ihrer Brille an. »Steht doch da: Bielefeld, den 1. Juli. Wieso?«

»Mein Mann ist letztes Jahr am 26. Juni gestorben.«

»Am 26. Juni?« Er starrte sie an. »Das bedeutet, er kann Richard Heberlein gar nicht am 3. Juli getroffen haben!«

»Was? Wann?«

»Nichts ... ich ... Frau Schlüter, kann es sein, dass Ihr Mann diesen Brief vorher geschrieben hat? Hat er Sie vielleicht gebeten, einen Brief für ihn abzuschicken?«

»Daran kann ich mich nicht erinnern.«

»Sind Sie sicher?«

Sie studierte den Brief. »*Sehen Sie sich vor ...*«, las sie laut und schüttelte den Kopf. »Ich weiß nicht. Das klingt nicht nach ihm.«

»Aber das ist seine Unterschrift?«

Sie hielt die beiden Briefe nebeneinander und nickte. Beide waren in der gängigen Schriftart Times auf normalem DIN-A4-Kopierpapier ausgedruckt, die Unterschriften in blauer Tinte ähnelten sich sehr.

»Augenblick mal.« Er nahm ihr die Briefe aus der Hand, ging zum Fenster und presste die beiden Bögen so gegen die Fensterscheibe, dass die Unterschriften übereinanderlagen. Sie waren vollkommen deckungsgleich. In Schlüters Garten bewegte der Wind eine Schaukel, die leise quietschte. »Alles klar!«

»Was?«, rief Frau Schlüter.

Er wandte sich um. »Ihr Mann hat den zweiten Brief nicht geschrieben.«

»Wie auch?« Sie schüttelte den Kopf. »Wir haben den Brief an Herrn Heberlein zusammen aufgesetzt, kurz bevor mein Mann wieder ins Krankenhaus kam. Meine Tochter hat den Brief für uns auf ihrem Computer getippt, und Dietrich hat unterschrieben. Es ging ihm so schlecht, er hat die letzten Wochen nur noch im Bett gelegen unter Morphium. Ich habe viel bei ihm gesessen, er hat sich Sorgen gemacht, ob ich auch versorgt bin, wenn er mal nicht mehr ist, aber später … da war er so schwach, da ging es nicht mehr um so was, da hat er kaum noch was gegessen, es war ihm alles zu viel, selbst unser Enkel durfte nicht mehr zu ihm.«

»Vielen Dank für Ihre Hilfe, Frau Schlüter!«, rief Dominik ihr ins Ohr.

Sie blinzelte. »Ja, und wer hat den Brief denn nun geschrieben? Das ist doch komisch, oder? «

»Da haben Sie recht. Mehr als komisch!«

»Kommt der Heberlein endlich ins Gefängnis wegen seiner Betrügereien?«

»Den müssen wir erst mal finden.«

»Was?«

»FINDEN.«

Er verabschiedete sich von ihr und stieg in seinen Citroën, rumpelte über ein Stück Schotterstraße, fuhr langsam den schmalen Weg entlang, bis er wieder auf die Hauptstraße einbog, an der das Dorf sich aufreihte. Wer hatte Schlüters Unterschrift gefälscht? Jemand, der den Verdacht auf Schlüter lenken wollte und nicht wusste, dass er gestorben war. Eine Person, die Zugang zu Heberleins Unterlagen besaß und womöglich auch die Eintragungen der Initialen D.S. in den Kalender vorgenommen hatte. Lara Kaspari hatte fast alles weggegeben, was Richard gehörte, schien nicht mit seiner Rückkehr zu rechnen. Und sie war abgetaucht, bis ein Privatdetektiv sie aufspürte. Angeblich aus Angst. Ausgerechnet die Kartons mit seinen Unterlagen hatte sie behalten. Um sich gegebenenfalls zu entlasten?

Hinter ihm hupte jemand, und er beschleunigte den Wagen, fuhr an Erdbeerfeldern vorbei, bog auf einen Parkplatz ab, auf dem man im Sommer Erdbeeren kaufen konnte.

Er schaltete den Motor aus. Aber welches Motiv sollte sie haben? Um ein Eifersuchtsdrama wegen Richards Kurschatten – »Kotzbrocks« Tochter – handelte es sich bestimmt nicht. Die schien keine Konkurrenz gewesen zu sein. Allerdings hatte bereits *ein* Liebhaber der Kaspari sein Leben gelassen. Armin Wildeboer war offenbar der alte, reiche Sugardaddy gewesen, den man ausnahm und dann loswerden musste. Doch Richard passte nicht in diese Schublade. Außerdem hatte Lara in erster Linie seinen Bruder Wolfgang belastet und Dietrich Schlüter nur am Rande erwähnt, wenn er sich recht erinnerte. Und Wolfgang Heberlein hatte allen

Grund, Richard zu hassen, den gut aussehenden, charmanten Kerl, der nicht nur die Eltern eingewickelt hatte, sondern auch eine schöne Frau, um die ihn viele Männer beneideten. Vielleicht war Wolfgang durch Zufall an den echten Brief gelangt und auf die Idee gekommen, die Unterschrift zu kopieren. Und Rose Wildeboer? Nach allem, was Dominik über sie erfahren hatte, traute er ihr ein so planvolles Vorgehen kaum zu.

Er wendete den Wagen und fuhr die Strecke, die er gekommen war, zurück stadtauswärts. Richards Bruder wohnte genau wie seine Eltern im Norden Bielefelds. Ein Überraschungsbesuch war jetzt genau das Richtige. Als er in einer Autoschlange am *Heimathaus* in Jöllenbeck vorbeituckerte, meinte er für einen Augenblick, Wolfgang Heberlein vor der grün gestrichenen Deelentür stehen zu sehen. Bis sich der gebeugte, hagere Mann, der in ein Gespräch mit einer jungen Frau mit dicken Einkaufstüten vertieft war, umdrehte. Der Mann war wesentlich älter als Heberlein, nur die Haltung erschien ähnlich.

Es handelte sich bei der Adresse um ein Neubaureihenhaus – gesichtslos, weiße Fassade, graues Dach, ein akkurat gemähtes Rasenviereck als Vorgarten. Die Gardine hinter dem Fenster bewegte sich. Sehr schön, dachte Dominik.

Eine bleiche Frau mit unnatürlich roten Haaren öffnete ihm.

»Ach, schon wieder wegen Richard?«, sagte sie, als er ihr seinen Dienstausweis zeigte.

Sie ließ ihn hinein und bückte sich dann, um die verrutschte Fußmatte geradezuziehen. Ihr Scheitel zeigte einen grauen Haaransatz. Sie richtete sich wieder auf, wollte die Haustür schließen und hielt inne, als wäre ihr gerade ein Gedanke gekommen. »Sie wollen meinen Mann sprechen?«

»Das will ich.«

»Der ist in die Innenstadt zum Einkaufen gefahren.«

»Wann kommt er zurück?«

»Das kann dauern. Er wollte sich eine Hose kaufen. Aber bis der was gefunden hat …«

»Hose«, echote Dominik, dem siedend heiß einfiel, dass er versprochen hatte, sich um Robins Einkleidung zu kümmern.

Ihre Hand lag immer noch auf der Klinke der geöffneten Haustür. »Es wird sich kaum lohnen, hier auf ihn zu warten.«

Er ließ sich seine Enttäuschung nicht anmerken. »Vielleicht können *wir* uns ein bisschen unterhalten. Sie kannten Richard doch auch.«

»Unterhalten?« Sie verzog den Mund. »Ich habe nicht viel Zeit. Wenn Sie sich kurz fassen … na, von mir aus«, fügte sie in gönnerhaftem Ton hinzu.

Sie zog die Haustür zu und ging ihm voran in ein Wohn-Arbeitszimmer. Der Schreibtisch und zwei Sessel waren mit Heften bedeckt. »Sie müssen schon entschuldigen«, sagte sie, während sie einen Sessel für ihn freiräumte, »aber als Lehrer hat man ja nie so richtig Feierabend.« Es klang, als wäre er für diesen misslichen Umstand verantwortlich.

Dominik sank in den Sessel.

Frau Heberlein setzte sich auf ihren Schreibtischstuhl und verschränkte die Arme. »Also: Was wollen Sie wissen?«

»Wie war das Verhältnis der beiden Brüder?«

Sie gab ein genervtes Stöhnen von sich, gerade so laut, dass er es hörte. »Ich denke, Sie sollten wirklich ein anderes Mal wiederkommen, wenn …«

»Hatten die Brüder Kontakt?«

»Auf Familienfeiern, sicher. Da kann man sich schlecht aus dem Weg gehen.«

»Und sonst?«

»Wenig.«

Wolfgang Heberlein hatte behauptet, es habe gar keinen Kontakt mehr gegeben. »Sie haben sich also auch schon mal so getroffen?«

»Selten.« Ihre dünn gezupften Brauen zogen sich zusammen.

»Zu welchem Anlass?«

Sie legte den Kopf schräg und zuckte mit den Achseln. »Fragen Sie Wolfgang.«

»Hat Ihr Mann seinem Bruder Geld geliehen?«

»Ganz sicher nicht.«

»Wann haben Sie sich das letzte Mal außerhalb einer Familienfeier gesehen?«

»Ach, Gott …« Sie legte den Kopf in den Nacken und starrte an die Decke, als würde sie nachrechnen. Dann sah sie ihn wieder an. »Also, das kann ich jetzt wirklich nicht mehr sagen.« Ihre Lippen zogen sich zu einem Grinsen zurück. »Also: War's das jetzt?«

Okay, dann eben anders. Er faltete die Hände, massierte mit einem Daumen den anderen und senkte den Blick. »Ihr Mann hat es Ihnen wohl nicht erzählt«, sagte er leise.

Sie sprach langsam und betont, wie sie es vermutlich mit Schülern tat, die schwer von Begriff waren: »Wie gesagt: Keine Ahnung, wieso er Richard noch mal getroffen hat.« Dann schneller: »Hören Sie, meine Zeit ist begrenzt, also ...«

»Sie bestätigen also, dass er ihn getroffen hat.« Er konnte sich ein Lächeln nicht verkneifen. Dann nickte er mit gerunzelter Stirn vor sich hin, als würde ihm gerade so einiges klar. »Aber Sie wissen nicht, warum. Er wollte Sie wohl nicht beunruhigen.«

»Beunruhigen? Wieso?« Unwillig schüttelte sie ihre rostrote Haarpracht.

Er bemühte sich um einen teilnahmsvollen Blick.

»Nun reden Sie schon!« Sie nahm die Arme auseinander.

»Es ging um Lara Kaspari«, behauptete er. »Kein schönes Thema für Sie, nicht wahr?«

Ihre Lippen wurden zu einem Strich. »Das ist nicht wahr! Er wollte Richard dazu bringen, dass er endlich aufhört, seine armen Eltern bis zum Geht-nicht-mehr auszunutzen! Richard ist nie erwachsen geworden. Wo war er denn, als seine Eltern mal Hilfe brauchten, damals als es in der Küche gebrannt hat und alles verrußt war, ha? Oder als Elisabeth so schlimm gestürzt ist: Wer hat sie denn im Krankenhaus besucht? Richard doch nicht! Da geht der Spaßfaktor ja gegen null. Nein – das überlässt er natürlich uns! Und übrigens: Es ist auch Wolfgangs Erbe, das Richard da verjuxt. Und zwar zum Beispiel mit diesem Luxusweib, dieser Kaspari. Darum ist es gegangen!«

»Ich sagte ja, es ging um Frau Kaspari.«

»Aber doch nicht allein!« Sie schrie es fast. Dann senkte sie die Stimme, als wäre ihr ihre Lautstärke gerade bewusst geworden. »Jedenfalls nicht in erster Linie. Uns ist es egal, mit welchen Weibern er das Geld verprasst. Nur dass es nicht *sein* Geld ist! Das ist uns nicht egal!«

»Wann hat er Richard getroffen?«

»Wie?«

»Sie sagten vorhin, Ihr Mann habe Richard noch mal getroffen.«

»Das muss im letzten Jahr im Laufe des Junis gewesen sein.«

»Wissen Sie, wo die beiden sich getroffen haben?«

»Was spielt denn das für eine Rolle?«

»Bitte, Frau Heberlein …«

»Wolfgang ist zu ihm gefahren, wenn ich mich recht erinnere. Ja, so war das.«

»Und sie haben sich um Geld gestritten?«

»Wie immer.« Sie starrte vor sich hin.

»Wusste Ihr Mann etwas über die Geschäfte, die Richard machte? Über seine Kunden?«

Langsam hob sie den Blick. »Sie meinen die Leute, die Richard über den Tisch gezogen hat?«

»Hat er das?«

»Stellen Sie sich vor, Richard wollte ihm auch eine von diesen riskanten Anlagen aufschwatzen. Unter anderem mit dem Argument, er hätte schon viele Kunden überzeugen können von diesen Fonds. Aber Wolfgang hat sich schlau gemacht und gerne verzichtet.«

»Kannte er Kunden seines Bruders?«

»Nicht, dass ich wüsste. Aber ich habe mich da immer rausgehalten. Sagen Sie mal … haben Sie mit der Kaspari gesprochen? Was hat die Ihnen eigentlich erzählt?«

Dominik schwieg. Er wollte Heberlein direkt damit konfrontieren und seine Reaktion beobachten.

Ein Sonnenstrahl ließ das künstliche Rot ihrer Haare auflodern. Die Falten um ihren Mund vertieften sich. »Die Frau ist eine Schlampe! Das wusste jeder.«

Dominik richtete sich auf. »Schlampe – interessant, dass Sie das sagen! Und damit sie es auch erfuhr, haben Sie ihr den Zettel unter den Scheibenwischer gesteckt.«

»Ich weiß nichts von einem Zettel.« Frau Heberlein straffte sich.

»Ein Zettel, auf dem *Schlampe* stand.«

»Den kann jeder geschrieben haben.« Ihre schmalen Lippen verzogen sich zu einem Lächeln. »Es war allgemein bekannt: Die flirtete praktisch mit jedem.«

»Ach wirklich? Hat Ihr Mann sie deshalb belästigt?« Im nächsten Moment ärgerte er sich über sich selbst.

»Das ist eine Lüge!« Ihre Tonlage war schrill geworden. Auf ihren Wangen erschienen rote Flecken. »Sie legte es darauf an, aber mein Mann durchschaut so etwas. Die Kaspari lässt sich aushalten. Die passte zu Richard wie Arsch auf Eimer. Zu dumm, dass er am Ende nur noch Schulden hatte. Musste sogar seinen Audi verkaufen und zockelte nur noch mit einem Kleinwagen durch die Gegend.« Sie lachte leise. »Bestimmt hat die ihn abserviert, weil er als Melkkuh nicht mehr taugte.«

»Und wo ist Richard jetzt, Ihrer Meinung nach?«

»Wenn Sie mich fragen: Der ist vor seinen Gläubigern und unzufriedenen Kunden geflohen. Die Liste ist vermutlich lang. Keine Ahnung, wo der sich versteckt. Ist das nicht *Ihr* Job, das herauszufinden?«

Auf dem Weg nach Hause überholte er zügig einen Fiat Panda, der vor ihm auf der Vilsendorfer Straße schlich. Er hatte sich von Frau Heberlein aus der Reserve locken lassen. Flirtete Lara Kaspari wirklich mit jedem? Oder nur mit betuchten Männern, mit solchen, von denen sie sich etwas versprach? Und wieso hatte sie dann mit ihm geflirtet? Sie schien doch nicht viel von der Polizei zu erwarten. Oder hatte sie tatsächlich etwas zu verbergen und ihn auf diese Weise abgelenkt? Er musste hart bremsen, weil er zu spät erkannt hatte, dass der Wagen vor ihm anhielt. Die Ampel hatte auf Rot gewechselt.

Frau Kaspari hatte sich nicht mehr bei ihm gemeldet. Aber dass Heberlein involviert war, hatte die Reaktion seiner Frau gezeigt. Er war offenbar nicht so dumm, Lara während der Ermittlung zu behelligen ... Hinter ihm hupte jemand. Die Ampel zeigte Grün, und die Autoschlange wartete, dass er endlich losfuhr. Er hob die Hand und fuhr an.

Im Laufe des Junis ... Wolfgang Heberlein konnte sich Schlüters ersten Brief angeeignet haben, als er seinen Bruder das letzte Mal getroffen hatte. Dominik kam eine Idee. Am liebsten hätte er gewendet und wäre zurückgefahren. Allerdings würde Betty ihn umbringen, wenn er nicht bald mit Robin einkaufen ging.

Als er die Haustür aufschloss, hörte er ihre Stimme in der Küche. Dann leiser – Robin. Er verstand nicht, was sie sagten, aber seine Frau schien sauer zu sein. Er schnappte sich das Telefon und schlich ins Wohnzimmer.

»Elisabeth Heberlein«, meldete sich Richards Mutter nach dem sechsten Klingeln. Sie klang atemlos.

»Kommissar Domeyer. Ich hätte da noch eine Frage.«

»Ach, Herr Kommissar. Ich bin gerade erst zur Tür herein. Ich musste noch einkaufen. Die Geschäfte sind ja rappelvoll so kurz vor Ostern.«

»Da macht das Einkaufen wenig Spaß.«

»Sie sagen es.« Sie stöhnte. »Als hätten die alle kein Zuhause.«

»Tja, was soll man machen. Verzeihen Sie, dass ich Sie so überfalle, aber ich möchte Sie etwas über Lara Kaspari fragen.«

»Ja?«, fragte sie, und es klang eifrig, so als wäre sie allzu bereit, ihn über »die Kaspari« aufzuklären.

»Haben Sie Ihren Sohn Wolfgang schon einmal in einer – wie soll ich sagen – verfänglichen Situation mit Lara Kaspari gesehen?«

Am anderen Ende herrschte Stille.

Dafür hörte er jetzt wieder Bettys Stimme, dann das Schlagen einer Tür.

»Frau Heberlein?«

»Ja … verfänglich, also ich weiß nicht so recht …«

Er wanderte mit dem Telefon auf die Terrasse, zupfte Unkraut aus dem Kübel mit der Zierkirsche.

»Als ich meinen Sechzigsten feierte, da … hm …«

»Da ist Ihnen etwas aufgefallen?«

»Na ja. Ich wollte zur Toilette, und die beiden standen im Flur, so dicht nebeneinander.«

»Und?«

»Mehr eigentlich nicht.«

»Sah es aus, als hätten Sie sie gestört?«

»Wissen Sie, die Kaspari, das ist so eine, die macht den Männern schöne Augen. Da darf sie sich auch nicht wundern, finden Sie nicht?«

»Ganz meine Meinung, Frau Heberlein«, log er.

»Haben Sie schon eine Spur?«

»Möglich. Wir bleiben dran. Frohe Ostern.«

»Frohe Ostern, Herr Kommissar.«

Er stellte sich vor, wie die Trockenpflaume Heberlein, der Ältere, an Lara Kaspari herumfingerte. Ihm wurde heiß. So ein Widerling! Er setzte sich auf einen Gartenhocker und sah eine Weile dem Tanz der herabgefallenen Kirschblütenblätter zu, die der Wind von einer in die andere Ecke wehte. Er war damals elf gewesen und hatte niemandem schöne Augen gemacht. Es war ausgerechnet auf einem Friedhof passiert, nach einer Beerdigung – ein Ort, an dem man solche Übergriffe am wenigsten erwartet.

Langsam beruhigte sich sein Atem.

Dann rief er Nina an. Sie klang verschlafen.

»Habe ich dich geweckt?«

»Muss wohl auf dem Sofa eingeschlafen sein. Schieß los, Dodo.«

»Der zweite Brief an Heberlein, dieser kurze Drohbrief, ist gefälscht worden. Die beiden Unterschriften sind genau deckungsgleich. Und Schlüter ist eine Woche vor Richards Verschwinden eines natürlichen Todes gestorben.«

»Eine falsche Spur? Okay ... falls noch irgendein Zweifel daran bestanden hat, dass Heberlein Opfer eines Verbrechens wurde ...«

»Ist der hiermit ausgeräumt«, ergänzte Dominik. »Und ich gehe davon aus, dass die Initialen D.S. in dem Kalender nicht Dietrich Schlüter bedeuten. Denn an dem Abend von Richards Verschwinden, als er mit D.S.

verabredet war, lebte Schlüter nicht mehr.«

»Oder jemand hat die Initialen nachträglich in den Kalender eingetragen, um Schlüter zu belasten.«

»Das wäre auch möglich.«

In dem Pflaumenbaum im hinteren Teil des Gartens schaukelte ein leeres Meisenknödel-Netz im Wind.

»D.S.«, murmelte Nina nach einer Weile. »Wir sind nicht gerade viel schlauer. Ich bin noch nicht fertig mit Lara Kaspari und Rose Wildeboer.«

»Und ich nicht mit Wolfgang Heberlein. Eine Schlangengrube, Nina. Wolfgang Heberlein hatte laut seiner Frau Kontakt zu seinem Bruder – anders als er mir weismachen wollte. Außerdem hat er sich an Lara Kaspari rangemacht. Mutter Heberlein bekam das mit und macht Lara dafür verantwortlich. Auch Wolfgangs Ehegattin hasst Frau Kaspari, die angeblich mit jedem Mann flirtet.«

»Und – tut sie das?«

»Sei nicht so frech.« Dominik grinste.

Nina lachte. »Das nächste Mal fahre *ich* nach Ulm. Die Ergebnisse des Abgleichs der Spuren an Glas Nummer drei kommen wohl erst nach Ostern. Ich wüsste zu gern, ob Richard bei Armin Wildeboers Tod nachgeholfen hat. Wir sollten versuchen, über die Feiertage abzuschalten, Dodo.«

»Na, Frank wird das nicht schwerfallen mit seiner neuen Eroberung. Der kann doch keine zwei Nanosekunden lang ohne Frau sein!«

»Bist du doch noch sauer auf Frank? Wegen Betty?«

»Nein.«

»Wirklich nicht?«, fragte sie gedehnt.

»Nein!«, wiederholte er. »Ich bin nicht neidisch.« Hatte er *neidisch* gesagt?

»Worauf neidisch? Auf sexy Internetbekanntschaften?«

»Ich meinte sauer. Sauer, nicht neidisch. Weder sauer noch neidisch. Mein Gott!«

Nina lachte.

Aus der Küche ertönte laut Robins Stimme. »Und alles wegen der Konsumscheiße!«

»Ich muss Schluss machen, Nina.«

»Ganz kurz: Was ist eigentlich mit diesem Sudbrock aus Richard Heberleins Reha, von dem du mir erzählt hast?«

»Den habe ich bisher noch nicht erreicht, aber ich versuche es weiter.«

»Gut. Wir sollten allem nachgehen, und wenn es noch so vage ist. Diese falsche Spur …« Sie seufzte. »Der Fall kommt mir immer verwickelter vor. Ich hoffe sehr, dass wir bald Land sehen. Ich fürchte, das Ausgraben dieser Hundeknochen wird mir ewig nachhängen.«

»Erst mal abwarten, ob es sich wirklich nur um Hundeknochen handelt.«

Aus der Küche drangen Bettys und Robins aufgeregte Stimmen, dann wieder das Knallen einer Tür. Er beendete das Gespräch und ging zur Küche, wo er Betty am Tisch sitzen sah, das Gesicht in den Händen vergraben.

Als er eintrat, fuhr sie hoch. »Ich glaub's einfach nicht! Wo warst du denn die ganze Zeit? Du wolltest doch mit Robin einkaufen gehen?!«

»Ich …«

»Dein Sohn hat es nicht mal geschafft, sein Geschirr abzuräumen, nachdem er sich am Mittag aus dem Bett zum Frühstücken bequemte!« Sie deutete auf das Chaos auf dem Tisch: Brötchenkrümel, Käserinden, Eierschalen und eine zerwühlte *Tageszeitung* mit einem Klecks Erdbeermarmelade als Krönung über dem Brotkorb. »Ich hab mich schon gefragt, ob ich morgen die missbilligenden Blicke meiner Eltern ertragen muss, wenn ihr Enkel in ausgefransten Jeans im Restaurant des Fünf-Sterne-Schlosshotels auftaucht!«, machte sie weiter.

»Betty, es ist drei Uhr nachmittags, die Geschäfte haben doch noch lange auf.«

»Und überhaupt: Früher haben wir samstags immer zusammen im Esszimmer gefrühstückt! Und heute? Jeder kommt, wann er will und …« Sie kämpfte mit den Tränen.

»Ich war heute Morgen bei einer Hausdurchsuchung, deshalb …«

»Du hast immer einen Grund, dich rauszuziehen!« Sie stand auf und stapelte Robins Geschirr und die Überreste seines Frühstücks auf ein Tablett.

Er stieß einen Schwall Luft aus. »Ich bin doch jetzt da, um mit Robin einkaufen zu fahren!«

Sie zerknüllte die Zeitung und zerbröselte eine Brötchenhälfte über dem Tablett. »So, das bringe ich jetzt hoch in sein Zimmer! Da kann es von mir aus verschimmeln!« Sie hob das Tablett vom Tisch.

»Ach Betty, damit heizt du die Situation doch nur unnötig auf …«

»Du lässt den beiden alles durchgehen! Aber bitte ...« Mit einem Klirren landete das Tablett wieder auf dem Tisch. »Dann räum selbst ab. Ich geh jetzt Malous Kater füttern!« Sie rauschte aus der Küche.

»Mach das«, murmelte Dominik.

Das Scheppern der Haustür war die Antwort.

Bent gähnte, zwinkerte die Träne fort, und das Bild wurde wieder klar. Ein Frankfurter Kranz ragte vor seinem Kaffeegedeck auf, die kandierten Kirschen leuchteten in grellem Rot.

»Aber bitte nehmt doch«, sagte seine Mutter, zögerte kurz und packte ihm ein Stück auf den Teller.

Schwesterchen Maike starrte auf den Kuchen. Hinter ihrer sonnengebräunten Stirn arbeitete es sichtlich. Seine Mutter hielt ein weiteres Stück im Anschlag.

»Halt!«, sagte Maike rasch. »Enthält das Nüsse? Ich bin allergisch.«

»Reine Schutzbehauptung.« Bent grinste. »Ich erkenne so was. Berufsbedingt.«

»Was?«, sagte seine Mutter. Das Stück Kuchen schwankte auf dem Heber. »Wieso Nüsse? Das ist nur Krokant.«

»Gib es lieber Papa«, sagte Maike.

Sein Vater brummelte etwas wie Zustimmung.

»Das heißt, du willst *keinen* Kuchen essen?!«, fragte seine Mutter.

Das Stück drohte, auf die blütenweiße Tischdecke zu rutschen.

»Mama, das ...« Maike deutete auf das rutschende Stück.

Seine Mutter ließ es auf den Teller klatschen, den sein Vater ihr hinhielt. »Allergisch? Du warst doch noch nie allergisch!«

»Aber jetzt.«

»Das glauben wir sofort«, spottete Bent.

Maike tat beleidigt und holte aus zu längeren Erklärungen. Sie tischte eine Geschichte auf von Atemnot und Gaumenschwellungen, während Bent in der Buttercreme stocherte. Der Dackel saß unter dem Tisch und blickte mit traurigen Augen zu ihm hoch. Schließlich stand seine Mutter auf, um die neuesten Fotos von Oma Pernille im Altersheim zu holen. Maike und sein Vater unterhielten sich über Lanzarote. Unauffällig schob er seinen Rest des Frankfurter Kranzes auf einen Unterteller und reichte ihn nach unten weiter.

Nach dem Kaffeetrinken zog sich sein Vater zu einem Schläfchen zurück, und seine Mutter verschwand in die Küche.

»Ich habe alles gesehen. Der kriegt Durchfall.« Maike kraulte Waldemars Fell. »Oder er kotzt auf den Teppich.«

»Besser er als ich.«

Sie grinste. »Ein Stück hättest du wenigstens essen können.«

»Das ist doch nicht zu fassen«, stöhnte Bent. Dann gähnte er laut.

»Früh aufgestanden und durchgefahren?«

»Eigentlich nicht.«

Maikes Augen wurden schmal. »Du siehst aus wie der Kater, der den Vogel gefressen hat. Wohl eher gefeiert und durchgemacht.«

Sein Blick fiel auf das aufgeschlagene Fotoalbum. Eine grinsende Oma Pernille bei der Aquagymnastik mit ihrem Lieblingspfleger. Auf ihrem Kopf eine weiße Badekappe mit orangefarbenen Gummiblüten.

Sein Lächeln wurde breiter.

Sie hörte auf zu kraulen. »Etwa auch abgeschleppt?«

Waldemar ließ sich auf den Boden fallen und präsentierte auffordernd seinen Bauch.

»Am Karfreitag?«

Maike lachte. »Seit wann bist du fromm?«

»Sagen wir mal so, ich hatte ein gutes Frühstück.«

»Und wen hast du vernascht?«

Bent schnalzte mit der Zunge und verschränkte die Arme. »Sehe ich so aus, als würde ich jemanden vernaschen?«

»Wäre mal 'ne nette Abwechslung.«

»Ich habe die Nacht mit Andy verbracht.« Er spürte, dass er rot wurde.

Es war tatsächlich eine Nacht zum Rotwerden gewesen. Andy hatte ihm angeboten, die Nacht auf der Besuchercouch zu verbringen, aber dann hatten sich die Dinge anders entwickelt. Sie waren kaum zum Schlafen gekommen. Andy hatte gelöst gewirkt, und auch Bent hatte erst mittags, nachdem sie es endlich aus dem Bett geschafft hatten, um zu frühstücken, wieder daran gedacht, wie krank Andy war.

»Dann sind Mama Giannas Gebete ja erhört worden.« Als er sie fragend ansah, fügte sie hinzu: »Ich habe Gianna vor ein paar Wochen auf dem Markt getroffen, und sie klagte, es wäre ja sooo schade, dass ihr nicht mehr zusammen seid. Du hättest ihm so viel Halt gegeben und so weiter. Der ideale Schwiegersohn. Stimmt ja auch. Der Gute kriegt, unter uns gesprochen, nicht gerade viel gebacken.«

»Das musst du gerade sagen!«

»Wenigstens bezahle ich meine Rechnungen selbst!«

»Dafür wird er Landschaftsarchitekt und nicht Hokuspokus-Meisterin des soundsovielten Grades.«

»Erstens heißt das Reiki, und zweitens hat dein Schatz wieder abgebrochen. Deswegen war Mama Gianna ja so traurig. Ist ja nicht das erste Mal. Er gärtnert hier ein bisschen, jobbt da ein bisschen und lebt im Wesentlichen von ihrem Geld. Nur dass sie nicht so viel hat wie du.«

»Also hör mal, du …« *Hast ja keine Ahnung*. Und das war auch besser so, denn sonst erfuhr bald ganz Flensburg und Umgebung, dass Andy krebskrank war. Aber Gianna? Sie war traurig, dass ihr Sohn sein Studium abgebrochen hatte? Zu dem Zeitpunkt hatte sie wohl noch nichts über seine Krankheit gewusst. Arme Gianna. Andy war ihr einziges Kind.

Sie beugte sich vor und sah ihn prüfend an. »Bist du sicher, dass er dir gut tut?«

»In einer Beziehung geht es um mehr als das. Es geht um Verantwortung, um …«

»Mein Bruder ist ein schwuler Heiliger. Oh Holy Bent …«

»Hör auf mit dem Quatsch.«

»Komm schon, du weißt, was ich meine.«

Bent lächelte. »Es fühlt sich richtig an. Es war wie … nach Hause zu kommen. Dabei hätte ich nie gedacht, dass es … dass wir noch mal die Kurve kriegen. Die

Situation ist anders … wie soll ich sagen, es gibt da eine neue Ernsthaftigkeit zwischen uns.«

»Eine neue Ernsthaftigkeit. Soso.«

»Was ›soso‹?«

»Ich habe ihn zweimal abends in der Fußgängerzone gesehen und einmal im Strandbad mit so einem Muckibuden-gestählten Knaben mit blonden Strähnen, der zu oft auf der Sonnenbank gelegen hat. Der Fachausdruck lautet, glaube ich, Fön-Husche.« Maike kicherte. »Ich hätte nicht gedacht, dass Andy …« Sie brach ab, als sie Bents Blick begegnete.

7. Kapitel

Ostersonntag, 31.März

Die Familie Domeyer nutzte den Aufbruch einer von Bettys Tanten, um sich von der Geburtstagskaffeetafel ihrer Mutter loszueisen mit dem Hinweis auf »die lange Fahrt«. Geschafft! Dominik zwinkerte Robin zu. Der zwinkerte zurück, und auch Lissa wirkte erleichtert, als sie aufbrachen. Die beiden hatten sich während der Feier Mühe gegeben und ihre Smartphones stecken lassen. Sein Sohn trug das neue, weiße Hemd, das Betty noch morgens aus dem Trockner gezogen und gebügelt hatte, und seine neue, schwarze Jeans. Stoffhosen wären ein absolutes »No-Go«, hatte Robin ihm am Samstag bei ihrer Einkaufstour erklärt. In dem Punkt sei er unbestechlich. Dominik würde Betty nicht auf die Nase binden, dass er Robin nur durch das Sponsern von zwei Karten für ein Linkin-Park-Konzert in Düsseldorf dazu gebracht hatte, Klamotten einkaufen zu gehen.

Robin schien die Sache mit Linkin Park peinlich zu sein, nicht weil er sich hatte bestechen lassen, sondern weil die viel zu kommerziell seien, aber Jasmin finde die nun mal gut ... Jasmin? Robin hatte nur gegrinst, so wie jetzt, wie Dominik mit einem Blick in den Rückspiegel feststellte. Auf Robins Handy war offenbar gerade eine Nachricht von dem Mädel eingegangen.

Nach eineinhalb Stunden Fahrt kam ihr Reihenhäuschen in Sicht. Dominik fuhr den Wagen in die Garage.

»Dann können wir ja heute alle zusammen zu Abend essen«, sagte Betty, nachdem sie ausgestiegen waren.

»Geht nicht, Mama. Ich will nachher ins *Forum*«, sagte Robin.

»Ja, ab...«

»Ich muss auch weg«, sagte Lissa. »Erik holt mich gleich ab.«

»Ist es denn nicht möglich, wenigstens einmal gemeinsam mit der Familie ...«

Robin stöhnte. »Wir hatten heute doch schon das Mega-Family-Programm!«

Dominik war im Begriff, die Haustür aufzuschließen, als sein Handy klingelte. »Hallo Nina. Gibt's was Neues?«

»Hi, Dodo. Ich habe endlich Sudbrocks Haushälterin erreicht. Wir könnten gleich zum Sudbrock'schen Gutshof fahren, falls es dir passt.«

»Heute Nachmittag? Wieso nicht. Und wo ist der?« Er trat beiseite, um Robin und Lissa ins Haus zu lassen, und blieb an der Tür stehen. Betty ging kopfschüttelnd an ihm vorbei.

»Der liegt hinter Spenge, an der Grenze zu Niedersachsen. Eben ein Landgut. Und du liegst auf dem Wege.«

»Holst du mich ab?«

»Mach ich. Hast du Frank schon zum Geburtstag gratuliert?«

»Stimmt ja, heute ist sein großer Tag.« Dominik folgte den anderen ins Haus.

»Ich habe ihm ›Happy Birthday‹ auf die Mobilbox gesungen.«

»Na, dann probiere ich es auch gleich mal.« Er drückte das Gespräch weg.

Im Flur kickte Betty die Pumps von den Füßen.

»Wir müssen Frank noch zum Geburtstag gratulieren«, sagte er.

»Das habe ich schon zweimal vergeblich versucht.« Betty blieb vor dem Spiegel stehen und löste ihre Kette, die sich in ihren roten Locken verfangen hatte.

»Vielleicht hat er es inzwischen aus dem Lotterbett geschafft.« Er nahm das Telefon von der Ladestation. »Der hat sich bestimmt lange in den Laken geräkelt mit seiner ... hey!«

Sie hatte sich das Telefon geschnappt und tippte Franks Handynummer ein. »Frank ... ich ... wir wollten dir zum Vierzigsten gratulieren, Dominik und ich. Ach ja, hier ist noch mal Betty, hatte ich ganz vergessen zu sagen.« Sie lachte und strich sich eine Strähne ihres dicken Haares hinters Ohr, die sofort wieder zurückfiel. »Na, jetzt bist du immer noch nicht dran, ich versuche es später wieder. Dann also herzlichen Glückwunsch!« Betty drückte die Aus-Taste. »Wieder nur die Mobilbox.«

Dominik grinste. »Der hat Besseres zu tun.«

»Aber er wird heute vierzig!«

»Na und?« Dominik hing sein Jackett auf einen Bügel. »Du weiß doch, wie das ist: Der erste Rausch der Verliebtheit und man kann kaum voneinander lassen.« Ein Ausnahmezustand natürlich und ewig lange her. Fast schon nicht mehr wahr. In letzter Zeit fragte er sich, ob er so etwas noch mal erleben würde.

Betty verzog das Gesicht. »Also, ich finde das merkwürdig, dass er nicht mal Glückwünsche ...«

»Er hat seine Feier abgesagt! Typische Midlife-Krise. Das machen viele Leute so. Fahren an ihrem runden Geburtstag lieber in den Urlaub. Seine neue Freundin tröstet ihn sicher darüber hinweg, dass ...«

»Freundin? Ist sie jetzt schon seine Freundin? Ich dachte, er hätte sie gerade erst im Internet kennengelernt!« Sie warf das Telefon auf das Telefontischchen und marschierte an ihm vorbei.

»Bei Frank geht so was schnell, Betty. Aber wieso machst du dir überhaupt ...« Einen Kopf darüber, wollte er sagen, als sie die Tür zum Wohnzimmer hinter sich zuknallte.

Eine halbe Stunde später fuhr Nina bei ihm vor. Dominik stieg ein und schlug den Ostwestfalenatlas auf, aber Nina deutete auf ihr Navi.

»Heinz Sudbrock lebt übrigens nicht mehr«, sagte sie. »Ich habe mit seiner Haushälterin gesprochen. Eine Martha Kücker.«

»Der auch?«

»Wieso auch?«

»Heberleins Kunde Dietrich Schlüter ist tot, Sudbrock ...«

»Du meinst, ein Serienmörder geht um?« Sie lachte kurz. »Er ist eher ein frühes Opfer des Klimawandels. Sudbrock soll letztes Jahr an einem ungewöhnlich heißen Tag Anfang Mai an einem Herzinfarkt gestorben sein. Und zwar bei einer Weserfahrt in den Armen seiner Tochter. Sie hatten sein Herzmedikament zu Hause vergessen. Mit zweiundsiebzig kann man schon mal sterben, wenn man herzkrank ist. Und mitten auf der Weser ist so schnell kein Arzt zur Stelle.«

»Na, da bin ich mal gespannt, was die Tochter uns über Heberlein erzählen kann. Ich wette, der hat das Geld vom alten Sudbrock genommen und sich dann vornehm zurückgezogen.«

»Die Tochter ist über Ostern verreist, sagt Frau Kücker. Wohin, wisse sie nicht.«

»Wir reden nur mit der Haushälterin?«

Nina nickte. Sie ließen Spenge hinter sich und fuhren durch eine Landschaft mit sanften Hügeln, Feldern und Wäldchen, durch kleine Orte, an Ehrenmalen und Kirchplätzen vorbei, schlichen hinter einem Traktor eine Allee entlang. Nina reckte den Kopf, um zu überblicken, ob sie überholen könnte, als eine freundliche Frauenstimme ansagte, dass sie in 400 Metern rechts abbiegen müsse. Also tuckerten sie noch eine Weile hinter dem Traktor her und bogen dann ab. Die Backsteinfassade eines großen Gebäudes schimmerte rot durch das Grün der jungen Ahornbäume am Rande der Straße.

»Das muss der Gutshof sein, laut Navi zumindest.« Nina parkte den Wagen am Rande eines ausgedehnten Gartens, wo bereits ein dunkler Mercedes stand. Neben einem Seerosen-Teich lag wie ein blauer Teppich eine Wiese mit Blausternen. Sie überquerten den gepflasterten Platz vor dem Haupthaus, das von zwei Nebengebäuden flankiert war.

Dominik musterte das große Fenster, das vermutlich an Stelle einer alten Deelentür eingebaut worden und wie die übrigen Fenster durch weiße Sprossen unterteilt war. Alles wirkte sehr gepflegt. »In diesem Hof steckt Geld.«

»Und Spießigkeit.« Nina deutete auf den auf alt gemachten, mit Osterglocken und Hyazinthen bepflanzten Kutschwagen, der den Vorplatz zierte.

Eine alte Dame öffnete ihnen. Martha Kücker wirkte aufgrund ihrer Drahtigkeit auf den ersten Blick jünger, als es ihr faltiges Gesicht vermuten ließ. Mit ihrem straff zum Knoten gebundenen Haar und der schlichten, dunklen Kleidung hätte sie auch Choreografin oder Ballettlehrerin sein können, fand Dominik. Sie führte sie in ein Kaminzimmer, wo sie ihnen Kaffee vorm Kamin servierte.

In den Glasaugen der ausgestopften Hirschköpfe an der Wand spiegelte sich der Schein des Feuers. Es roch nach Möbelpolitur und Rauch. Nachdem Frau Kücker ihnen Kaffee eingeschenkt hatte, nahm sie ebenfalls Platz auf einem der schweren, dunklen Ledersessel und legte ihre blaugeäderten Hände in den Schoß.

»Frau Kücker …« Nina stellte ihre Tasse ab. »Ich hatte Ihnen bereits am Telefon mitgeteilt, dass wir im Rahmen einer Ermittlung mit Ihnen sprechen möchten. Haben Sie den Namen Richard Heberlein schon mal gehört?«

Frau Kücker schürzte die Lippen. Dann schüttelte sie den Kopf. »In welchem Zusammenhang soll das denn gewesen sein?«

»Haben Herr Sudbrock oder seine Tochter Richard Heberlein vielleicht mal erwähnt?«

»Der Name ist nie gefallen. Außerdem kümmere ich mich um das Haus und belausche keine fremden Gespräche. Wiebke, ja, die macht so was, aber ich …«

»Wiebke?«, fragte Nina.

»Wiebke Fischer, die hat für die Sudbrocks gekocht. Die kommt von der Küste, hat hier aber westfälisch gekocht. Fettiger Pickert, viel fettes Fleisch und alle Soßen und Torten mit ordentlich Sahne. Damit hat sie Heinz Sudbrock umgebracht!«

Dominik, der einen Ingwerkeks im Mund hatte, hörte auf zu kauen. »Was wollen Sie damit sagen?«

»Dass es kein Wunder ist, dass Herr Sudbrock Herzprobleme kriegte. Der wurde immer dicker. Dörte auch. Sie kam in der Hinsicht nach ihrem Vater.«

»Kam? Was …«

»Sie hat später abgenommen.«

»Ach so. Gibt es eigentlich auch eine *Frau* Sudbrock hier?«, fragte Dominik. »Ich meine jetzt nicht die Tochter, sondern …«

»Die Mutter …« Frau Kücker lächelte gepresst. »Leider nicht. Ich habe Dörtes Mutter noch kennenlernen dürfen, bevor … bevor ihre Krankheit ausbrach.« Sie spielte mit einem Goldring, dem einzigen Schmuck, den sie trug. »Sie war noch so jung, erst Anfang dreißig, eine Schande! Haben Sie schon mal etwas von Chorea Huntington gehört?«

»Chorea ...«, begann Dominik.

»Veitstanz hieß das im Mittelalter, weil die Kranken nicht still sein können. Heute würde man wohl sagen: Motorische Störungen. Leider auch Demenz und früher Tod. Eine schreckliche Erbkrankheit!«

»Zurück zu Richard Heberlein.« Nina zog ein Foto von Heberlein aus der Tasche. »Wir ...«

»Sie ist damals in einer psychiatrischen Einrichtung untergekommen wegen Depressionen«, machte Frau Kücker unbeirrt weiter. »So hieß es jedenfalls. Aber Herr Sudbrock konnte es wohl nicht mehr verantworten ...« Sie starrte ins Leere.

»Frau Kücker ...«

»Dörte war erst sechs, wissen Sie. Das arme Ding hat sich erschreckt, als ihre Mutter nicht mehr klar sprechen konnte, ständig gestürzt ist und eine Schnabeltasse brauchte, und das mit Anfang dreißig! Nach dem ersten Selbstmordversuch ihrer Mutter ...«

»Frau Kücker ...«

»Ich schweife ab, Entschuldigung. Möchten Sie noch Ingwerplätzchen?«

»Nein, danke«, sagte Dominik. »Die junge Frau Sudbrock ist also im Urlaub. Wann kommt sie wieder?«

»Das hat sie nicht gesagt. Sie wohnt nicht mehr hier, kommt nur noch ab und zu vorbei, ruft gelegentlich an.« Die alte Frau schnaubte. »Ihr Vater war kaum unter der Erde, da wurde ja alles umgeworfen!«

Von der Diele ertönte das Gongen einer Pendeluhr. Landlust, dachte Dominik. Hieß so nicht eines dieser Magazine, die man im Bahnhofskiosk kaufen konnte? War das hier damit gemeint? Hier wirkte nichts, als ob etwas umgeworfen worden wäre. Eher war die Zeit stehen geblieben. Vielleicht beeinflusste ihn das »Kotzbrock«, das sich seit dem Besuch in der Klinik am Schlossberg in seinem Kopf festgesetzt hatte.

Er räusperte sich. »Umgeworfen ... wie meinen Sie das?«

»Na, sie hat die Firma verkauft, in der sie vorher Juniorchefin war. Dann ist sie in die Stadt gezogen ...«

»Stadt?«

»Nach Bielefeld. Nicht mal den Mercedes von Ihrem Vater wollte Dörte fahren. Und das Gut steht seit einem halben Jahr zum Verkauf. Wer will denn heutzutage noch aufs Land ziehen?«

Dominik nutzte die rhetorische Pause. »Gab es in den letzten Jahren einen Mann in Frau Sudbrocks Leben?«

Das Geräusch eines Motorflugzeugs, das am Himmel seine Bahnen zog, mischte sich in das Ticken der Standuhr.

»Einen Mann?« Frau Kücker runzelte die Stirn. »Sie meinen außer ihrem Vater?«

»Einen Freund oder Liebhaber«, sagte Nina. »Sie ist doch jung, da ...«

»Dörte ist erst Anfang dreißig, aber ... sie hat eben viel gearbeitet. Juniorchefin von drei Möbelhäusern zu sein, ist kein Pappenstiel. Als ihr Vater dann so krank wurde, lastete die Verantwortung auf ihr und ...«

»Auch nichts Kurzes?«

»Nun ja, da war der Herr Sommer von der Bilanzbuchhaltung. Der kam mal zum Mittagessen an einem Sonntag. Nach dem Essen zogen sich die beiden Herren dann auf einen Cognac zurück, während Dörte Wiebke half, die Kaffeetafel zu decken. Dörte war sehr nervös, das weiß ich noch. Ach, Ihre Tasse ist ja leer.« Frau Kücker hob die Kaffeekanne an.

»Für mich bitte nicht mehr.« Nina hielt ihre Hand über die Tasse.

Dominik warf einen Blick auf seine Uhr. »Frau Kücker, wir ...«

»Dieser Herr Sommer kam danach nie wieder«, sagte sie. »Ich glaube, Herr Sudbrock war der Ansicht, seine Tochter hätte etwas Besseres verdient als ausgerechnet einen Buchhalter seiner Firma. ›Nimm lieber jemand aus unseren Kreisen‹, hat er zu ihr gesagt.«

»Also kein Mann?« Nina gähnte unterdrückt.

»Nach Herrn Sudbrocks Tod besuchte sie gelegentlich ein Mann, der hier mit ihr zu Abend aß oder sie abholte. Aber der ist schon lange nicht mehr da gewesen. Schon Monate vor ihrem Umzug kam er nicht mehr.«

Nina reichte ihr das Foto von Heberlein. »Könnte das dieser Mann gewesen sein?«

»Augenblick, da brauche ich meine Brille.« Frau Kücker stand auf und verließ das Zimmer.

Dominik reckte sich. »Scheint einsam zu sein auf dem Lande.«

»Die lebt anscheinend allein hier. Da braucht sie jemanden zum Reden.« Ninas Zunge beulte ihre Wange aus. »Mist! Ich glaube, ich habe mir gerade ein Inlay ruiniert. Diese Ingwerkekse sind steinhart.«

Frau Kücker kam herein. Es machte nicht den Eindruck, als ob sie Ninas letzte Bemerkung gehört hätte. Sie setzte sich die Brille auf. Lag es nur an der Brille oder wurden ihre Augen groß beim Anblick des Fotos? »Aber ja, das ist er! Das ist der Kerl, der ein paar Mal hier war. Und der wird von der Polizei gesucht? Doch kein … etwa ein Heiratsschwindler?«

»Wie kommen Sie denn darauf?«, fragte Dominik.

»Na, die … hatten wohl ein Verhältnis.« Sie zog die Mundwinkel nach unten. »Nicht, dass ich Näheres darüber wüsste!«, fügte sie schnell hinzu.

»Wann haben Sie ihn das letzte Mal hier gesehen?«

»Warten Sie … das muss im Sommer …« Mit zusammengezogenen Brauen fixierte Frau Kücker das Kaminbesteck. Es war so still, dass Dominik das Ticken der Pendeluhr laut vorkam.

»Doch, ja, jetzt weiß ich wieder, das war doch an dem Abend, als mir dieser Motorradfahrer entgegenkam und ich beim Ausweichen mein Auto zu Schrott gefahren habe. Genau, am nächsten Tag wurde nämlich Pastor Wittkötter beerdigt. Glauben Sie etwa, Dörte hätte auch nur ein Wort des Bedauerns an mich gerichtet oder mir finanzielle Hilfe angeboten? Die hatte nur noch diesen Mann im Kopf!«

»Sie war also verliebt?«

»Es sah so aus. Dauerte aber nur ein paar Wochen. Dörte hat den übers Internet kennengelernt, denke ich mir. Weil sie beruflich sehr eingespannt war, hat sie es bei Single-Börsen versucht. Wiebke machte ihr Mut, die hat auf diese Weise ihren Manni getroffen. Aber Dörte hatte kein Glück mit Männern. Trotzdem war es nicht nett.«

»Was war nicht nett?« Dominiks Magen knurrte trotz der Ingwerplätzchen.

»Dass Wiebke zwei Wochen nach meinem Unfall ein funkelnagelneues Auto bekam. Dabei verspielt die ihr Geld zusammen mit Manni an Spielautomaten. Ich wette, Dörte hatte ihr das Geld dafür gegeben. Wiebke war schon immer Dörtes Liebling. Und Wiebkes alter Fiat, der noch fuhr wie eine Eins, wurde verschrottet, dabei hätte ich den gut gebrauchen können zu der Zeit!«

»Zeit«, wiederholte Nina. »Wann genau war Heberlein das letzte Mal hier? Diese Beerdigung ...«

»Das muss so ... im Juli, meine ich, wäre das gewesen.«

»In welchem Juli?« Dominik richtete sich im Sessel auf.

»Na, letztes Jahr im Juli. Das genaue Datum weiß ich nicht mehr. Aber Dörte ist am nächsten Tag zur Beerdigung vom alten August Wittkötter gegangen. Das habe ich ihr hoch angerechnet. Ihr Verhältnis zu Pastor Wittkötter war nämlich nicht das Beste. Von meinem Enkel weiß ich, dass Dörte im Konfirmandenunterricht am meisten von allen unter ihm gelitten hat. ›Dörte‹, soll er mal zu ihr gesagt haben, ›Völlerei ist eine der Todsünden!‹ Dabei ist der doch evangelisch gewesen. Sie können sich vor...«

»Können wir. Wann wurde dieser Pastor Wittkötter denn beerdigt? Haben Sie die Todesanzeige zufällig aufgehoben?« Nina rutschte zur Kante des Sessels, als ob sie aufstehen wollte.

»Leider nicht. Fragen Sie mal seine Nachfolgerin, Frau Pastorin Zurheide. Die hat den alten Wittkötter beigesetzt. Mit der versteht Dörte sich viel besser, die haben sogar ein freundschaftliches Verhältnis, Dörte hat nämlich ansonsten wenig ...«

»Und dieser Abend, an dem Heberlein das letzte Mal hier war … ist Ihnen da etwas Besonderes aufgefallen? Wie war die Stimmung zwischen den beiden?«, fragte Dominik.

»Ich habe nur gesehen, wie er gekommen ist. Dörte hatte mir freigegeben. Ich bin zu meinem Schwager gegangen, weil mein Auto ja …«

»Und Wiebke Fischer … wo finden wir die?«

»Wiebke ist in ihre alte Heimat zurückgezogen. Da müssen Sie Dörte fragen. Die hat da oben in Schleswig-Holstein was gekauft, das Wiebke und Manni für sie managen. Ferienwohnungen oder so. Damit die liebe Wiebke eine Arbeit hat, nehme ich an. Und ich in meinem Alter kann dann sehen, wo ich bleibe, wenn das Gut verkauft wird!«

8. Kapitel

Ostermontag, 1. April

Er spürte sein Zittern, noch bevor er richtig wach war. Ein kühler Luftzug strich über seine Wangen. Es war jedes Mal eine Qual, zu sich zu kommen, und ein Teil von ihm wünschte sich, wieder abzutauchen, statt sich aufs Neue der Realität stellen zu müssen. Er bewegte sich, um wärmer zu werden, zog die Beine an und streckte sie wieder aus, verursachte ein kratzendes Geräusch auf dem Teppichboden. Als er für einen Moment still lag, hörte er ein leises Piepen. Dann noch einmal. Es klang nach einem Vogel, irgendeinem Vogel, der draußen zwitscherte, sich in die Lüfte erhob, während er mühsam umherkroch wie eine Fliege, die im Sirup gelandet war. Mühsam und benommen. Immerhin quälte ihn der Hunger inzwischen weniger als am Anfang.

Anfang, wie lange war das her? Ein oder zwei oder mehr Tage? Gestern? War es gestern gewesen, dass ihm das bittere Zeug reingezwungen worden war? Es stillte seinen Durst, aber es machte ihn todmüde. Fiel ihm deshalb nichts ein zum Grund seiner Gefangenschaft? War der, der ihn gefangen hielt, jemand, dem er in der Vergangenheit auf die Zehen getreten war? Aber wer und womit? Beruflich? Er kam einfach nicht drauf. Er ahnte, dass er sich vorgenommen hatte, sich an etwas Bestimmtes zu erinnern, und stöhnte auf. Es war zwecklos. Nicht nur sein Körper, sondern auch sein Denken schien von Aufwachen zu Aufwachen nachzulassen.

Er rollte sich zusammen, überließ sich seiner Trägheit, döste eine Weile, bis ihn ein Gedanke durchfuhr. Er hob den Kopf. Die Klinke an der Tür! Das war es, woran er sich erinnern wollte: die Idee, mit Hilfe der Klinke seine Augenbinde hochzuschieben! Doch wie viel Zeit blieb ihm, bis sein Kerkermeister kam? Und in welcher Richtung lag die Tür? Er richtete seinen Oberkörper auf, stützte sich auf die Knöchel seiner hinter dem Rücken gefesselten Hände und rutschte auf dem Hintern Stück für Stück vorwärts in die Richtung, in der er die Tür ungefähr vermutete.

Es kam ihm vor, als wäre eine Ewigkeit vergangen, als er endlich auf die Klinke stieß. Hektisch versuchte er, die Binde damit hochzuschieben. Sie war so fest gewickelt, dass sie zunächst immer wieder zurückrutschte. Nach mehreren Anläufen schaffte er es, sie bis zur Stirn zu schieben. Schwer atmend sah er sich um. Der Raum lag im Halbdunkel. Durch die Ritzen der geschlossenen Fensterläden fiel etwas Licht. Hölzerne Wände oder mit dunklem Holz verkleidete Wände. An der Wand links stand ein Bett, eine Wolldecke lag ziemlich schief darüber, berührte an einer Seite den Boden. Von diesem Bett musste er gefallen sein, als er hier das erste Mal aufgewacht war. Darüber hing ein Spiegel oder ein Bild hinter Glas, das das schwache Licht matt reflektierte. An der anderen Wand befand sich eine Kommode. Er schob sich näher an das Bett heran. Als er den Sehwinkel veränderte, erkannte er, dass es tatsächlich ein Bild war, ein Druck des *Armen Poeten* von Spitzweg. Was sagte ihm das? Minutenlang starrte er den Herrn mit der Zipfelmütze an, ohne dass irgendeine Verbindung auftauchte. Dieses Bild schmückte vermutlich jedes zweite gutbürgerliche Wohnzimmer.

Die Kommode! Mit Hilfe seiner Füße, die er hinter die Knäufe brachte, konnte er die Schubladen eine nach der anderen aufziehen. Doch ihr Inhalt erwies sich als enttäuschend. Ordentlich gefaltete Wolldecken, Steppdecken, geblümte Bettwäsche. Auf der Kommode lag ein Spitzendeckchen wie zum Hohn auf seine Situation. Vielleicht war sein Entführer hier eingebrochen, weil er wusste, dass der Besitzer des Hauses es zu dieser Zeit nicht nutzte. Es konnte ein Sommerhaus sein, das zu den übrigen Jahreszeiten nicht bewohnt war.

Er meinte, ein Knarren gehört zu haben, und rührte sich nicht. Er lauschte, hörte sein eigenes Schnaufen. Was, wenn sein Kerkermeister jetzt hereinkam? Wenn sie sich in die Augen blickten, das erste Mal? Würde das seinen Tod bedeuten? Weil er ihn dann beschreiben und wiedererkennen konnte? Dass er jetzt noch am Leben war, konnte bedeuten, dass der Kerl auf Lösegeld hoffte. Eine andere Erklärung hatte er nicht.

Er fixierte die Tür, gleich würde sie sich öffnen und ... Wenn er schnell war, konnte er sich die Augenbinde mit Hilfe der Klinke wieder über die Augen schieben. Wenn ... Stille. Womöglich hatte er sich das Knarren nur eingebildet. Er warf einen Blick zum *Armen Poeten*. Ein Streifen Licht fiel quer über das Bild.

Plötzlich kam ihm eine Idee. Er schob sich zum Bett. Zum Glück war es niedrig. Er kam auf die Knie und ließ seinen Oberkörper auf die Matratze fallen, half mit den Beinen nach, schob sich rücklings zur Wand, kam wieder auf die Knie und stieß mit der Stirn das Bild an. Es schaukelte ein paar Mal hin und her. Er lauschte. Nichts. Er stieß mit dem Kopf gegen den unteren Rand des Bildes, schob es ein Stückchen hoch. Als er losließ, rutschte es wieder zurück auf den Nagel. Er versuchte es noch einmal, streckte sich, so hoch es ging, schob das Bild höher, noch ein Stückchen, bis es oben kippte und herunterfiel. Dumpfer Knall, leises Klirren. Er lauschte mit pochendem Herzen, doch es blieb still.

Das Bild musste genau zwischen Bett und Wand gefallen sein. Er rollte sich vom Bett, um darunter nachzusehen. Ein schwaches Glitzern von Glas bestätigte seine Vermutung. Kostbare Zeit ging verloren, während er sich bemühte, eine geeignete Scherbe mit den Füßen unter dem Bett hervorzuholen. Als sie endlich in erreichbarer Nähe lag, und er danach griff, fluchte er leise. Klebrig- warme Flüssigkeit lief an seinen Fingern hinunter. Er presste die Lippen zusammen, versuchte, die Scherbe so zu fassen, dass er seine Fesseln damit ritzen konnte, doch seine Finger waren glitschig vom Blut. Wenn er Pech hatte, schnitt er sich damit gleich auch noch die Pulsadern auf!

Er musste die Scherbe irgendwie in Stellung bringen. Zum Beispiel indem er sie zwischen Matratze und die hölzerne Seitenwand des Bettes klemmte. Dann würde er sich auf das Bett setzen. Als er so weit war, stand ihm der Schweiß auf der Stirn, obwohl es kühl war in dem Raum. Es gelang ihm, seine Hände ein winziges Stück auseinanderzuziehen, den Strick zu spannen, bevor er sie so über die Spitze senkte, dass ihre schmale Seite zwischen ihnen lag. Sie drückte in seine Handballen, schließlich spürte er das kalte Glas zwischen seinen Händen.

Als er anfing zu scheuern, merkte er, dass er nicht zu viel Druck ausüben durfte, denn die Spitze rutschte tiefer zwischen Matratze und Bett. Also presste er seine Finger zu beiden Seiten fest dagegen, und bewegte vorsichtig seine Handgelenke. In sein Schnaufen mischte sich leises Schaben. Und Knarren. Aber es war nicht das Bett, es war ... es waren Schritte, eindeutig! Er scheuerte schneller, die Spitze rutschte ihm weg, verschwand zwischen Bett und Matratze, während er hörte, wie sich ein Schlüssel im Schloss drehte. Er starrte wie hypnotisiert die Tür an, die sich in diesem Moment öffnete.

Er vergaß für einen Moment seine Angst. »*Du?*«, brachte er undeutlich hinter seinem Knebel hervor.

Dominik war gerade dabei, im Flur seine Laufschuhe auszuziehen, als er Betty sagen hörte: »Morgen, Nina. Der ist Joggen, glaube ich. Muss ganz früh aufgestanden sein.«

Mit einem Schuh an den Füßen lief er in die Küche und nahm ihr das Telefon aus der Hand.

»Halt dich fest, Dodo! Ich dachte, die Ergebnisse der DNA-Analysen kommen erst morgen wegen Ostern und so, aber als ich heute Morgen ins Büro fuhr ...«

»Mach's nicht so spannend.«

»Die DNA, die an dem dritten Glas nachgewiesen wurde, gehört Heberlein! Bei Armin Wildeboers Abgang über den Balkon hat wohl jemand nachgeholfen, und dieser jemand ...«

»Etwas voreilig, Nina ...«

»Das wäre nicht das erste Mal, dass ein Pärchen einen Ex-Liebhaber beseitigt! Übrigens will Fritz Redekop den Kommissariatsleiter fragen, ob er uns verstärken darf. Der war immerhin mit dem Fall Wildeboer befasst. Schicken wir Fritz doch nach Ulm.«

Dominik grinste. »Das können wir nicht tun. Er steht auf die Kaspari.«

Betty blickte kurz auf, um dann wieder die Fortschritte eines Hefezopfs durch das Fenster des Backofens zu überprüfen.

Ninas Lachen dröhnte aus dem Hörer. »Dann werde ich fahren müssen, und du darfst Rose Wildeboer einen Besuch in der Psychiatrie abstatten.«

»Okay, wir schicken Fritz.« Er schaute an sich hinunter. Sein Socke hatte einen feuchten Abdruck auf dem Boden hinterlassen. Er zog sich den anderen Schuh aus.

Betty trug ein Tablett mit Geschirr aus der Küche. Ihn fröstelte in seinem schweißnassen Laufshirt. Durchs Küchenfenster sah er, dass draußen ein Graupelschauer niederging.

»Es wäre doch möglich, dass Lara Kaspari sich von Heberlein trennen wollte, um sich einem lukrativeren Liebhaber zuzuwenden«, sagte Nina.

Vor Dominiks innerem Auge tauchte der freundliche, ältere Herr auf, der in Ulm an Laras Seite war: Geronimo Kilian.

»Mal angenommen, Heberlein ist der Einzige, der weiß, dass sie den Mord an Armin Wildeboer gemeinsam geplant hatten«, fuhr sie fort.

»Du meinst, die Kaspari wollte einen Mitwisser loswerden?«

»Einen Mitwisser, der nur noch Schulden hatte und sie vielleicht nicht gehen lassen wollte«, bemerkte Nina. »Der neue Liebhaber könnte das für sie erledigt haben, so wie Heberlein bei Armin Wildeboers Tod nachgeholfen haben könnte.«

Er trat zur Seite, um Betty, die gerade die Küche betreten hatte, an den Kühlschrank zu lassen. »Dasselbe Muster, meinst du? Der abgelegte Liebhaber wird beseitigt?« Von dem harmlos wirkenden Geronimo? Wer harmlos wirkte, musste nicht harmlos sein. Es gab aber noch eine andere Möglichkeit. »Oder Rose Wildeboer weiß mehr als gedacht und hat sich an Richard gerächt dafür, dass er ihren Vater umgebracht hat. Die Knochenfunde in ihrem Garten sind ja noch nicht abschließend beurteilt worden.«

»Aber vergiss nicht, Dodo, die Kaspari bewahrte seine Unterlagen samt gefälschtem Brief und dem Kalender mit diesen D.S.-Eintragungen auf. Sie könnte diese Spuren gelegt haben, nachdem der Privatdetektiv sie aufgespürt hatte. Für den Fall, dass die Polizei nachhakt. Von Schlüters Tod wusste sie vermutlich nichts.«

Betty öffnete die Backofentür und holte den Hefezopf aus dem Ofen. Ein warmer, süß duftender Wind wehte ihm entgegen.

»Bisher ist nur belegt, dass Richard sich damals in Laras Apartment aufgehalten haben muss. Wir wissen nicht einmal genau, wann. Ich bin froh, wenn Fritz uns verstärkt«, sagte Dominik. »Frank ist ja für die Soko vorgesehen …«

Betty, die dabei war, Lachsscheiben auf einen Teller zu stapeln, warf ihm einen Blick zu.

»Bin gespannt, was er so erzählt.« Nina kicherte. »Er muss morgen wieder arbeiten.«

»Und gute Stimmung in meinem Büro verbreiten.« Dominik leckte sich über die Lippen. Es schmeckte salzig.

»In *eurem* Büro, Dodo. Nach dem Urlaub mit dieser sexy Dame wird er gut drauf sein.«

»Hoffentlich. So habe ich ihn noch nie erlebt. Miesepetrig schon mal, aber so?«

»Dir ist klar, dass er sich ernsthaft verliebt hat, oder?«

»Da weißt du mehr als ich, Nina. Hat er dir was erzählt? Ist er endlich an sein Handy gegangen?«

»Nein, heute war wieder nur die Mobilbox dran. Ich meinte nicht die neue Internet-Bekanntschaft.«

Betty drehte ihm den Rücken zu und goss Wasser in die Kaffeemaschine. Ihr Pferdeschwanz stand wie ein roter Busch ab. Sie wandte ihm ihr ebenmäßiges Profil mit dem kleinen Doppelkinn zu, als sie nach der Kaffeedose griff.

Dodo, du hast 'ne tolle Frau, vergiss das nicht. Sonst nehme ich sie.

»Ah, jetzt verstehe ich alles! Er hat mir schon lange so verliebte Blicke zugeworfen. Und dann diese Nacht, als wir Silvester gefeiert haben.« Dominik grinste. »Wenn er nur nicht so schnarchen würde.«

»Du nimmst das nicht ernst.«

»Weil ...« Er senkte die Stimme. »Spätestens wenn es drohte, was Festes zu werden, hat der sich noch immer aus dem Staub gemacht.«

»Aber es war Betty, die sich dagegen entschieden hat.«

Betty, die gerade eine Flasche Sekt aus dem Kühlschrank holte, blickte zu ihm herüber, als hätte sie mitbekommen, worüber er mit Nina redete.

»Jep.« Er schob die Dreckbröckchen, die sein Laufschuh auf dem Küchenboden hinterlassen hatte, mit dem Fuß zusammen. Betty ... seine Ehe. Er war nicht recht weitergekommen bei seiner »rationalen« Entscheidungsfindung. Er hatte sein Ringbuch im Keller unter den wachsamen Augen des Dalai Lama mit Berechnungen gefüllt. Statt Klarheit zu erlangen, hatte er sich in einem Irrgarten der Widersprüche verlaufen. Ein Dickicht, Enigma-verschlüsselt ... er musste an Ute Vienenkötter-Lange denken. Gab es Menschen, die ähnliche Probleme hatten wie er? Oder hatte er das falsch verstanden bei Ute?

Die Kaffeemaschine röchelte. Kaffeeduft breitete sich aus.

»Dodo?«

Er fuhr sich über das Gesicht, spürte die stumpfe Salzkruste, die der Schweiß hinterlassen hatte. »Ja?«

»Ich habe diese Dörte Sudbrock übrigens noch nicht erwischt, auch nicht unter der Handynummer, die Frau

Kücker uns gestern gegeben hat. Aber ich habe mich gefragt … Wäre es möglich, dass Heberlein und sie gar kein Verhältnis hatten? Dass Frau Kücker das missverstanden hat? Die kam mir sehr konservativ vor. Heberlein war ein paar Mal da, und zack – schon wird es anrüchig.«

»Möglich, dass Dörte in ihn verliebt war, aber er nicht in sie. In dieser Kurklinik war die Rede von einem ungleichen Paar.«

»Die hat doch die Firma verkauft und brauchte sicher Anlagemöglichkeiten für ihr Geld. Sie könnte auch einfach eine Kundin gewesen sein. Dodo, befinden sich Heberleins Unterlagen noch in deinem Büro?«

»Auf meinem Schreibtisch, ja.«

»Ich bin im Präsidium. Dann sehe ich mal nach, ob sie darin auftaucht.«

»Gut, Nina. Und ich checke das mit dem Datum der Beerdigung von diesem Pastor August Wittkötter. Vielleicht finde ich im Internet etwas dazu.«

»Okay. Dann … noch einen schönen Ostermontag.«

»Dir auch, Nina. Und ruh dich heute aus. Morgen ist auch noch ein Tag. Unterschätz nicht, was dir da mit Rose Wildeboer passiert ist!«

Mit vom Duschen feuchten Haaren setzte Dominik sich zwanzig Minuten später an seinen PC im Arbeitszimmer. Es dauerte nicht lange, bis er fündig wurde. Die *Neue Westfälische* unterhielt ein Internetportal, in dem man Traueranzeigen suchen konnte. Pastor August Wittkötter war am 24. Juni des Vorjahres »nach langer, schwerer Krankheit« gestorben und auf dem Waldfriedhof Döhrenheide beigesetzt worden. Darunter stand das Datum der Beerdigung: 4. Juli. War Heberlein nicht in der Nacht vom 3. auf den 4. Juli verschwunden?

»Sehr interessant ... «

»Was ist interessant?«

Dominik fuhr herum. Betty stand in der Tür. »Kommst du frühstücken? Ich habe mir alle Mühe gegeben, um ein schönes Osterfrühstück vorzubereiten. Seit einer halben Stunde sitze ich alleine unten und frage mich, wo denn alle bleiben!«

Betty rückte die Vase mit den Osterglocken in die Mitte des Esstisches und zündete die Kerzen an. Sie lächelte Dominik zu, der sich gerade an den Tisch setzte, und wischte ihm mit dem Finger einen Klecks Rasierschaum von der Wange. Nach einer Weile betrat Lissa das Esszimmer in vollem Ornat, mit hellem Make-up, das ihr Gesicht fast weiß erschienen ließ, schwarz umrandeten Augen und violett geschminkten Lippen. Bei der Aufmachung war es kein Wunder, dass sie so spät auftauchte. Andererseits war es auch in der vergangenen Nacht spät geworden. Betty nahm sich fest vor, den nächtlichen Streit mit Lissa zugunsten eines harmonischen Osterfrühstücks zu vergessen.

Mit mürrischer Miene setzte Lissa sich an den Tisch und griff nach einer Scheibe Hefezopf.

»Guten Morgen, liebe Lissa«, sagte Betty überdeutlich.

»Guten Morgen, liebe Mama.« Lissa parodierte ihren Ton.

Betty holte tief Luft. »Gemeinhin begrüßt man sich hierzulande mit guten Morgen.«

»Oh, vielen Dank für die Belehrung. Sind wir im Kindergarten, oder was?« Lissa zerrupfte den Hefezopf und steckte sich die Stücke in den Mund.

»Wenn du erwachsen sein willst, dann benimm dich auch so!«

Lissa verdrehte die Augen.

»Dann können wir ja anfangen«, fuhr Betty fort. »Robin schläft sicher noch.«

»Hey, sogar mit Lachs!« Dominik nahm sich ein Brötchen und schenkte Lissa ein breites Lächeln, als wäre sie in der letzten Nacht nicht eineinhalb Stunden später als vereinbart aufgetaucht.

Betty goss sich Kaffee nach. »Und wo warst du gestern Nacht?!« Es gelang ihr nicht, die Frage beiläufig klingen zu lassen.

Ihre Tochter schürzte die Lippen und pulte ein Loch in ihr Stück Hefezopf.

»Sieh mal, Lissa …« Dominik lächelte sie noch immer an. »Wir machen uns Sorgen, wenn wir nicht wissen, wo du bist. Es ist einfach ein besseres Gefühl, wenn … du versteht, was ich meine, oder?«

Die beiden blickten sich eine Weile in die Augen.

»Erik, Judith und ich und noch zwei andere waren auf dem Friedhof«, ließ sich Lissa schließlich vernehmen.

»Fried…« Betty verschluckte sich am Kaffee.

»Bist du in einer Sekte?«, fragte Dominik.

»Nein«, sagte Lissa. »Wir sind eben gerne da. Weil … wegen der Atmosphäre und so. Man kann über die wichtigen Dinge nachdenken.«

»Über Vergänglichkeit?«

»Zum Beispiel.«

»Möchtest du ein Glas Sekt, Dominik?« Betty hielt ihm die geöffnete Flasche Mummsekt hin. Höchste Zeit, das Thema zu wechseln. Wozu beschäftigte sich ein sechzehnjähriges Mädchen mit Vergänglichkeit?

Dominik löste seinen Blick von Lissa und schaute Betty an, als wäre er gerade erwacht. »Nein, danke, ich muss gleich fahren …«

»Fahren, wohin denn? Ich dachte, wir frühstücken in Ruhe zusammen!« Betty seufzte. *Wenigstens heute*, lag ihr auf der Zunge. Aber wie oft hatte sie das in letzter Zeit schon gesagt? Eigentlich klappte es nie. Er hatte sich in den ersten Wochen Mühe gegeben, nachdem er zu ihr zurückgekehrt war, aber inzwischen war alles beim Alten.

»Tja, ich muss gleich los.« Er schaute auf seine Uhr und spülte den letzten Bissen mit Kaffee hinunter. »Zur Kirche.«

»*Was?* Du willst zum Ostergottesdienst in die Stiftskirche? Erst der Dalai Lama, dann …«

»Ich fahre zu einer anderen Kirche. Um etwas über die wichtigen Dinge zu erfahren.« Er zwinkerte Lissa zu und erhob sich.

Die verbarg ihr Grinsen hinter ihrer Serviette. War das eine Art Insider-Witz zwischen den beiden?

»Es ist nur so ein Gefühl«, fügte er hinzu. »Ich weiß auch noch nicht, ob mir das neue Erkenntnisse bringen wird.«

»Aha?« Betty krauste die Nase. »Ist es nicht reichlich spät für einen Gottesdienst?«

»Deswegen muss ich mich beeilen.« Er winkte kurz und schloss die Tür hinter sich.

Mit zusammengezogenen Brauen starrte Betty ihm nach. »Sag mal, Lissa, hast du eine Ahnung, was da im Busch ist?«

Bent hastete an den Grüppchen von Touristen vorbei, die am Anleger vom Museumshafen auf ihre Rundfahrt warteten. Sie standen beieinander mit bis zur Nase gewickelten Schals, hochgestellten Krägen, die Hände in den Taschen. Manche hatten sich ihre Kapuzen ins Gesicht gezogen oder wippten von einem Fuß auf den anderen. Auch er fror, die steife Brise von der Förde kühlte schnell aus. Er schlug sich in eine Seitenstraße, suchte in einem Hauseingang Schutz vor dem Wind und zog die Einladung zur Vernissage aus der Tasche. Er zuckte zusammen, als das Schrillen eines altmodischen Telefons ertönte. Sein Handy-Klingelton erinnerte ihn jedes Mal an diese alten Hollywood-Streifen. Auf dem Bürgersteig gegenüber zankten sich drei Krähen um einen kleinen Kadaver. Eine Zeitung wehte heran, die Vögel flatterten auf. Er holte das Schrillen aus der Manteltasche und beendete es.

»Bin schon unterwegs, Andy, ich bin in ein paar Minuten in der Galerie.«

»Tja, da muss ich dich enttäuschen. Ich bin's nur, Henning. Na, wie steht's denn so an der Küste?«

»Auffrischende Böen. Und was verschafft mir die Ehre deines Anrufs?«

»Ich gebe zu, ich war nicht nett. Ich habe zwar recht, aber … Ach, Bent, ich wollte dich doch nur davor bewahren, wieder Andy in die Hände zu fallen.«

»Gut, einigen wir uns darauf, dass du immer recht hast. Und ich hab's grad ziemlich eilig.«

»Bist du immer noch sauer? Du kennst mich doch, Bent, wenn ich erst mal in Fahrt bin, dann vergesse ich manchmal …«

Bent fiel der Flyer mit der Einladung aus der Hand und drohte davonzuwehen. Er lief hinterher und konnte ihn gerade noch schnappen.

»Genau jetzt wird eine Ausstellung von einem Freund von Andy eröffnet. Das ist hier irgendwo in der Flensburger Altstadt. Wir telefonieren, ja?«

»Warte, wann bist du wieder in Bielefeld?«

»Mittwochabend so gegen sieben werde ich wieder zu Hause sein. Ich habe meiner Mutter versprochen, mit ihr am Mittwochnachmittag Oma Pernille im Heim zu besuchen. Danach mache ich mich auf den Weg. Tschau, Henning.«

Der Flyer lieferte zwar die Adresse, aber keine Wegbeschreibung. Bent wanderte eine Weile in dem Viertel umher und suchte die richtige Hausnummer. Endlich entdeckte er den Wegweiser auf dem Edelmetall-Schild an einer Hauswand unter einem Torbogen, durch den er in einen Hof gelangte, der mit alten und modernen Pflastersteinen gestaltet war. In der Mitte des Hofs plätscherte Wasser über einen großen Stein. Das große, alte Gebäude musste die Galerie sein. Vor dem gläsernen Windfang, der mit den rußgeschwärzten Backsteinen in Ocker- und Ziegelrottönen kontrastierte, stand eine rostende Skulptur aus in sich gedrehten Metallplatten.

Durch die dunkelgrünen Sprossenfenster sah er Menschen, die einer Frau lauschten, die ihnen gestenreich etwas auseinanderlegte. Vermutlich die Eröffnungsrede. Er stahl sich hinein. Der Raum, den er von außen gesehen hatte, war innen kleiner als erwartet. Um die sechzig Leute drängten sich dort, ganz vorne entdeckte er Andy neben einem kahl rasierten Herrn mit Ziegen-Bärtchen und schwarzer Hornbrille. Er kannte die Hornbrille von dem Foto im Flyer: der Künstler. Bent spürte plötzlich eine Hand auf seinem Arm.

Er schaute hinunter in Giannas braune Augen, riesig in dem zarten Gesicht. Diese herrlichen Augen, die Andy von seiner Mutter geerbt hatte. Er mochte Gianna, auch wenn sie anstrengend sein konnte.

Die zierliche Frau hüpfte fast an ihm hoch, als sie ihn umarmte. »Bent, wie schön, dich zu sehen!«, rief sie halblaut, doch es reichte, dass sich das ältere Paar, das vor ihnen stand, umdrehte und sie mit indignierten Blicken bedachte. Als sie sich wieder umwandten, strafte Gianna sie mit einer Grimasse.

»Komm«, flüsterte sie und zerrte an seinem Ärmel. »Lass uns woanders hingehen!«

Sie zog ihn hinaus durch den Flur in einen anderen Ausstellungsraum, an dessen Ende ein Buffet mit Sekt und Häppchen aufgebaut war, bewacht von einem jungen Mann, der hinter dem Tisch saß und sich über sein Smartphone beugte. Er ließ nicht erkennen, dass er ihr Eintreten wahrgenommen hatte. An den hohen Wänden hingen großformatige, farbenfrohe und irgendwie verwischt aussehende Gemälde.

»Diese Rede interessiert doch sowieso kein Schwein«, sagte Gianna, berührte die Lippen mit den Fingerspitzen, hob mit einem Blick auf den jungen Mann am anderen Ende des Raums die Brauen, tat, als wäre ihr die Bemerkung peinlich, und zwinkerte ihm verschwörerisch zu. »Also, Bent.« Wieder zog sie an seinem Arm, sodass er sich zu ihr hinunterbeugte. »*Wir* wissen natürlich, dass unser Künstler schamlos bei Gerd Richter abgekupfert hat.« Sie kicherte und warf sich ihren roten Fransenschal über die Schulter.

Bent schmunzelte. »Ich weiß nur, dass er mit Andy befreundet ist.«

»Ah ja? Andy hat die Vernissage mit keinem Wort erwähnt. Er hat keine Ahnung, dass ich hier bin. Ich habe den Flyer im Bioladen entdeckt. Heute Morgen schaute ich in meinen leeren Kühlschrank, und da fiel mir die Eröffnung wieder ein. Also kommen wir am besten gleich zum Wesentlichen, was?«

Es handelte sich um eine rein rhetorische Frage. Sie zog ihn Richtung Buffet. Der junge Mann blickte auf.

»Sollten wir nicht lieber noch ein wenig war…«, begann Bent.

»Sie haben doch nichts dagegen, dass wir schon mal von diesen köstlichen Wraps kosten, oder?«

Der junge Mann lächelte unsicher, stand auf und hob die Hände. »Ähm …«

»Die sind alle mit …?«, fragte sie.

»Die sind mit Thunfisch, und diese sind mit Schinken und Ei, und diese hier sind vegetarisch mit Brokkoli und Mais und ähm …«

»Danke.« Sie nahm zwei kleine Teller, auf denen jeweils ein Wrap lag, und drückte sie Bent in die Hand, schnappte sich noch zwei Tellerchen und trug ihre Wraps zu einem der Stehtische, die im Raum verteilt waren. »Ob der Sekt gut ist?« Sie schürzte die Lippen. »Ohne O-Saft, oder?« Ohne seine Antwort abzuwarten, eilte sie wieder zum Buffet, kam darauf mit zwei vollen Sektflöten zurück an den Tisch. »Lass uns anstoßen, Bent, mein Lieber, dass ihr beide wieder zusammen seid!« Sie strahlte ihn an.

Sie stießen an und tranken. Gianna hatte erstaunlich gute Laune. Aber man konnte ja auch nicht ständig an Krankheit und Tod denken, ohne verrückt zu werden.

»Andy hat dir also alles über uns brühwarm erzählt?«

»Kann man trinken, oder?« Sie leckte sich die Lippen. »Andy hat mir nichts erzählt. Aber sei ehrlich, Bent, du würdest deine Zeit doch sonst kaum in einer Galerie verschwenden!«

»Also bitte, ich war gestern mit meiner Familie im Hans-Christiansen-Haus, da gibt es eine sehr interessante Fotoausstellung über Dänemark und …«

»Sicher«, sagte sie mit vollem Mund und grinste spöttisch. »Was tut man nicht alles der Familie zuliebe. Hast du den Vegetarischen schon probiert?«

»Nein, aber meinst du nicht, dass wir den anderen Besuchern noch etwas …«

Doch sie war schon wieder unterwegs, um weitere Wraps herbeizuschaffen. Der Platz auf dem Tisch wurde allmählich knapp, jeder Wrap kam mit einem eigenen Teller.

»Mal im Ernst …« Sie spülte einen Bissen mit Sekt hinunter. »Ich bin wirklich glücklich darüber, dass ihr euch zusammengerauft habt! Ich hoffe, du bringst ihn zur Vernunft.«

»Zur Vernunft?«

»Wegen des Studiums! Er hat sich doch exmatrikulieren lassen! Andy glaubt anscheinend, er bräuchte keinen Abschluss, weil er gut ist, doch hierzulande ...«

»Aber Gianna, weißt du denn nicht ...?« Bent sah sie bestürzt an.

»Hm?« Ihre Stirn legte sich in feine Falten. »Was denn?«

Andy hatte es seiner Mutter noch nicht erzählt?!

»Nichts, nichts ... gar nichts.«

Sie kniff ein Auge zusammen und legte den Kopf schräg. »Ich spüre genau, dass du mir etwas verheimlichst. Raus damit!«

»Er soll es dir selbst sagen. Das ist ... das kann ich dir nicht ...«

Mit beiden Händen umklammerte sie seinen Arm. »Bent, ich bitte dich! Ich bin seine Mutter! Ich habe schon genug Sorgen mit ihm, aber ich habe ihm immer geholfen, wenn es nötig war. Was ist nun wieder los? Ich habe ...«

»Frag ihn selbst. Es tut mir leid.« Bent lockerte seine Krawatte. Was hatte er bloß angerichtet?

»Es geht um Geld.« Sie starrte auf seinen Arm, den sie umfasst hielt.

»Nein, Gianna.« Er nahm eine ihrer Hände von seinem Arm und drückte sie.

»Du bist ein schlechter Schauspieler. Es ist irgendetwas Schlimmes«, sagte sie düster.

Bent seufzte innerlich. Das Kind war im Brunnen. Und früher oder später musste sie es erfahren. Nur wäre es ihm lieber gewesen, nicht von ihm. Die Nachricht war furchtbar genug und Gianna die emotionalste Person, die er kannte.

Aus dem Nebenraum drangen Stimmen – Besucher der Ausstellung auf dem Weg zum entweihten Buffet.

»Du meinst aber nicht seine Krankheit?«, fragte sie plötzlich.

Unwillkürlich drückte er ihre kleine Hand und streichelte mit dem Daumen über ihren Handrücken. Er war erleichtert. Natürlich war es für keinen von ihnen leicht, aber sie hatte es schon verarbeitet.

»Doch«, sagte er. »Es ist schlimm. Ich habe es erst letzte Woche erfahren.«

»Letzte Woche erst? Schön ist es nicht.« Gianna entzog ihm ihre Hand und trank einen Schluck aus ihrem Glas. »Aber heutzutage ist es eben eine chronische Krankheit, so wie ... hm ... so wie Diabetes zum Beispiel.«

Die ersten Galeriebesucher schlenderten in den Raum, darunter auch der künstlernde Glatzkopf im Gespräch mit seinen Bewunderern.

»Diabetes?«, fragte Bent zweifelnd. »Hältst du das für einen passenden Vergleich?«

»Wieso nicht?« Sie zuckte mit den Achseln. »Wie viele Leute müssen heutzutage bis an ihr Lebensende Medikamente nehmen? Man kann trotzdem ein langes, gutes Leben haben.« Sie stapelte die leeren Teller auf ihrem Stehtisch aufeinander.

Bent dämmerte, welche Krankheit sie meinte.

Der Raum füllte sich zusehends.

Grinsend stieß Gianna ihn mit dem Ellbogen an. »Gut, dass wir schon alles probiert haben. Aber ich hol uns noch mal Sekt, oder?«

Auch Andy war hereingekommen mit einem grauhaarigen, gut aussehenden Mann an seiner Seite, der auf ihn einredete. Er lächelte und winkte Bent über die Menge hinweg zu. Bent versuchte, ihn heranzuwinken, doch Andy hatte sich bereits wieder zu seinem Begleiter gedreht. Gianna schaffte es noch vor dem großen Andrang zum Sekt und kam mit zwei gefüllten Gläsern wieder zurück.

»Hast du schon den Test gemacht?«, fragte sie.

Bent nickte. »Vor ein paar Jahren, als Andy sein Ergebnis bekam. Ich bin negativ.«

Gianna schenkte ihm wieder ihr strahlendes Lächeln. »Das freut mich, darauf trinken wir.«

Sie stießen wieder an. Gianna hielt so abrupt inne, dass sie sich verschluckte. Sie hustete, räusperte sich. »Sag mal, Bent, hast du nicht eben erzählt, du hättest erst letzte Woche davon erfahren?«

Oh nein!

Sein Entsetzen spiegelte sich auf ihrem Gesicht. »Wovon reden wir hier eigentlich?«, fragte Gianna. Ihre Augen wurden schmal. »Ich rede von HIV. Und du?«

Er schluckte.

»Was hast du vorhin gemeint?«, machte sie weiter.

»Gianna, wir sollten vielleicht …« Er schaute sich um. Der Raum war voller Menschen. Er entdeckte Andy in der Schlange vor den Wraps. »Wir sollten den Raum wechseln. Und dann hole ich Andy, und dann …«

»Nein, Bent, nein! Sag es mir jetzt. Ich will es wissen, bitte.« Gianna sah ihn flehentlich an. »Ich *muss* es wissen. Ich bin seine Mutter!«

»Ja. Ja.« Er fuhr sich durch das kurze Haar. »Ich hole ihn jetzt, und dann gehen wir alle drei raus.«

Gianna hielt ihn fest. Sie schlug sich die andere Hand vor den Mund. »Was ist mit ihm?«, flehte sie. »Sag es mir!«

Bent brach der Schweiß aus. »Aber Gianna, lass uns doch wenigstens rausgehen.«

»Es muss etwas Schreckliches sein, wenn du so sprichst! Etwas *Schreckliches,* Bent!« In ihren Augen schimmerten Tränen. Sie hing wie ein nasser Sack an seinem Arm, und er versuchte, sie Richtung Ausgang zu ziehen, doch Gianna hielt dagegen. Sie war schon jetzt ein Nervenbündel.

Die Umstehenden warfen ihnen Blicke zu. Andy stand nun ganz vorne am Buffet, lachte gemeinsam mit dem Grauhaarigen über irgendetwas und nahm einen Teller und ein Glas Sekt in Empfang. Er schaute auch nicht einen Augenblick lang in ihre Richtung!

»Bent, bitte!«

»Okay, ich … ja.« Bent stöhnte. »Er hat Krebs.«

Sie straffte sich. »Kaposi Sarkom?«

»Nein. Bauch…« Er räusperte sich. »Bauchspeicheldrüse.«

Sie stieß einen Schrei aus, ließ ihn los, wankte einen Moment, versuchte, sich am Tisch festzuhalten, und ging samt Tischdecke, Tellern und Gläsern und mit lautem Klirren zu Boden. Sofort bildete sich ein Kreis um sie. Er kniete sich neben Gianna und tätschelte ihr die Wange.

Jemand rief: »Die Frau ist ohnmächtig geworden.«

Scherben knirschten unter den Schuhen der besorgten Ausstellungsbesucher. Bent spürte, wie seine Hose vom Knie her Feuchtigkeit zog. Gianna lag leblos da, blass und schön wie eine aufgebahrte, italienische Heilige, das nicht mehr ganz weiße Tischtuch malerisch um sie drapiert, ein Teller neben ihrem Gesicht, sauber in zwei Teile zerbrochen, darauf öliger Thunfisch.

Jemand reichte ihm eine offene Flasche Apollinaris. Wie sollte er das Wasser in sie hineinbekommen? Bent entfernte ein Maiskorn von ihrer Wange, schüttete sich Wasser in die Handfläche und spritzte es ihr ins Gesicht.

»Beine hochlagern!«, wurde gerufen und: »Wir brauchen einen Arzt.«

Andy rief: »Mama! Um Himmels willen, *Mama*!«

Bent leerte die Flasche über ihren Kopf aus. Giannas Augenlider flatterten.

Andy hatte sich in ihre Niederungen begeben. Er fasste Giannas Schultern und schüttelte sie. »Mama, was ist mit dir?«

Sie schlug die Augen auf und schaute ihn verwirrt an. Nasse Strähnen klebten in ihrem Gesicht.

»Was hätte ich denn tun sollen?«, sagte Bent.

»Vielleicht nicht einen ganzen Liter Wasser über sie ausschütten?« Andy tupfte mit der Tischdecke an ihr herum.

»Andy! Oh Gott, mein Junge!« Gianna schlug eine Hand vors Gesicht und fing an zu weinen.

»Aber Mama, was hast du denn?«

»Was sollte ich denn tun?«, wiederholte Bent. »Ich hatte doch keine Ahnung, dass du es ihr noch nicht gesagt hast!«

»Ich bin Arzt«, sagte eine Stimme dicht an seinem Ohr. »Lassen Sie mich mal …«

»Sie sehen doch, dass sie wieder wach ist«, knurrte Bent.

Andy hörte auf zu tupfen. »Gesagt? *Was* gesagt?«

»Hören Sie, ich will nur helfen!«, bellte die Stimme an seinem Ohr.

»Wie krank du bist«, presste Bent hervor.

Gianna schluchzte auf.

Andy starrte ihn entgeistert an.

»Es handelt sich hier offensichtlich um eine akute Belastungsreaktion. Lassen Sie mich jetzt vorbei?«, nervte die Stimme an Bents Ohr.

»Oh nein, nicht weinen! Mama, *Mama*, beruhige dich!« Andy nahm die Schluchzende in die Arme, wiegte sie. »Nicht weinen, das ist nicht wahr. Bent hat das falsch verstanden, Mama, das stimmt gar nicht!«

Jemand zerrte an Bents Arm. Es war ein sonnengebräunter, älterer Herr mit buschigen Augenbrauen, der ihn grimmig ansah. »Wenn ich helfen soll, dann müssen …«

»Sie sollen gar nichts! Sie sollen verschwinden!«, knurrte Bent.

»Edgar, du hörst ja, die wollen keine Hilfe.«

»Lüg mich nicht an, Andy!« Gianna schniefte. »Du musst mich nicht schonen!«

»Ich lüge nicht, Mama, ich habe keinen Krebs!«

»Ich verstehe nicht! Wieso hat Bent mir dann so was erzählt?«

»Wie bitte? Was haben Sie gesagt?«, dröhnte es in Bents Ohr. »Eben wurde nach einem Arzt gerufen! Und ich …«

»Edgar, lass doch!«

»Ja, lass es, Edgar!«, raunzte Bent.

»Weil ich es ihm gesagt habe, weil … weil … also …«, stammelte Andy.

»Aber *wieso* denn, Andy?« Gianna schüttelte den Kopf. »Ich begreife gar nichts! Was soll ich denn nun glauben? Andy, bitte, du darfst mich nicht anlügen!«

»Mama, wollen wir jetzt nicht langsam aufstehen? Die Leute …«

»Ich bin deine Mutter! Sag mir die Wahrheit: Hast du Bauchspeicheldrüsenkrebs?«

Die Menge um sie herum verstummte. Selbst Edgar nebst Gattin brachen ihr Wortgefecht ab. Gianna klammerte sich an Andys Armen fest, wie Bent mit leiser Genugtuung registrierte.

»Mama, bitte!«

»Hast du?«

»*Nein!*«

Sie stellte die Frage, einen Sekundenbruchteil bevor Bent sie gestellt hätte. »Und warum hast du das Bent dann erzählt?«

»Weil ich, na ja … weil ich dachte, das ist die einzige Chance, die ich habe, ihn zurückzugewinnen. Und ich dachte, wenn wir erst wieder zusammen sind, dann wird er verstehen, dass ich … eine kleine Notlüge …« Andy brach ab und schaute Bent mit schiefem Lächeln an. »Was sollte ich denn machen? Du hast auf nichts reagiert!«

Giannas Blick aus großen, aufgerissenen Augen wanderte zu ihm. Aus ihrem nassen Haar rollte ein Tropfen über ihre Stirn und ihre Nase entlang. Sie wischte ihn ab. Auch die Umstehenden starrten ihn an. Drama mit freiem Eintritt. Wohl eher eine Seifenoper.

Aber ohne Fortsetzung! Bent stand auf, die leere Wasserflasche fiel polternd um, rollte davon.

»Bent, ich will … nun warte doch!«, hörte er Andy rufen, während er sich durch die Menge zum Ausgang drängelte.

Auf dem Weg zu der Dorfkirche am Rande des Friedhofs Döhrenheide machte Dominik kurz bei Dörte Sudbrocks Bielefelder Domizil halt. Es handelte sich um ein neu wirkendes Einfamilienhaus. Es war nicht sonderlich groß und ließ den Reichtum der jungen Dame nicht erkennen. Wenn er Richtung Johannisbach joggte, musste er schon öfter daran vorbeigekommen sein, aber er hatte nicht darauf geachtet. Der gepflegte Vorgarten mit dem Kiesbeet, die modern gemusterten Flächenvorhänge, der Carport – nichts von all dem war in irgendeiner Weise bemerkenswert. Es gab nur eine Klingel, mit dem Namen *Sudbrock* versehen. Laut Frau Kücker lebte Dörte allein hier. Er schellte ein paar Mal vergeblich und stieg wieder in seinen Wagen. Über kurvenreiche Landstraßen und Alleen näherte er sich dem Ort, in dem die Kirche stand, in der laut Internet die Pastorin Zurheide heute ihren Gottesdienst abhielt.

Er fuhr gerade an einem Landgasthof vorbei, als Nina anrief. Er parkte am Rand eines Kartoffelackers und stieg aus.

»Ich habe alles durchgesehen«, sagte Nina. »Ich weiß natürlich nicht, ob das Heberleins vollständige Kundenunterlagen sind. Aber es ist ja nicht wenig, was in diesem Karton lag.«

»Nina, ich habe es ein bisschen …«

»Dörte Sudbrock taucht nicht als Kundin auf. Aber überleg mal, Dodo, D. S., die Initialen, die in Heberleins Kalender stehen ...«

»Nicht Dietrich Schlüter, sondern Dörte Sudbrock?«

»Ganz genau!«

»Das passt. Denn er hat sie am letzten Abend vor seinem Verschwinden besucht. Am nächsten Tag ging Dörte Sudbrock zu der Beerdigung von diesem Pastor Wittkötter. Die Beisetzung war am 4. Juli.«

»Sieh mal an! Aber was beweist das?«

»Nicht viel, denn wir wissen bisher wenig über diese Frau. Außer ... die beiden hatten doch eine Affäre, wie Frau Kücker meinte. Sudbrocks dicke Tochter und der fesche Richard.«

»Klingt unwahrscheinlich, Dodo. Heberleins Freund Vogeler ist überzeugt, dass er in Lara seine Traumfrau gefunden hatte. Heberlein sei bei ihr solide geworden.«

»Glaube ich gern. Aber Dörte Sudbrocks Reichtum hat ihm die Sache vielleicht versüßt.«

Der Schatten eines Raubvogels zog über das Feld. Er schaute hoch. Ein Bussard?

»Ich frage mich ...« Nina hustete. »Lara hat Dörte aber nie erwähnt, oder?«

»Mir gegenüber nie.«

Es wurde dunkler. Nach der kurzen Auflockerung zog sich der Himmel wieder zu.

»Ob Dörte wohl von Lara wusste?«

Aus dem Gesträuch auf der anderen Seite des Ackers tauchte plötzlich ein Reh auf, stand einen Augenblick lang ganz still, bevor es in den Wald flüchtete.

»Fragen wir die Sudbrock, wenn sie aus ihrem Osterurlaub zurück ist. Bis dann, Nina.« Die ersten Tropfen landeten auf seinem Gesicht, und er stieg rasch in den Wagen.

An der nächsten Ampel warb ein Stadtrat auf einem Pappaufsteller für einen gemütlichen Klön-Nachmittag beim Ortsverein der SPD im Nachbarort. Kurz darauf kam die Dorfkirche in Sicht.

Als er einen Flügel des Portals aufdrückte, stellte er fest, dass der Gottesdienst gerade zu Ende ging. Die Kirchenbesucher standen bereits, um den Segen zu empfangen, den die Pastorin mit heller Stimme sprach. Blasses Licht fiel durch die Kirchenfenster, die mit geometrischen Formen in Rot und Ocker gestaltet waren. Die kleine Kirche war gut besucht. Wegen Ostern? Oder hatte es etwas mit der Pastorin zu tun, einer kräftigen Mittvierzigerin mit freundlichem Gesicht, die am Ausgang jeden Kirchgänger mit Handschlag verabschiedete und sich Zeit nahm dabei. Auf dem Platz vor der Kirche sammelten sich die Leute in Grüppchen, plauderten und lachten. Der Regen hatte aufgehört, die Luft war feucht und kühl. Schließlich fragte die Pastorin Dominik, der gewartet hatte, bis alle draußen waren, mit verbindlichem Lächeln, ob er neu in der Gemeinde sei.

»Da muss ich Sie enttäuschen, Frau Zurheide, ich bin kein neues Schäfchen. Ich komme von der Kripo Bielefeld und würde mich gerne kurz mit Ihnen über Dörte Sudbrock unterhalten.«

Ein junger, untersetzter Mann mit Bärtchen, der in einer der Gruppen stand, wandte sich um, warf ihm einen neugierigen Blick zu.

Die Pastorin hob die Brauen. »Über Dörte? Worum …«

»Ihre Haushälterin Frau Kücker erzählte uns, Sie stünden auf freundschaftlichem Fuß mit ihr.«

»Oh, ja, nun, Dörte Sudbrock hat früher hier gelebt. Seitdem sie vor einem halben Jahr in die Stadt gezogen ist, habe ich leider keinen Kontakt mehr zu ihr. Ich habe sie das letzte Mal gesehen als …« Ihre Augen verengten sich. »Ja, bei der Beisetzung von Pastor Wittkötter war das. Ich war ziemlich überrascht, sie dort zu treffen, weil, nun ja … Dörtes Verhältnis zu Pastor Wittkötter war etwas getrübt.«

Der Mann, der sich aus seiner Gruppe gelöst hatte und jetzt in ihrer Nähe stand und rauchte, begann zu lachen, wobei er einen Schwall Rauch ausstieß.

»Was ist denn so komisch, Marc?«, fragte die Pastorin.

Marc machte einen Schritt auf sie zu, und Dominik erkannte an den feinen Lachfalten, dass er nicht mehr ganz so jung war, wie er gedacht hatte. »Der alte Wittkötter war ein Teufel, und das wissen Sie, Frau Pastorin! Jeder wusste das!« Er schüttelte sich, als ob er fröstelte, aber es schien nicht daran zu liegen, dass er keine Jacke trug.

Frau Zurheides Lächeln verrutschte. Sie schloss kurz die Augen. »Das Wort Teufel …«

Marcs Nasenflügel blähten sich. »Wir hatten alle Angst vor ihm, im Konfirmandenunterricht und in Religion in der Schule. Wir waren sein letzter Jahrgang. Er hat uns gepiesackt, wo er nur konnte, aber sein bevorzugtes Opfer war Dörte.« Er warf seinen Zigarettenstummel zu Boden und trat ihn aus. »Er hat sie nur ›DeDe‹ genannt wie dicke Dörte. Sie hasste diesen

Namen. Dabei ist sie nicht mal mehr dick. Ich habe sie neulich am Kesselbrink in Bielefeld gesehen und hätte sie fast nicht wiedererkannt.« Er hob die Kippe auf und warf sie brav in einen Abfalleimer.

Die Pastorin senkte ihre Stimme. »Pastor Wittkötter war in der Gemeinde umstritten. Er gehörte zu einer anderen Generation …«

»Ein Nazi ist er gewesen, sagen Sie es doch ruhig! Und wenn er kein Teufel war, dann hat ihn ganz sicher der Teufel geholt! Der hat schon seine Krallen nach ihm ausgestreckt …« Marc machte eine greifende Bewegung mit seiner fleischigen Hand, die nichts von einer Teufelskralle an sich hatte.

»Marc …« Die Brauen der Pastorin ruckten nach oben. »Das gehört ins Reich des Aberglaubens, das ist Ihnen hoffentlich klar.«

»Ich weiß, was ich gesehen habe. Dörte war bei seiner Beerdigung, um sicherzugehen, dass er auch wirklich unter die Erde kommt!«

Die Pastorin holte tief Luft und setzte an, etwas zu sagen, ließ es dann, als ob ihr beim besten Willen nichts zur Verteidigung vom alten Pastor Wittkötter einfiele.

»Kühl hier.« Marc rollte sich die Hemdsärmel herunter und rieb sich die Oberarme. »Schönen Tag noch.« Er nickte ihnen zu und stiefelte davon.

»Ihnen auch, Marc.« Frau Zurheide sah ihm nach. »Er ist einer unserer Friedhofsgärtner. Netter Kerl eigentlich …«

»Sagen Sie, Frau Pastorin, hat Dörte mal einen Mann erwähnt, mit dem sie in Verbindung stand? Wir suchen einen gewissen Richard Heberlein.«

»Der Name sagt mir nichts. Dörte war im Internet unterwegs, um einen Partner zu finden. Es war nicht einfach für sie. Ihr Vater war sehr vereinnahmend, müssen Sie wissen. Sie ist sein einziges Kind, und die Mutter ist früh gestorben …«

Er holte das Foto von Richard Heberlein aus seiner Tasche. »Haben Sie den Mann auf dem Foto schon einmal gesehen?«

»Sollen wir uns kurz …?« Sie deutete auf eine Bank am Rande einer nahegelegenen Wiese. Sie setzten sich auf die Bank, die laut Schild vom Heimatverein gestiftet worden war.

»Dieses Foto … nein, den Mann habe ich noch nie gesehen.«

»Es war nicht einfach für sie«, wiederholte Dominik. »Sie erwähnten das Internet …«

»Tja, Dörtes Arbeitstage waren lang. Dafür ist das Internet dann praktisch. Sie hat sich so ein Profil angelegt in einer Single-Börse. Aber es klappte wohl erst, als sie ihr Foto wieder entfernt hat. Da wären die ersten Kontaktangebote gekommen. Schließlich kamen auch Treffen zustande.« Frau Zurheide seufzte. »Sie brach in Tränen aus, als sie mir später von den Begegnungen erzählte.«

»Das ging schief?«

»Allerdings. Sie hatte sich für ihre Dates extra schicke Klamotten gekauft, vielleicht etwas schrill, so im Stil der Sängerin Beth Ditto. Kennen Sie die Band Gossip?«

»Nein, das ist …«

»Geschmackssache … sicher, aber …« Eine Falte erschien zwischen ihren Brauen. »Diese Männer haben sich jedes Mal mehr oder weniger elegant aus der Affäre gezogen.«

»Und dann gab sie es auf, oder …?«

»Soweit ich weiß, ja. Dörte war einsam. Es reicht eben nicht, als Juniorchefin Erfolg zu haben. Angestellte sind nun mal keine Freunde. Die paar Schulfreundinnen von früher hatten spätestens in ihren Zwanzigern eigene Familien und wenig Zeit. Und das enge Verhältnis zu ihrem Vater …« Sie schlug die Beine übereinander. »Das war eher *zu* eng, wenn Sie mich fragen.«

»War einsam … heißt das, dass sie inzwischen …«

»Darüber weiß ich nichts. Dörte hat die Brücken hinter sich abgebrochen, als sie nach Bielefeld zog. Ich denke, es stand eine Veränderung an nach dem Tod ihres Vaters.«

Eine junge Frau mit einem Kind blieb bei einem Insektenhotel am Rand der Wiese stehen und erklärte dem Jungen augenscheinlich, worum es dabei ging.

»Veränderung … wieso stand die an?«

»Natürlich haben sich die Leute im Dorf das Maul zerrissen, als sie die Firma verkaufte, die schon so lange im Familienbesitz war. Aber Dörte hat früher alles ihrem Vater und der Firma untergeordnet. Sie will wohl endlich mal leben.«

Dominik bedankte sich bei der Pastorin und ging zu seinem Wagen auf dem Parkplatz in der Nähe der Kirche. Neben seinem Citroën parkte ein Golf. Marc lehnte am Rahmen und unterhielt sich mit einem Mann, der aussah wie eine jüngere Ausgabe vom ihm. Sein Bruder? Die beiden schauten rüber zu Dominik, als er die Tür des Citroën öffnete.

»Na, dann viel Erfolg, Herr Kommissar.« Marc grinste und bearbeitete seinen Kaugummi. »Dörte hat doch nichts ausgefressen?«

»Dörte?« Der andere junge Mann lachte.

»Sicher nicht. Ganz schön groß, der Friedhof, so für einen Dorffriedhof. Auf der Hinfahrt bin ich mittendurch gefahren, habe auf beiden Seiten die Schilder *Waldfriedhof Döhrenheide* gesehen.«

»Baumgräber sind in Mode jetzt. Die Leute, die hier bestattet werden, kommen aus der ganzen Region. Der alte Friedhof grenzt an einen Wald. Weil der Bedarf gestiegen ist, hat man den eben erweitert.«

»Was haben Sie vorhin eigentlich damit gemeint: ›Ich weiß, was ich gesehen habe‹?«

Marcs Kaugummi wanderte von der einen zur anderen Seite seiner Backe. »Fahr doch schon mal vor, Yannick. Ich komme gleich nach.«

Yannick runzelte die Stirn, stieg dann in einen Seat. Kies spritzte auf, dann rumpelte er auf dem geflickten Asphalt der Landstraße davon.

»Kleine Friedhofsführung gefällig?«

Dominik zögerte. Friedhöfe riefen bei ihm Beklemmung hervor. Aber vielleicht erfuhr er mehr von Marc, wenn der als Friedhofsgärtner in seinem Element war. »Wenn es nicht zu lange dauert, gerne.«

Marc ging voran, öffnete ein schmiedeeisernes Tor. »Das hier ist der alte Teil des Friedhofs.«

Sie schlenderten an Grabsteinen vorbei, deren Reliefschrift kaum noch lesbar war. Das Gurren einer Taube lenkte Dominiks Blick auf die grünlich überzogene Steinfigur eines Mädchens, versunken in das Studium eines steinernen Buches. Nachdem sie eine Reihe von Efeu überwucherten Bäumen und moosbedeckten Grabsteinen passiert hatten, weitete sich die Aussicht. Dominik entdeckte den Bielefelder Fernsehturm im Teutoburger Wald, der als dunkle Hügelkette am Horizont zu sehen war.

Sie wandten sich nach links. Der Baumbestand wurde dichter, Tannen verschatteten die Rhododendren, Eiben und Scheinzypressen. Unter den Bäumen flackerten Grablichter. Dominik fiel das Atmen schwerer.

»Wenn man diesen Weg weitergeht, kommt man zu dem Teil mit den Baumgräbern«, erklärte Marc. »Aber in unserem Waldfriedhof gibt es auch herkömmliche Sarg- und Feuerbestattungen.«

»Und wo ist das Grab des berüchtigten Pastors Wittkötter?«

»Kommen Sie.«

Sie gingen an einer Madonnafigur vorbei, die eine Hand auf ihre Brust gelegt hatte und die andere dem Betrachter hinhielt, als wollte sie betteln.

Marc blieb bei einem Kreuz aus Granit stehen. »Pastor Wittkötters Grab. Und die müssen wir bald wegtun.« Er zeigte auf ein Grab daneben, das von halb verwelkten Kränzen aus Rosen und Schleierkraut bedeckt war. Auf einer Schleife las Dominik: *In Liebe und Dankbarkeit*.

»Solche Kränze hat Wittkötter sicher auch bekommen.« Dominik wurde schwindelig. Er stützte sich am Stamm einer Linde ab. »Und Sie meinen, dass Dörte Sudbrock nur bei der Beerdigung war, um sicherzugehen, dass er auch wirklich tot und begraben ist?«

»Warum sonst? Außerdem hat sie so was in der Art erwähnt.«

»Tatsächlich?«

»Am Tag vor Wittkötters Beisetzung hat sie Blumen zum Grab ihres Vaters gebracht. Da hat sie mitbekommen, dass wir die Grube für Wittkötter aushoben. Wir waren gerade dabei, die Wände mit der Kiste ... ich meine, mit dem Alurahmen abzustützen, als sie sagte: ›Na, kommt der Mistkerl endlich unter die Erde?‹«

»Und am nächsten Tag ging sie also hin, um es mit eigenen Augen zu sehen.«

Marc nickte. »Am Tag nach Wittkötters Beerdigung war sie sogar noch mal auf dem Friedhof.«

»Wittkötter scheint ja ein bemerkenswerter Pastor gewesen zu sein.« Dominik atmete schwer. »Und Sie glauben wirklich, dass der Beelzebub höchstpersönlich den Herrn Pastor geholt hat?«

»Die Platte war verschoben. Das ist noch nie passiert, nicht mir und nicht den anderen Friedhofsgärtnern, die schon länger hier arbeiten als ich.«

»Platte?«

»Wir sichern die Grube immer mit einer Platte, damit niemand reinfällt. Und die war morgens, als wir das Grab fertig machen wollten, verschoben. So als könnte der Herr der Unterwelt es nicht erwarten, den alten Wittkötter ...«

»... zu holen. Verstehe«, presste Dominik hervor. »Ich würde jetzt gerne den Rückweg antreten.«

»Kein Problem.« Während sie zurückgingen, sagte Marc: »Ich weiß, wie das klingt. Aber Sie kannten den Pastor nicht.«

»Könnte das nicht … manchmal halten sich Jugendliche nachts auf Friedhöfen auf. Ich meine, ist Ihnen sonst etwas Ungewöhnliches aufgefallen? Ich schätze, Luzifer hinterlässt keine leeren Weinflaschen im Abfalleimer.«

»Abfalleimer …« Marc runzelte die Stirn. War er beleidigt? Es raschelte leise. Die Blätter eines großen Farns bewegten sich. Ein Igel kam hervor und huschte in das Gebüsch auf der anderen Seite des Weges.

»Ich hab immer gedacht … na ja, so was passiert vielleicht in Bielefeld, aber nicht bei uns auf dem Land.« Marc zuckte mit den Achseln. »Aber jetzt, wo Sie es sagen … Ich hatte am Morgen vor Wittkötters Beerdigung einen heftigen Streit mit Siegmund. Das ist ein anderer Friedhofsgärtner, inzwischen in Rente. Jedenfalls hat er mich angemacht, weil ich angeblich meine Kippen überall liegen ließ. Ich hatte die in einem Eimer auf unserem Anhänger gesammelt. An dem Morgen lagen sie auf dem Boden vorm Betriebshof, und der Eimer war stattdessen halb voll Erde. Ich dachte schon, Siegmund hätte den selbst ausgekippt, um mich zu ärgern, aber der zeigte mir einen Vogel.«

Dominik atmete auf, als sie den alten Teil des Friedhofs erreichten. Von hier aus war es nicht mehr weit bis zum Ausgang. »Ist der Eimer offen zugänglich?«

»Klar, unser Wagen steht nachts auf dem Platz hinterm Betriebshof. Da haben wir unsere Geräte drauf, unsere Leiter und so weiter.« Er schnalzte mit der Zunge. »Hm … meine Cousine ist fünfzehn und steht auf diese Vampirfilme, *Twilight* oder wie das heißt. Aber was treibt man bloß nachts auf dem Friedhof?« Das eiserne Tor, das den Friedhof von der Straße trennte, quietschte leise, als Marc es aufdrückte. »Ist Ihnen nicht gut, Herr Kommissar?«

»Doch … ich …« Dominik versuchte, das Zittern in seinen Knien zu unterdrücken. »Ich kann mir auch nicht vorstellen, wieso jemand freiwillig nachts auf einen Friedhof geht.«

Dominik war bei seinem obskuren Kirchgang, Robin hockte in seinem Zimmer vorm PC, Lissa war unterwegs »mit Freunden«, was vermutlich hieß, mit ihrem Punk-Freund. Lag es am Ostermontag oder woran? Beim Blick aus dem Küchenfenster stellte Betty fest, dass nicht nur ihr Zuhause, sondern auch ihre Straße wie ausgestorben war. Sie blätterte lustlos in einer Ausgabe von *Happinez*, dem Magazin, das sie und ihre Kollegin eventuell für die Praxis abonnieren wollten.

Sollte sie ihre Freundinnen anrufen? Bis auf Christiane mit ihrem gebrochenen Fuß nutzten alle das lange Wochenende für Kurzurlaube oder Familienfeiern. Doch Christiane redete in letzter Zeit nur noch über energetische Modernisierung. Es gab kaum etwas, das Betty weniger interessierte. Sie machte sich einen Cappuccino, setzte sich damit aufs Sofa und starrte aus dem Fenster. Auf der Fensterbank lag ein toter Weberknecht inmitten vertrockneter Blüten des fleißigen Lieschens, das dringend Wasser brauchte. Wenn ich jetzt nicht aufstehe, dachte Betty, werde ich nie mehr aufstehen. Sie stemmte sich hoch und holte eine Gießkanne. Während sie die Blume goss, fiel ihr ein, dass sie noch Malous Kater füttern musste. Vielleicht besserte sich ihre Stimmung, wenn Tiger ihr Gesellschaft leistete.

Auf dem Weg zu Malous Haus, das nur zwei Straßen weiter lag, begegnete sie niemandem, weder Spaziergängern noch Kindern. Eine unbekannte Seuche hatte 99,99 Prozent der Erdbevölkerung ausgerottet, und sie gehörte zu den 0,01 Prozent, die immun waren. Ganz Bielefeld samt Eingemeindungen gehörte nun ihr. Tiger freute sich, als sie kam. Eine Träne tropfte in sein Trockenfutter. Wurde sie sentimental auf ihre alten Tage? Vielleicht sollte sie sich eine Katze anschaffen. In Malous perfekt eingerichteter Küche lag nirgendwo ein toter Weberknecht. Wahrscheinlich schwebten über manchen Menschen Wolken, aus denen es tote Weberknechte regnete und über anderen nicht. Aufhören, dumme Kuh!

Während Tiger krachend sein Trockenfutter zerbiss, zog sie ihr Handy aus der Tasche und wählte Franks Festnetznummer. Nach viermaligem Läuten meldete sich der Anrufbeantworter. Frank war wohl noch im Urlaub.

Tiger kam zu ihr. Die Sonne malte Streifen auf die Terracotta-Fliesen. Sie kniete sich zu ihm und kraulte ihn. »Habe ich dir schon erzählt, dass Dominik besser mit den Kindern kann, mein Tiger? Ich glaube, die brauchen mich gar nicht.«

Tiger rieb seinen Kopf an ihrer Hand. Dann reckte er sich ausgiebig, schob das Hinterteil hoch und dehnte sich auf eine Weise, die Betty an den Rückenkurs erinnerte, den sie einmal mitgemacht hatte. Sie richtete sich auf. Bevor sie ging, versuchte sie vergeblich, Frank unter seiner Handynummer zu erreichen. Sie seufzte. Vermutlich hatte er das Ladegerät seines Handys zu

Hause vergessen. Genau, das war die vernünftigste Erklärung. Und überhaupt: Warum war sie so hartnäckig? Es war schließlich vorbei mit Frank und ihr. Aber in den letzten Wochen hatte sie immer öfter an ihn denken müssen.

Schluss damit! Vermutlich wollte er keinen Kontakt zu ihr. Am Ende ihrer Affäre hatte er etwas von Abstand gemurmelt. Sie hatte das Ganze beendet, also konnte sie sich nicht beklagen. Und seitdem hatte sie unaufhörlich zugenommen. Heute Morgen auf der Waage war sie regelrecht erschrocken über ihr Gewicht. Woher kam dieser ständige Appetit? Oder ging es gar nicht darum, ihren Magen zu füllen? Sie knallte ihr Handy auf die Anrichte. Der Kater sprang darauf, um das Ding zu beschnuppern.

»Das Teil ist nutzlos, Tiger! Ich brauche bald mal einen Rat von deinem Frauchen, wie ich mich selbst an den Haaren aus diesem Sumpf ziehen kann.«

Kurz nachdem sie wieder zu Hause war, kam auch Dominik zurück. Passend zur Kaffeezeit. Er wolle nur noch ein Telefonat erledigen, dann komme er zum Kaffeetrinken. Betty deckte den Tisch und zündete ein Feuer im Kamin an. Schon wieder rauschte ein Schauer draußen nieder. Sie goss sich Kaffee ein, betrachtete die ordentliche Bresche im Käsekuchen, die Robin schon in der Küche geschlagen hatte, bevor er mit dem Kuchen wieder in sein Zimmer verschwunden war. Wo blieb Dominik? Sie nahm sich ein Stück, zerteilte es ordentlich mit der Gabel, aß, ohne viel zu schmecken, sah zu, wie die Graupelkörner schmolzen, die der kurze Schauer als weiße Schicht auf der Terrasse hinterlassen hatte.

Dominik befasste sich mit den Abgründen des menschlichen Daseins. Und die kannten keine Feiertage. Was interessierte ihn da ein gemeinsames Osterkaffeetrinken? Was interessierten ihn Dinge, die für *sie* wichtig waren? Was beschäftigte ihn überhaupt außer Mord und Totschlag, dem neuen Teleskop und der Frage, ob er es auch dieses Mal schaffen würde, »den Hermann« deutlich unter drei Stunden zu laufen? Die Kirche und der Dalai Lama? Sie hatte ihn noch gar nicht auf das neue Bild in seinem Hobbykeller angesprochen. Weil sie zu sehr um sich selbst kreiste? War das nicht eine Möglichkeit, sich wieder anzunähern? Der Dalai Lama als unverfänglicher Einstieg?

Sie wartete eine Weile, dann ging sie ihn suchen. Schließlich fand sie ihn im Schlafzimmer. Er schlief lautlos im Liegesessel. Schnarchte nicht wie die gleichaltrigen Ehemänner ihrer Freundinnen. Sie näherte sich zögernd. Eine dunkle Locke fiel ihm in die Stirn. Seine Locken waren nicht gekräuselt wie ihre oder korkenzieherhaft wie Lissas, sondern hatten diesen großzügigen Schwung, mühsam gebremst von den kurz geschnittenen Seiten, dem ausrasierten Nacken. Ihre Freundinnen beneideten sie um ihn. Sie hörten ihr zu, wenn sie über ihre Unzufriedenheit sprach, aber keine schien wirklich zu verstehen. Im Gegenteil warteten sie mit Geschichten *ihrer* Männer auf: Geschmacklosigkeiten, zeitraubende Hobbys, schlechte Angewohnheiten – und dann, stell dir vor, hat er auch noch unseren Hochzeitstag vergessen! Haarausfall, Bierbäuche, Fußpilz! Er ist mit seiner Arbeit verheiratet? Wer denn nicht? Es kam ihr vor, als wollten sie sich gegenseitig überbieten mit der Botschaft: Du hast es doch gut getroffen!

Während sie noch darüber nachdachte, ob sie ihn wecken sollte, fiel ihr etwas anderes ein. Dominik hatte an den letzten Tagen ständig am alten Schreibtisch im Hobbykeller gesessen. Was beschäftigte ihn so sehr, dass er keine Zeit mehr für ein Essen im Kreise der Familie hatte? Sie schlich sich aus dem Zimmer.

Der Keller war aufgeräumt wie immer. Der Dalai Lama lächelte gleichmütig auf sie herab, während sie den Schreibtisch untersuchte, der im Keller seine neue Bestimmung zur Lagerung von Werkzeug und Dominiks Krempel gefunden hatte. Falls er auftauchte, konnte sie immer noch vorgeben, diesen speziellen Schraubenschlüssel zu suchen.

Sie förderte Aktenorder zutage, in denen Bauanleitungen für historische Segelschiffe abgeheftet waren, ein Sortiment von Zangen, Spezialkleber, diverse Lacke und Pinsel. Sie räumte die Alben mit seiner Briefmarkensammlung raus und wollte sich gerade dem Schränkchen auf der anderen Seite des Schreibtisches widmen, als ihr das Ringbuch ins Auge fiel. Eine Art Tagebuch? Sie wusste, sie sollte es nicht öffnen. Andererseits: Was sollte sie denn tun? Ließ er ihr eine Wahl? Wann immer sie über ihre Ehe reden wollte, versteckte er sich hinter Allgemeinplätzen! Vielleicht war es ja gar kein Tagebuch …

Sie schlug das Ringbuch auf. Die Seiten waren durch einen vertikalen Strich in zwei Hälften unterteilt und in Dominiks steiler Schrift mit *weiter verheiratet sein: Pro* und *weiter verheiratet sein: Contra* überschrieben. Darüber hatte er zwei Skalen notiert: Die *Wahrscheinlichkeit des Eintretens/Häufigkeit* war in vier Stufen von *gering* bis *sehr hoch* unterteilt, die *Gewichtung* in die Werte eins (*weniger wichtig*) bis vier (*sehr wichtig*). Mit pochendem Herzen überflog sie, was er darunter notiert hatte.

Unter *Contra*, stand an oberster Stelle: *Bettys Ansprüche!* Wahrscheinlichkeit des Eintretens: *sehr hoch*. Gewichtung: *sehr wichtig*. Bettys Augen wurden groß, als sie weiter unter *Contra* las: *Ich könnte eine andere Frau kennenlernen*. Die Contra-Liste war noch länger. Betty blätterte lieber weiter zu *Pro*: Positiv schlug zu Buche, dass Betty regelmäßig kochte, sich um die Wäsche kümmerte und Ähnliches mehr.

Einiges war mit Tipp-Ex übermalt, hinter manchen Zahlenwerten standen Fragezeichen mit oder ohne Klammer, mancher Aspekt war rot umkringelt, Ausrufezeichen tauchten auf, einiges war durchgestrichen, ausgebessert, ergänzt oder relativiert worden. Von Blatt zu Blatt wurden die Korrekturen und Ergänzungen häufiger, die ordentliche Steilheit seiner Schrift verflachte, Wörter zogen sich in die Länge wie Objekte, die einem Schwarzen Loch zu nahe kamen, wie ihr Dominik einmal erklärt hatte, Spagettifikation heiße das, der Dalai Lama grinste, das hier war komplett irre, *ihr Mann* war irre, und was zum Teufel sollte dieser Mist, der mit einem Gestrüpp aus Multiplikationen und Additionen endete?

Dominik hasste es, wenn sie ihn nach seinen Gefühlen fragte. Etwa, weil er einen Taschenrechner brauchte, um Auskunft darüber zu geben? Moment, Schatz, ich muss gerade noch diese Formel auflösen, dann kann ich dir sagen, wie ich die Sache sehe. Vom Schirm der Schreibtischlampe seilte sich eine Spinne ab. Betty nahm die Blätter aus dem Ringbuch, breitete sie auf dem Schreibtisch aus, stellte die Lampe eine Stufe heller und begann, sich die Bilanz genauer anzusehen.

Eine Dreiviertelstunde später fütterte sie das Kaminfeuer mit Osterlämmchenservietten. Als sie mit schmerzenden Knien aufstand, entdeckte sie Lissa, die sie vom Türrahmen aus beobachtete.

»Wieder auf dem Friedhof gewesen?« Bettys Stimme klang rostig.

»Na und?« Lissa begutachtete ihre schwarz lackierten Fingernägel. »Du würdest dich wundern, wie viele Leute sich da tummeln, auch am Abend, selbst nachts.«

»Tatsächlich?«, bemerkte Betty neutral. Sie hatte jetzt keine Kraft für eine Auseinandersetzung mit ihrer Tochter. »Da ist noch Kaffee und Kuchen, wenn du magst.« Sie deutete auf den verwaisten Kaffeetisch. Ohne ein weiteres Wort ging sie an ihrer Tochter vorbei und stieg die Treppen hoch.

Sie fand Dominik genauso vor, wie sie ihn verlassen hatte. Die Augäpfel unter den Lidern bewegten sich und ließen leichte Wellen über die dichten Wimpern laufen. Eine Hand lag auf seinem flachen Bauch, der sich langsam hob und senkte, die andere hing entspannt herab. Es tat weh, ihn anzuschauen.

Sie holte sich das große Sitzkissen und setzte sich neben ihn, berührte leicht die Hand auf dem Bauch. Seine Lider flatterten, dann wandte er den Kopf und sah sie mit klarem Blick an, der zur Decke wanderte und wieder zurückkehrte zu ihr. Er streckte sich, stöhnte wohlig.

»Ich habe geschlafen«, stellte er fest.

»Ja.«

»Ich wollte mich nur kurz auf dem Sessel ausruhen, aber dann muss ich eingeschlafen sein.«

»Bist du.«

»Wie lan…«

»Ich möchte dich etwas fragen«, unterbrach Betty.

Er sah sie ernst an und nickte, als hätte er schon auf diese Frage gewartet. Auf seiner Wange hatte sich das Muster des Korbsessels eingedrückt. Sie bekam Herzklopfen wie bei ihrem ersten Treffen vor über dreißig Jahren.

Sie atmete einmal tief ein und aus. »Warum bist du eigentlich nach dieser Sache mit Frank zu mir zurückgekommen?«

Er hob die Brauen. Er hatte offensichtlich nicht auf diese Frage gewartet.

»Hm«, machte er, als wüsste er auch keine Antwort.

Eine Weile herrschte Schweigen.

Er rieb sich das Gesicht. »Betty, du überfällst …«

»Eine einfache Frage. Mehr nicht.«

»Mehr nicht. Na klar.«

»Ist das so schwierig? Können wir inzwischen überhaupt nicht mehr miteinander kommunizieren?«

Bei dem Wort kommunizieren bildete sich die gefürchtete Falte zwischen seinen Brauen. »Jetzt wird das wieder eine Grundsatzdiskussion.« Er richtete sich auf, als wollte er aufstehen.

»Dominik, es ist eine einzige Frage, die ich dir stelle, und ich meine es ernst!«

»Du meinst es ernst. Das heißt, jedes Wort wird jetzt auf die Goldwaage gelegt und ...«

»Also gut«, sagte Betty. »Keine Antwort ist auch eine Antwort.«

»Meine Güte, Betty, ich bin zurückgekommen, weil wir eine Familie sind! Ich meine, was ist das überhaupt für eine Frage?«

Betty starrte ihn an. »Und was ist mit unserer Ehe ... ist es dir eigentlich wichtig, mit mir zusammen zu sein, unabhängig von den Kindern?«

Dominik schloss einen Moment lang die Augen, holte tief Luft, dann starrte er an die Decke. »Was meinst du denn nun wieder *da*mit?«

Es war hoffnungslos. Sie hätte es wissen müssen. »Ich habe deine Berechnungen gefunden. Als ich im Kellerschreibtisch nach Werkzeug suchte ...«

»Okay, ja ...« Auf seinen Wangen erschienen rote Flecken. »Es war nur ein Versuch, die Dinge zu ordnen, und kein besonders geglückter, fürchte ich.« Ein schiefes Lächeln erschien auf seinem Gesicht.

Jenes, bei dem sie früher dahingeschmolzen war.

»Zu ordnen? Welche Dinge? So wie du deine Schrauben ordnest nach Größe und Funktion?«

»Nein ... ich ... Das Ganze ist Humbug, Betty!«

Sie sahen sich schweigend an. Betty verstand plötzlich, warum sie sich davor gefürchtet hatte, ihn überhaupt zu fragen. »Ich habe lange versucht, mich zu arrangieren. Aber ich kann nicht mehr.«

»Ich sage doch, das ist Unsinn!«

»Es geht nicht um deine Bilanz. Na ja, vielleicht doch. Aber um das, was da fehlt auf der Liste. Übrigens –

auch auf der Contra-Seite taucht es nie auf. Das, was mir fehlt bei dir.«

Er legte ihr die Hand auf den Arm. »Ich weiß, dass ich nicht immer aufmerk…«

»Ich werde gehen«, unterbrach sie ihn. »Verstehst du? Es ist vorbei mit uns.«

»Du gehst.« Er zog seine Hand zurück. »Doch nicht wegen Frank?«

»Wegen *mir*, Dominik. Ich ziehe aus«, erklärte sie. »Die Kinder hängen mehr an dir als an mir.«

Er nickte.

Hörte nicht auf zu nicken, wie ein verwirrtes Kind. Es war zum Verzweifeln. Betty spürte einen Kloß im Hals. Sie stemmte sich aus dem Sitzkissen und stakste mit hölzernen Bewegungen aus dem Zimmer. Dann schloss sie sich im Bad ein, und ließ ihren Tränen freien Lauf.

Erst Stunden später fiel ihr beim Kofferpacken ein, dass er sie nicht einmal gefragt hatte, was ihr denn fehlte bei ihm.

Ratlos stand sie vor ihrem Kleiderschrank. Nichts mehr passte richtig. Überhaupt so profan: Welche Klamotten sollte sie mitnehmen? Nein, nicht in den Urlaub – in ihr neues Leben ohne Dominik und die Kinder. Sie biss sich auf die Lippen. Nicht schon wieder heulen. Sie würde ihre Kinder ja trotz allem sehen können. Wahllos warf sie T-Shirts, Pullover, Hosen in den Koffer und stieg leise damit die Treppe hinunter.

Hinter Robins Zimmertür erklang die Melodie des hochfahrenden Rechners. Robin hatte bestürzt auf die Nachricht reagiert, Lissa cooler. Und ihr Ältester Nils würde es am Telefon erfahren müssen. Die Kinder kannten es von den Eltern ihrer Freunde. Trennung, Scheidung, so normal heutzutage. Und sie waren fast erwachsen, selbst auf dem Absprung. Sie stahl sich aus dem Haus wie ein Dieb. Kein tränenreicher Abschied, es war ihr lieber so.

Christiane hatte am Telefon nicht viel gefragt, ihr sofort angeboten, bei ihr einzuziehen. Das Haus sei sowieso zu groß für sie allein. Die gute Christiane! Doch bevor sie zu ihrer Freundin nach Sennestadt fuhr, würde sie Tiger noch einen Besuch abstatten und sich ein bisschen von ihm trösten lassen. Sie hatte Malous Haustür noch nicht ganz geöffnet, als sie den Kater schon miauen hörte. Sie ging mit ihm in den Wintergarten, setzte sich in einen Sessel. Tiger ließ sich auf ihrem Schoß nieder, geistesabwesend streichelte sie das Tier.

Ihr Zeitplan war immer straff gewesen, sie hatte die Dinge gewuppt, Haushalt, drei Kinder, ihren Beruf – und sie war stolz darauf gewesen. Aber die alten Rituale, mit denen sie versuchte, alles zusammenzuhalten, waren nur noch ins Leere gelaufen. Malou hatte von »Transformation« gesprochen. War es das, was ihr bevorstand? Sie hatte den größten Teil ihres Lebens mit Dominik verbracht. Musste sie sich jetzt »neu erfinden«, wie es so schön hieß? Wie auch immer, es würde eine Menge Zeit brauchen, das spürte sie.

Tigers Kopf ruckte. Eine Meise saß auf einem schwankenden Ast der Weide vor dem Wintergarten, flog kurz darauf davon. Sie kraulte den Kater. »Ich besuche dich morgen noch mal, Tiger.« Malou würde erst am Mittwoch von der Ostsee zurückkommen.

Dominik ging in den Keller, riss das Bild des Dalai Lama von der Wand und schlug es auf die Kante des Schreibtischs. Das Glas zerbrach, und Blut quoll aus einem Schnitt in seinem Daumen. Es war ein seltsam befriedigendes Gefühl, den Schmerz und das warme Blut zu spüren. In einer der Schubladen hatte er Pflaster deponiert. Er verband den Daumen und zog das Bild aus den Scherben hervor. Er starrte es eine Weile an, doch der Dalai Lama schwieg beharrlich. *Das, was auf der Liste fehlt.* Das war wieder einer von Bettys Tricks. Eine Art absurder Testfrage. Und er war durchgefallen, so viel stand fest.

Ihm kam die Liste vollständig vor. Er war anfangs euphorisch gewesen, die einzelnen Aspekte des Problems zu unterscheiden, Beschreibungen zu formulieren. Auch die Wahrscheinlichkeit des Eintretens war bei den meisten Punkten gut einzuschätzen. Ins Schwimmen geriet er bei der Gewichtung nach Bedeutsamkeit. Und als er damit begann, die Pro- und Contraaspekte miteinander zu verrechnen, kamen ihm erste Zweifel. Er hätte Betty darauf hinweisen können, dass der Zahlenwert der Pro-Seite den Zahlenwert der Contra-Seite immerhin knapp übertraf. Doch für solche Argumente zeigte sie sich erfahrungsgemäß unzugänglich. Es war der übliche Konflikt, bei dem er nicht gewinnen konnte.

Während er zusah, wie das Pflaster langsam durchblutete, beschlich ihn der alte, böse Verdacht, dass immer etwas Entscheidendes fehlte auf seiner Liste, auch wenn er von außen betrachtet alles beisammen hatte, was als Beweis seiner Normalität herhalten konnte. Ein Mangel, der sich erst auf den zweiten, tieferen Blick offenbarte. Bei einem Streit hatte Betty ihn einmal »emotionaler Analphabet« genannt.

»Papa?«

Er hatte sie nicht kommen hören. Der alte Drehstuhl quietschte, als er herumschwang. Eine Erscheinung aus einem anderen Jahrhundert, ganz in Schwarz, hochgeschlossenes Kleid mit Spitzenbesatz, das weiße Gesichtchen fast zu zart für den schweren Turm aus aufgesteckten, dunklen Locken.

»Du hast dich geschnitten!« Lissa starrte auf seinen Daumen mit dem dunkelroten Pflaster.

»Nicht schlimm.« Er hielt die Hand hoch zum Beweis und spürte, wie Blut in seinen Ärmel lief. Sein Daumen puckerte.

»Doch«, rief Lissas und eilte zu ihm, nahm seine Hand vorsichtig in ihre kleinen Hände. »Und wenn das genäht werden muss?«

Er schluckte. »Deine Mutter will die Trennung … sie zieht aus.« War das fair, damit herauszuplatzen?

»Oh Papa.« Lissa streichelte seine Hand. »Sie hat es mir vorhin gesagt. Deshalb bin ich hier. Ich wollte sehen, wie es dir geht.«

Sie verschmierte sein Blut. Der Spitzenbesatz an ihrem Ärmel bekam einen Fleck.

»Das hat nichts mit euch zu tun, es liegt an mir. Hörst du, Lissa? Es liegt an mir!«

»Oder an ihr.« Lissa presste die Lippen aufeinander. »Ihr wart doch schon mal auseinander und seid dann wieder zusammengekommen!«

»Ich fürchte … sie klang anders als sonst, wenn sie sauer ist. Also, Lissa, wenn …« Er furchte die Stirn.

»Nils wohnt ja nicht mehr hier, aber wenn ihr, also Robin und du, lieber mit eurer Mutter zusammen wohnen möchtet, dann ziehe selbstverständlich ich aus.«

»Auf keinen Fall!«

Er zog sie an sich, vergrub seinen Kopf an ihrem Bauch, befleckte ihre Korsage mit seinem blutenden Daumen. Sie gab einen erstickten Laut von sich, und er lockerte die Umarmung, ließ sie los.

»Ganz ehrlich, Lissa?«

»Hundertpro! Du musst hierbleiben, bitte, Papa!«

Ihr Blick wanderte über den scherbenbedeckten Schreibtisch. Sie hob den Rahmen an, nicht nur das Glas, auch das Holz war zerbrochen. »Dein Dalai Lama braucht einen neuen Rahmen. Ich habe neulich einen Schönen gesehen, in einem Antiquitätengeschäft.«

Er lächelte. »Ein neuer Rahmen, meinst du?«

Lissa nickte.

»Hör mal, Lissa, ich … wenn du nachts mit deinen Freunden auf dem Friedhof warst, habt ihr euch da mal eine Grube angeschaut, die für ein frisches Grab ausgehoben worden ist?«

»Wie … angeschaut? Da liegen immer Platten drauf.«

»Habt ihr die mal verschoben? Nur so zum Spaß oder als Mutprobe, wer sich traut, runterzusteigen?«

»Nicht wirklich. Was soll daran interessant sein? Wir machen überhaupt nichts Wildes. Im Gegensatz zu … wir haben einmal Leute beobachtet, die Sträucher von den Gräbern klauten. Aber das waren Erwachsene, keine Jugendlichen! Krass, oder?«

In der Nacht fuhr er aus dem Schlaf hoch. Er spürte sein Herz hart klopfen. Was hatte ihn geweckt? Durch den Regen, der auf das schräge Dachfenster prasselte, zerfransten die Konturen des Vollmonds. Das Prasseln war laut, denn das Fenster war einen Spaltbreit geöffnet. Er schlich hin und schloss es behutsam, um Betty nicht zu wecken. Sein Blick fiel auf die unberührte Seite des Bettes. Natürlich! Betty war ja fort.

Auf dem Bettvorleger lag ein zusammengefalteter Zettel. Er musste ihn gestern Abend dort verloren haben. Auf diesem Zettel hatte er die Handynummern von Dörte Sudbrock und ihrer Angestellten Wiebke Fischer notiert, die Frau Kücker ihnen mitgeteilt hatte. Er legte das Papier auf den Nachttisch. Keine der Frauen hatte er bisher erreicht. Er wechselte sein schweißnasses Schlafanzugoberteil gegen ein frisches und legte sich aufs Bett. Plötzlich fiel es ihm ein. Er hatte von einem Friedhof geträumt, von einem lichtlosen Grab … Er lag eine Weile ganz still in der Dunkelheit.

Dann griff er nach seinem Handy und rief Nina an.

»Dodo …« Sie stöhnte und gähnte dann. »Es ist Viertel vor drei … ist …«

»Nina, falls ich sterben sollte, ich möchte verbrannt werden, ja? Ich habe das noch niemandem gesagt, aber es ist besser, es weiß jemand.«

»Dodo … wieso sterben, bist du krank?«

»Nein. Nur für den Fall. Das ist kein Scherz! Hast du gehört? Versprich mir, dass du dafür sorgst, dass das respektiert wird!«

»Habe es gehört und verspreche es. Was ist denn los?«

»Was ist der beste Platz, um eine Leiche verschwinden zu lassen?«

»Ist das dein Ernst? Rufst du mich an, um mir diese Frage zu stellen?«

»Und damit du weißt, dass ich eine Feuerbestattung will.«

»Der Mann ist verrückt«, murmelte sie. »Na gut. Ein tiefes Gewässer. Man muss natürlich ein Gewicht befestigen. Eine Mülldeponie? Nein, zu riskant.«

»Was ist mit einem Grab?«

»Ja, sehr schön. Toller Quiz, Dodo. Woher wusstest du nur, dass ich nachts um drei nichts lieber tue als …«

»Wir müssen die Staatsanwältin morgen überzeugen, eine Exhumierung zu beantragen. Von Wittkötters Grab.«

»Ich verstehe nicht …«

»Dörte Sudbrock war bei der Beerdigung von Wittkötter, um mit eigenen Augen zu sehen, dass der alte Teufel auch wirklich unter die Erde kommt, meinte der Friedhofsgärtner.«

»Ja und?«

»Und wenn es gar nicht um Wittkötter ging?«

»Jemand anderes sollte unter die Erde gebracht werden? Heberlein? Aber …«

»Die Grube war bereits gegraben. Und dann verschwindet mit Wittkötters Sarg noch ein anderer unter der Erde.«

»Moment. So einfach ist das nicht, Dodo. Den Friedhofsgärtnern wäre aufgefallen, dass die Grube nicht mehr die nötige Tiefe aufweist, wenn da zuvor eine Leiche …«

»Zuerst muss man sie ein Stück tiefer ausheben, sicher. Dazu braucht man eine Leiter und ... einen Eimer, um Erde hochzubefördern. Einen Teil der Erde benutzt man, um die Leiche zu bedecken ...«

»Und am nächsten Tag werden zwei Menschen beerdigt?« Nina seufzte. »Wir haben uns noch nicht mal mit dieser Dörte Sudbrock unterhalten, können nur mutmaßen über ein Motiv. Aber du bist sicher, dass das unsere Frau Ränsch und der Ermittlungsrichter ...«

»Wir müssen es eben überzeugend darstellen.« Er strich über Bettys glatte, kühle Daunendecke, die gefaltet auf ihrer Seite des Bettes lag.

»Verstehe, Dodo. Das überlasse ich dann dir. Gibt es sonst noch etwas? Ich meine, du rufst mitten ...«

»Nichts, Nina. Entschuldige, dass ich dich geweckt habe. Drei Uhr nachts ist wirklich eine üble Zeit. Man beginnt, darüber nachzudenken, dass uns nur eine dünne Atmosphäre vom eisigen Vakuum des interstellaren Weltraums trennt.«

»Oha. Du klingst so seltsam. Alles in Ordnung mit dir?«

»Klar, nur ...« Er räusperte sich. »Ein Frosch im Hals, mehr nicht.«

9. Kapitel

Dienstag, 2. April

Die Morgendämmerung tauchte Franks leeren Bürostuhl in rötliches Licht. Dominik trank Kaffee an seinem Schreibtisch und beobachtete, wie sich das Rot allmählich in Helle verwandelte. Nach seinem nächtlichen Telefonat mit Nina war er zwar wieder eingeschlafen, morgens aber sehr früh aufgewacht. Bettys Auszug erschien ihm jetzt unwirklich, so als fände all das nicht in seinem Leben, sondern im Leben eines anderen statt, oder in einem Film, den er mal gesehen hatte. Auch das, worüber er mit Nina gesprochen hatte, kam ihm inzwischen vor wie ein Hirngespinst, ein nächtlicher Albtraum, den man so schnell wie möglich vergessen sollte. Umso erstaunlicher, dass er bei der Staatsanwältin schon am frühen Morgen auf offene Ohren gestoßen war. Sie wolle tun, was sie könne, um die Exhumierung beim Richter durchzukriegen. Wittkötters Sarg musste für ihre Zwecke dabei nicht einmal geöffnet werden.

Auch Lara Kaspari stand auf seiner Liste. Er kehrte gedanklich immer wieder zu ihr zurück. Trog ihn sein Bauchgefühl? Verleitete ihn ihre Attraktivität dazu, ihr eine größere Rolle in dem Fall Heberlein anzudichten, als sie wirklich einnahm? Aber Nina sah die Sache ähnlich. Der Fund von Richard Heberleins DNA am dritten Longdrink-Glas in dem Apartment, von dem aus Wildeboer in den Tod gestürzt war, gab jedenfalls zu denken. War es noch zu früh, Kaspari anzurufen? Der Kommissariatsleiter, den er bereits in seinem Büro angetroffen hatte, war einverstanden gewesen, ihnen Fritz Redekop als Verstärkung zur Seite zu stellen. Fritz wusste noch nichts von seinem Glück, heute nach Ulm fahren zu dürfen. Unter Kasparis Festnetz-Nummer meldete sich Geronimo Kilian.

Lara besuche gerade ihre Schwester in Bielefeld, antwortete er auf Dominiks Frage. »Sie hat es satt, sich zu verstecken. Wolfgang Heberlein weiß ja jetzt durch den Privatdetektiv, wo sie zu finden ist. Obwohl ich dagegen war, dass sie nach Bielefeld fährt, nach allem, was sie mir über ihn erzählt hat.«

»Hat er sich bei ihr gemeldet?«

»Das nicht, aber am besten ist sie hier bei mir in Ulm aufgehoben. Hier ist sie am sichersten, das wird sie schon noch verstehen.«

»Vielen Dank, Herr Kilian.«

»Immer gerne, Herr Domeyer.«

Dominik beendete die Verbindung. Er zweifelte daran, dass dieser geschmeidige, ältere Herr der uneigennützige Wohltäter oder »väterliche Freund« war, als den die Kaspari ihn ausgab. Etwas Besitzergreifendes hatte in seinem Ton gelegen. Ob die beiden sich darüber gestritten hatten, dass Lara zurück nach Bielefeld fuhr? Er erreichte sie unter ihrer Handynummer. Wie sich herausstellte, frühstückte sie gerade mit ihrer Schwester in einem Altstadtcafé. Er verabredete sich mit ihr am Leineweberdenkmal und bat Fritz in sein Büro, wo er ihn über die neueste Entwicklung unterrichtete.

Fritz saß auf Franks Bürostuhl und drehte damit hin und her, während er mit abwesender Miene aus dem Fenster starrte. »Ich habe mich manchmal gefragt, ob ich mich damals von der Kaspari habe blenden lassen, wenn du verstehst ...«

»Verstehe vollkommen. In der Akte wurde Richard Heberlein nicht erwähnt«, sagte Dominik.

»Wir wussten nichts von ihm.« Seine buschigen Brauen zogen sich zusammen.

»Aber jetzt, Fritz. Gehen wir. Ich bin lieber etwas früher dran bei solchen Treffen.«

Fritz' Miene hellte sich auf. »Ich weiß genau, was du meinst. Wir nehmen die Dame in die Zange! Diesmal wickelt sie uns nicht ein!«

Dominik fand zwar nicht, dass ihn die Kaspari eingewickelt hatte, aber er nickte. »Fritz, wir müssen los, wenn ...«

»Wo ist eigentlich dein Kamerad?«

»Frank? Der hat heute seinen ersten Arbeitstag nach dem Urlaub. Muss sich wohl noch ans frühe Aufstehen gewöhnen.«

Fritz lachte.

Dominik erkannte Lara Kaspari sofort, obwohl er sie nur von hinten die Fußgängerzone der Obernstraße entlangstöckeln sah. Sie ging wiegend wie auf dem Laufsteg, trug ein enges Kostüm, das ihre schlanken Kurven betonte, warf ihre goldbraune Mähne zurück. Einkaufstüten prallten mit jedem Schritt gegen ihre wohlgeformten Waden. Er tauschte einen Blick mit Fritz, der sich den Hut tiefer in die Stirn zog, als könnte er sich so vor zu viel weiblichen Reizen schützen. Die Kaspari blieb stehen, begutachtete die Auslage in einem Juweliergeschäft, schließlich blickte sie auf ihre Uhr und ging weiter. Vermutlich hinderte sie ihre Verabredung an einem weiteren Einkauf.

Sie folgten ihr bis zum Leineweberdenkmal, wo sie sich auf einer der Bänke niederließ, die am Rande der Grünanlage aufgereiht waren. Sie schlug die Beine übereinander, schüttelte ihre Mähne und nahm ihre Sonnenbrille ab. Tatsächlich hatte sich der Himmel bezogen. Das Wetter blieb wechselhaft.

»Ah, gleich zu zweit! Guten Tag, die Herren.« Sie zeigte ihnen ein liebliches Lächeln. »Verzeihung, ich war ein bisschen shoppen.« Sie räumte die Einkaufstüten, die sie neben sich abgestellt hatte, von der Bank. Dem Aufdruck der Tüten nach zu urteilen bevorzugte sie exklusive Altstadtgeschäfte.

Sie setzten sich rechts und links neben sie.

»Frau Kaspari, seit wann hatten Sie Kontakt zu Richard Heberlein?«, begann Dominik.

»Seit …« Ihr Blick huschte kurz zur Altstädter Nicolaikirche. »Seit gut fünf Jahren, so ungefähr.«

»Sie kannten ihn bereits, als Sie noch mit Armin Wildeboer zusammen waren?« Fritz schob sich den Hut hoch.

»Wir kannten uns erst ein paar Wochen, als ... ja ... bevor Armin starb.«

»Wieso haben Sie ihn nicht erwähnt damals, als wir Sie nach Armin Wildeboers Tod befragt haben?« Fritz' Augen verengten sich.

Ihr Lächeln erlosch. Sie starrte ihn an. Man konnte förmlich sehen, wie es hinter ihrer Stirn arbeitete. »Wir waren frisch verliebt, und ... ich wollte nicht, dass er von der Polizei behelligt wird. Er hatte nichts mit der Sache zu tun.«

»Nichts?« Fritz nahm den Arm von der Rückenlehne der Bank und richtete sich auf.

»Nur ... indirekt.«

»Indirekt? Wir können belegen, dass er sich in Wildeboers Apartment aufge...«

»Mein Apartment.« Lara Kaspari straffte sich, faltete die Hände um das übergeschlagene Knie. »Armin hatte es mir geschenkt. Richard besuchte mich dort.«

»Sie waren frisch verliebt, sagten Sie?«, fragte Dominik. »Aber waren Sie und Armin Wildeboer nicht ein Paar?«

»Ja, und deswe...«

»War er auch dort, als Armin Wildeboer vom Balkon gestürzt ist?« Fritz' Brauen rutschten fast bis unter den Hutrand.

Egal, was sie ihnen antwortete, sie würden ihr das Gegenteil nicht beweisen können.

»Zu der Zeit hielt er sich dort nicht mehr auf. Er besuchte die Geburtstagsfeier eines Kollegen von der Bank, in der er damals arbeitete.«

»Name?« Dominik holte einen Block hervor und notierte den von ihr genannten Namen. Wildeboer war vor fünf Jahren gestorben. Ob er noch eine brauchbare Aussage zu Richard Heberleins Alibi bekommen würde?

»Kam Ihnen der Tod von Armin Wildeboer nicht sehr gelegen?«, fragte Fritz. »Er hatte Ihnen das Apartment geschenkt und nicht wenig Geld für Sie ausgegeben. Und jetzt brauchten Sie und Ihr neuer attraktiver Liebhaber freie Bahn. So ein Sturz aus dem sechsten Stock ist eine todsichere Sache ...«

Sie wippte mit ihrem übergeschlagenen Fuß und blickte Dominik an, als könnte er sie vor seinem furchtbaren Kollegen retten. »Muss ich auf solche Unterstellungen antworten?«

»Er war nicht mehr dort, sagten Sie eben. Sind Wildeboer und Heberlein denn kurz *vor* dem Sturz in Ihrem Apartment aufeinandergetroffen?«, fragte Dominik.

»Ich habe Armin etwa eineinhalb Stunden vor seinem Tod getroffen. Auf meine Bitte hin kam Richard auch dazu. Wir ...« Sie holte tief Luft.

»Ja?«

»Armin wollte einfach nicht begreifen, dass es zu Ende war mit uns.« Sie senkte den Blick auf ihren wippenden Fuß.

»Und da haben Sie Ihren Richard ins Spiel gebracht, damit er es endlich kapiert, oder wie?« Fritz verzog abschätzig den Mund.

Dominik spürte Regentropfen auf seinem Gesicht. Auf der anderen Seite des Rasens flüchteten die ersten Altstadtbummler von den Bänken.

Lara Kaspari wandte sich demonstrativ Dominik zu. »Wir haben versucht, mit Armin zu reden. Es war schwierig. Aber ...«

»Aber dann hat Wildeboer verstanden und Ihnen alles Gute für das junge Glück gewünscht?«, unterbrach Fritz. »Wollen Sie uns das weismachen?«

Ein Schauer ging nieder. Dominik kramte eine Kappe aus seiner Tasche und schlug den Jackenkragen hoch.

»Er hatte verstanden, ja«, sagte Lara kaum hörbar. »Armin hat für sich ... die Konsequenzen gezogen.« Sie starrte vor sich hin, schien nicht zu merken, wie der Regen über ihr Gesicht rann.

Am Morgen hatte Nina das Gutachten des forensischen Osteologen in ihrem Postfach gefunden und beschlossen, Rose Wildeboer einen Besuch abzustatten. Die Patientin sei inzwischen vernehmungsfähig, hatte ihr die Stationsärztin am Telefon versichert.

Auf der psychiatrischen Akutstation des Krankenhauses roch es nach Mittagessen. Der Kantinengeruch entströmte einem Wagen mit einem großen Edelstahlbehälter, den eine Mitarbeiterin durch den Flur schob. Wenigstens glaubte Nina, dass es eine war. Sie trug keinen Schwesternkittel, aber ein Schildchen an ihrem Pullover wies sie aus. Die Station wirkte mehr wie der Teil eines Wohnheims. Auf dem Weg zu Rose Wildeboers Zimmer kam Nina an einem hellen Gemeinschaftsraum vorbei, der mit Kiefernmöbeln und bunten Drucken an den Wänden eingerichtet war.

Sie klopfte an Wildeboers Tür und öffnete vorsichtig. Wildeboers filziger, blonder Haarbusch lugte unter der Bettdecke hervor.

»Hallo, Frau Wildeboer.«

Ein promptes, unwilliges Stöhnen verriet ihr, dass die Frau nicht geschlafen hatte. Rose Wildeboer wälzte sich herum und starrte sie aus dunkel geränderten Augen an. »Können Sie mich nicht einfach in Ruhe lassen? Wenn Sie schon zu feige waren abzudrücken.«

»Das werde ich sehr bald.« Nina nahm sich einen der beiden Stühle im Zimmer und setzte sich damit direkt in Wildeboers Blickrichtung. »Nur ein paar Fragen, mehr nicht.«

»Ich bin total groggy. Ich kann nicht pennen. Mir geht's echt mies.« Sie machte Anstalten, sich wieder umzudrehen. Trotzdem kam sie Nina heute deutlich klarer vor.

Es kostete sie Überwindung. Immerhin hatte die Frau sie mit der Waffe bedroht. »Ich entschuldige mich dafür, das Grab Ihres Hundes … ähm …« Sie suchte nach dem richtigen Wort. In Roses blauen Augen flackerte etwas auf. »Na, darin herumgebuddelt zu haben. Ich wollte Ihre Gefühle nicht verletzen.«

»Ach, echt? Ich hatte nur noch Sniff. Aber das können Sie sich wohl nicht vorstellen.«

»Wie ist der Hund gestorben?«

Wildeboer wälzte sich auf den Rücken und starrte die Decke an. »Ich hab Sniff mit einer großen Wunde am Kopf gefunden. Mein hirnamputierter Nachbar hat ihn erschlagen. Er hat jedenfalls damit gedroht, weil ich ihn manchmal frei herumlaufen ließ. Dabei war Sniff total entspannt.«

»Verdächtigen Sie Richard Heberlein, Ihren Vater vom Balkon gestoßen zu haben?«

»Wetten, dass die Kaspari sich nicht selbst die Hände schmutzig gemacht hat?«, sagte Wildeboer mit schleppender Stimme.

»Haben Sie ihn deshalb umgebracht?«

Sie hob kurz den Kopf. »Umgebracht? Wen soll ich umgebracht haben?«

»Sie haben gesagt, Sie hätten den Kerl umgebracht, als Sie mich festhielten. Wen meinten Sie damit?«

Rose Wildeboer griff sich mit einem Stöhnen an die Stirn. »Ach herrje! Das hab ich gesagt? Ich meinte niemanden. Ich wusste nicht mal, dass der Heberlein tot ist.«

»Aufgrund Ihrer Aussage wurden Ihr Haus und Ihr Grundstück durchsucht. Falls es also etwas gibt, das Sie mir dazu erzählen möchten ...«

»Die sollen mal gründlich sauber machen.« Wildeboer kicherte heiser, dann wurde sie ernst. »Die haben nix gefunden, stimmt's?«

Stimmt, dachte Nina. Nichts außer Crystal-Meth und Hundeknochen.

»Ich hab den Heberlein immer nur von Weitem gesehen auf dem umgebauten Hof«, fuhr sie fort. »Die Kaspari hat das Apartment versilbert, das ihr mein liebestoller Vater geschenkt hatte. Mein Vater hat sich von der aussaugen lassen. Und mich ließ er schön im Regen stehen, als ich das Studium abbrach. Was hat denn die Kaspari in ihrem Leben geleistet? Hat die etwa gearbeitet, oder was? Und dann meine arme Mutter, wie er sie ...«

»Warum haben Sie gesagt, dass Sie jemanden umgebracht haben? Noch einmal: Wer war gemeint?«

Wildeboer schloss kurz die Augen. »Keine Ahnung. Ich bin eben ein Methhead. Manchmal halte ich mich selbst nicht mehr aus und dann …« Sie brach ab.

»Richard Heberlein ist in der Nacht vom 3. auf den 4. Juli des letzten Jahres verschwunden. Können Sie mir sagen, wo Sie in jener Nacht waren?«

»Soll das ein Witz sein? Woher soll ich 'n das noch wissen?«

»Denken Sie nach, das könnte wichtig für Sie werden.«

»Was wollen Sie mir denn da anhängen? Was soll 'n der Scheiß?«

Nina lächelte kurz und stand auf. »Wir sprechen uns noch, Frau Wildeboer.«

Nina hatte die Tür schon fast hinter sich geschlossen, als sie es hörte. *Schlampe.*

»Was haben Sie da gesagt?«

Die Wildeboer drehte sich zur Wand. Ihre knochigen Schultern unter dem dünnen Nachthemd zuckten. Nina meinte, ein leises Kichern zu hören.

Sie schloss die Tür und ging den Flur entlang. In den Essensgeruch mischte sich der Geruch von Desinfektionsmitteln. Sie eilte die breite Treppe hinunter, bis sie wieder draußen auf dem Vorplatz stand. Eine junge Frau drückte eine Zigarette in einem Standaschenbecher aus und ging ins Gebäude. Es begann zu regnen. Nina hob ihre Tasche über den Kopf, hastete zu ihrem Auto und stieg ein. An der Bushaltestelle gegenüber saß ein tätowierter Kerl in Motorradkluft und mit einem Tuch um den Kopf. Er streichelte eine schwanzwedelnde Promenadenmischung. Regen lief über ihre Windschutzscheibe, die Rinnsale verästelten sich.

Ich hab den Kerl umgebracht. Wildeboer war verbittert. Ihr Vater hatte sie und ihre Mutter im Stich gelassen, so sah sie es. Aus der Akte ging hervor, dass Rose Wildeboer für den Zeitpunkt des Balkonsturzes von Dr. Wildeboer ein Alibi besaß. Ein Junkie-Freund hatte es ihr verschafft. Aber würden Junkies nicht ihre eigene Großmutter verkaufen für ein bisschen Koks oder Crystal?

Der dicke Teppich dämpfte ihre Schritte. Dominik und Fritz folgten einer Angestellten in den hinteren Bereich der Bank, der durch große Palmen und eine mattierte Glaswand vom Publikumsverkehr abgeschirmt wurde.

»Herr Lippolt kommt sofort, bitte bedienen Sie sich.« Die Dame deutete auf das Tablett mit Getränken, das auf einem Tisch stand, und verschwand.

Sie setzten sich in die knarzenden, schwarzen Ledersessel. An einer Wand hing ein dekoratives, abstraktes Gemälde. Fritz schenkte sich Kaffee ein, Dominik nahm einen Tee. Obgleich sich die Bank in der Nähe des Jahnplatzes befand, war hier nur das Geräusch des leise plätschernden Wassers zu hören, das über eine geriffelte Steinwand in einer Ecke des Raumes floss.

»Die Herren sind von der Polizei, wie ich hörte?«

Dominik blickte von seinem Tee auf.

Der rundliche, kleine Mann, der mit Brille und Halbglatze älter aussah, als seine glatte Haut vermuten ließ, lächelte geschäftsmäßig.

»Herr Lippolt?«

Er nickte und setzte sich zu ihnen. »Was kann ich für Sie tun?«

»Es geht um Herrn Heberlein …«

»Richard?« Seine Stirn furchte sich. »Er arbeitet seit Jahren nicht mehr bei uns …«

»Nur eine Frage.« Fritz stellte seine Tasse ab. »Können Sie sich daran erinnern, ob er am 23. Mai vor fünf Jahren an Ihrer Geburtstagsfeier teilnahm?«

»Sie sind ja lustig«, entfuhr es Herrn Lippolt. »Verzeihung, aber …« Sein Blick irrte über die breiten Pinselstriche auf dem farbenprächtigen Gemälde. »Vor fünf Jahren bin ich 31 geworden. Also, tut mir wirklich leid …«

Schade, dass es kein runder Geburtstag war, dachte Dominik. Dann fiel ihm etwa ein. »Er hatte gerade erst Lara Kaspari kennengelernt. Sagt Ihnen das etwas?«

»Oh! Ja … da …« Lippolt strich über seine Krawatte. »Doch … ja. Er hatte uns ein paar Tage vorher zum ersten Mal mit Lara besucht und … ja, ich habe sie auch zu meinem Geburtstag eingeladen. Bildschöne Frau! Ich hatte sie schon angekündigt, und wir waren alle enttäuscht, als sie dann doch nicht mitkam.«

Fritz lehnte sich vor. »Wissen Sie noch, von wann bis wann er bei Ihnen war?«

»Ich beginne meine Geburtstage immer mit einem Kaffeetrinken ab halb fünf nachmittags, damit auch die Kollegen von Anfang an dabei sein können. Ich meine, Richie wäre pünktlich gekommen, der wollte nämlich später noch zu seiner Lara, gleich nach dem Abendessen. Wir haben damals ohne Ende Witze gemacht, von wegen frisch verliebt. Aber Richie war wirklich schwer verknallt, das war nicht zu übersehen.«

»Wann ist er gegangen?«, fragte Fritz.

Lippolt verzog den Mund. »Der muss so zwischen halb acht und halb neun wieder gegangen sein. Ich grille nämlich immer so ab sieben.«

Fritz nahm seinen Hut vom Tisch, starrte ihn einen Augenblick lang an und setzte ihn auf. »Wir sind fertig.«

»Moment noch«, sagte Dominik. »Wann haben Sie das letzte Mal zu Richard Kontakt gehabt?«

»Hm …« Lippolt nagte an seiner Unterlippe. »Eigentlich seit Jahren nicht mehr. Das war der letzte Geburtstag, zu dem er mich besuchte. Als er dann seine Stelle verlor, hat sich auch unsere Verbindung aufgelöst. Es war ihm wohl unangenehm, arbeitslos zu sein. Er legte Wert auf einen gehobenen Lebensstil. Der schien nicht mehr finanzierbar zu sein.« Er grinste. »Auf jeden Fall hat Richie einen Schlag bei Frauen. Diese Lara …«

»Vielen Dank, Herr Lippolt.« Fritz stand auf. Dominik folgte ihm zum Ausgang. Draußen nieselte es.

»Was für ein Mistwetter«, sagte Fritz. »Der Jahnplatz im Regen. Hast du einen Balkon, von dem ich mich stürzen kann? Ich wohne im Erdgeschoss.«

»Auf welche Spanne ließ sich der Todeszeitpunkt von …«

»Der Wildeboer ist einer Nachbarin, die gerade ihren Müll rausbrachte, praktisch vor die Füße gefallen. Um ziemlich genau 17.45 Uhr!«

Im Präsidium trafen sie auf Nina, die in der Teeküche rumorte, ihr Geschirr klirrend in die Spülmaschine rammte.

»Kein Erfolg bei Rose?«, fragte Dominik.

Nina stemmte die Fäuste in die Hüften und funkelte ihn an. »Ihr Junkie-Freund, der ihr als Alibi diente, als der Herr Papa den Abgang machte, ist tot. Überdosis Heroin.«

Fritz legte den Kopf schräg. »Heberlein scheidet wohl als Täter bei Dr. Wildeboer aus.« Er berichtete kurz, was sie erfahren hatten.

Nina knallte die Klappe der Spülmaschine zu. »Ich habe das dumme Gefühl, dass wir uns im Kreis drehen! Und dann kommt auch noch der Leiter der Soko für die Brandermittlung und macht *mich* an, wieso Frank noch nicht bei Ihnen aufgetaucht sei!«

»Panne auf der Rückfahrt?«, schlug Dominik vor.

»Die müsste doch gestern gewesen sein. Und er hätte sich ja melden können. Ich habe ihm hinterhertelefoniert, aber er ist nicht zu erreichen.«

Dominik grinste. »Ob der noch im Bett liegt?«

»Mit seiner neuen Flamme?« Nina verdrehte die Augen.

»So lange? Kinder, es ist Nachmittag!« Fritz fuhr sich durch die dichten, grauen Haare. »Ist er sonst zuverlässig?«

»Geht so«, sagte Dominik.

»Trotzdem … normalerweise … etwas merkwürdig ist das schon«, sagte Nina.

»Vielleicht sitzt er inzwischen in unserem Büro und versteckt sich vor der Arbeit.« Dominik lachte. »Ich geh mal nachsehen.«

Der Blick aus dem Fenster von Dominiks und Franks Büro ging auf den Teutoburger Wald, aus dem Nebel aufstieg. Graues Licht fiel auf den Stapel Post auf Franks unberührtem Schreibtisch. Das Schrillen des Telefons durchbrach die Stille. Sicher Frank, dem endlich eine plausible Ausrede fürs Blaumachen eingefallen war.

Es war die Staatsanwältin. »Hallo, Herr Domeyer. Gute Nachrichten: Der Richter hat die Exhumierung angeordnet, wobei es keine Leichenschau des verstorbenen Herrn Wittkötter geben soll, wenn ich Sie richtig verstanden habe.«

»Ganz recht. Es besteht der dringende Verdacht, dass in derselben Grube ein Mordopfer beseitigt wurde.«

»Müssen Angehörige …«

»Nein, Frau Ränsch. Ich habe mich erkundigt. Pastor Wittkötter hatte nur noch eine ältere Schwester, die vor drei Jahren gestorben ist.«

»Na, dann können Sie ja loslegen.«

Es dämmerte bereits. Noch bevor der Friedhofsgärtner das Haupttor aufgeschlossen hatte, stürmte Bella Schnathorst durch das Seitentor auf den Friedhof. In ihrem weißen Overall sah sie aus wie ein Eisbär auf Beutejagd. Weitere Eisbären mit Scheinwerfern und Koffern folgten ihr. Nina drehte sich um. Dominik lehnte mit verschränkten Armen am Dienstwagen und betrachtete seine Schuhspitzen.

»Kommst du?«, fragte sie.

»Hör zu, die brauchen sicher eine Weile. Ich halte hier die Stellung, bis ihr was gefunden habt. Und dann sagst du mir Bescheid, okay?«

»Falls wir was finden. Ich hoffe, dass das nicht auch wieder eine Sackgasse ist. Aber du scheinst dir ja recht sicher zu sein.«

»Nein, Nina. Das bin ich nicht. Ich bin froh, dass der Richter das überhaupt abgesegnet hat.« Er klang müde. Aber es schwang noch etwas anderes mit als die übliche Erschöpfung im Zuge anstrengender Ermittlungen.

»Nun dann ... ich muss los, bis nachher.« Nina ließ ihre eigene Stablampe ausgeschaltet, um die schwankenden Lichter der Kriminaltechniker, die ihr vorausgegangen waren, besser sehen zu können.

Ihre Lichter streiften steinerne Palmwedel, moosbedeckte Engelsfiguren mit Kreuzen, umwuchert von Ilex und Efeu, trafen auf die reflektierenden Augen eines kleinen fellbedeckten Tiers, das rasch ins Gebüsch floh. Ein Marder? Bald wurden die Büsche mehr und mehr von Bäumen abgelöst. Als die Scheinwerfer sich für einen Moment auf den Boden senkten, gewahrte Nina ein Licht zwischen den Stämmen. Von dort kam auch das Brummen eines Motors, der kurz darauf erstarb. Ein kleiner Bagger, wie sie beim Näherkommen feststellte. Ein Arbeiter stand rauchend daneben, zwei andere ließen eine Leiter hinab und stiegen mit Schaufeln hinunter.

Die Leute von der Spurensicherung richteten ihre Scheinwerfer rund um die Grube aus. Nina hielt sich im Hintergrund. Hier hatte Bella das Sagen. Eine ganze Weile lang war nichts weiter zu hören als das Schaufeln der Arbeiter und das Gemurmel der Kriminaltechniker. Zu sehen war auch nicht viel: Erde wurde in einer Kiste nach oben befördert. Nina trat von einem Bein aufs andere und band ihr Halstuch fester. Es war so kühl, dass man Atemwolken sehen konnte. Schlau von Dominik, im Wagen geblieben zu sein. Schließlich hatten die Arbeiter den Sarg freigelegt. Mit Gurten zogen sie ihn hoch.

Die Spurensicherer begutachteten ihn. Nina trat näher an die Grube. Doch außer Wurzelwerk, das aus den Wänden ragte, war nichts zu entdecken. Die Leiterin des Erkennungsdienstes stieg zusammen mit ihrer rechten Hand Theo Hagedorn hinunter. Mit Hilfe kleiner Schaufeln und Pinsel widmeten sie sich dem Boden der Grube. Das Ganze hatte etwas von einer archäologischen Ausgrabung. Mit einem Mal blickte Theo auf. In seinen dicken Brillengläsern spiegelte sich das Licht der Scheinwerfer, sodass man seine Augen nicht sehen konnte.

Auch Bella schaute hoch. »Sieht aus, als hättet ihr diesmal den richtigen Riecher gehabt, Frau Tschöke. Keine Hundeknochen jedenfalls.« Sie lachte dröhnend. »Es sei denn, hier hat jemand seinen Hausmüll vergraben.«

Nina reckte den Kopf. An einer Stelle glänzte schwarzes Plastik. Dann verdeckten die beiden wieder die Sicht. Nina hörte ein Scharren und Kratzen, dann ein »Ja, wunderbar!« von Bella. Sie richtete sich auf und reichte eine Box nach oben, in der Erde gesammelt worden war, danach eine durchsichtige Tüte mit einem dreckverkrusteten Ohrstecker, offenbar der Anlass von Bellas Begeisterung.

Nina steckte ihre Hände in ihre Jackenärmel und bewegte die kalten Zehen. Warum hatte sie sich nicht etwas Dickeres angezogen? Der Ruf einer Krähe ertönte in der Nähe, dann von weiter her Hundegebell. Fehlte nur noch, dass ein Hund den Mond anheulte. Vom

Tierpark Olderdissen hörte sie zu Hause manchmal das Heulen der Wölfe.

»Das ist kein Müll, Frau Tschöke«, rief Bella plötzlich.

Die große Frau und Hagedorn beugten sich über ein Plastikbündel, ihre Köpfe stießen fast zusammen. Dann lehnte Bella sich zurück, damit Nina es sehen konnte. Der Plastiksack war an einer Stelle hochgerutscht.

»Oh verdammt! Ich hätte nicht gedacht …« Nina stieß geräuschvoll Luft aus. Dann zog sie ihr Handy aus der Tasche.

Dominik meldete sich nach dem ersten Klingeln.

10. Kapitel

Mittwoch, 3. April

Allmählich kam ihm zu Bewusstsein, dass er Stimmen hörte. Es schienen zwei Verschiedene zu sein, die durch die Tür leise zu ihm drangen. Die eine kannte er, natürlich. Doch die andere ... Es war eine helle Stimme, sie kam ihm nicht vertraut vor. Was hatte das zu bedeuten? Sollte er sich bemerkbar machen? Oder steckten die beiden unter einer Decke? Seine Hilfe-Rufe wurden durch den Knebel gedämpft. Er versuchte es noch einige Male und horchte. Sie redeten weiter. Niemand schien ihn gehört zu haben. Oder hören zu wollen. In seinem Mund war ein metallischer Geschmack. Und etwas Bitteres. Dieses Mal war es viel Bitteres gewesen. So viel, dass er sich kaum rühren konnte. Selbst wenn er gewollt hätte, wäre er nicht mehr in der Lage gewesen, sich zur Tür zu schieben, um die beiden Stimmen besser zu verstehen.

Er dachte darüber nach, ob er irgendjemandem gegenüber erwähnt hatte, dass er hierher fahren würde, aber es fiel ihm niemand ein. Demnach wohl kein Retter. Er musste sich selbst retten. Er war einmal so nah dran gewesen, so nah … Er hustete hinter seinem Knebel. Dann lag er still, spitzte die Ohren – vergeblich, es war kein Wort zu verstehen. Aber diese unbekannte Stimme gehörte womöglich einer Person, die gar nicht wusste, dass hinter der Tür ein Mensch gefangen lag! Was, wenn sie zufällig vorbeigekommen war? Er rief wieder um Hilfe, so laut er konnte. Sie musste ihn doch hören!

Nach einer Weile gab er auf, spürte, dass sich der Nebel in seinem Hirn, der sich kurz gelichtet hatte, wieder verdichtete. Auch die Stimmen verstummten. Er trug wieder die Augenbinde. Vielleicht fantasierte er sich in dieser endlos langen Nacht etwas zusammen, und die Stimmen existierten nur in seinem Kopf? War er dabei, verrückt zu werden?

Er umschloss die Glasscherbe, die er in seiner Hand verborgen hielt, so fest, dass sie ihn schnitt, hoffte, der Schmerz würde ihn wachhalten. Wenn sie zu nichts anderem nutze war, diese Scherbe, die er hinter dem Bettpfosten hatte ertasten können, dann hoffentlich dazu. Er wagte nicht, die Fesseln um seine Handgelenke damit weiter zu ritzen, obwohl er mal gehört hatte, dass man die Pulsadern längs aufschneiden müsste, wenn man sich umbringen wollte. Das Pochen in seiner Hand hielt ihn nur kurz wach, und er glitt bereits in den Schlaf, registrierte das Geräusch des Schlüssels im Schloss, das Scharren von Schritten, das Knistern von Plastik nur am Rande. Hände zerrten an seinen Beinen, die mit irgendetwas umwickelt wurden, doch er war zu benommen und zu schwach, um sich zu wehren.

Er wurde mehrfach von einer Seite auf die andere gewälzt, bevor er ganz von Plastik umhüllt war. Mit jedem Atemzug sog er jetzt die Folie ein. In einem Winkel seines Bewusstseins begriff er, dass er sterben würde, wenn er nicht … er packte die Scherbe fester, und der Schmerz brachte ihn zur Besinnung. Schritte entfernten sich, die Tür klappte zu. Er brachte die Scherbe in Stellung, führte die auf dem Rücken gefesselten Hände so hoch wie möglich und ritzte den Sack auf.

Als er das nächste Mal zu sich kam, lag er mit angezogenen Beinen in einem schwankenden Behältnis. Er hörte das Brummen eines Motors und roch Benzin. Ein Kofferraum! Er trat mit schwacher Kraft dagegen, hob den Kopf, ließ ihn wieder fallen. Wohin brachten sie ihn? Zu einer Lösegeldübergabe? Wohl kaum, nachdem er so dämlich gewesen war, die Augenbinde hochzuschieben. Die Plastiksäcke sprachen eher für einen Ort, an dem man ihn verschwinden lassen würde. Er konnte sich noch immer nicht erklären, warum er sterben sollte. Wenn er es wenigstens wüsste …

Er ballte die Faust um die Scherbe, der Schmerz trieb ihm die Tränen in die Augen. Er musste wach bleiben … musste es … musste … Seine Gedanken zerfaserten, die Scherbe fiel aus seiner blutigen Hand.

Nina suchte nach dem richtigen Schlüssel für die Glastür auf ihrer Büroetage des Präsidiums. Es kam selten vor, dass sie die Erste auf dem Flur war, aber ihr Bruder Kai war noch im Urlaub, was die Sache erheblich erleichterte. Normalerweise kümmerte sie sich morgens darum, dass er mit allem fertig war, wenn der Fahrdienst kam, um ihn zu seiner Werkstatt für Menschen mit Behinderungen zu bringen.

Durch das große Fenster am Ende des Flurs drang nur wenig graues Licht. Der Tag hatte trübe begonnen, und sie hoffte für Kai, dass in Holland besseres Urlaubswetter herrschte. Sie schaltete das Licht ein und sah sich in der Glastür gespiegelt. Plötzlich entdeckte sie ... nein, es war nur eine optische Täuschung. Sie hatte einen Augenblick lang geglaubt, die leblose, grauweiße Hand mit den bläulichen Fingernägeln zu sehen, die bei der Exhumierung aus dem Plastiksack geragt hatte.

Sie kochte eine Kanne Kaffee. Bald tauchten Kux und Weber in der Teeküche auf, bedienten sich am Kaffee und gingen wieder. Die Soko zu dem Brandanschlag hielt in einem anderen Teil des Präsidiums eine Besprechung ab. Dominik war bei der Obduktion des Toten, die gerade in den Räumen eines Bielefelder Bestattungsunternehmens stattfand. Der Rechtsmediziner aus Münster würde sich später noch den Fundort der Leiche anschauen.

Mit dieser mysteriösen Dörte Sudbrock hatte sie noch nicht in Verbindung treten können. Im Urlaub ließ die ihr Handy offenbar ausgeschaltet. Nina machte es sich mit ihrem Kaffee auf ihrem Schreibtischstuhl bequem. Und wo machte Sudbrock Urlaub? Vielleicht lieferte ihre Haushälterin doch noch irgendeinen Anhaltspunkt. Sie rief Frau Kücker an, die im Laufe des Gesprächs immer aufgeregter wurde. »Aber ich weiß wirklich nicht, wo sie ist, Frau Tschöke! Falls sie bei mir anruft, sage ich Ihnen sofort Bescheid!«

»Hat Frau Sudbrock eine Arbeitsstelle, wo sie heute zu finden sein könnte?«

»Dörte arbeitet nicht mehr. Wozu denn auch? Die hat doch Geld wie Heu, das für sie arbeitet.«

»Sie hatten von Ferienwohnungen gesprochen, die Frau Sudbrock gekauft habe.«

»Ja, die hat sie gekauft, damit Wiebke Fischer und ihr Freund Arbeit haben. Für die tut sie alles.«

»Haben Sie die Kontaktdaten? Vielleicht hält sie sich in einer der Wohnungen auf.«

»Es ist eine Ferienwohnanlage. Moment mal, hier müsste irgendwo ein Prospekt der Anlage liegen.«

Nina hörte ein Rascheln. »Augenblick ... ja, hier ist es. Haus Meereswoge in der Geltinger Bucht.« Sie gab Anschrift und Telefonnummer der Anlage durch.

»Vielen Dank, Frau Kücker. Falls Ihnen noch etwas einfällt, egal was, rufen Sie uns bitte an.«

Frau Kücker versicherte es. Sie schien nicht gut auf ihre Noch-Arbeitgeberin zu sprechen zu sein.

Beim Haus Meereswoge sprang der Anrufbeantworter an. Nina bat dringend um einen Rückruf. Sie gähnte laut und holte sich noch einen Kaffee in der Teeküche. Die letzten beiden Nächte waren kurz gewesen. Auf dem Rückweg kam ihr Weber entgegen.

»Na, Ottfried, Besprechung schon zu Ende?«

»Mitnichten, liebe Nina. Ich forsche nach dem Verbleib des werten Kollegen Herbst. Der Leiter der Soko ist – nun, zu sagen ›nicht erfreut‹ hieße, stark zu untertreiben. ›Auf hundertachtzig‹ wäre möglicherweise passender, obwohl man sich fragt, worauf sich diese hundertachtzig eigentlich beziehen ...«

»Blutdruck?«, schlug Nina vor. »Frank ist also immer noch nicht da? Und er hat sich nicht gemeldet?«

»In keiner Weise. Weder ...«

»Ob es ein Missverständnis war? Glaubt Frank, noch Urlaub zu haben?«

»Wie das?« Weber bot ihr ein Eukalyptusbonbon an. »Der Urlaubsplan ist ebenso in keiner Weise misszuverstehen. Ich bin versucht zu sagen, in keinster Weise, obgleich ...«

»Eigenartig, oder?« Nina wickelte ihr Bonbon aus. »Ich wollte mich gestern noch mal bei Frank melden, aber die Exhumierung ... oh, das ist mein Telefon. Entschuldige, Ottfried ...« Sie stürmte in ihr Büro.

»Hallo, Nina, wir haben jetzt den Befund des Zahnmediziners, und du wirst es nicht glauben, aber ...«

Weber stand in der Tür, redete und gestikulierte.

»Moment ... « Sie legte das Telefon ab.

»Frank Tillmann Herbst, seines Zeichens ...«, begann Weber.

»Sorry, Ottfried, aber das ist nicht Frank am Telefon.« Sie nahm das Telefon wieder auf.

Weber trollte sich.

»Ich bin wieder dran, Dodo.«

»Bei dem Toten handelt es sich um Richard Heberlein!«

»Treffer ...« Nina ließ sich langsam auf ihren Stuhl sinken. »Und wie ist er gestorben?«

»Bisher ist nur klar, dass die Leiche eine Schädelverletzung aufweist. Der Rechtsmediziner bezweifelt, dass die Verletzung todesursächlich war. Er schickt Gewebeproben zum Toxikologen.«

»Das heißt, wir suchen dringend seinen Kurschatten.«

»Die dicke Dörte, wer hätte das gedacht?«

Nina überlegte. Haus Meereswoge ... die Geltinger Bucht lag doch an der Ostsee. Besuchte Bent nicht gerade seine Familie da oben an der Küste?

Oma Pernilles weißes Haar leuchtete seidig auf, als ein Sonnenstrahl durch die große Fensterfront des Altenheim-Cafés fiel. Sie trug ihr Haar lang und zu einem einzigen Zopf geflochten wie ein junges Mädchen, auch wenn der Zopf im Laufe der Zeit etwas dünner geworden war. Sie deutete mit ihrer Kuchengabel auf Bent. »Birte, bist du blind? Dein Sohn hat Liebeskummer!«

»Das wüsste ich ja wohl, Mutter!«

»Schau mal, Oma, es hat aufgehört zu regnen. Wollen wir nicht ein bisschen durch den Park gehen?«, fragte Bent.

»Das ist zu kalt für Oma. Außerdem hast du deinen Kuchen noch nicht gegessen. Hör auf zu betteln, Waldemar!« Seine Mutter schob den Dackel mit dem Fuß weg. »Komisch, dass er neuerdings immer bettelt. Das hatten wir ihm längst abgewöhnt.«

»Liebeskummer lohnt sich nicht, my darling ...«, summte Oma Pernille. »Kennst du das, Bent?«

»Kenn ich nicht.«

»Mir kannst du nichts vormachen. Deiner Mutter vielleicht, aber mir nicht!« Oma Pernille kraulte Waldemar, der sich zu ihr geflüchtet hatte. »Na, mein Guter, alle futtern Sahnetorte, und du musst zuschauen. Ein bisschen Sahne kann nicht schaden, was?«

»Mutter! Nun ermutige ihn doch nicht noch!«

»Birte, ich habe ein Plaid auf meinem Zimmer. Das kann ich über die Beine legen, wenn Bent mich durch den Park schiebt. Holst du das Plaid für mich?«

»Das ist zu kalt, Mutter!«

»Gönnst du mir keine Sonne?«

»Ich gehe schon.« Bent machte Anstalten aufzustehen.

»Nein! Birte geht! Bent muss mir alles erzählen!« Sie zwinkerte ihm zu. »Und er hat sein halbes Stück Kuchen noch nicht gegessen.«

»Wie du willst, Mutter.« Birte warf die Serviette mit einem Seufzen auf ihren Teller, stand auf und schlängelte sich durch die Tische und Stühle zum Ausgang des Cafés.

»So!« Oma Pernille griff nach Bents Teller. »Hier haben wir was Gutes für unseren Waldemar. Eierlikörtorte, na, Waldi, ist das lecker?«

Sie beugte sich hinunter und stellte ihm den Teller auf den Boden. Der Dackel machte sich eifrig ans Werk.

»Danke, Pernille. Ich weiß auch nicht, warum sie glaubt, dass ich verhungere, wenn ich nur ein Stück Torte esse.«

»Und?« Oma Pernille beugte sich vor. Ihre blauen Augen funkelten. »Wer ist es denn?«

»Niemand, Oma. Wir sind nur gerade in einer schwierigen Ermittlung, deshalb wirke ich vielleicht etwas gestresst.«

»Pfui! Du willst deine Oma für dumm verkaufen! Wenn es eine so schwierige Ermittlung ist, warum trinkst du dann in aller Seelenruhe Kaffee mit mir?«

Sein Handy klingelte. »Entschuldige.« Er drehte sich zur Seite und sah aus den Augenwinkeln, wie sich Oma Pernille noch weiter vorbeugte und ihre großen, durchscheinenden Ohren spitzte.

Es war Nina, die ihn über die jüngsten Entwicklungen in ihrem Fall aufklärte. Ob er für sie zu einem Haus Meereswoge in der Geltinger Bucht fahren könne.

»Kein Problem, das ist nicht weit von hier. Aber erst mal Glückwünsch zu eurem Ermittlungserfolg.«

»Danke, Bent. Ich bin momentan zu müde, um mich richtig zu freuen. Übrigens, hast du eine Ahnung, wo Frank ist? Er sollte gestern schon aus dem Urlaub zurückgekommen sein, aber er ist unauffindbar.«

»Da muss ich passen. Ich weiß wenig über sein Privatleben, nur, dass er mal eine Affäre mit Dominiks Frau hatte.«

Oma Pernille hielt den Kopf schräg, sodass ihr gutes Ohr in Stellung gebracht war.

»Stimmt, vielleicht haben die noch Kontakt ...«

»Schön, dann gib mir die Adresse von Haus Meereswoge.«

Oma Pernille kramte bereits in ihrer großen Handtasche und reichte ihm einen kleinen Block und einen Füller.

»Du hast ein Smartphone, oder? Dann schicke ich dir für alle Fälle das Foto von Heberlein. Womöglich kann diese Frau Fischer etwas dazu sagen.« Nina gab die Adresse durch und verabschiedete sich.

Bent nickte seiner Oma zu. »Dienstlich. Da hast du's.«

Sie presste die Lippen zusammen. Waldemar ließ sich zu ihren Füßen nieder, etwas behindert durch die

Fußstützen ihres Rollstuhls. Bent stellte den sauber abgeleckten Teller wieder auf den Tisch.

»Es ist dieser Andy, nicht?«

»Wo… woher …?«

Seine Oma griff nach seiner Hand. Ihre Hände waren ganz weich.

»Maike sagt …«, begann Pernille.

»Das hätte ich mir ja denken können!«

»Deine Mutter versteht so was nicht, aber vor mir brauchst du keine Geheimnisse zu haben. Früher bist du doch auch immer zu mir gekommen.«

»Das ist schon ein paar Tage her.«

»Na und?« Sie tätschelte seine Hand. »Du findest einen anderen, der besser zu dir passt.«

»Ach, Oma.« Er war mit einem Mal froh, dass er sich die Zeit genommen hatte, sie zu besuchen.

»Du wirst es nicht glauben, aber ich habe mir das alles so in etwa zusammengereimt, schon bevor Maike davon erzählt hat.«

»Aha?«

»Deine Mutter merkt so was nicht, aber ich bin ja nicht blöd. Birte meint, du wärst schüchtern wegen der Narben in deinem Gesicht und hättest deshalb keine Freundin. Ich habe ihr gesagt, das ist Quatsch, er sieht doch gut aus trotz der Narben. Stattlich bist du, Bent!«

»Danke, Oma.«

»Brauchst dich nur umzuschauen. Die Damen am Nebentisch sind schon ganz neidisch auf mich!«

Die beiden älteren Damen unterbrachen ihr Gespräch und erwiderten Pernilles Blick.

»Ich weiß ja nicht, Pernille …«

»Haben sie dir deshalb damals das Gesicht zerschnitten und dich da in der Eiseskälte liegen lassen?«, fragte sie.

Bent erstarrte. Er war sechzehn gewesen, als er sich mit einem Schüler der Parallelklasse nachts im Park getroffen hatte. Dessen Brüder und deren Freunde waren ihnen gefolgt, hatten sie beim Knutschen beobachtet, ohne dass sie es gemerkt hatten. Bent war dann erst im Krankenhaus wieder zu sich gekommen.

Sie schaute ihm in die Augen und nickte. »Das habe ich mir gedacht. Ich habe den Krieg erlebt, Bent. Ich weiß, wie die Menschen sind, manche, nicht alle, zum Glück.«

»Du hast ihnen aber nichts gesagt, oder?«

»Das musst du deinen Eltern schon selbst sagen.«

Bent seufzte.

»Nimm es nicht so schwer mit diesem Andy. Du warst schon als kleiner Junge viel zu ernst. Glaub mir, da kommt schon noch was Neues.«

Bent musste grinsen. Oma Pernille war angeblich in ihrer Jugend kein Kind von Traurigkeit gewesen.

»Siehst du den Herrn da drüben?«, machte sie weiter. »Den mit der Zeitung?«

Es war ein grauhaariger, alter Herr mit Jackett und Einstecktüchlein, der allein an einem Tisch saß und las.

»Der ist nicht vom anderen Ufer«, flüsterte Pernille. »Der ist neu hier im Heim. Er macht mir schöne Augen.« Ihre weißen Brauen ruckten nach oben.

»Na, was flüstert ihr denn so?« Seine Mutter war wieder an ihrem Tisch aufgetaucht.

Pernille grinste ihn an, ließ seine Hand los und legte sich den Finger über die Lippen.

»Mutter, willst du nun das Plaid oder nicht?« Sie hielt Pernille die Decke hin.

Pernille wandte den Kopf zum Fenster. Regen pladderte gegen die Scheiben. »Bei dem Wetter können wir doch nicht in den Park! Birte, mein Kind, ich fürchte, du bist wirklich blind.«

Eine Stunde später parkte Bent auf einem Parkplatz vor einer Ansammlung niedriger, rot geklinkerter Gebäude, die versetzt aneinandergrenzten, aber separate Eingänge hatten. Neben der Haustür des einzigen zweistöckigen Gebäudes prangte eine stilisierte Woge aus mattsilbernem Metall. *Rezeption* stand auf dem Klingelschild, darunter *Fischer*. Eine magere, blonde Mittvierzigerin öffnete ihm und entblößte die Zähne zu einem Lächeln.

»Frau Fischer?«

»Ja?«

»Andersen, Kripo Bielefeld.«

Das Lächeln verschwand. Frau Fischer starrte auf seinen Dienstausweis wie ein Reh, das nachts von einem Autoscheinwerfer erfasst wird.

»Ich hätte ein paar Fragen. Darf ich hereinkommen?«

Sie nickte kurz, streifte die Hände an der Küchenschürze ab und wich zurück in einen Vorraum mit einem Rezeptionstresen und einer Sitzgruppe mit niedrigen Tischen, auf denen Zeitschriften lagen. Eine künstliche Bambuspflanze ragte aus einer Ecke.

»Mein Lebensgefährte kommt erst heute Abend.« Ihre Stimme klang piepsig.

Bent setzte sich.

Wieder streifte sie die Hände an der Schürze ab. Ihre Finger waren gelb von Tabak.

»Wollen Sie sich nicht auch ...?« Er schaute sie fragend an.

Frau Fischer lächelte angestrengt, setzte sich an den äußersten Rand der Sitzgruppe und strich über ihre Schürze.

»Kennen Sie eine Dörte Sudbrock?«

Sie nickte.

»Sie dürfen ruhig ausführlicher werden. Woher kennen Sie sie?«

»Ihr gehört die Anlage. Ich arbeite für sie.«

»Wissen Sie, wo Frau Sudbrock sich zurzeit aufhält?«

Frau Fischer strich unaufhörlich über ihre Schürze. »Haben Sie was dagegen, wenn ich rauche?«

»Es ist Ihr Haus, aber ich wäre sehr dankbar, wenn Sie das unterließen, ich bin nämlich allergisch gegen Tabakrauch«, log Bent. Ein bisschen Druck war gelegentlich hilfreich. »Frau Sudbrock, wo ...«

»Keine Ahnung. Dörte wollte ein paar Tage Urlaub hier machen, hat aber abgesagt, weil sie krank geworden ist.« Sie ließ von der Schürze ab und knetete ihre Finger.

»Krank ... in ihrem Haus in Bielefeld ist sie nicht. Ebenso wenig auf ihrem Gutshof. Wo könnte sie noch sein?«

»Weiß nicht.« Fischer rieb ihre Oberschenkel.

Er reichte ihr sein Smartphone. »Der Mann auf dem Foto, klingelt es da bei Ihnen? Er heißt Richard Heberlein.«

Täuschte er sich, oder war sie eine Spur blasser geworden?

»Nie gesehen, nee.« Sie zog ein Gesicht, als müsste sie dringend zur Toilette.

»Darf ich mir das Gelände anschauen?«, fragte Bent.

Etwas blitzte auf in ihren blassblauen Augen. »Dafür brauchen Sie doch einen Durchsuchungsbefehl.«

Die Leute schauten zu viele Krimis. Er stieg darauf ein. »Schon mal was von Gefahr im Verzug gehört, Frau Fischer?«

Sie riss die Augen auf. »Aber bitte, schauen Sie sich um. Ich kann Sie durchs Haus und die Ferienapartments führen. Bis auf eins stehen die alle leer. Die meisten Gäste sind nach Ostern wieder abgereist, weil das Wetter so schlecht ist.«

Er folgte ihr durch die Wohnungen, schaute sich den Saunabereich im Souterrain an und inspizierte das Gartengelände, wo Frau Fischer sich im Nieselregen eine Zigarette anzündete.

Sie inhalierte tief und stieß Rauch durch Mund und Nase aus. »Sie haben jetzt alles gesehen. Wir haben nichts zu verbergen. Nur die Wohnung da hinten ist vermietet.« Sie deutete mit ihrer Kippe auf ein Apartment am Rand.

»Dann werde ich dort mal klingeln. Finde ich Sie gleich an der Rezeption?«

»Sicher.« Feine Fältchen bildeten sich um ihren Mund, als sie an der Zigarette zog. Sie folgte ihm ein paar Schritte über den Rasen.

»Ich würde mich gerne allein mit Ihren Gästen unterhalten.«

»Bitte … natürlich.« Ihre hohe Stimme klang zittrig. Sie eilte über den nassen Rasen ins Haus.

Bent fragte sich, warum Wiebke Fischer so nervös war, wenn sie doch angeblich nichts zu verbergen hatte.

Vor der Haustür von Apartment Nummer sechs standen ein Auto mit Leeraner Kennzeichen und zwei Paar schlammverkrustete Regenstiefel. Auf sein Klingeln öffnete ein Mann um die sechzig mit wettergegerbtem Gesicht.

Bent erläuterte sein Anliegen und zeigte seinen Dienstausweis.

»Kommen Sie doch rein, Sie holen sich ja sonst was. Wir sind heute schon am Strand pitschnass geworden.«

In dem kleinen Wohnzimmer war es warm. Auf dem Tisch brannten Kerzen.

»Darf ich Ihnen meine Frau vorstellen?«

Die rundliche Dame auf dem Sofa legte ihre Spielkarten aus der Hand, erhob sich, um Bent die Hand zu geben.

»Möchten Sie auch einen Tee?«, fragte sie. »Zum Aufwärmen. Mit Kandis und Sahne?«

»Wunderbar.«

Der alte Herr wies auf einen Sessel, und Bent nahm Platz. Der Kandiszucker knackte, als seine Frau den Tee darauf goss.

»Der Herr Andersen von der Kripo Bielefeld sucht eine Dörte Sudbrock«, legte ihr Mann dar, bevor Bent etwas sagen konnte.

»Eine Frau, Anfang dreißig.« Bent bedauerte, dass er kein Foto von der Gesuchten besaß.

»Wir haben die anderen Gäste nur mal so auf dem Parkplatz gesehen. Da kamen welche aus Göttingen und welche aus Hannover, das kann man ja an den

Autokennzeichen erkennen. Wir haben uns nur gegrüßt und ein paar Worte über das Schietwetter gewechselt. Das ist ja anders als in einer Frühstückspension. Hier ist jeder mehr für sich. Aber Hannes …« Sie schaute ihren Mann an.

»Was denn?«

»Wir haben doch dieses Auto mit dem Bielefelder Kennzeichen gesehen. Gestern Abend, weißt du nicht mehr? Bei dem Unfall.«

Bent stellte die Tasse ab.

Hannes runzelte die Stirn. »War das ein Bielefelder Kennzeichen?«

»Ja sicher! Da waren zwei Autos ineinandergekracht auf der Landstraße, den Unfall musst du doch gesehen haben!«

»Ja, den hab ich auch gesehen!«

»Und eins davon hatte ein Bielefelder Kennzeichen. Die Polizei war auch da. Und ein Krankenwagen. Hast du denn gar nicht hingeguckt?«

»Ich musste ja fahren, da kann ich nicht so gemütlich aus dem Fenster gucken!«

»Das war da bei Gundelsby auf der 199, nicht, Hannes?«

»Gestern Abend, sagen Sie?«

»Ja, so um halb zehn muss das gewesen sein. Das war schon dunkel«, sagte Hannes.

»Die sind wieder zu schnell gefahren!«, sagte seine Frau.

»Haben Sie sich das Kennzeichen gemerkt?«

»Leider nicht. Nur dass es ein BI-Kennzeichen war. Können Sie das nicht überprüfen, da mit Ihrem Computer oder so?«

Bent trank seinen Tee aus. »Doch, kann ich. Danke für die Auskunft. Eine letzte Frage hätte ich noch: Waren Sie schon einmal in dieser Anlage?«

»Noch nie. Wir wollten mal was anderes sehen als den Harz.« Hannes lachte. Aber hier ist es wie bei uns, nur ohne Wattenmeer.«

Ob sie es vor der Rush-Hour in ihr altes Zuhause schaffte? Betty wollte noch einige Sachen nach Sennestadt holen. Um diese Zeit arbeitete Dominik normalerweise noch, so würde sie ihm wenigstens nicht begegnen. Sie kam gut durch auf dem Ostwestfalendamm. Heute war die andere Richtung der Stadtautobahn stärker vom Feierabendverkehr betroffen. In Schildesche besuchte sie Tiger ein letztes Mal, zog danach die Haustür ins Schloss, hinter der der Kater miaute, als wollte er mitkommen. Sie wollte Malous Schlüssel gerade in den Briefkasten stecken, als ihr einfiel, dass Malou ihn vielleicht bei ihr abholen würde. Sie würde ihn mit einem Zettel versehen hinterlegen.

Als sie in ihren Twingo stieg, kam ihr ein Polizeiwagen entgegen. Eine Schrecksekunde lang dachte sie, es wäre Dominik, aber es war zum Glück jemand anderes. Sie fuhr weiter zu ihrem früheren Zuhause. Wie erwartet, war Dominik noch bei der Arbeit. Robin und Lissa waren ebenfalls nicht da. Sie begann zu packen, als eine flotte Sambamelodie ertönte. Betty warf das Unterhemd, das sie in der Hand hielt, in die Reisetasche und griff nach ihrem Handy. Es war Nina Tschöke.

»Hallo, Betty. Also ich … wir … es ist so, dass Frank seit gestern nicht zum Dienst erschienen ist, und ich dachte, du wüsstest vielleicht …«

»Nein.«

»Okay, nein. Es hätte ja sein können, dass du da besser im Bilde bist. Ich meine ... ich dachte, ihr hättet eventuell noch Verbindung. Entschuldige, Betty ... hm ...« Sie hörte Nina ins Telefon blasen. »Dann fällt mir niemand mehr ein, den ich noch anrufen könnte. Ich bin vorhin bei ihm zu Hause vorbeigefahren, habe Sturm geklingelt. Die Fenster sind dunkel, niemand macht auf. Na, wer weiß, wo der sich rumtreibt.« Ihr Lachen klang gezwungen. »Dann will ich nicht länger stören.«

»Er ist an seinem Geburtstag nicht ans Telefon gegangen.«

»Richtig, ich habe ihm auch nur auf die Mailbox gesprochen«, sagte Nina.

»Mir fällt gerade ein, ich habe noch einen Schlüssel zu seiner Wohnung. Ich wollte ihn immer zurückgeben, aber wie das so ist ... Dominik wollte ich den Schlüssel nicht mitgeben. Frank hat nicht danach gefragt und ... ach, keine Ahnung, wieso ich ihn noch habe. Ich könnte in seiner Wohnung nachsehen, ob ich irgendeinen Hinweis finde.«

»Okay ...« Nina tat einen geräuschvollen Atemzug. »Das ist natürlich seine Privatsphäre. Er könnte einen Unfall gehabt haben. Oder sein Akku ist leer. Andererseits: Er ist seit zwei Tagen überfällig!«

»In Ordnung. Und Nina, falls du etwas von ihm hörst, ruf mich an.«

»Klar, mache ich. Tschau, Betty.«

Betty nahm die gerahmten Fotos von Lissa, Robin und Nils von der Wand und stopfte sie in ihre Tasche, zog den Reißverschluss langsam zu. Seit Tagen trug sie ein ungutes Gefühl mit sich herum, weil Frank nicht erreichbar war. Leerer Akku? Die Frau, mit der er unterwegs war, besaß doch sicher auch ein Handy. Das mit dem Unfall war nicht abwegig, aber wenn er sich nicht melden konnte, dann musste er doch schwer verletzt sein? Sie holte Franks Schlüssel aus der Schublade und eilte aus dem Haus.

Frank wohnte in einer Altbauwohnung in einer zentrumsnahen Gegend von Bielefeld – nicht gerade in einem angesagten Viertel, dafür mit Schrottplatz, Industriegebäuden und der Stadtautobahn in Sichtweite. Hinter seinen Fenstern im zweiten Obergeschoss regte sich nichts. Wie erwartet, öffnete niemand auf ihr Klingeln. Sie schloss auf und stieg die ausgetretenen Steinstufen in den zweiten Stock hoch. Hinter einer der Wohnungstüren im ersten Obergeschoss hörte sie einen Fernseher.

Sie konnte ihn noch in Franks Wohnung hören. Die Luft roch nach kaltem Rauch. Ihr Blick wanderte über die Garderobe, an der Jacketts schief auf Bügeln hingen, eine Lederjacke, ein blauer Schal. Neben dem Spiegel das Foto mit vier *Dude*-Mimen: Frank mit drei weiteren unrasierten Kerlen in Bademänteln und Plastiklatschen. In jeder Bademanteltasche und jeder Hand steckte eine Dose Bier. In dieser Aufmachung durfte man den *Big Lebowksi* gratis im Open Air Kino im Ravensberger Park anschauen, hatte ihr Frank mal erklärt. Auf dem Telefonbord lag der Schoko-Nikolaus neben dem Telefon, der auch schon da gelegen hatte, als sie vor vier Monaten hier hereingekommen war – verlegen und mit schlechtem Gewissen, weil sie geahnt hatte, worauf das hinauslief. Wie ausgehungert sie beide gewesen waren …

»Frank?«

Sie zögerte, ging dann weiter in die Küche. Der Kühlschrank summte, ein Tropfen löste sich vom Wasserhahn, fiel mit einem hellen Plopp in eine einsame Tasse im Spülbecken, die bereits randvoll war. Sie drehte den Hahn fester zu und goss die Tasse aus.

»Bist du da?«, rief sie, bevor sie sein Wohnzimmer betrat.

Es war düster, die Vorhänge waren halb zugezogen. Auf dem weißen Ledersofa lagen eine TV-Zeitschrift und eine Wolldecke, hingeworfen, als wäre er gerade erst aufgestanden. Ein Laptop und ein Topf mit Narzissen standen auf dem Couchtisch.

»Hallo? Frank? Niemand da?« Sie hörte selbst, wie schrill ihre Stimme klang.

Betty öffnete die angelehnte Tür zum Schlafzimmer. Mit klopfendem Herzen starrte sie auf sein breites, nachlässig gemachtes Bett. Rasch durchmaß sie den Raum. Sie wusste nicht, was sie befürchtete, etwa einen blutüberströmten Frank auf dem Bettvorleger? Das Blues-Brothers-Poster, das an der Tür hing und das in jenen Stunden vom Bett aus ein vertrauter Anblick gewesen war, hatte sich an einer Stelle gelöst. Sie drückte den Klebestreifen wieder an, aber er hielt nicht. Das angrenzende Zimmer beherbergte neben einem Kleiderschrank und einer Bügelstation nur noch einen unaufgeräumten Schreibtisch, auf dessen Papierstapeln ein Wäschekorb mit Hemden mit Tiermotiven thronte.

Das Bad! Frank besaß eine Badewanne. Sie eilte ins Bad und riss den Duschvorhang zurück. Ein Silberfischchen suchte rasch das Weite. Frank lag nicht mit aufgeschnittenen Pulsadern in der Badewanne. Sie stieß einen Schwall Luft aus. Warum sollte er auch? Das hier war lächerlich! Vermutlich hatte Frank seinen Urlaub eigenmächtig verlängert. Die neue Liebe ließ alles andere unwichtig werden. Morgen würde er auftauchen mit irgendeiner Ausrede im Gepäck. Und sie machte sich hier verrückt.

Auf dem Badewannenrand stand ein Sport-Duschgel, auf dem Waschbeckenrand lag ein rissiges Stück Seife. Im Spiegelschrank fand sie Pflaster, Rasierschaum, Aspirin und in einer Ecke eine Zahnbürste und Zahnpasta in einem Becher. Er war verreist und hatte sogar seine Zahnbürste liegen lassen. Sie strich über den Kopf der Bürste: trocken. Musste ja eine aufregende Frau sein. Und wenn man umstandslos von einer Frau zur nächsten wechselte, kam keine Langeweile auf. Aber dass er sie so schnell vergessen hatte … Betty knallte die Türen des Spiegelschranks zu und blickte in ihr Spiegelbild. Zwischen ihren Brauen standen zwei tiefe Falten.

Sie wandte sich ab und ging zurück ins Wohnzimmer, musterte das Regal, das Franks umfangreiche CD-Sammlung enthielt, ging die Bücher durch, die auf der Kommode gestapelt lagen. In einem dicken Taschenbuch, *Neue Vahr Süd* von Regener, steckte wie ein Lesezeichen ein Foto. Sie zog es heraus: Es zeigte sie selbst, lächelnd, sommersprossig, im ärmellosen Kleid, daneben Frank, strahlend, mit Schürze, in der einen Hand eine Grillzange, die andere um ihre Taille gelegt. Ihr ältester Sohn Nils hatte das Foto gemacht, vor drei Jahren auf ihrer Terrasse. Frank kümmerte sich um das Grillen, und sie half ihm dabei, während Dominik die anderen Gäste der Gartenparty mit Getränken versorgte. Sie verbrachten den größten Teil der Party zusammen am Grill, wollten nichts von Ablösen wissen, während sich die anderen im Garten tummelten und gelegentlich vorbeikamen, um sich eine Wurst abzuholen. Sie hatte lange nicht mehr so viel Spaß gehabt wie an jenem Abend, an dem sie Grillschnecken wendeten, zu viel Erdbeerbowle tranken und flirteten. Schon damals. Sie hatte sich zu der Zeit nichts dabei gedacht.

Sie steckte das Foto zurück ins Buch, als ihr Blick auf eine Zettelbox fiel. Auf dem obersten Zettel war eine Handynummer notiert, die ihr bekannt vorkam. Wo hatte sie diese Nummer bereits gesehen? Sie holte ihre Geldbörse aus der Jackentasche, zog einen Zettel heraus und verglich die beiden Nummern: Franks flüchtige Handschrift und ihre großen, runden Ziffern, aber es war die gleiche Nummernfolge. Malou hatte ihr die Handynummer hinterlassen. *Falls etwas sein sollte.*

Betty setzte sich in Franks Fernsehsessel und überlegte. Woher kannte Frank Malou? War etwa *sie* seine Internetbekanntschaft und Reisebegleitung? Würde es zu neugierig klingen, Malou direkt zu fragen? Ach was, ihr würde schon etwas einfallen. Sie holte ihr Handy heraus und tippte die Nummer ein. Das Freizeichen ertönte ein paar Mal, dann meldete sich Malou mit »Hallo Betty. Hattest du schon früher versucht, mich zu erreichen?«

»Nein, ich ...«

»Ich habe nämlich eben erst mein Handy eingeschaltet. Alles in Ordnung mit dem Kater und so?« Malou klang zerstreut.

»Alles gut, Malou, weswegen ich anrufe ... du kommst doch heute Abend wieder?«

»Ja ... heute Abend. Ich bin schon unterwegs. Bin gerade auf einem Parkplatz. An einer Autobahnraststätte.«

»Ist sicher anstrengend im Rückreiseverkehr. Hast du wenigstens einen Mitfahrer, mit dem du dich abwechseln kannst?« Betty kam sich schlau vor.

»Ein paar Pausen zwischendurch reichen mir.«

»Stimmt ja, du hast allein Urlaub gemacht, oder nicht?«

»Hm. Betty, falls sonst ...«

»Du, ein Freund von mir hat dich kürzlich erwähnt. Frank Herbst heißt er. Die Welt ist klein, was?«

Ein paar Momente lang herrschte Schweigen.

»Frank Herbst ... das muss eine Verwechslung sein oder ... möglich, dass ich mal mit einem Frank gechattet habe. Aber ...« Sie lachte kurz. »Er hat wohl keinen bleibenden Eindruck hinterlassen.«

»Ah so. Soll ich deinen Schlüssel dann in den Briefkasten werfen?«

»Mach das, Betty. Bis dann.«

Die Verbindung wurde unterbrochen. Betty seufzte und ging in Franks kleines Arbeitszimmer. Vielleicht fand sie irgendeinen Hinweis auf seinem Schreibtisch. Sie hob den Korb mit Wäsche hoch und durchwühlte die Stapel: Rechnungen von Versicherungen, Werbung von Fitnessstudios, alte Kinoprogramme. Auf dem nächsten Stapel unter einem *Marco-Polo*-Straßenatlas entdeckte sie etwas, das ihr schon einmal irgendwo untergekommen war: ein Internet-Ausdruck eines Prospektes über Ferienwohnungen. Sie überflog das Blatt. Unter anderem war die Rede von *kinderfreundlich ausgestatteten Ferienwohnungen, fünf Gehminuten zum Strand,* und ihr fiel ein, wo sie den Prospekt schon einmal als Flyer gesehen hatte: in Hochglanz auf Malous Schreibtisch!

Seltsam ... Mit dem Daumennagel glättete sie eine Ecke des Papiers. Ihre Handymelodie riss sie aus ihren Gedanken.

»Hi, Betty! Hier ist Christiane. Du, ich habe Apfelkuchen gebacken. Ich dachte, wir verzichten mal aufs Kalorienzählen. Kommst du zum Kaffeetrinken?«

»Lieb von dir, ich bin nur gerade ... ein Freund von mir wird vermisst. Er ist mit einer Internetbekanntschaft in den Urlaub an die See gefahren. Stell dir vor, ich habe Malous Handynummer in seiner Wohnung gefunden.«

»Ruf sie doch an.«

»Hab ich schon. Sie erinnert sich angeblich nicht an ihn. Aber sie stand auch gerade auf dem Parkplatz einer Autobahnraststätte. Die wollte wohl schnell wieder los und nicht lange reden.«

Autobahnraststätte. Irgendetwas stimmte hier nicht ...

»Entschuldigung, was hast du gesagt, Christiane?«

»Das klärt sich bestimmt bald auf. Kommst du gleich zum Kuchenessen?«

»Später ... ich habe noch was zu erledigen. Aber danke für die Einladung.« Sie verabschiedete sich.

Was stimmte mit ihrem Anruf bei Malou nicht? Auf Franks großem Flachbildschirm spiegelte sich eine nachdenkliche Frau mit abstehendem Kraushaar. Sie zog ein Haargummi aus der Tasche, um sich das dicke Haar zurückzubinden, und hielt inne. Na klar – das war es! Auf dem Parkplatz einer Autobahnraststätte war der Lärm der vorbeifahrenden Autos so laut, dass sie ihn hätte hören müssen. Und während ihres Gesprächs mit Malou war keinerlei Hintergrundlärm zu hören gewesen. Nichts, nada! Bis auf ... ja, Vögel! Sie hatte Vögel zwitschern hören!

Hatte Malou gelogen? In Bezug auf ihren Aufenthaltsort und in Bezug auf ... Frank? Aber warum sollte sie?

Betty schüttelte den Kopf und beobachtete auf dem Flachbildschirm, wie ihr Pferdeschwanz dabei steif mitschwang. Sah sie Gespenster? War sie labil, weil ihre Ehe in Trümmern lag? Sie stand auf und trat ans Fenster, das einen Ausblick auf eine hässliche Mauer und einen gigantischen Hebekran bot, einen Teil des Güterbahnhofs. Sie verschränkte die Hände hinter ihrem Rücken. Sollte sie zu Christiane fahren und in aller Seelenruhe Apfelkuchen essen? Hatte sie keinen Apfelkuchen verdient, jede Menge davon, nach allem, was sie gerade durchmachte? Was gingen sie Frank und dessen neue Liebe an?

Dann wählte sie die Nummer auf dem Prospekt.

»Haus Meereswoge, Wiebke Fischer«, meldete sich ein helles Stimmchen.

»Hallo, hier Betty Domeyer. Ich wollte fragen, ob ein Herr Frank Herbst über Ostern in einer Ihrer Ferienwohnungen Urlaub gemacht hat oder noch macht.«

»Moment, da muss ich mal nachschauen«, piepste die Dame.

Im Hintergrund hörte Betty eine Männerstimme. Offenbar gab es eine Debatte.

»Entschuldigung«, schrillte es nach einer Weile an ihrem Ohr. »Aber über unsere Gäste dürfen wir keine Auskunft geben.«

»Naja, es ist nur … wir müssen ihn dringend erreichen, weil seine Mutter im Sterben liegt. Sein Handy ist ausgeschaltet, oder der Akku ist leer.«

»Oh … seine Mutter, das ist ja furchtbar … Moment …«

Im Hintergrund wieder Gemurmel. Betty hörte »Mutter« und »im Sterben«.

»Nein, tut mir wirklich leid, wir dürfen keine Auskunft geben«, meldete sich Frau Fischer wieder. »Was denn, Manni?« Wieder wurde im Hintergrund debattiert. »Da kann ich Ihnen nicht weiterhelfen, tut mir leid«, piepste sie.

»Die Mutter von Herrn Herbst ist über achtzig, und sie ist auf der Treppe gestürzt. Oberschenkelhalsbruch. Ein komplizierter Splitterbruch. Und jetzt hat sie auch noch eine Lungenentzündung bekommen. Sie liegt auf der Intensiv, und die Ärzte sagen, es kann jederzeit vorbei sein.«

»Das ist ja schlimm! Meine Mutter hat sich auch mal den Oberschenkelhals gebrochen, und es hat über ein Jahr gedauert, bis sie wieder auf den Beinen war!«, gellte Frau Fischer.

»Die Mutter von Herrn Herbst hat sich wohl MRSA eingefangen, und nun droht eine Sepsis, Sie verstehen«, hörte sich Betty weiterfabulieren.

»MRS …« Frau Fischer verstand offenbar nicht.

»Methicillin-resistenter-Staphylococcus aureus. Da helfen nicht mehr viele Antibiotika«, erklärte Betty. »Sie bekommen die Blutvergiftung einfach nicht in den Griff.«

»Oh! Das kenne ich! Ich hatte auch mal eine Mandelentzündung, da half das erste Antibiotika nicht und das zweite auch nicht. Es wurde immer schlimmer, ich konnte gar nicht mehr schlucken. Erst das dritte Antibiotika schlug an!«

Das dritte Antibiotik*a*? Die Dame schien nicht sehr helle zu sein.

»Hallo?«, meldete sich plötzlich eine laute Männerstimme. »Wenn Sie eine Ferienwohnung buchen möchten, dann …«

»Ich möchte nur wissen, ob ein Frank Herbst bei Ihnen Urlaub macht. Seine Mutter …«

»Gute Frau, hier hat sich niemand namens Frank Herbst eingetragen oder vorgestellt. Da haben Sie die falsche Nummer erwischt. Und Tschüss.«

Kein angenehmer Typ, dieser Manni.

Betty rief Nina an und berichtete ihr, dass bei ihrer Suche in Franks Wohnung nicht viel herausgekommen sei. »Ich bin auf die Handynummer meiner Bekannten Malou gestoßen und auf den gleichen Ostsee-Reiseprospekt, den ich mal bei ihr gesehen hatte. Also dachte ich, die beiden könnten zusammen verreist sein, und habe Malou angerufen. Aber das Ganze war wohl ein Irrtum.«

Nach der Obduktion fuhr Dominik zurück zum Präsidium. Als er die kleine Eingangshalle betrat, entdeckte er Frau Kücker am Fuße der Treppe. Sie betastete ihren grauen Haarknoten und schaute sich suchend um.

»Sie wollen sicher zu uns«, sagte Dominik freundlich.

Ihre Miene hellte sich auf. »Ach, Herr Kommissar, dann kann ich es Ihnen ja hier übergeben.« Sie reichte ihm einen weißen Umschlag. »Ich hatte Ihrer Kollegin versprochen, dass ich mich melde, wenn mir was einfällt. Und da ich sowieso zum Einkaufen nach Bielefeld wollte ...«

»Was ist das?«

»Ich habe mich in Dörtes altem Arbeitszimmer umgeschaut. Die Rechnungen werden inzwischen zu ihrer neuen Adresse geschickt, aber diese ist noch auf dem Gutshof gelandet.«

Er öffnete den Umschlag. Eine Rechnung für Malerarbeiten mit Holzschutzfarbe.

»Sehen Sie ... hier.« Sie deutete auf *Objekt*. »Dörte hat die Jagdhütte ihres Vaters streichen lassen. Mir ist die Hütte wieder eingefallen, als ich die Rechnung fand. Die habe ich Ihnen mitgebracht, weil da auch die Adresse draufsteht. Das liegt hinter Borgholzhausen im Teutoburger Wald. Hilft Ihnen das weiter?«

Zweige schlugen gegen die Windschutzscheibe, während der Dienstwagen über den unebenen Waldweg holperte. Dominik schaltete die hektisch wedelnden Scheibenwischer aus. Auf der B 68 war ihnen ein heftiger Regenschauer entgegengeschlagen, Fontänen waren vom Rand der Straße hochgespritzt. Inzwischen regnete es nicht mehr. Schwallartig prasselten Tropfen auf die Scheibe nieder, die der Wind von den nassen

Blättern der Buchen fegte. Die Scheinwerfer trafen auf eine Schranke. *Privatweg* stand auf einem Schild. Als die Scheinwerfer erloschen, herrschte nur noch trübes Licht.

»Ist sowieso besser zu laufen«, sagte Dominik. »Nachher bleibt der Wagen noch im Matsch stecken.«

Nina holte tief Luft. »Die Gegend hier erinnert mich an die Zufahrt zu Rose Wildeboers Haus.«

Dominik legte kurz seine Hand auf ihre. »Willst du im Wagen warten?«

»Spinnst du?« Sie drückte die Tür auf.

Sie gingen am Rand des aufgeweichten Wegs entlang, in dessen Furchen das Wasser stand. Er wies Reifenspuren auf. Außer einem Eichelhäher und ein paar Krähen begegnete ihnen kein Lebewesen auf dem Weg durch den dichten Wald. Hinter einer Biegung schimmerte etwas Weißes durch die Bäume. Die Hütte besaß einen weiß verputzten Steinsockel, nur der obere Teil bestand aus Holz. Es war eher ein kleines Haus als eine Hütte, mit Spitzengardinen hinter den dunklen Fenstern. Bei einem Teil der Fenster waren die Fensterläden geschlossen. Nina klopfte ein paar Mal an die Tür und schüttelte dann den Kopf. Sie gingen um das Haus herum, spähten durch die Fenster, öffneten Fensterläden. An einer Seite der Hütte lag gestapeltes Kaminholz.

In einem der Räume lagen Rollen mit Klebeband, Paketschnur und Plastiksäcke auf dem Teppichboden, der Kränze von getrockneter Feuchtigkeit aufwies. Glasscherben reflektierten das spärliche Licht.

»Nina!« Er winkte sie heran. »Wonach sieht das für dich aus?«

Sie schaute durch das Fenster, beschirmte ihre Augen, um besser sehen zu können. »Wir sollten uns besser Überschuhe und Overalls anziehen, bevor wir hier einsteigen. Es sind welche im Wagen.«

»Einsteigen?« Er hob die Brauen.

»Du willst es doch auch.« Nina grinste.

»Klar doch, aber wieso einsteigen?«

»Ich habe ein angelehntes Fenster entdeckt, Dodo.«

Sie klopften und riefen noch einmal, bevor sie in Overalls durch das Küchenfenster stiegen. Die Küche war rustikal eingerichtet, aber hinter den Holzfronten verbargen sich moderne Küchengeräte. Der Kühlschrank war gefüllt mit Diätprodukten. In der Spüle standen zwei mit Krümeln bedeckte Teller, auf dem Tisch ein Glas mit einem Rest klarer Flüssigkeit. Jemand hatte es zu eilig gehabt, um das Geschirr in die Spülmaschine zu räumen.

»Sieh mal.« Nina streifte sich Gummihandschuhe über, bevor sie die Tablettenschachtel von der Anrichte nahm und ihm hinhielt.

»Flunitrazepam«, las er. »Sowas wie Diazepam, also Valium? Fällt das nicht unter das Betäubungsmittelgesetz?«

»Sicher. Das ist Rohypnol. Ein starkes Schlafmittel. Meine Mutter hat das bekommen, in den Jahren bevor sie starb. Haut dich glatt aus den Puschen.«

Von der Küche führte ein offener Durchgang in ein Wohnzimmer mit Kamin.

»Ist schicker hier als bei der wilden Rose.« Ninas Lachen klang nervös.

Auf den braunen Ledersesseln lagen Tierfelle, an der Wand hing ein präparierter Eberkopf.

»Der Gutshof in klein«, sagte Dominik. Nina antwortete nicht, sie war schon weitergegangen. Er folgte ihr in den Flur.

»Das stinkt ja wie im Puma-Käfig.« Dominik unterdrückte den Impuls, sich die Nase zuzuhalten.

Der Gestank nach altem Urin drang aus einem der Räume, die vom Flur abgingen.

»Kein Puma«, sagte Nina tonlos.

Sie deutete auf die Tür. Jemand hatte in ungelenken Buchstaben *Hilfe!* ins Holz geritzt. Vermutlich mit einer der blutigen Glasscherben, die im Raum verstreut lagen. Unter einem niedrigen Bett entdeckte Dominik einen schwarzen Männerschuh. Er überprüfte einen Blutfleck auf einer Scherbe mit dem Finger. »Trocken.« Dann strich er über den Teppichboden, hielt seine Hand hoch, damit Nina es sehen konnte: Das Gummi seiner Handschuhe war feucht.

Nina zog ihr Handy hervor. »Hallo Bella, wir brauchen Leute zum Spurensichern. Hier ist jemand gefangen gehalten worden, und zwar erst vor Kurzem. Wo? Ja, Moment ... Dodo, hast du mal das Papier für mich?«

Dominik reichte ihr die Malerrechnung, und Nina gab die Adresse durch. Dann ließ sie das Handy sinken, starrte weiter auf das Papier.

»Alles klar, Nina?«

»Die Rechnung ist auf Marie-Louise Dörte Sudbrock ausgestellt.«

»Na und?«

»Was ist die Kurzform von Marie-Louise?«

»Hey, hey, hello Mary-Lou. Malou, oder?«

»Malou, ja. Ich habe dir doch vorhin auf dem Weg hierher von Bettys Bekanntschaft erzählt. Diese Malou, deren Nummer sie in Franks Wohnung entdeckt hat zusammen mit einem Ostsee-Reiseprospekt, der ihr auch bei ihrer Bekannten aufgefallen ist.«

Er runzelte die Stirn. »Was hat Betty eigentlich in Franks Wohnung zu suchen? Wieso besitzt sie einen Schlüssel, kannst du mir das sagen?«

»Frank wollte zur Ostsee, und die Ferienwohnanlage von Dörte Sudbrock befindet sich an der Ostsee! Hat Frau Kücker nicht erzählt, dass Dörte im Internet auf Partnersuche war?«

»Ja, ab…«

»Und Frank ist verschwunden! Seit Tagen! Wir haben ihn nicht mal an seinem Geburtstag erreicht!« Die Rechnung in ihrer Hand zitterte.

Draußen zwitscherte ein Vogel. Auf dem zerwühlten Laken klebte rostrotes Blut, Wisch- und Tropfspuren. Eine Fliege ließ sich auf einer Glasscherbe nieder, direkt auf einen Blutfleck.

»Das kann Zufall sein. Viele Leute wollen über Ostern an die Ostsee. Aber …«

»Was, Dodo?«

»Er hat sie nur ›Dede‹ genannt für ›dicke Dörte‹.«

»Wer?«, fragte Nina.

»Der alte Pastor Wittkötter. Sie hätte ihren Namen gehasst. Das habe ich von dem Friedhofsgärtner.«

»Ob Frank sie im Internet kennengelernt hat? Er hat mir erzählt, dass er ein Date in der *WunderBar* habe. Und später kam eine SMS, wie sexy die Dame sei. Die dicke Dörte ist aber nicht sexy, wenn ich das richtig sehe.«

»Inzwischen vielleicht schon, Nina. Der Friedhofsgärtner meinte, die hätte sich sehr verändert.«

Es knackte, als Nina auf eine Glasscherbe trat. »Die dicke Dörte hat sich in die sexy Malou verwandelt? Wie viele Frauen träumen wohl von so was? Die Frauenzeitschriften sind voll davon.«

»Ja.« Sein Blick fiel auf den einsamen Männerschuh, der ebenfalls rostrote Flecken aufwies. Er drehte den Schuh vorsichtig um. »Schuhgröße 44. Frank hat diese Größe, wenn ich mich nicht täusche«, sagte er mit belegter Stimme. »Hat Betty Malous Nachnamen oder den Namen der besagten Ferienwohnanlage genannt?«

»Weder noch.«

»Wir sollten ... Nina, warum rufst du sie nicht an und fragst sie danach. Ich würde sie ja selbst ... ähm ... Betty hat mich Ostern verlassen.«

»*Was?*«

»Ruf sie an. Falls Malou und Dörte wirklich identisch sind, müssen wir uns beeilen! Denk an Richard Heberleins Schicksal!«

Während Nina telefonierte, ging er zurück ins Wohnzimmer. Die toten Augen des Eberkopfs schienen ihm mit ihrem Blick zu folgen. Im Kamin lag ein Haufen Asche und halb verkohltes Holz. Er kniete sich davor und zog das Holz vorsichtig auseinander. Ein schwarzer Klumpen kam zum Vorschein. Zusammengeschrumpeltes Leder? An einer Seite entdeckte er geschmolzenes Plastik. Ein Lederportemonnaie? Etwa mit Ausweis und ...

Ninas Stimme riss ihn aus seinen Überlegungen. »Auf Malous Klingelschild stünde Sudbrock.«

»Nein!«, stöhnte er.

»Und der Name der Ferienwohnanlage lautet Haus Meereswoge«, fügte Nina überflüssigerweise hinzu. »Sudbrocks Anlage!«

»Los jetzt! Wir können nicht auf Bella warten!«

Betty hatte Franks Kühlschrank inspiziert, der nicht viel hergab, den Schoko-Nikolaus, der neben dem Telefon lag, geschlachtet und vergeblich versucht, sich auf das Buch *Neue Vahr Süd* zu konzentrieren. Als Nina dann endlich anrief, war sie sehr knapp gewesen, wollte nichts weiter als den Namen der Ferienwohnanlage und Malous Nachnamen erfahren und bat darum, dass Betty erreichbar bleibe.

Sie beschloss, zurück nach Schildesche zu fahren, um Malous Schlüssel zu holen und in ihren Briefkasten zu werfen. Als sie mit ihrem Twingo vor der Ampel an der Eckendorfer Straße wartete, ertappte sie sich dabei, dass sie aufs Lenkrad trommelte. Ein Rückstau vor dem Tunnel des Ostwestfalendamms blockierte die Kreuzung. Eilig hatte sie es eigentlich nicht, aber … Ninas Stimme hatte während des kurzen Telefonats gezittert! Und Frank wurde weiter vermisst. War er etwa in eine gefährliche Ermittlung verwickelt?

Sie atmete auf, als sie die Beckhausstraße erreichte, und trat aufs Gas, bis sie in die ruhige Seitenstraße abbog, in der das Reihenhaus stand, in dem sie Jahrzehnte ihres Lebens verbracht hatte. Lissas Freund Erik fuhr ihr mit seinem Leichenwagen entgegen. Er grüßte mit unsicherem Lächeln. Sie winkte zurück. Heute war irgendetwas anders. Ach ja: Sein Auspuff röhrte nicht mehr. Lissa stand vor der Tür und wühlte in ihrer Umhängetasche. Betty parkte vor dem Haus und stieg aus.

Ihre Tochter zog den Schlüssel aus der Tasche. »Mama! Alles klar bei dir?«

Sah man ihr so deutlich an, wie es ihr ging? »Kann ich mit reinkommen?«

»Klar, du … Klar.« Lissa schloss auf.

Ein Schwall warmer Luft kam ihr entgegen, als sie das Haus hinter ihrer Tochter betrat. »Hast du einen Kaffee für mich, Lissa?«

Lissa schnürte ihre spitzen Stiefelchen auf und sah sie von der Seite an. »Du redest, als ob …«

»Ich bin hier nur noch Gast.«

»Das ist doch nicht dein Ernst, oder?« Lissa zog sich vor dem Spiegel die Lippen nach.

»Es war mir nie ernster.«

Der Lippenstift stockte. »Nach so vielen Jahren?«

»Nach so vielen Jahren.«

Lissa sah sie groß an. Dann verschwand sie Richtung Küche.

Während ihre Tochter Kaffee machte, begab sich Betty ins Wohnzimmer und blickte durchs Fenster. Ein feiner Nieselregen senkte sich wie ein Schleier auf den Garten herab, nässte den Weidenkorb mit Narzissen und Trauben-Hyazinthen, den sie vor Ostern gekauft hatte, um die Terrasse zu schmücken. Farbtupfer in der zunehmenden Düsterkeit. Aus der Wiese stieg Nebel auf. Lissas Buch lag aufgeschlagen auf dem Esstisch. *Meine Zähne klappern, während ich spreche, doch nicht wegen der Kälte der Nacht, sondern aus Grauen vor der Nacht ohne Ende.* Betty schlug Poes Erzählungen mit dumpfem Knall zu. Das konnte sie jetzt gar nicht gebrauchen!

Lissa kam herein und stellte ein Tablett auf dem Tisch ab. »Genau zwei Stücke sind übrig. Papa hat fast den halben Käsekuchen gegessen und Robin ein Viertel. Wie die Heuschrecken!« Sie begann, Becher und Teller zu decken.

»Vielen Dank.« Betty goss sich Kaffee ein. Warum leugnete es Malou, Frank zu kennen, obwohl sie ihre Handynummer bei ihm gefunden hatte? Eine Handynummer gab man doch nicht einfach so weiter!

»Willst du dich nicht setzen?«, fragte Lissa, die bereits am Tisch saß.

»Ich ... ja sicher, ich setze mich.« Betty nahm Platz, stürzte ihren Kaffee hinunter, aß ein paar Gabeln Kuchen, als eine Sambamelodie aus ihrer Handtasche drang.

»Betty, wir müssen diese Malou orten«, erklärte Nina ohne Umschweife. »Franks Handy ist ausgeschaltet. Ich habe das gerade überprüft. Ich brauche noch Malous Handynummer. Über die Verbindungsdaten vom Mobilfunkprovider können wir eine Peilung vornehmen. Wir machen das jetzt mal ohne richterliche Anordnung.«

»Sie behauptet, sie wäre auf der Autobahn, aber das glaube ich nicht.« Betty gab ihr die Nummer durch. »Ich habe noch einen Schlüssel zu ihrem Haus. Braucht ihr den? Oder soll ich dort mal reingehen und nachsehen, ob sie ...«

»Auf keinen Fall, Betty! Wir schicken eine Streife vorbei, die holen den Schlüssel von dir. Bist du zu Hause?«

»Bin ich. Sag mal … ist was mit Frank? Kann ich irgendetwas tun? Nina, wenn ich …«

»Okay, ja … schick Malou eine SMS. Etwas Belangloses. Sie darf keinen Verdacht schöpfen.«

Betty tippte eine SMS an Malou.

Liebe Malou, hast du Lust, diese Woche noch einen Wein mit mir trinken zu gehen? LG Betty

»Schon verschickt.«

»Ja, gut.«

»Nina, kannst du mir sagen … Nina?« Nina hatte aufgelegt!

Wir machen das jetzt mal ohne richterliche Anordnung … Also musste es dringend sein! Diese Malou … genau genommen kannte sie die Frau kaum.

»Was ist denn los, Mama?«, fragte Lissa. »Du guckst so komisch.«

»Frank ist verschwunden.« Betty warf ihre Gabel klirrend auf den Teller. »Ich weiß leider auch nicht mehr, weil … mir sagt ja niemand was!« Sie vergrub den Kopf in den Händen, spürte nach einer Weile etwas auf ihrer Schulter. Lissas Hand.

»Ist gerade nicht so leicht für dich, was?«, sagte Lissa.

Betty drückte die Hand ihrer Tochter.

»Ruf sie noch mal an«, fuhr Lissa fort. »Nina ist doch in Ordnung.«

Betty nickte und griff nach dem Handy.

»Kommissar Domeyer.«

Shit!

»Hier Betty. Ich wollte Nina sprechen.«

Kurzes Zögern. »Was können wir für dich tun, Betty?« Es klang kühl und geschäftsmäßig.

»Habt ihr Malou orten können?«

»Ich gebe grundsätzlich keine Details einer Ermittlung weiter, das solltest du eigentlich wissen.«

»Aber Frank …«

»Du hast mich also verlassen, weil dir da etwas fehlt bei mir? Die Wahrheit ist viel simpler: Frank spukt immer noch in deinem Kopf herum, gib es doch endlich zu, Betty!«

»Ich … das … darum geht es doch nicht!«

Im Hintergrund hörte sie eine Tür klappen, dann ein Knacken, als ob das Telefon abgelegt würde, Gemurmel.

»Du wolltest mich sprechen, Betty?«, hörte sie Ninas helle Stimme.

»Gott sei Dank! Habt ihr Malou orten können? Als ich das letzte Mal mit ihr telefoniert hatte, habe ich Vogelgezwitscher im Hintergrund gehört.«

Ninas Atmen klang laut. »Das kommt hin. Wir haben sie vor ein paar Sekunden auf dem Waldfriedhof Döhrenheide geortet.«

»Nina, was geht hier vor sich? Bitte, du musst …«

»Okay, okay, also ...« Ihre Stimme war jetzt so leise, dass Betty ihr Ohr ans Handy presste. »Wir befürchten, dass Malou Frank betäubt und in eine Grube auf diesen Friedhof gebracht hat. Wir sind praktisch schon auf dem Weg. Du hältst die Stellung und übergibst der Streife, die gleich bei euch vorbeikommt, den Schlüssel für Malous Haus, ja?«

Es knackte in der Leitung, dann hörte sie nur noch das Besetztzeichen. Langsam legte sie das Handy ab. Dann gab sie sich einen Ruck und holte Malous Schlüssel aus der Schublade, um ihn neben den Kuchenteller ihrer Tochter zu legen, die alles mit großen Augen verfolgt hatte. »Würdest du mir einen Gefallen tun, Lissa, und den Beamten diesen Schlüssel übergeben?«

Auf der Jöllenbecker Straße beschleunigte Betty ihren Wagen. Sie kannte den Weg zu dem Friedhof mitten auf dem Land. Von Schildesche aus ging es etwa 25 Kilometer über Landstraßen Richtung Norden. Eine krebskranke Freundin von ihr war dort vor einem halben Jahr beerdigt worden. Sie hatte sich ein Baumgrab gewünscht. Während Betty durch eines der Dörfer auf der Strecke raste, sah sie aus den Augenwinkeln ein rot aufblinkendes Schild: *Sie fahren 75 km/h!* Mit quietschenden Reifen kam sie an einer Ampelkreuzung zum Stehen. Ein Traktor rollte gemächlich über die Querstraße.

Betty umklammerte das Lenkrad und atmete schwer. Sie musste die Nerven behalten. Sie durfte gar nicht daran denken, was mit Frank passiert sein könnte! Wie hatte sie sich in Malou so täuschen können? Aber was wusste sie schon von dieser Frau, außer dass sie unglaublich viel Gewicht verloren hatte? Sie war beeindruckt gewesen von so viel Willensstärke, fasziniert davon, was Malou aus sich gemacht hatte. Alles an ihr war stylish. Nur: Was verbarg sich hinter ihrem glatten Äußeren?

Endlich sprang die Ampel auf Grün. Zum Glück passierte sie keine weiteren Ampeln in dieser ländlichen Gegend und auch keine Blitzgeräte. Obgleich es erst später Nachmittag war, wurde es immer dunkler. Am Himmel türmten sich graue Wolkenbänke. Die Scheinwerfer des Twingos trafen auf Schwaden. Der Nebel stieg aus den Feldern auf. Sie war froh, als sie den Parkplatz zwischen der kleinen Kirche und dem Friedhof erreicht hatte, ohne einen Unfall zu bauen.

Durch die Kirchenfenster drang etwas Licht in die zunehmende Dunkelheit. Betty meinte, Orgeltöne zu hören. *So nimm denn meine Hände …* Der Trauergottesdienst für ihre Freundin war auch in dieser Kirche abgehalten worden. Sie rannte auf das eiserne Friedhofstor zu, konnte aber keine Polizeiwagen vor dem Friedhof entdecken. Nina hatte Döhrenheide gesagt, also *musste* es hier sein. Vielleicht nahmen die einen Nebeneingang zum ausgedehnten Waldteil des Friedhofs. Sie fand das Friedhofstor unverschlossen.

Was hatte Nina gesagt: Malou habe Frank betäubt in eine Grube geworfen oder so ähnlich? Aber wo gab es auf einem Friedhof Gruben, außer … ja, außer denen, die für eine Beerdigung ausgehoben wurden? Der Gottesdienst deutete darauf hin, dass eine bevorstand. Er war noch im Gange. Das bedeutete, der Sarg war noch nicht ins Grab hinuntergelassen worden. Also musste sie nach einem offenen Grab suchen.

Bodennebel lag über den Gräbern. Wie die Ausdünstungen der Toten, dachte Betty, während sie keuchend an einem Kriegerdenkmal vorbeilief, dessen Platten mit den eingravierten Namen von Grünspan überzogen waren. Einen Moment lang blieb sie stehen, um sich die stechenden Seiten zu halten. Hier und da standen Frühlingsblumen vor den alten Gräbern, ansonsten herrschten düsteres Braun, Grün und Grau vor. Der Wind ließ die Tannen rauschen, wehte ihr Regentropfen von den

Zweigen ins Gesicht. Betty fröstelte. Sie fühlte sich mit einem Mal beobachtet und fuhr herum. Aber da war niemand, weder vor ihr noch hinter ihr, keine Malou, kein Frank, keine Polizei, der Friedhof wirkte verlassen.

Sie hastete weiter, wich den Pfützen aus, für die ihre Halbschuhe mit den glatten Sohlen nicht gemacht waren. Als sie wieder vom Weg aufblickte, entdeckte sie in wenigen Metern Entfernung eine Gruppe von Menschen, die sich an einem Grab versammelte. Wie war das möglich? Eine andere Trauergesellschaft? Die Sargträger schickten sich gerade an, den Sarg an ihren Gurten hinabzulassen. Betty stieß einen gellenden Schrei aus und sprintete los. Die Träger hielten inne, der Pastor sah auf, die hellen Gesichter der schwarz gekleideten Menge wandten sich ihr zu.

»Stopp!« Betty rannte an den Trauernden vorbei auf die Grube zu. Die Sargträger schauten entsetzt, sie spürte eine Hand an ihrem Arm, die sie zurückzuhalten versuchte, die Hand glitt ab, Betty verlor das Gleichgewicht. Sie schrie auf, als sie ausrutschte und direkt durch die Lücke zwischen dem halb herabgelassenen Sarg und der Grubenwand ins Dunkel fiel, in kalte, weiche Nässe. Sie hörte aufgebrachte Stimmen. Vom Rücken drehte sie sich auf den Bauch, kniete sich hin und tastete den Matsch ab. Über ihr wurde es heller. Der Sarg hob sich, blasse Gesichter über der Grube.

»Von wo ist die denn entlaufen?«

»Schlimm so was!«

Betty trieb ihre Hände tief in den Morast.

»Frank!«, schrie sie. »Frank, wo bist du?« Sie grub verbissen im Schlamm, als wollte sie ein Feld umpflügen. Ein Regenwurm ringelte sich davon.

Nichts als Erde und Wurzelwerk ...

Nina hatte alle auf ihrem Büroflur Anwesenden in die Teeküche beordert. Kux begann, seinen langen, mageren Körper auf die Eckbank zu biegen.

»Du brauchst dich gar nicht erst zu setzen, Walter!«, fuhr sie ihn an.

Worauf Kux in einer halb sitzenden, halb stehenden Position verharrte, mit fragendem Blick auf Weber. Der verschränkte die Arme über seinem runden Bauch und grinste. »Fritz erzählte, du hättest unter Gefahr für Leib und Leben den Knochen eines Vierbeiners ausgegraben. Stimmt das, Nina?«

»Ottfried, wir haben jetzt keine Zeit für Geplänkel«, sagte Nina.

»Ganz recht, denn gleich trifft sich die Soko zur Brandermittlung.« Weber lutschte schmatzend sein Bonbon. »Wir haben einen brandheißen Kandidaten am Wickel, wenn ihr versteht, was ich meine.«

»Sehr schön. Aber die Soko verzichtet heute auf euch«, sagte Dominik.

In knappen Worten erläuterte Nina die Sachlage.

»Frank wie das besagte Häschen in der Grube? Märchenhaft, finde ich«, sagte Weber.

»Du fandest es damals auch märchenhaft, dass Richard Heberlein einem Verbrechen zum Opfer gefallen sein könnte!«, gab Nina zurück.

»Nina ...«, begann Kux, dessen Hinterteil wenige Zentimeter über der Eckbank schwebte. »Steh auf!«, brüllte Nina mit hochrotem Kopf.

Kux plumpste vor Schreck auf die Bank. Weber hörte auf zu lutschen, das Bonbon verharrte als Ausbuchtung in seiner Backe.

»Los jetzt!«, sagte Dominik. »Ich habe vorhin niemanden mehr von der Friedhofsverwaltung erwischt. Aber vielleicht ist es noch nicht zu spät! Ich habe das Mobile Einsatzkommando für den Zugriff angefordert, da wir nicht ausschließen können, dass die Frau bewaffnet ist.«

Zwanzig Minuten später stieg Nina aus ihrem Dienstwagen. Kux und Weber, die in einem zweiten Wagen gefahren waren, hasteten bereits zum Friedhofstor.

»Worauf wartest du, Dodo?«

»Habe ich dir schon mal gesagt, dass ich Friedhöfe hasse?«

»Nein, ab...«

»Und das da ist übrigens Bettys Twingo.« Er deutete auf das Auto, das in ein paar Metern Entfernung geparkt war.

»Oh nein!«

»Oh doch.«

Sie folgten den Kollegen durch das Tor. Weber bewegte seinen massigen Körper erstaunlich schnell vorwärts. Das Schnaufen wurde lauter. Es kam nicht wie sonst von Weber, sondern von Dominik, der sich mit weichen Knien aufs feindliche Terrain begab. Grablampen in düsterem Rot glommen hier und da wie der

Widerschein einer höllischen Unterwelt, aus der noch dazu Dämpfe aufstiegen. Dominik konzentrierte sich auf seine Schritte und seinen Atem. Ein Schritt – Einatmen, zwei Schritte – Ausatmen. Er tat das manchmal beim Joggen.

Der Teutoburger Wald verlor sich am Horizont in den Wolkenschleiern, der Fernsehturm war heute nicht zu sehen. Nebel breitete sich aus. Dominik hörte Nina rufen, konzentrierte sich weiter auf seinen Atem-Rhythmus, während er ihnen folgte. Gedämpft drangen empörte Stimmen an sein Ohr. Schemenhaft erkannte er eine Trauergesellschaft. Nina sprach mit dem Pastor. Kux und Weber hockten am Rande eines offenen Grabs und blickten zusammen mit ein paar anderen Leuten hinein. Er zwang sich näher heran. Eins – Einatmen, zwei – drei – Ausatmen. Er stützte sich auf Webers Schulter.

In der Grube kniete Betty und wühlte im Dreck!

»Betty!«, rief Dominik.

Ihre aufgerissenen Augen leuchteten hell in dem schmutzigen Gesicht.

»Hat sie was gefunden?«, rief Kux. »Da ist doch nichts, oder, Ottfried?«

Der Lichtstrahl seiner Taschenlampe wischte in der Grube hin und her, streifte die schockstarre Betty, in deren Haaren Schlamm klebte.

»Nichts als Erde und Frau Domeyer. Es tut mir leid, ja, das tut es und in diesem Fall ganz besonders.« Weber schaute Dominik mit mitleidigem Ausdruck an.

»Könnt ihr das ...« Ihm wurde schwindelig. »Mir ist gerade nicht so ... holt sie raus, bitte.«

»Darauf kannst du wetten«, sagte Weber.

Dominik stemmte sich von Webers Schulter hoch und wankte durch die Menge der Trauernden. Er tauschte einen Blick mit Nina. Der Pastor neben ihr redete mit sonorer Stimme auf eine weinende, junge Frau ein. Nina legte dem Pastor die Hand auf den Arm, sprach kurz mit ihm und machte ein paar Schritte in Dominiks Richtung. Sie sagte etwas, das er nicht verstand.

»Ich muss hier weg«, presste er hervor.

Er ließ sie stehen und konzentrierte sich auf seinen Atem.

»Wie bitte?«, fragte Nina. Was war los mit Dodo?

Er drehte sich nicht einmal um. Wie ein Zombie stakste er davon, verschwand im Nebel. Sie drängte sich durch den Ring von Menschen, der sich um die Grube gebildet hatte. Kux und Weber hielten Betty an den Handgelenken gepackt. Weber schien Mühe zu haben, nicht selbst in die Grube zu purzeln. Schnaufend halfen die beiden ihr heraus. Sie kniete schwer atmend neben dem offenen Grab, Tränen zogen helle Spuren über ihr Gesicht.

»Betty, da unten war also nichts?«, fragte Nina.

Betty schniefte und schüttelte den Kopf.

»Wo ist Dodo?«, fragte Kux.

»Gute Frage«, sagte Nina. »Betty, du gehst jetzt zu deinem Auto, und dort bleibst du auch! Du bist völlig durchnässt!«

»Es tut uns sehr leid«, sagte Kux zu den Sargträgern.

»Scheiß peinlich«, flüsterte Weber so laut, dass es alle Umstehenden hören konnten.

»Es tut uns wirklich leid«, wiederholte Kux, als sie am Pastor und der Trauergesellschaft vorbeigingen. »Wirklich sehr leid.«

Nina schob Betty mit sanftem Druck vorwärts.

Weber kramte in den Taschen seines Lodenmantels und zog ein goldenes Paketchen hervor. »Rettungsdecke.«

»Danke, Ottfried.« Sie legte Betty die Isolierdecke über die Schultern. Ihr Handy klingelte. Es war Bent. Sie erstattete ihm kurz Bericht.

»Ruft mich an, wenn ihr Frank gefunden habt«, sagte Bent. »Ich werde heute Abend zurück sein. Wir treffen uns dann im Präsidium. Viel Glück!«

Nina gab den Inhalt des Gesprächs an ihre Kollegen weiter. Weber stöhnte auf. »Dann verpasse ich unsere außerordentliche Chorprobe heute Abend! Die Generalprobe ging in die Hose und …«

»Wo ist eigentlich Dodo?«, wiederholte Kux.

Eins – Einatmen, zwei – drei – Ausatmen. Der Nebel verschluckte die Trauergesellschaft hinter ihm. Er stolperte auf den Wald zu, einen schnurgeraden Kiesweg entlang. Er versuchte sich vorzustellen, es sei gar kein Friedhof sondern irgendein Wald. Eine Zeitlang begleiteten ihn nur seine Atemgeräusche und das Knirschen seiner Schritte auf dem Kies. Er wusste nicht, wie lange er schon gegangen war, als er das Rauschen von Reifen auf nassem Asphalt hörte. War das schon die Landstraße, die den Friedhof durchschnitt? Er lief weiter in diese Richtung.

Die Schwaden teilten sich kurz und enthüllten eine dunkel gekleidete, weibliche Gestalt, die zehn Meter vor ihm ging. Das Licht von Autoscheinwerfern sickerte durch die weißen Schleier. Die Frau überquerte die Landstraße an einer Fußgängerampel. Als er dort ankam, war die Ampel bereits auf Rot für Fußgänger gesprungen. Die Autos fuhren wieder an. In ihr Motorengeräusch mischte sich leise Musik. Posaunen? Die Klänge schienen von jenseits der Straße, vom anderen Teil des Friedhofs zu kommen. Das konnte nur eines bedeuten! Er wartete nicht auf die nächste Grünphase und folgte der Frau, so schnell es mit wackeligen Knien möglich war, über die Straße.

Sie verschwand auf der anderen Seite durch einen Durchlass im Zaun, der den Waldfriedhof begrenzte. Er warf einen kurzen Blick zurück, bevor er Döhrenheide II betrat. Die Landstraße war jetzt verlassen, als hätten die letzten Autofahrer die Flucht ergriffen, bevor der Nebel, der aus dem Friedhof zu quellen schien, sich auch noch der Straße bemächtigte. Wieder hörte er Posaunen. Sie wurden leiser, entfernten sich. Ein feuchter Film lag auf seinem Gesicht, ob vom Nebel oder von Schweiß, konnte er nicht sagen. Er zwang sich, schneller zu gehen, und begann wieder, seine Schritte zu zählen. Die Frau war nirgendwo zu sehen. Er folgte den Posaunenklängen, ging mit zitternden Knien vorbei an dunklen Grabsteinen, die wie faule Zähne aus dem Boden wuchsen, vorbei an Kindergräbern mit Teddys und steinernen Herzen.

Die Grabmusik wurde lauter, die schmale Frau tauchte wieder vor ihm auf. Ihr glattes Haar lag wie eine schwarze Kappe um ihren Kopf oder wie eine Perücke. Vielleicht war es gar keine Frau, und wenn dieses Wesen sich umdrehte, würde er erkennen, dass es sich um ... im nächsten Moment löste sich die Gestalt wie ein Gespenst erneut im Nebel auf. Hinter einem Kirschlorbeerbusch erstreckte sich wie eine Waldlichtung eine Wiese mit Gräbern, die von Buchsbaumhecken umgrenzt wurden. Am Rand der Wiese machte er mit einem Mal den Trauerzug aus, ein kleine Gruppe von Menschen, die sich dicht beieinander hielten. Ihnen voran schritt eine Pastorin, vier Sargträger, der Posaunenchor. Der Zug verschwand in den Wald, der die Wiese umgab.

Plötzlich klingelte sein Handy.

»Dodo, wo bist du? Der Pastor sagt, es gibt noch eine andere Beerdigung! Und zwar in dem Teil des Waldfriedhofs jenseits der Landstraße!«

»Genau, hab sie eben dort entdeckt.« Er klang atemlos.

Sie wandte sich an die Kollegen. »Dodo ist dort! Er kann sie sehen!« Dann senkte sie den Blick wieder auf den Kiesweg. »Hör zu, ich habe gerade über Funk erfahren, dass Sudbrock weiter hier geortet wird. Verstärkung müsste gleich da sein. Die Eingänge des Friedhofs werden abgeriegelt.« Sie steckte ihr Handy ein und winkte Kux und Weber, ihr zu folgen.

Auch Betty setzte sich mit wehendem Goldumhang in Bewegung. »Ich komme besser mit. Dominik kriegt Panikattacken, wenn er zu lange auf einem Friedhof ist.«

Kux starrte Betty an. Sein Adamsapfel hüpfte hoch und nieder.

»Außerdem weiß ich, wie Malou aussieht«, fügte sie hinzu.

Nina zögerte. Aber sie besaßen kein Foto von der Frau. »Okay, gehen wir. Aber halte dich im Hintergrund, Betty. Die Dame ist gefährlich!«

Sie hasteten den geraden Hauptweg durch den Waldteil des Friedhofs entlang. Kies knirschte unter ihren Schritten. An einer Fußgängerampel an der Landstraße ließen die Nebelscheinwerfer eines Autos Bettys Folie für einen Moment golden aufleuchten. Die Grünphase für Fußgänger war kurz. Als Weber die Straße als Letzter überquerte, sprang die Ampel auf Rot. Die Autos hupten, fuhren wieder an, Weber fluchte, beeilte sich hinterherzukommen. »Und jetzt? Wo geht's weiter?«

Nina deutete auf einen Durchgang im Maschendrahtzaun, der mit dem Schild *Waldfriedhof Döhrenheide II* gekennzeichnet war. Kreiselnde Blaulichter tauchten auf der Landstraße auf. Zwei Dienstwagen, die sich in hohem Tempo näherten. Nina winkte ihnen. Die Kollegen vom MEK parkten vor den Friedhofseingängen auf beiden Seiten der Straße.

»Tschöke, KK 11. Super, das passt gut!«, begrüßte Nina die MEK-Beamten in Zivil. »Die Personenbeschreibung habt ihr schon, ein Foto gibt's leider nicht, aber wir sind mit jemandem unterwegs, der das Zielobjekt kennt.«

Hinter dem Durchgang trennten sie sich, zwei MEK-Kollegen, Nina und Betty hielten sich rechts, Kux und Weber nahmen, begleitet von einem MEK-Beamten, den linken Weg.

Der Nebel war jetzt so dicht, dass Nina sich am Blinken und Rascheln von Bettys Rettungsdecke orientierte. Die Sicht wurde zusätzlich erschwert durch ausladende Rhododendren unter den Bäumen. Schließlich kamen sie zu einem Stück offenem Gelände. Auf der anderen Seite der Wiese machte Nina die Umrisse einer dünnen und einer dicken Gestalt aus, die sich in die gleiche Richtung bewegten wie sie. Kux und Weber hatten also auch noch nichts entdeckt.

Sie eilten an einer Reihe von Familiengräbern vorbei. An einem großen Findling, der aus dem Efeu ragte wie ein urzeitliches Tier, blieb Nina stehen. »Hörst du das auch, Betty?«

Dominik folgte der Trauergesellschaft in den Wald, beschleunigte seine Schritte, so gut er es vermochte, zählte, schnaufte und schwitzte trotz der abendlichen Kühle. Bald überholte er die ersten Trauernden, die untergehakt gingen und kaum vom Boden aufschauten, als er an ihnen vorüberhastete. Die Pastorin Zurheide, die Sargträger und der Posaunenchor gingen gemessenen Schrittes voran. Auf zittrigen Beinen überholte er die Sargträger, Eins – Einatmen, zwei, drei – Ausatmen, nur nicht hyperventilieren! Er murmelte Entschuldigungen, während er sich unter Einsatz seiner Ellbogen durch die Gruppe der Posaunisten drängelte. Das gerade gespielte *Großer Gott, wir loben dich* endete mit einem blökenden Misston. Ein Raunen ging durch die Menge. Die Pastorin starrte ihn an, öffnete den Mund, als wollte sie etwas sagen, aber es kam nichts. Am Ende eines kurzen Seitenwegs war das offene Grab als dunkles Rechteck unter einer Buche zu erkennen.

Dominik schaltete seine Stablampe ein. Die Posaunisten ließen ihre Instrumente sinken, sahen ihn an wie ein Wesen aus einer anderen Welt. Einige schüttelten die Köpfe. Er leuchtete in die Grube. Der Lichtstrahl traf auf Schwaden, erdige Wände, fuhr weiter hinunter, streifte Wurzeln …

Das, was durch den Nebel zu ihnen herüberwehte, waren Kirchenlieder. Eindeutig.

»Sie müssen in der Nähe sein, im Wald«, sagte Betty. »Obwohl ich sie nicht sehe.«

Plötzlich brach die Blasmusik kläglich ab.

»Wieso hören die auf?«, fragte Nina. »Ob Dodo …?« Sie holte tief Luft. »Gehen wir einfach weiter in diese Richtung.«

Nach einer Weile blieb Betty stehen und duckte sich hinter einem Strauch.

»Was ist?«

»Schau mal da hinten«, flüsterte Betty.

Eine schlanke, schwarz gekleidete Gestalt stand vor einem der Gräber.

»Ist sie das?«, flüsterte Nina.

»Lass uns mal näher ran.«

Sie huschten einen Busch weiter. Es war eine Frau, nicht sonderlich groß, mit einem auffallend kurznasigen Profil. Gerade ging sie in die Hocke, richtete ein paar Blumen in einer Vase auf einem Grab, stand wieder auf und schaute in die Richtung, aus der die Musik gekommen war.

»Das ist sie«, flüsterte Betty. »Malou.«

»Du bleibst hier, Betty.« Nina gab den Leuten vom Mobilen Einsatzkommando hinter ihnen ein Zeichen.

Die Frau war so gebannt, dass sie gar nicht merkte, wie Nina und die beiden MEK-Beamten sich ihr näherten. Nina war bis auf wenige Schritte herangekommen, als sie entdeckte, was die Frau derart fesselte.

»Nicht so schnell, Walter!« Ottfried Weber japste.

»Da sind sie«, rief Walter Kux und verschwand im Nebel.

»Verdammte Hacke!«

Weber blieb stehen, beugte sich hinunter, stützte die Hände auf die Knie, um zu verschnaufen. Nebelfetzen zogen über den Boden. Als die Brühe für einen Moment aufriss, sah er die wartenden Menschen und den Lichtkegel von Walters Stablampe. Ächzend richtete er sich auf und lief keuchend an den Leuten vorbei. Die Posaunisten hatten ihre Posaunen gesenkt, die Träger den Sarg auf dem Weg abgestellt. An der Spitze des Zuges stand die Pastorin. Sie hatte beide Hände vor den Mund geschlagen und beobachtete Walter, der am Rand eines offenen Grabs hockte und hineinleuchtete. Als Walter ihn bemerkte, schwenkte er die Taschenlampe herum. »Ich habe Dodo gefunden!«

Jäh geblendet, kniff Ottfried Weber die Augen zu. »Na, wieder ein Domeyer im Loch? Nun nimm doch die blöde Lampe weg!«

Dominik hatte einen Teil der Erde entfernt. Auf dem Gesicht mit der breiten, dunklen Augenbinde hatte nur eine dünne Schicht gelegen. Auf den ersten Blick wirkte die Gestalt wie jemand, der mitten im *Blinde-Kuh*-Spiel vom Schlaf übermannt worden war, die Wange an die lehmige Wand geschmiegt. Ein friedvolles Bild, wäre da nicht der schwarze Plastiksack gewesen, der nur den Kopf und einen Teil des Rückens freigab und die gefesselten, blutverkrusteten Hände, die daraus hervorragten. Ein Müllsack, in den man Abfall steckte und dann wegwarf! Dominik wusste nicht, warum es das war, was ihn besonders empörte. Der Rest des Körpers war noch mit Erde bedeckt.

Mit zitternden Fingern schob er die Augenbinde hoch. Es waren Franks Züge, die dahinter zum Vorschein kamen, doch es war, als müsste er das Bild erst mühsam zusammensetzen: Unter dem Schmutz erahnte er die Blässe, umrahmt von vor Nässe dunklen Haaren, die blauen Lippen, die Schatten unter den geschlossenen Augen. Er schlug mehrmals kräftig gegen Franks kalte Wange.

»Frank?«

Er rüttelte ein wenig an ihm, bis Franks Oberkörper ihm entgegensackte. Er brachte sein Gesicht nah an das des Freundes. Wimpern, hatte er beim Erste-Hilfe-Kurs gelernt, waren besonders empfindlich. Doch er spürte keinen Lufthauch, und als er den Finger an die Halsschlagader legte, auch keinen Puls. Oder doch?

Ein scheußlicher Piepton in seinem Ohr lenkte ihn ab. Er tastete noch einmal, war unsicher, ob es sein eigener Puls war, den er spürte, oder der von Frank. Er durchschnitt die Handfesseln mit seinem Taschenmesser und brachte Franks Oberkörper behutsam in Rückenlage, bevor er die Folie herunterzerrte, den Pullover hochschob und das Hemd aufriss, um die richtige Stelle für die Herzdruckmassage zu finden. Plötzlich hatte er den

Eindruck, als höbe und senkte sich der Brustkorb – oder bildete er sich das nur ein? Wenn nur nicht dieses schrille Piepen in seinem Ohr wäre! Wieder legte er die Finger an Franks Hals.

Jemand berührte ihn an der Schulter, es war Kux.

»Ich weiß nicht, ob er noch atmet«, rief Dominik laut, um das Schrillen zu übertönen.

Kux beugte sich über Frank, wandte sich zu Dominik und bewegte die Lippen.

»Was?«

»Er atmet.« Kux war so leise, dass er es gerade eben verstehen konnte.

»Er ist unterkühlt«, schrie Dominik. »Wir dürfen ihn nicht bewegen. Wir brauchen eine Trage!«

Kux starrte ihn an, dann blickte er nach oben. Dominik folgte seinem Blick und sah Webers Mondgesicht am Rande der Grube. Weber rief irgendetwas, sprach dann in sein Funkgerät. Dominik zog seine Jacke aus und legte sie über Franks Brust. Kux bewegte wieder die Lippen, überprüfte Franks Puls. Dann befreiten sie die untere Hälfte seines Körpers von Erde. Frank steckte von der Hüfte abwärts in einem Plastiksack, der fest mit Teppichklebeband umwickelt war. Er hatte sich offenbar ein Stück herauskämpfen können, immerhin so viel, dass er noch Luft bekam, aber er hatte nicht die geringste Chance gehabt, allein aus dieser Grube herauszukommen! Und wenn sich der Sarg auf ihn herabgesenkt hätte ... Kux machte sich an dem Klebeband zu schaffen, aber Dominik bedeutete ihm aufzuhören.

»Nicht zu viel bewegen, Walter, und so kriegen wir ihn leichter auf die Bahre!«

Dominik hätte nicht sagen können, wie lange sie schon in der Grube hockten, als sich ein Sirenenton in das nervtötende Piepen mischte, gedämpft wie von Ferne. Kurz darauf tauchten oben Sanitäter auf, ließen eine Tragbahre zu ihnen runter. Es war eng in der Grube. Kux trampelte ihm auf den Fuß, was er kaum spürte, stieg dann zur anderen Seite. Erde rieselte auf die Trage. Sie wussten nicht, wo sie sich hinknien sollten. Schließlich schafften sie es, Frank die Trage unterzuschieben, indem sie seinen Körper vorsichtig auf einer Seite und dann auf der anderen anhoben. Dann nahmen sie die Trage auf, stemmten sie hoch, brachten sie über ihre Köpfe. Kux redete unablässig, ohne dass Dominik ein einziges Wort verstand. Mit einem Mal ließ das Gewicht der Trage nach, sie wurde hochgezogen.

Schwer atmend lehnten sie an der Grubenwand. Kux war der Erste, dem zahlreiche Hände nach oben halfen. Dann winkte Weber Dominik, rief und gestikulierte, streckte ihm die fleischigen Hände entgegen. Zögernd ergriff er sie. Weber zerrte, sein Gesicht wurde sofort rot vor Anstrengung, andere Hände griffen nach seinen Handgelenken und zogen ihn raus, halfen ihm auf die Beine.

Er stand auf einer Insel des Pfeifens inmitten der aufgeregten Menschen, die alle durcheinanderliefen und redeten, ihren Mundbewegungen nach zu urteilen. Wieder hörte er die Sirene, viel zu leise, sah Nina mit einem Funkgerät am Ohr. Zwei Leute vom MEK, die eine Frau mit Haaren wie eine schwarze Kappe in Handschellen wegführten. Eine dreckverschmierte Betty, die Walter Kux hinterherlief und auf ihn einredete. Weber, ein MEK-Beamter und die Pastorin Zurheide, die sich gestenreich unterhielten. Es wurde langsam dunkel. Beiläufig stellte er fest, dass er fror. Eine Weile beobachtete er ein bizarres Wesen aus Gold, das über die Gräber tanzte, bis er begriff, dass es nur eine Rettungsdecke war, die der Wind vor sich hertrieb. Er ging der Folie nach und hielt sich die Ohren zu, ohne dass das grässliche Piepen leiser wurde.

Lissa blieb der Mund offen stehen. »Mama, wie siehst du denn aus?«

Betty schob sich an ihrer Tochter vorbei. »Ich war auf dem Friedhof. Das kennst du doch.«

»Ähm … also ich sehe nachher nicht so aus.« Lissa schloss die Haustür hinter Betty und behielt sie dabei im Blick, als befürchtete sie, ihre Mutter sei verrückt geworden.

Aus der Küche kam ein süß-herber Geruch.

»Wonach riecht es denn hier?«, fragte Betty.

»Ach … Robin hat Plätzchen gebacken.«

»Robin backt Plätzchen? Das hat er doch noch nie gemacht.«

Betty ging in die Küche. Ihre Tochter folgte ihr. Durch das beschlagene Glas der Backofentür war ein Blech mit Plätzchen zu erkennen. Robin versuchte gerade, eine Rührschüssel in die volle Spülmaschine zu pressen. Lissas Freund, der den teigverkrusteten Küchentisch mit einem Lappen bearbeitete, räusperte sich laut. Robin fuhr herum und stellte sich vor den Backofen. Dann schob er sich die Brille hoch, musterte Betty von oben bis unten. »Ist Schlamm-Catchen noch in Mode?«

»Ich schlage vor, wir setzen uns gleich alle an den Tisch, und ich erzähle, was passiert ist.« Betty lächelte. »Und dann möchte ich zu heißem Tee eins von deinen Plätzchen probieren. Was sind das für welche? Die riechen interessant.«

»Gar nichts Besonderes!« Robin zupfte an seinem Kinn. »Die kannst du nicht essen ... ich meine, die sind noch längst nicht fertig und ...«

»Wir haben andere Plätzchen«, sagte Lissa schnell. »Und bis du geduscht hast, ist das Esszimmer gedeckt. Das ist gemütlicher als die Küche.«

»Ja, geh duschen.« Robin nickte wie ein Wackeldackel. »Heißer Tee geht klar, Mama.«

Was war nur mit den Kindern los, fragte sich Betty, als sie unter der Dusche stand und sich einseifte. Auf die Idee, freiwillig den Tisch zu decken oder gar Plätzchen zu backen, wären die beiden früher nicht gekommen. Hatte sie erst ausziehen müssen? Sie stellte das heiße Wasser ab, als ihre Haut krebsrot war, hüllte sich ins Duschtuch, und begab sich auf die Suche nach sauberen Kleidungstücken. Im Schlafzimmerschrank pendelten nur noch wenige Einzelstücke auf den Bügeln. Sie zwängte sich in eine enge Hose, bekam den Reißverschluss nicht zu, behalf sich mit einem Gürtel und zog sich eins von Dominiks Hemden an, das lang genug war, die Malaise zu verdecken.

Im Esszimmer herrschte bereits Saunatemperatur. Betty drehte das Thermostat runter und öffnete kurz die Terrassentür, als Lissa mit einem Tablett mit Geschirr hereinkam, gefolgt von Robin mit einer Packung Keksen und Erik mit einer dampfenden Teekanne. Lissa goss ihr Tee in einen Becher. Sie setzten sich an den Tisch.

Betty nahm einen Schluck. »Ich will nicht lange um den heißen Brei herumreden. Euer Vater hat einen Hörsturz erlitten und wird gerade im Krankenhaus untersucht. Wir haben Frank vorhin in einem ausgehobenen Grab auf dem Friedhof gefunden, unterkühlt, aber lebendig, noch jedenfalls. Er wird gerade intensivmedizinisch behandelt.«

Einen Moment lang herrschte Stille, dann bestürmten Robin und Lissa sie mit Fragen. »Ruhe!« Betty klopfte mit dem Löffel an ihren Becher und erzählte das Wenige, das sie wusste. Sie schloss mit den Worten: »Offenbar wollte diese Frau, dass Frank stirbt, aber warum nur? Weil sie verrückt ist? Weil sie Männer hasst? Oder hat es mit seiner Person zu tun? Vielleicht damit, dass er ihr als Ermittler auf der Spur war?« Sie schüttelte den Kopf. »Ich weiß es nicht, aber … hoffentlich kommt er durch!«

»Er sollte in einem *Grab* sterben?« Robin verzog das Gesicht.

»In einem fremden Grab. Die Beerdigung stand kurz bevor.«

»Krass! Lebendig …« Erik verschluckte sich an seinem Plätzchen und hustete. »Lebendig begraben!«

»Hey, Frank kann ein Buch darüber schreiben!«, rief Lissa. »Über diese außergewöhnliche Erfahrung, und dann wird er berühmt.«

»Na klar, damit tingelt er durch die Talkshows«, spottete Robin. »Das ist sicher das Erste, was ihm einfällt, wenn er wieder zu sich kommt: Wie vermarkte ich das Ganze?«

Lissa trat ihren Bruder unter dem Tisch. »In welchem Krankenhaus liegt Papa? Ist das schlimm, so ein Hörsturz?«

»Er braucht Ruhe. Ein Hörsturz kann sich auch spontan zurückbilden. Es war der Stress. Er hat Frank entdeckt. Aber wo er untersucht wird ... keine Ahnung«, gab Betty zu. »Ich fahre gleich ins Präsidium, um eine Zeugenaussage zu machen. Dort wissen sie es sicher. Ich rufe euch dann an. Sagt mal, soll ich hier übernachten? Ich meine, kommt ihr klar?«

»Kein Problem, Mama«, sagte Robin schnell.

»Überhaupt keins«, sagte Lissa. »Erik und ich passen auf, dass Robin die Küche wieder saubermacht.«

»Und ich passe auf, dass Lissa keine Horror-Party mit ihren gotischen Freunden veranstaltet«, sagte Robin. »Reicht erst mal mit Horror, was?«

Bent räusperte sich. Dörte Sudbrock blickte starr auf das gefüllte Wasserglas, das vor ihr stand. Sie sah bleich aus. Es mochte am Neonlicht des Vernehmungsraumes liegen oder am tiefen, künstlichen Schwarz ihrer Haare. Ihre Lippen wirkten blutleer, der Lippenstift war verschwunden, so oft hatte sie sich über die Lippen geleckt. Das einzige Geräusch im Vernehmungsraum kam von dem Bleistift, mit dem Nina spielte. Die Frau hatte gleich zu Beginn nach einem Telefonat mit ihrem Anwalt verlangt und ansonsten kaum ein Wort gesprochen. Reglos saß sie am Tisch, als hätte sie sich in ihrer eigenen Welt verkapselt. Nur einmal ging ein Zucken durch ihren Körper, ein Arm hob sich, und ihre Hand knallte mit einer unkontrollierten Bewegung gegen die

Tischkante. Bent fragte, ob sie auf Medikamente angewiesen sei. Nicht einmal darauf antwortete sie. Ansonsten überließ er die Vernehmung Nina, die die Geschichte besser kannte als er. Doch selbst Nina, die er schon für ihr Geschick bewundert hatte, in Vernehmungen eine Beziehung herzustellen, verstummte nach einer Weile. Langsam stiegen die Kohlensäurebläschen in Sudbrocks Wasserglas nach oben.

Ein lautes Klopfen ließ Bent zusammenfahren.

Walter Kux steckte den Kopf zur Tür herein. »Der Anwalt.«

Bent hörte Nina aufatmen, begegnete kurz ihrem Blick, sprang auf, um den Anwalt zu begrüßen, einen älteren Herrn in gut geschnittenem Anzug, der einen festen Händedruck hatte und ihm mit einem Lächeln in die Augen sah.

Als sie auf dem Gang waren, sagte Nina: »Er wird ihr raten zu schweigen.«

Sie brachen beide in Gelächter aus, konnten eine Weile nicht aufhören damit. Die Müdigkeit, dachte Bent.

»Das ist eigentlich nicht zum Lachen«, sagte Nina, nachdem sie sich beruhigt hatten.

Bent nickte. »Wie knapp das war mit Frank! Das ist es, was mir am meisten zusetzt.«

»Und ich habe ihm auch noch geraten, wieder ins Netz zu gehen. Aber wer konnte denn so was ahnen?«

»Niemand, Nina.«

»Soll ich Kaffee kochen?«

»Gerne. Das wird noch eine lange Nacht.« Bents Handy vibrierte. Er überprüfte die Nummer. »Ich komme gleich nach.« Er lehnte sich gegen die Wand und nahm das Gespräch an.

»Wann kommst du endlich?«, schallte es ihm entgegen.

»Hallo, Henning. Was soll der vorwurfsvolle Ton? Sind wir verabredet?«

»Nein, aber du wolltest doch heute Abend wiederkommen. Oder bist du immer noch bei Andy-Schatz?«

»Kein Andy-Schatz. Ich bin in Bielefeld, aber im Präsidium.«

»Bleibst du da noch lange?«

»Könnte spät werden, ja.«

Henning stöhnte. »Ich dachte, du hast heute noch Urlaub.«

»Ein Kollege liegt auf der Intensivstation. Hier ist einiges los.«

»Ach du je! Ich … wir … also Ralf, Joe und ich … wir sitzen bei dir zu Hause und warten. Es sollte eine Überraschung werden. Eine Versöhnungsparty mit leckerem Essen und Prosecco und so weiter. Das leckere Essen ist seit etwa zwei Stunden fertig. Ich dachte, wenn du uns schon nicht einlädst, dann laden wir eben dich ein.«

Bent lächelte matt. »Das ist sehr nett von euch, aber heute müsst ihr ohne mich feiern.«

»Wir lassen dir was übrig.«

»Henning, du hattest recht mit Andy.«

Henning schwieg für einen Moment, was selten vorkam.

Am anderen Ende des Flurs tauchte Ottfried »Funky« Weber auf und watschelte in seine Richtung.

»Wie kommt's, dass du deine Meinung geändert hast?«, meldete Henning sich wieder.

»Erzähle ich dir in Ruhe, wenn Ralf und du mal …«

»Und Joe!«, unterbrach Henning munter.

»Und Joe. Weiß du was? Ich koche am Samstagabend für euch!«

»Am Samstag gehen wir ins Theater am Alten Markt, aber nächste Woche Samstag …«

»Schön, dann nächste Woche.«

»Das hört sich gut an! Übrigens, Joe mag dich.«

Bent verdrehte die Augen.

Weber groovte auf ihn zu. Sein Blick war starr geradeaus gerichtet, er dirigierte die unsichtbare Band mit den Zeigefingern, bewegte lautlos die Lippen. In den Ohren steckten Ohrhörer, deren Kabel in seiner Hosentasche verschwanden.

»Ich muss Schluss machen, Henning.«

Weber ging an ihm vorbei. »Miss Marple ist da«, sagte er, ohne Bent anzusehen, und bog in sein Büro ab.

Bent überlegte kurz, ob bei der Kripo Flensburg eine Gestalt wie Weber denkbar wäre. Eher nicht. Aber das hier war Westfalen. Kopfschüttelnd ging er in die Teeküche, aus der es nach Kaffee duftete. Nina saß mit einer kräftig gebauten, rothaarigen Frau am Tisch.

»Ihr kennt euch noch nicht. Betty Domeyer – Bent Andersen«, sagte Nina.

Er hatte sich eine schmale, prätentiöse Dame an Dominiks Seite vorgestellt. Mehr wie seine Tochter vielleicht. Diese Frau wirkte handfest. Die Stirn in ihrem hübschen Gesicht legte sich in feine Falten, und er begriff warum. Sie hielt ihm offenbar schon länger ihre Hand hin, und er schüttelte sie rasch.

»Freut mich, Frau Domeyer, wirklich! Nina hat mir alles erzählt. Die Kollegen haben es Ihrem Hinweis zu verdanken, dass sie Frank Herbst noch rechtzeitig gefunden haben.«

»Rechtzeitig? Das heißt, er ...«

»Es sieht so aus, dass Frank es schafft. Er schläft jetzt. Er war bewusstlos, unterkühlt und dehydriert, als er geborgen wurde. Bei Unterkühlung droht Atemstillstand, sagte die Stationsärztin mir. Außerdem wurde ihm wahrscheinlich ein Benzodiazepin verabreicht. Ein solches Schlafmittel wirkt zusätzlich dämpfend auf das Atemzentrum, sagte sie. Es stand auf der Kippe.«

»Aber jetzt ist er ... na, Gott sei Dank!«

Bent goss sich Kaffee aus der Thermoskanne in den Becher, den Nina ihm hingestellt hatte. Auch die blauweiße Tischdecke bekam ein paar Tropfen ab. Neben dem Eckschränkchen mit der kitschigen Bauernmalerei hing ein gerahmtes Foto, das einige Kollegen in einem Bierzelt des Oktoberfestes zeigte. Er hatte es bisher nicht bewusst wahrgenommen. Nicht alle, die dem Fotografen ihre Humpen entgegenstreckten, waren ihm bekannt, doch Frank war deutlich zu erkennen, zu Jeans und Hemd trug er einen Hut mit Gamsbart.

»Seid ihr alle Bayernfans? Die gesamte Teeküche ...«, begann Bent.

»Karl hat das Meiste gestiftet, weil es kein Geld dafür gab.« Nina folgte seinem Blick zum Foto. »Er hat damals auch den Ausflug zum Oktoberfest organisiert.«

»Karl?«

»Der alte Chef«, sagten Nina und Betty gleichzeitig.

»Also, ein Mordkommissionsleiter«, fügte Nina hinzu. »Nicht der Kommissariatsleiter. Aber bei uns hieß er immer Chef. So wie du.« Sie lächelte.

Bent wurde wieder bewusst, dass er erst seit ein paar Monaten hier war. Und noch vor zwei Tagen hätte er seinen Umzug am liebsten wieder rückgängig gemacht. Der alte Chef hatte Ausflüge organisiert? Ob sie das auch von ihm erwarteten? Er trank seinen Kaffee aus. »Frau Domeyer, wir brauchen Ihre Aussage. Frank kann noch nicht befragt werden.«

»Deshalb bin ich hier. Ich bin Malou bei den Weight-Watchers begegnet. Es mag albern klingen, aber sie hat mich beeindruckt, weil sie fünfzig Kilo abgenommen hatte. Eine Riesenleistung, wenn man Gewichtsprobleme hat. Ich dachte, alle Achtung, die hat ihr Leben im Griff, während meins gerade auseinanderfällt. Vielleicht kann ich von ihr lernen, dachte ich.« Sie zupfte an den Fransen der Tischdecke. »Ich bin von zu Hause ausgezogen.« Sie hörte auf zu zupfen, klemmte die Hände zwischen die Knie und hob zögernd den Blick.

»Häusliche Probleme«, sagte Bent in neutralem Ton. Er hatte ihre rot geränderten Augen auf die Ereignisse um Frank zurückgeführt.

»Mein Mann und ich leben seit Kurzem getrennt.« Betty lächelte gezwungen.

Alle betrachteten die Tischdecke. Neben der Thermoskanne prangte neben dem Kaffeefleck noch ein gelblicher Fleck. Bayrischer Senf?

»So kann man sich täuschen«, sagte Nina in die Stille.

Bent sah sie entsetzt an. Wie taktlos!

»Die Sudbrock hat ihr Leben doch überhaupt nicht im Griff, egal wie viel sie abgenommen hat«, fügte sie hinzu.

»So gesehen«, murmelte er. »Da hast du wohl recht.«

»Du warst auch schon mal dicker, Bent«, sagte Nina. »Nicht?«

Er klopfte sich auf den Bauch. »Ich dachte schon, ihr merkt es nie. Vier Kilo immerhin. Und – was hat es mir gebracht?«

»Die Damen stehen bei dir nicht Schlange?« Nina grinste.

»Herr Weber wird Ihre Aussage aufnehmen.« Bent erhob sich. »Nina und ich werden uns weiter Frau Sudbrock widmen.« Er seufzte. »Das wird sicher eine lange Nacht.«

11. Kapitel

Donnerstag, 4. April

Als Nina die Tür zu Dörte Sudbrocks Haus aufschloss, schoss ihr eine Katze mit einem wütenden Maunzen entgegen. Sie stolperte zurück und wäre fast in die Rabatten gefallen. Der Computerexperte hinter ihr griff prompt daneben, als er das Viech fangen wollte. Erst die Damen von der Stadtteilbibliothek, die als Zeuginnen der Hausdurchsuchung mitgekommen waren, bekamen die getigerte Katze zu fassen. Weber stand einfach da und stöhnte. Er hatte Nina bereits morgens in der Teeküche mit seinen Klagen über die verpasste Probe genervt, bis das Fax mit der richterlichen Anordnung ihrem Warten ein Ende machte.

Ihre weiten Overalls knisterten, als sie mit ihren Überschuhen durch den Flur schlurften. Die Leute von der Spurensicherung waren noch nicht vor Ort. Wenn sie Glück hatten, konnten sie sich noch in Ruhe umschauen, bevor Bella Schnathorst mit ihrer Truppe einfiel. Sie gingen ins Wohnzimmer, die Katze folgte ihnen. Der große Raum war geschmackvoll eingerichtet, aber er wirkte seltsam unbewohnt.

»Und – wo steht der Rechner?«, fragte der Computerexperte, der sich als »Sven« vorgestellt hatte und aussah, als hätte er gerade seine Abi-Party gefeiert.

»Ich schlage vor, wir beide sehen mal im oberen Stockwerk nach, und Ottfried schaut sich hier um«, sagte Nina. »Hast du gehört, Ottfried?« Sie zog ihm die Hörer aus den Ohren.

»Yes.« Weber lächelte den Bibliotheksdamen zu. »Wir unten, ihr oben.«

Als sie das Arbeitszimmer im oberen Stockwerk betraten, nahm Sven sogleich den Schreibtischstuhl in Beschlag, fuhr den Laptop hoch und drückte gedankenverloren an einem Pickel am Kinn. »Habt ihr das Passwort?«

»Nein«, sagte Nina. »So kooperativ war die Dame nicht.«

»Egal.« Sven schob eine CD in den Zugang des Laptops, und rief ein Programm auf.

»Du meinst, es ist kein Problem, das zu knacken?«, fragte Nina.

Eifriges Tastaturgeklapper war die Antwort. Nina wanderte in dem Arbeitszimmer umher und schaute sich die Bücher in den Regalen an.

»*Mylady33*. Kannst du da was mit anfangen?«, fragte Sven nach einer Weile.

»Das ist das Passwort?« Nina schaute ihm über die Schulter. »Klingt wie ein Nickname.«

»Stimmt.« Er bearbeitete wieder seinen Pickel. »Der Rechner gehört dir. Braucht ihr mich noch?«

Nina lächelte ihn an. »Schon möglich.«

»Alles klar.« Sven stand auf.

Nina setzte sich an den Schreibtisch und öffnete das E-Mail-Programm.

»Wenn was ist, ich bin mit meinem Laptop nebenan. Ich kann auch von hier aus arbeiten«, fügte Sven hinzu.

»Wie praktisch«, antwortete sie geistesabwesend. Sie stellte gerade fest, dass Dörte Sudbrock in regem E-Mail-Austausch mit Richard Heberlein gestanden hatte. In den ersten Mails beklagte sich Dörte beim ihm über ihren Vater. Wie peinlich es sei, dass er Richard Geld angeboten habe, damit er den Kontakt abbreche, und wie froh sie sei, dass sie beide weiterhin auf freundschaftlichem Fuße stünden und sich bald in Bielefeld wiedersehen würden.

Aus den folgenden Mails ging hervor, dass sie sich zu Spaziergängen, zu Besuchen der Kunsthalle und des Stadttheaters trafen. Dörte schrieb, dass Richard ihr eine neue Welt eröffne, denn in ihrer Familie würde Kultur als Zeitverschwendung und abgehobener Luxus betrachtet. Ihr Vater erwarte, dass sie ihre Energie ins Unternehmen stecke. Ob bei ihrer kaufmännischen Ausbildung, beim Betriebswirtschaftsstudium oder als Juniorchefin – viel Zeit für etwas anderes sei ihr nie geblieben. Zumal sie als einziges Kind bald die Firma übernehmen müsse, denn ihr herzkranker Vater sei immer weniger belastungsfähig.

Dörtes Mails wurden schwärmerischer. Sie bewundere seine Eloquenz und seine Weltläufigkeit und genieße ihre Treffen. Auch Richard sparte nicht mit Komplimenten. Zwischen den Zeilen las Nina, dass sie sich als

Frau durch ihn bestätigt fühlte. Er schien ihren Ehrgeiz zu befeuern, Gewicht zu verlieren und ihr Äußeres zu verändern. Sie berichtete über Abnehmerfolge und fragte ihn, ob ihm dieses oder jenes neue Kleid an ihr gefallen habe. Er lobte sie für ihre Fortschritte beim Tango. Tango?

Immer seltener war in Dörtes Mails die Rede von ihrer Arbeit. Sie schrieb nur noch dann darüber, wenn Richard sich nach dem Erfolg des Unternehmens erkundigte. Der Ärger über ihren Vater flackerte wieder auf, als Richard ihr schrieb, dass ihr Vater ihm nochmals eine größere Summe Geld angeboten habe, wenn er sie in Ruhe lasse. Der habe darauf hingewiesen, dass das mit einem Buchhalter namens Gerd Sommerkamp schließlich auch funktioniert hätte. Dann habe ihr Vater ihn gefragt, wie hoch er, Richard, noch pokern wolle? Einige Mails später teilte ihm Dörte in knappen Worten mit, dass ihr Vater gestorben sei, auf einem Ausflugsschiff auf der Weser. Sie seien spät dran gewesen und in der Eile habe sie sein Notfallmedikament zu Hause vergessen.

Nach dem Tod ihres Vaters tauchte in Dörtes Mails die Sehnsucht auf, dem Arbeitsstress zu entfliehen. Sie stellte in diesen Mails Einiges in ihrem Leben infrage, und Richard Heberlein bestärkte sie darin. Warum nicht die Firma verkaufen und mit dem Geld ein sorgenfreies Leben führen? Es gäbe großartige Anlagemöglichkeiten, er würde ihr Vorschläge unterbreiten, wie sie ihr Geld für sich arbeiten lassen könne.

Der Ton zwischen den beiden wurde romantisch. Dörte lud ihn zu einer Kreta-Reise ein. Sie tauschten

Turteleien aus, die in Heberleins Mails ziemlich platt ausfielen, fand Nina. Eine Affäre also. Frau Kücker hatte recht gehabt. Dieser E-Mail-Austausch ließ vermuten, dass die Sache von Anfang an darauf hinausgelaufen war. Mit einem Mal war die Rede von einer Ex-Freundin von Richard, die, wie er schrieb, noch bei ihm wohnte, weil sie Depressionen hätte und die Trennung nicht wahrhaben wollte. Sie hätte bereits versucht, sich umzubringen. Er wollte kein Risiko eingehen, weshalb sie sich leider weiterhin nur bei Dörte treffen könnten. Wenn es seiner Ex-Freundin besser ginge, würde sie aus seinem Haus ausziehen.

Dörte wurde allmählich fordernder. Sie würde ihn gerne öfter treffen. Sie schien immer weniger Geduld mit dieser labilen und vereinnahmenden Ex-Freundin zu haben, die so viel Macht über den armen Richard ausübte. Außerdem beklagte sich Dörte darüber, wie wenig sie über ihn wisse, obgleich sie doch ihr Leben teilen wollten … Schließlich schlug sie vor, dass er zu ihr ziehen solle, wenn seine Ex schon keine Anstalten mache, sich eine andere Wohnung zu suchen. Auf ihrem Gutshof sei mehr als genug Platz. Er vertröstete sie, sie hätten alle Zeit der Welt. So ging es hin und her.

In den Anhängen seiner Mails schickte Heberlein Informationen über Anlageobjekte, hauptsächlich Immobilienfonds, aber auch Fotos von ihnen beiden. Bei einer seiner letzten Mails war ein Foto angehängt mit Dörte und Richard in einer Strandbar am Mittelmeer. Ein hübscher Kerl, dieser strahlende Richard, dem eine Tolle seines vollen, blonden Haars ins sonnengebräunte Gesicht fiel und dessen offenes Hemd einen durchtrainierten Oberkörper entblößte. Die Dörte auf dem Bild sah deutlich anders aus als die Dörte, die Nina die halbe Nacht lang vernommen hatte. Auf dem Foto trug sie eine Brille, die ihre Augen trotz üppigen Lidschattens in dem pausbäckigen Gesicht klein wirken ließ. Lange, mausbraune Haare fielen auf ein zeltartiges Strandkleid in grellem Orange.

Die letzte E-Mail von Heberlein war am 30. Juni des Vorjahres angekommen. Darin entschuldigte er sich, dass er am Wochenende keine Zeit habe, weil er zum Junggesellenabschied eines alten Freundes aus Oldenburg eingeladen sei. Auch hier war ein Foto angehängt, das ihn und Dörte Sudbrock in einem Boot auf dem Hücker Moor zeigte. Auch wenn Dörte ihr Übergewicht nicht auf einen Schlag losgeworden sein konnte, machte das Foto deutlich, dass ihre Verwandlung in die gertenschlanke, stilsichere Malou erst nach Heberleins Verschwinden stattgefunden hatte.

Nina reckte sich, setzte ihre Brille ab und rieb sich gähnend das Gesicht. Sie hatte wenig Schlaf bekommen in der letzten, unergiebigen Nacht, in der sie und Bent versucht hatten, Sudbrock zu einer Aussage zu bewegen. Und das hier? Was sagte das aus? Heberlein hatte ein doppeltes Spiel gespielt, so viel stand fest.

Sie durchforstete noch einen Teil des übrigen E-Mail-Verkehrs: E-Mails der Anwälte, die die Verhandlungen beim Verkauf des Unternehmens an eine Konkurrenzfirma für Sudbrock führten, dann die üblichen Werbemails, Amazon, das ihr neue Bücher vorschlug über … Nina stutzte. *Chorea Huntington?* Litt sie unter der Krankheit, an der ihre Mutter gestorben war? Frau

Kücker hatte das erwähnt, aber nicht, dass Dörte auch betroffen sei. Die Frau hatte im Laufe der Nacht einige seltsam anmutende Bewegungen gemacht. So als ob sich innere Spannungen auf diese Weise Bahn brächen. Bei weiterem Nachforschen fand Nina jüngere E-Mails eines Professors, in der von Allel und viertem Chromosom, Merkmalsträgern und fünfzigprozentiger Vererbungswahrscheinlichkeit die Rede war. Sudbrock schien die furchtbare Diagnose erst vor einigen Wochen erhalten zu haben.

Nina schaute sich noch einige Ordner auf dem Desktop an, konnte aber nichts Interessantes, auch keine Spur von dem Kontakt zu Frank, entdecken. Sie ging ins Schlafzimmer, wo Sven in einem Schwingsessel saß, den Blick auf den Monitor seines Laptops gerichtet. Gedankenverloren nuckelte er am Ende des Kapuzenbandes seines Pullis.

»Sven, die Mails habe ich schon durch. Frank hat die Frau wohl über ein Datingportal kennengelernt. Wir brauchen noch das Passwort dafür. Kinderspiel für dich, oder?«

»Kein Problem.« Sven entknotete seine Beine und stemmte sich aus dem federnden Sessel hoch.

Im nächsten Moment klingelte ihr Handy. Es war Bent, der Neuigkeiten für sie hatte.

Im Erdgeschoss standen Weber und eine der beiden Bibliotheksdamen sowie zwei Kollegen vom Erkennungsdienst im Halbkreis um den Couchtisch und sahen zu, wie Bella Schnathorst und Theo Hagedorn auf dem Parkett neben dem Tisch knieten und mit Klebebändern Haare vom Boden abnahmen.

»Du kannst einpacken, Bella«, sprach Nina zu Bellas großem, aufgerecktem Hinterteil.

»Wer sagt denn so was?« Bella drehte ihren Kopf, die Kapuze drehte sich nicht mit, sodass Nina nur ein von Lidschatten umbläutes Auge sah. Das Auge wurde schmal. »Wo ist überhaupt Dodo?«

»Dodo ist krank. Ihr fahrt mit euren Köfferchen besser gleich zum Sudbrock'schen Gutshof. Frank ist zu sich gekommen. Er habe sich nie in diesem Haus aufgehalten, sondern nur in der Jagdhütte. Und laut ihrer Haushälterin hat Dörte Sudbrock dieses Haus erst vor zwei Monaten erworben. Heberlein kann also auch nicht hier gewesen sein.«

Theo Hagedorns Mundwinkel verzogen sich nach unten. Seine Brillengläser funkelten, die Eulenaugen dahinter wurden noch größer. Bella stand zu ihrer vollen Länge auf und riss sich die Kapuze vom Kopf. Ein goldener Ohrclip fiel zu Boden. Hagedorn griff danach und reichte ihn seiner Chefin. Die nahm ihn gnädig an, befestigte ihn wieder an ihrem Ohrlappen und stemmte die Fäuste in die Hüften. »Leute, ich hasse Zeitverschwendung«, dröhnte sie. »Das hättet ihr auch früher sagen können!«

Weber gähnte laut und erntete einen vernichtenden Blick von ihr.

»Sorry, aber Bent hat mich eben erst benachrichtigt«, sagte Nina.

»Was hat Dodo denn?«, fragte Bella in milderem Ton.

»Eheprobleme«, sagte Weber. »Miss Marple ist ausgezogen.«

Es war nicht zu fassen! Er plauderte fröhlich aus, was sie ihm heute Morgen unter dem Siegel der Verschwiegenheit verraten hatte. Und dann steckte er es ausgerechnet Bella!

»Was?« Bella blinzelte, ihre langen Wimpern klimperten.

»Er hat einen Hörsturz.« Nina warf Weber einen finsteren Blick zu.

»Der Arme! Wer kümmert sich denn dann jetzt um ihn?«, sagte Bella.

Du vermutlich, dachte Nina. Sie sollte Dominik warnen.

»Ähm ...« Ein pickliges, kapuzenumrahmtes Gesicht erschien im Türspalt. Sven schob seine Brille höher.

»Komm ruhig rein, Kleiner«, sagte Bella munter. »Wir beißen nicht mal dich.«

Sven vergrößerte den Spalt ein wenig. »Ich habe da was wiederhergestellt, was interessant sein könnte. Zwei Dateien, die schon gelöscht waren. Eine Mail und eine ganz normale Worddatei.«

»So ganz geht man ja niemals«, flötete Bella. »Stimmt's, Theo?«

Hagedorn nickte. Nina folgte Sven ins Arbeitszimmer, wo er sich sogleich auf den einzigen Stuhl pflanzte.

»Wenn ich die Datei lesen soll ...«, begann Nina.

»*Ich habe viel Geld durch Sie verloren. Sehen Sie sich vor, denn ich habe nichts mehr zu verlieren*«, las er laut. »Drüber steht *Bielefeld, 1. Juli* des letzten Jahres. Ist nicht viel, aber klingt nach Drohung, oder?« Er rollte mit dem Stuhl ein Stückchen zur Seite. »Und – ist das was für euch?« Sven ließ für einen Moment seinen Pickel in Ruhe.

»Das ist allerdings was, Sven!« Nina starrte auf den Bildschirm.

Hinter ihr räusperte sich Weber, der ebenfalls auf den Monitor blickte.

»Wir wussten schon, dass dieser Drohbrief gefälscht sein musste«, fuhr sie fort. »Sudbrock muss irgendwie an Dietrich Schlüters ersten Brief an Heberlein gekommen sein, um die Unterschrift zu fälschen. Sie wollte den Verdacht auf Heberleins Kunden lenken.«

»Watt?«, gab Weber von sich und breitete die Arme aus. »Es geht ums Geld, so viel ist klar. Aber ist Geld denn der Nabel der Welt? Und Frank so ein teurer, wenn vielleicht auch nicht *treuer* Gefährte? Und …«

»Nicht hinhören, Sven«, sagte Nina. »Der hat keine Ahnung. Der denkt nur an seinen Gig.«

Sven nickte mit offenem Mund.

»Tolle Mucke.« Sie zwinkerte ihm zu. »Obwohl nicht so ganz für deine Generation.«

»Bereits ausverkauft«, sagte Weber spitz.

»Ob Dörte Sudbrock wusste, dass Heberlein für die Treffen mit ihr die Initialen D.S. in seinen Kalender eintrug?«, sagte Nina. »Was für ein schöner Zufall für sie, dass sie dieselben Initialen wie Schlüter hat. Der Drohbrief ist ein wichtiges Indiz. Sven, du bist ein Schatz!«

Svens Pickel verschwanden unter der Röte, die sich in seinem Gesicht ausbreitete.

Webers Lippen kräuselten sich. »Hört Dodo denn gar nichts mehr? Wie lange dauert so ein Hörsturz?«

Die getigerte Katze strich um Ninas Beine.

»Keine Ahnung«, sagte Sven. »Tage? Wochen? Monate?«

»Ich habe nämlich eine Eintrittskarte für ihn reserviert.«

Die Katze rieb ihren Kopf an Ninas Wade und miaute kläglich.

»Die hat wohl Hunger«, sagte Sven. »Da ist noch eine Mail, die ich wiederherstellen konnte.« Er beugte sich über die Tastatur und klickte die Mail für sie an.

Richard, ich weiß, wie sehr du es hasst, wenn man dir zu dicht auf die Pelle rückt. Du hast dich oft genug darüber beklagt, wie sehr dich deine Ex unter Druck gesetzt, dir nachspioniert, dich mit ihrer Eifersucht verrückt gemacht hat. Und jetzt finde ich mich selbst in dieser Rolle wieder, obwohl ich lange gekämpft habe, sie zu vermeiden und genau das nicht zu tun: dir nachzuspionieren.

Ich habe sicher lächerlich ausgesehen, wie ich mich mit dieser blonden Perücke und Wiebkes hässlicher Sonnenbrille hinter einem Busch in eurem Garten duckte. Aber du hast mich nicht gesehen. Hast nicht bemerkt, dass ich dir nachgefahren war, um wenigstens einmal einen Eindruck zu bekommen, wie du wohnst, um ein Zipfelchen deines Lebens zu erhaschen, von dem du so wenig preisgibst. Ich bin nicht einmal davon ausgegangen, dass du etwas zu verbergen haben könntest, nein, ich glaubte in meiner Naivität tatsächlich, dass du mich auf Abstand hältst wegen deiner schlechten Erfahrungen mit deiner Ex und Zeit brauchst, wie du mir immer wieder versichert hast.

Lara … ich hätte stutzig werden sollen über die Art, wie du ihren Namen aussprichst. Aber als ich euch dort in inniger Umarmung am offenen Fenster sah und die Sonnenbrille abnahm, weil ich meinen Augen nicht traute, wurde mir klar, dass es keinesfalls vorbei ist mit euch.

Am liebsten hätte ich dich sofort zur Rede gestellt, aber stattdessen bin ich nach Hause gefahren. Wut ist immer ein schlechter Ratgeber. Und da ich ohnehin nicht schlafen kann, schreibe ich dir jetzt diese Mail. Richard, ich will einfach nicht glauben, dass mein Vater recht hatte: Die Männer interessieren sich nur für mein Geld. Du weißt, dass ich dir gerne ausgeholfen habe. Die Beträge fand ich nie bemerkenswert. Dennoch wirst du verstehen, dass ich aufgewühlt bin angesichts dessen, was ich mitansehen musste. Wir müssen heute Abend reden, Richard, dringend!

Die Mail war am 3. Juli um 0.55 Uhr verschickt worden. In der Nacht vom 3. auf den 4. Juli war Richard Heberlein abends von Frau Kücker in Dörtes Gutshof gesehen worden und dann nie mehr.

»Das ist …« Nina brach ab und wandte sich um. Die anderen waren schon gegangen. Blonde Perücke … war die Frau mit den auffallend blonden Haaren, die Heberleins ehemalige Nachbarin Frau Adler gesehen hatte, Dörte Sudbrock gewesen und nicht Rose Wildeboer?

Dominik hatte immer vermutet, dass Heberleins Verschwinden auf irgendeine Weise mit der Kaspari zusammenhing. Beim Anblick von Lara Kaspari hatte Dörte offenbar verstanden, dass ihr Richard sie belog und betrog. Die Mail klang trotzdem so, als hielte sie die Tür zu ihm noch einen Spalt offen. Die Frage war nur, ob sie bereits beim Schreiben dieser Mail geplant hatte, ihn zu töten, oder ob es im Verlaufe ihrer Aussprache zu einer Auseinandersetzung gekommen war, die tödlich für Heberlein endete.

Nachdenklich stieg Nina die Treppe zum Erdgeschoss hinunter. Die Indizien im Fall Heberlein waren inzwischen erdrückend, auch wenn der eigentliche Tathergang noch im Dunkeln lag. Aus Dörte Sudbrocks Küche hörte sie Stimmen. Die getigerte Katze saß auf dem Boden und zerknackte Trockenfutter unter der Aufsicht des geschätzten Kollegen Weber und des IT-Experten.

»Was machen wir denn jetzt mit dir?« Nina streichelte die Katze. »Dein Frauchen wird so bald nicht wiederkommen.«

Weber hob abwehrend die Hände. »Ich bin allergisch.«

Es klopfte an der offenen Tür.

»Wir sind dann mal weg.« Bella hielt wie zum Beweis ihren Koffer hoch. »Und wenn was ist … ihr wisst ja: erst denken, dann die Spurensicherung anfordern.«

»Brauchst du eine Katze, Bella? Nur übergangsweise«, fügte Nina hinzu.

»Nein danke, meine Liebe. Weißt du eigentlich, wie viele Haare die Viecher verlieren? Was sie so hervorwürgen von Zeit zu Zeit? Gar nicht zu reden von Hautpartikeln. Und ich muss dann die Spuren beseitigen! Gehört nicht zu meinem Selbstverständnis.« Bella winkte mit ihrer großen, beringten Hand und verschwand.

Aus den Tiefen des Flurs kam ein Geräusch.

»War das Hagedorn?«, fragte Nina.

Weber nickte.

»Hat der etwa *gelacht*?«

»Klang fast so. Ich habe ihn schon einmal lachen hören, das war im Jahre 19…«, Weber kniff ein Auge zu, »83, wenn ich nicht irre, und zwar an einem Tatort. Der Mörder hatte dort seinen Ausweis verloren.«

»Mein Geburtsjahr.« Sven lächelte. »Mein WG-Kumpel ist auch allergisch, sonst würde ich die Katze nehmen.«

Nina seufzte.

Als Dominik erwachte, war irgendetwas anders. Das Wetter? Das Licht, das durch die Dachfenster fiel, malte helle Vierecke auf den Teppich. Von draußen drang das charakteristische Quietschen des Horstkötter'schen Garagentors, dann das Geräusch eines anfahrenden Autos. Es dauerte einen Moment, bis er begriff: Der Piepton war zwar noch da, aber leiser als gestern, und er konnte wieder besser hören. Vorsichtig stand er auf, als könnte das Piepen lauter werden, wenn er seine Lage zu abrupt veränderte. Gähnend tappte er ins Bad. In den Dampfschwaden machte er eine schnelle Bewegung aus. Vor ihm stand ein nackter, junger Mann, der sich gerade ein Handtuch vom Haken gerissen hatte, um seine Blöße zu bedecken, und starrte ihn mit großen Augen an. Er war so mager, dass man die Rippen zählen konnte, und weiß wie ein Grottenolm.

»Hallo Erik«, sagte Dominik und betrachtete die nasse Haartolle, die an einer Seite des rasierten Schädels klebte. »Ohne ... deine Frisur hätte ich dich fast nicht erkannt.«

»Ich dachte, Sie ... Lissa hat gesagt, Sie wären im Krankenhaus ...« Erik hüstelte.

»Ich habe mich gestern Nacht selbst entlassen. Zuerst haben die einen Hörtest gemacht mit keinesfalls überraschendem Ergebnis. Dann haben sie in meine Ohren geschaut, mir erzählt, ich müsste demnächst in die

Röhre von wegen Tumor und so weiter, da wurde es mir zu bunt.«

Erik schluckte. Sein Blick huschte über die Fliesen, als suchte er nach einem Fluchtweg.

»Du weißt, was ich mit Röhre meine?«, fragte Dominik.

»Tom… Tomographie?«

»Genau. Und dann diese blöden Hemden, die hinten offen sind, hast du eine Ahnung, wie bescheuert das aussieht?«

Erik nickte und wich ein Stück zurück. Seine Tolle hatte was von geduschter Katze. Mit einem Schnipp wäre sie weg, und man könnte Grund reinbringen.

Erik räusperte sich.

»Ja?«, fragte Dominik freundlich. »Wolltest du was sagen? Könnte ich übrigens duschen? Bist du fertig?«

»Klar, ich bin … klar.«

Erik presste sich an die Fliesen, um ihn vorbeizulassen, wickelte sich das Handtuch rasch um die Hüften und flüchtete aus dem Bad. Seine schwarzen Klamotten hatte er auf dem Regal zurückgelassen. Dominik schloss die Tür ab und gönnte sich eine lange Dusche.

Unten im Esszimmer drapierte Lissa Narzissen in einer Vase auf dem gedeckten Tisch. Die Blümchen wirkten etwas verloren in der zu großen Vase. Durch die geöffnete Terrassentür konnte Dominik sehen, dass sie dafür Bettys Blumenkorb geplündert hatte.

»Papa!« Sie lächelte süß, rannte auf ihn zu und umhalste ihn, hielt ihn dann von sich weg und schaute ihn prüfend an. »Du kannst wieder hören?«

»Etwas besser schon.«

»Wirklich? Geht es dir … okay, ich … ich hätte es dir ja gesagt, wenn … Ich hätte dich vorher gefragt, ob Erik hier übernachten darf, aber du warst ja gar nicht da.«

»Klingt logisch.«

»Wann bist du denn gekommen? Wir haben gar nicht gemerkt, dass du …«

»So gegen halb drei vielleicht.«

Er setzte sich an den Tisch und goss sich Kaffee ein. Lissa nahm gegenüber Platz, stützte den Kopf auf ihre Hand und beobachtete ihn mit Unschuldsblick.

»Hör mal, mein Fräulein … Der hat … hier übernachtet und … Hat er noch mehr getan, als er hier so …«

Lissa runzelte die Stirn. »Mehr getan?«

Wenn man Betty mal brauchte … »Ich sehe doch, hier ist der Tisch gedeckt, da stehen Narzissen, wenn das nicht nach schlechtem Gewis…«

»Papa! Du warst im Krankenhaus! Wir haben uns Sorgen gemacht!«

»Lissa, was ich meine …«

»Warum flüsterst du denn so?«

»Wir müssen uns mal unterhalten … über das Thema Verhüt…«

»Morgen, Papa!« Robin stürmte auf ihn zu, drückte ihn kurz, ließ sich dann auf den Stuhl daneben fallen. »Wir dachten, du wärst … Wie geht es dir?«

»Ich werde mir beim HNO-Arzt Infusionen geben lassen, damit der Tinnitus verschwindet. Aber im Krankenhaus bin ich fehl am Platz.«

»Na, das ist doch mal 'ne gute Nachricht. Ist noch Kaffee da?«, fragte Robin.

Lissa schürzte die Lippen, stand auf und verließ wortlos den Raum.

Robin blickte ihr nach. »Habe ich was Falsches gesagt?« Er griff nach der Thermoskanne. »Du, das, was da gestern passiert ist …«

»Krass, ich weiß«, murmelte Dominik.

Die Türglocke schrillte.

»Ich geh schon.« Robin klopfte ihm auf die Schulter.

Dominik belegte sich ein Brot mit Käse und wollte gerade reinbeißen, als Robin wiederkam. »Da ist ein … eine etwas größere Dame für dich.«

Hinter ihm tauchte Bella auf mit einem Blumenkorb, der genau aussah wie der von Betty, nur dass er in Bellas Pranken wie ein Körbchen wirkte. »Dodo-Schatz! Was machst du denn für Sachen?«

Sie drängte sich an Robin vorbei und eilte auf ihn zu. Dominik stand auf. Bella stellte den Weidenkorb auf den nächstbesten Stuhl und drückte ihn an sich. Ihr Parfüm war schwer, ihr Griff fest.

»Kannst du mich hören?«, schrie sie in sein Ohr.

»Ja!« Dominik machte sich los. »Es geht etwas besser, Bella, wirklich.«

»Freut mich!« Sie drückte ihm den Korb vor die Brust. »Ich war gerade in der Gegend, und da dachte ich, ich schau mal vorbei. Das sind ja Geschichten!«

»Das wäre doch nicht nötig gewesen. Möchtest du einen Kaffee?«

Bella streifte Robin, der sich inzwischen an den Tisch gesetzt hatte, mit einem Seitenblick. »Ein anderes Mal gerne. Theo wartet im Auto. Deswegen sollte ich wohl.« Sie lächelte ihn bedauernd an und umarmte ihn noch einmal. »Also, wenn du mal reden willst«, rief sie in sein Ohr, während sie ihn quetschte. »Dodo, du weißt ja, wo du mich erreichst!«

»Ja, danke, Bella.«

Sie ließ ihn los, wackelte zum Abschied mit den Fingern und stöckelte auf metallverstärkten Absätzen von dannen.

»*Dodo-Schatz?*« Robin biss sich auf die Lippen.

Nach dem Frühstück rief Dominik im Präsidium an und erfuhr von Walter Kux, dass Frank wach und halbwegs munter und Bent Andersen noch bei ihm im Krankenhaus sei. Von draußen lockte die Sonne. Er beschloss, dass er nach all dem einen Lauf verdient hatte. Der Boden war feucht vom Regen der letzten Tage. Es roch nach Erde und nach etwas anderem, etwas Feinerem. Er joggte den Weg durch den Park am Johannisbach entlang, Radfahrer kamen ihm entgegen, Spaziergänger mit und ohne Hund, ein Jogger, der mit einem Kinderwagen lief. Jemand steuerte einen kleinen Hubschrauber über die Wiese, bestaunt von einer Gruppe von Kindern. Halb Schildesche schien sich in den Osterferien am Rande der Felder und Wäldchen zu tummeln. Der Rhythmus seines Atems ließ ihn an den Friedhof denken, für einen Moment tauchte Franks wachsbleiches Gesicht vor ihm auf. Schließlich dachte er an nichts mehr, sprang über Baumwurzeln und Walking-Stöcke, genoss das Gefühl, einfach Teil der Menge zu sein.

Er war auf dem Rückweg, hatte die Stiftskirche gerade hinter sich gelassen, als er Betty sah. Sie war dabei, etwas auf dem Rücksitz ihres Autos zu verstauen. Er stellte die Musik ab, wartete, bis sie wieder aus den Tiefen des Twingos auftauchte.

Betty erschreckte sich, als stünde der Leibhaftige vor ihr. »Ich dachte, du …«

»Der Tinnitus muss nur ambulant behandelt werden.«

»Das freut mich.« In ihrem Gesicht zuckte es. »Tja also ...« Sie deutete auf den Rücksitz, auf dem ein Katzenkorb stand. Ein Streifen graues Fell war durch das Flechtwerk zu sehen. »Das ist Tiger, Dörte Sudbrocks Kater. Ich nehme ihn erst mal. Der kann ja nichts dafür, dass sein Frauchen … in Haft sitzt.«

»Das ist wahr. Einkaufen warst du auch. Schick.« Er zupfte das Preisschild unter ihrem Jackenkragen hervor.

»Upps«, entfuhr es ihr. »Ich brauchte etwas Neues. Wer weiß, ob ich jemals wieder in die alten Sachen reinpasse. Ist vielleicht auch nicht so wichtig.«

Er riss ihr das Preisschild ab. Der Faden ragte noch hervor. »Nylon. Dafür brauchst du eine Schere.«

»Zuhause hab… Christiane hat sicher eine. Die Nummer habe ich dir gegeben?«

»Hast du. Was ich dir noch sagen wollte … ich … bleibt es bei der Trennung? Ich meine, Betty … sollen wir es nicht noch mal miteinander versuchen? Schon wegen der Kinder …«

»Die Kinder sind keine Kinder mehr. Mach es mir nicht so schwer.«

»Hast du Nils schon angerufen?«

»Habe ich. Er ist natürlich traurig. Aber er respektiert unsere Entscheidung.«

»Deine Entscheidung, Betty.«

Sie nickte. »Ich muss los.« Sie ging zur Fahrerseite. Hob zögernd die Hand.

»Mach's gut, Betty.«

Fritz Redekop, Walter Kux, Ottfried Weber und Nina Tschöke verließen den Besprechungsraum. Bent blieb noch sitzen, faltete die Hände hinter dem Kopf und bog die Schultern nach hinten. Die Luft war verbraucht. Die Stängel der Hyazinthe, die Nina auf seinem Tisch neben dem Flipchart platziert hatte, neigten sich zur Tischplatte, weil der Blütenstand zu schwer geworden war. In ihrem Duft lag ein Hauch Fäulnis. Er ertappte sich dabei, wie er sich eine juckende Stelle am Hals kratzte. Plötzlich steckte Nina den Kopf durch die Tür.

»Alles in Ordnung, Bent?«

»Was soll denn nicht in Ordnung sein?« Er unterdrückte den Impuls weiterzukratzen.

Nina lächelte. »Ich weiß nicht … ach, vergiss das. Bis gleich.« Sie schloss die Tür.

Bent strich sich Cortisonsalbe auf den Hals. Nina hatte feine Antennen. Bald würden es auch die anderen merken, wenn der Neurodermitis-Schub wieder sein Gesicht verunstaltete. Er ging zum Fenster und öffnete es. Kühle Luft strömte herein, zusammen mit dem Verkehrslärm der Straßenkreuzung. Er aß einen Schokoriegel am offenen Fenster, hörte auf zu kauen, als er eine Schrecksekunde lang Andy zum Haupteingang gehen sah. Nein, es war natürlich sein Doppelgänger. Ob das jemals aufhörte? Bent schob sich den Rest des Riegels in den Mund und schloss das

Fenster. Er erwog kurz, ob er Nina bitten sollte, Dominik über die neuen Entwicklungen zu informieren. Doch sie machte gerade Pause in der Cafeteria, bevor es weitergehen sollte mit Dörte Sudbrocks Vernehmung.

Als er auf den Flur trat, wäre er fast mit Dominik zusammengeprallt.

»Oh, hallo Bent. Ich dachte schon, es wären alle ausgeflogen.«

»Bist du nicht krankgeschrieben?«

»Es geht mir besser. Oder willst du mich nicht hier haben?« Dominik grinste.

»Oh … doch, natürlich«, log Bent. Er räusperte sich. »Es … ich hörte von einer Trennung. Ich könnte verstehen, wenn du eine Zeit lang zu Hause bleiben möchtest.«

»Möchte ich aber nicht.«

»Schön, dann …« Er blickte den Flur entlang. In einem der leeren Büros klingelte ein Telefon. »Du hast die Besprechung gerade verpasst. Gehen wir kurz in mein Büro.«

Bent wies auf seinen einzigen Besucherstuhl. Zwei Wochen vorher war im hinteren Teil seines Büros ein Ledersofa aufgestellt worden, aber er brachte lieber seinen breiten Schreibtisch zwischen sich und den Kollegen.

Dominik setzte sich. »Nina hat mir schon so Einiges am Telefon berichtet.«

»Ja.« Bent spreizte die Finger und legte die Fingerspitzen aneinander. »Wir kennen jetzt das Motiv für den Mord an Heberlein.«

»Und diese Geschichte mit Frank?«

»Er hat keine Idee. Er hat sie erst letzte Woche über ein Datingportal kennengelernt.«

»Ist das ein neues Sofa, Bent? Sieht sehr bequem aus.«

»Äh … ja, danke. Die beiden planten einen gemeinsamen Kurzurlaub. Am Gründonnerstag, dem Tag bevor es losgehen sollte, trafen sie sich zum Sektfrühstück in Sudbrocks Jagdhütte.«

Dominik rutschte auf dem polsterlosen Besucherstuhl herum. Wollte er damit ausdrücken, dass er das neue Sofa passender gefunden hätte? »Wir können uns auch rübersetzen aufs Sofa, wenn der Stuhl nicht so ….«

»Gerne.«

Nachdem Dominik sich an ein Ende des Sofas gesetzt hatte, nahm Bent am anderen Ende Platz. Das braune Leder knarrte leise, als der Kollege tiefer rutschte und einen Arm über die Rückenlehne legte. »Ich war noch nie bei einer Talkshow. Steht da nicht immer ein Glas Wasser auf dem Tisch, an dem ab und zu genippt wird?«

»Möchtest du ein Glas Wasser?«

»Ein Scherz.«

Für einen frisch Getrennten wirkte Dominik recht fidel.

»An die Ereignisse vom Gründonnerstag erinnert sich Frank kaum noch«, erzählte Bent weiter. »Der Toxikologe hat ein typisches Abbauprodukt von Flunitrazepam in Franks Urin und in seinem Blutserum nachweisen können, das 7-Aminoflunitrazepam. Die Konzentration spricht dafür, dass er keine geringe Menge aufgenommen hat. Speziell in Zusammenhang mit Alkohol kann das Zeug Amnesie bewirken, hat er mir erläutert. Es ist davon auszugehen, dass sie es ihm schon während des Frühstücks verabreicht hat.«

»Ich hab mich schlau gemacht. Flunis heißen die Dinger in einschlägigen Kreisen. Werden auch als Date-Rape-Droge missbraucht.«

Bent nickte. »Frank weiß nur noch, dass er auf einer Matratze aufwachte, mit Augenbinde, Klebeband über dem Mund und gefesselt. Er hat einen großen Teil der Ostertage verschlafen.«

»Sie hat ihn tagelang mit Flunitrazepam ausgeknockt?«

»Er hat nichts zu essen bekommen, aber sie hat es wohl ins Wasser getan, das bitter schmeckte.«

»Bent, ich frage mich, wie diese zierliche Dörte Sudbrock es wohl geschafft hat, seinen schlaffen Körper in diese Grube zu kriegen, die sie vorher wohl noch tiefer ausgehoben hat, damit es nicht auffällt. Das stelle ich mir anstrengend vor.«

»Frank hat später zwei verschiedene Frauenstimmen gehört, kurz bevor er sich in einem Kofferraum wiederfand.«

»Eine Mittäterin also … da fällt mir was ein!« Dominik hob den Zeigefinger. »Diese Haushälterin hat etwas von einem Auto erzählt, das Sudbrock angeblich ihrer Köchin Wiebke Fischer geschenkt habe.«

Dominik strich sich eine Locke zurück, die ihm in die Stirn gefallen war. Er trug die Haare im Nacken kürzer als Andy. Dessen Haare waren schwarz, Dominiks dunkles Haar hatte einen Stich ins Braune, der Amorbogen seiner Oberlippe war etwas geschwungener als Andys und leicht asymmetrisch. Bent räusperte sich. »Wo waren wir stehen geblieben?«

»Wiebke Fischer.«

»Richtig. Ich habe auch schon an Fischer gedacht. Die Dame wirkte reichlich nervös, als ich in dieser Ferienwohnanlage vorbeischaute.«

»Sudbrock habe Fischer bevorzugt, ihr einen neuen Arbeitsplatz besorgt, erzählte die Haushälterin, während sie nur noch so lange Arbeit habe, bis der Gutshof einen Käufer findet. Aber vielleicht musste Sudbrock ihre frühere Köchin auch bei Laune halten«, sagte Dominik.

»Damit sie nichts ausplaudert?«

»Und ihr hilft. Zum Beispiel, Frank zum Friedhof zu bringen ...«

»Vermutlich auch Heberlein!« Bent nickte vor sich hin. »Die Frau war nämlich schon aufgeregt, als ich in der Ferienwohnanlage auftauchte und nach Sudbrock und Heberlein fragte! Zu dem Zeitpunkt wusste ich noch nicht, dass es auch um Frank geht.«

Dominik stieß einen Schwall Luft aus. »Überleg mal, Bent, ein neues Auto ... und das kurz nach Heberleins Verschwinden!«

»Du denkst, Heberlein ist in Wiebke Fischers altem Auto transportiert worden, das danach verschrottet wurde, um Spuren zu vernichten?«

»Spuren vernichten, falsche Spuren legen ... denk an Sudbrocks gefälschten Drohbrief! Und wenn man eine Leiche transportiert ...«

»Sie hat wahrscheinlich keine Leiche transportiert«, sagte Bent.

Dominik runzelte die Stirn. »Das heißt ...?«

»Heberlein ist nicht an der Kopfwunde gestorben. Der Rechtsmediziner hat keine größere Schädelinnenraumblutung feststellen können.«

Dominik griff nach seinem Krawattenknoten, als wollte er den Sitz überprüfen. »Und die toxikologische Untersuchung?«

»Hat ein Beruhigungsmittel nachweisen können. Nach der langen Liegezeit des Leichnams sei es schwer zu sagen, ob dieses todesursächlich war oder nur sedierend.«

Dominik lockerte seine Krawatte. »Und was war dann die Todesursache?«

»Man hat Sand in Heberleins Atemwegen gefunden, der aber auch durch Umgebungsfaktoren wie Regen oder Fäulnis dort hineingelangt sein könnte. Die Leiche lag ja ohne Sarg in der Erde.«

»Raus damit, Bent, was …?«

»Sie haben keine Erstickungsblutungen unter der Herz- und Lungenhaut entdeckt, was nach fast neun Monaten Liegezeit ohnehin unwahrscheinlich sei.«

Dominik richtete sich auf, das Ledersofa knarzte. »Irgendetwas müssen sie doch herausgefunden haben!«

»Ja, Einblutungen in der Atemhilfsmuskulatur. Das ist wohl auch bei Fäulnis noch möglich.«

Dominik ließ sich zurückfallen und starrte ins Leere. »Der Plastiksack, in dem Heberlein steckte, als man ihn fand, war beschädigt. Er ist dennoch erstickt.«

Sie schwiegen. Ein Hupen durchbrach die Stille, es folgte das Dröhnen eines anfahrenden Lastwagens an der Kreuzung Kurt-Schumacher- und Stapenhorststraße. Bent warf dem Kollegen einen Seitenblick zu. Täuschte er sich, oder war der etwas blass um die Nase geworden?

»Ich möchte mir lieber nicht vorstellen, wie das ist, wenn …« Dominik brach ab. »Wir sitzen hier in der Sonne, und irgendwo im feuchten, kalten Dunkel kämpft vielleicht jemand um sein Leben.«

»Das kann man sich nicht vorstellen.«

»Bent, ich glaube, ich möchte jetzt doch ein Glas Wasser.«

Das Einkaufen und Kochen war immer Bettys Part gewesen. Dominik irrte durch den Supermarkt, strandete vor dem Tiefkühlregal. Während er unentschlossen die Packungen mit den Fertiggerichten begutachtete, dachte er an Bent, der ihn nach Hause geschickt hatte: Er solle sich erholen. Bei Bent war er ähnlich ratlos wie bei den TK-Packungen. Er wusste nie, woran er mit ihm war: Mal war der MK-Leiter schroff, dann wieder unsicher, manchmal beinahe nett.

Eine Stunde später kam Dominik beladen mit Einkaufstüten zu Hause an. Er wollte gerade die letzte Packung ins Eisfach legen, als er feststellte, dass die vermeintlich vegetarische Tiefkühl-Lasagne Hackfleisch enthielt. Und er hatte vier Packungen gekauft, weil Lissa so gerne vegetarische Lasagne aß. Er seufzte. Dann musste eben er die Lasagne essen. Er riss die Folie von der Packung und stellte sie auf den Rost, als er ganz hinten im Ofen ein Plätzchen entdeckte. Es war unscheinbar bräunlich, aber nicht verbrannt. Hatte Betty in letzter Zeit Plätzchen gebacken? Noch gab es überall Dinge, die an sie erinnerten, Ostereier in dem gelb blühenden Strauch, dessen Namen er sich nie merken konnte, ein Silberohrring, den er auf ihrem Nachttisch fand, ein langes, gekräuseltes, rotes Haar auf ihrem Kopfkissen. Ihre Spuren würden nach und nach verschwinden. Er klappte die Backofentür zu und stellte die Umluftheizung an, aß gedankenverloren das Plätzchen, das eigentümlich herb schmeckte. Er hockte eine Weile vor dem Backofen, sah der Lasagne zu, wie sie bräunte.

Er stellte sich vor, Betty wäre gerade im Urlaub, etwa für eine Woche mit ihren Freundinnen auf einer Mittelmeerinsel wie jedes Jahr einmal. Gleich würde sie in der Tür stehen, braun gebrannt und mit einem schweren Koffer, würde die Hände über dem Kopf zusammenschlagen, weil die Küche aussah wie bei Hempels, und einen Haufen überflüssiger Geschenke auspacken. Das, was er ihr geben konnte, hatte ihr nie gereicht ...

Das Rauschen der Umluft machte ihn schläfrig. Er ging ins Wohnzimmer, ließ sich aufs Sofa fallen und betätigte die Fernbedienung, um sich den Film über die Entstehung der Sterne anzusehen, den er neulich aufgenommen hatte. Er erfuhr, dass der Orionnebel eines der aktivsten Sternentstehungsgebiete in der galaktischen Nachbarschaft der Sonne sei, die Entfernung zur Sonne nur lumpige 1350 Lichtjahre betrage, sein Durchmesser etwa 30 Lichtjahre und ... Dominik stellte den Ton ab. Er konnte sich diese Zahlen sowieso nie merken und musste nicht wissen, welche Aufnahmen vom Hubble- oder vom Spitzer-Weltraumteleskop stammten. Die in Rosa-, Rot-, Braun- und Taubenblautönen leuchtenden Schleier des Orionnebels waren auch so wunderschön.

Plötzlich hatte er Lust auf seine alten Scheiben. Er hatte sich von seiner Plattensammlung getrennt und sich seine Lieblingsmusik als CDs beschafft. Aber er konnte sich noch genau erinnern, wie er sich mit fünfzehn stolz sein erstes Pink-Floyd-Album gekauft hatte. Wenig später lernte er Betty kennen, die auf ABBA stand. Doch er sah damals großzügig darüber hinweg, da sie andere Interessen teilten … Er erwischte sich bei einem breiten Grinsen, hielt den Film an, holte sich die Nuss-Schokolade aus dem Schrank und legte eine CD ein. Dann surfte er durch den Weltraum, durch die fantastischen Gaskathedralen des Adlernebels, flog dem Pferdekopfnebel entgegen, einem dunklen, tierähnlichen Gebilde vor dunkelrosafarbenem Hintergrund, durchbrochen von hellem Blau, da wo die Sterne leuchteten – eine Formation, die ihn mehr an den Kopf einer sich aufrichtenden Kobra denken ließ als an einen Pferdekopf. Er surfte weiter über die feinen rötlichen Verästelungen des Tarantelnebels vor kräftig blauen Lichtdurchbrüchen, durch die roten Gebirge des Carinanebels … Es war unglaublich! So intensiv hatte er die Schönheit der Gasgebilde noch nie wahrgenommen. Die Musik, die Bilder, alles bildete eine perfekte Einheit.

Remember, when you were young … you shone like the sun …

»Papa?«

Er kannte noch alle Texte auswendig. Gaswolken verdichteten sich zu einer rotierenden Scheibe, bis der Funke der Kernfusion zündete. Wow – und dann die Jets, die aus dem Innern des Protosterns schossen …

»*Shine … on … you* … ach, hallo Robin, komm doch rein.«

»Das, was da im Backofen verkohlt ist …«

»Sind das nicht absolut fantastische Aufnahmen?«

»Das ist eine Modellanimation. Kann ich die Musik vielleicht ein bisschen leiser …« Robin sah ihn mit merkwürdigem Ausdruck an. »Sag mal, hast du … hast du etwa eins von den Plätzchen aus der Dose in meinem Zimmer gegessen?«

»Sind noch welche davon da? Ehrlich gesagt, ich habe Hunger auf was Süßes. Setz dich, mein Junge. Du stehst im Bild.«

12. Kapitel

Freitag, 5. April

Als Dominik aufwachte, wusste er im ersten Moment nicht, wo er war. Die rot leuchtenden Lämpchen der Anlage und das spärliche Licht, das durch die Ritzen in den Rollläden sickerte, ließen die Umrisse der Sofagarnitur erkennen. Ein Haufen CDs lag über den Couchtisch verteilt, obendrauf thronte der Kopfhörer. Er musste auf dem Sofa eingeschlafen sein. Jemand hatte eine Wolldecke über ihn gebreitet. Beim Aufstehen stolperte er über ein Kabel, das den Kopfhörer vom Tisch riss. Eine CD rutschte hinterher. Dominik zog die Rollläden hoch. Tageslicht flutete das Zimmer. Blinzelnd öffnete er die Terrassentür. Dann hob er die CD auf – *Space Oddity* von David Bowie – und legte sie zurück auf den Tisch. Der Wind, der durch die Tür wehte, ließ Wollmäuse über den Boden huschen. Summend ging er Richtung Küche.

»*Here am I sitting in a tin can, far above the world, planet earth is blue …*« Er brach ab.

Lissa und Robin saßen am Küchentisch und starrten ihn an. Dann tauschten sie einen Blick.

»Was gibt's denn da zu grinsen?«, fragte Dominik.

»Kaffee?« Lissa hielt lächelnd die Kanne hoch.

»Nina Tschöke hat angerufen«, sagte Robin. »Ob du ins Präsidium kommst. Du hast verschlafen, oder?«

»Ist es schon so spät? Ich nehme einen Kaffee.«

»Ein Kaffee, der Herr.« Lissa goss ihm einen Becher voll.

Er setzte sich an den Frühstückstisch, wo ein Gedeck für ihn lag. Als er nach der Butterdose griff, löste sie sich nur widerwillig von der Tischdecke.

»Robin hat gestern O-Saft verschüttet und nicht aufgewischt«, erklärte Lissa.

»Hey, ich war damit beschäftigt, den Backofen zu säubern!«

»Säubern?« Lissa warf einen demonstrativen Blick Richtung Backofen.

Der war mit irgendeinem grauweißen Zeug verkleistert.

»Der Schaum muss erst einwirken, steht auf der Dose!«, gab Robin zurück.

Lissa verzog spöttisch die Lippen. »Zwölf Stunden? Also: Robin musste den Backofen einsprühen …« Sie hob die Hand und bewegte ihren Zeigefinger, als drückte sie auf eine Sprühdose. »Etwa so: Psch-psch-psch. Anschließend fehlte ihm die Kraft, auch noch den Tisch abzuwischen.«

Robin schnitt ihr eine Grimasse, die Lissa mit einer angewiderten Miene quittierte.

»Kinder, so geht das nicht weiter! Wir machen einen Plan. Einen Plan mit Pflichten. Jeder ist für etwas Bestimmtes zuständig.«

»Wir brauchen eine Putzfrau.« Lissa zerteilte eine Apfelsine.

»Keine schlechte Idee«, murmelte Robin. »Obwohl sie von dir ist.«

»Ich finde, ihr solltet nun lernen, wie man einen Haushalt führt. Für später. Und außerdem: Wollt ihr wirklich, dass hier ständig eine fremde Frau herumwuselt?«

»Stört mich nicht«, sagte Robin. »Erik wuselt hier ja auch rum.«

»Putz*mann* wäre auch okay«, sagte Lissa. »Falls er gut aussieht.«

»Und wer soll das bezahlen?«

»Du!«, riefen beide wie aus einem Munde.

Auf dem Flur ihrer Büroetage kam Nina ihm entgegen und zog die Glastür auf – einen Moment bevor er sie aufdrücken konnte. Unter ihren Augen lagen dunkle Ringe.

»Gib's zu, Nina, du hast die Nacht durchgefeiert.«

»Da hast du was verpasst, Dodo, große Party im Vernehmungsraum.« Sie grinste schief. »Ich habe drei Stunden in Bents Büro auf seinem neuen Ledersofa geschlafen.« Sie verzog das Gesicht und griff sich in den Nacken. »Kennst du einen guten Physiotherapeuten?«

»Und wo hat Bent übernachtet?«

»Zu Hause. Er ist heute Morgen nach Flensburg aufgebrochen, um zusammen mit seinen früheren Kollegen Wiebke Fischer zu vernehmen.«

»Und – seid ihr …« Dominik machte Kux und Weber Platz, die Kaugummi kauend ihr gemeinsames Büro verließen. Sie hinterließen eine Wolke Spearmint-Duft im Flur, bevor sie verschwanden, vermutlich Richtung Soko. »Seid ihr weitergekommen mit Dörte Sudbrock?«

»Ihr Anwalt hat die Akten eingesehen und mit seiner Mandantin gesprochen. Wir haben inzwischen so viel gegen sie in der Hand, dass sie sich entschließen konnte zu reden. Die kriminaltechnische Untersuchung ergibt zum Beispiel zweifelfrei, dass Frank sich in dieser Hütte aufgehalten hat. Selbst das Pendant zu dem Ohrstecker, den Bella in Wittkötters Grab entdeckt hat, haben wir in Sudbrocks Haus gefunden. Ganz zu schweigen von Franks Aussage.«

»Sie hat ein umfassendes Geständnis abgelegt?«

»Das nicht, Dodo. Aber sie hat zugegeben, Heberlein mit Hilfe von Wiebke Fischer in dem ausgehobenen Grab verscharrt zu haben. Wir haben die Vernehmung später in der Nacht abgebrochen, denn sie hat offensichtlich gesundheitliche Probleme.«

»Wo finde ich die Aufnahmen?«

»Das Gerät steht schon auf deinem Schreibtisch. Ich habe einen Zettel dazugelegt, ab wann es interessant wird. Am besten, du hörst dir die Aussage gleich an, danach machen wir beide weiter mit ihr.«

Als Dominik und Nina den Vernehmungsraum betraten, saß Dörte Sudbrock bereits am Tisch. Make-up lag auf ihrem puppenhaften Gesicht wie eine Maske. Auf das »Guten Morgen« der beiden verzog sie nur ihre rot geschminkten Lippen. Die Jalousie flappte vor dem schräg gestellten Fenster im Wind. Auf dem Tisch bildete das Sonnenlicht ein Streifenmuster. Dominik schloss das Fenster. Ihm lag eine Bemerkung über das Wetter auf der Zunge, nach so viel Mistwetter endlich Sonne oder etwas in der Art. Aber Sudbrock wirkte nicht, als ob sie Wert auf Smalltalk zum Aufwärmen legte. Sie hielt den Blick auf ihre Hand gerichtet, die sie abwechselnd schloss und öffnete, als wollte sie testen, ob das noch funktionierte. Nina hatte ihm von Sudbrocks Bewegungsstörungen in der letzten Nacht erzählt.

Er setzte sich neben die Kollegin, die gegenüber von Dörte Sudbrock Platz genommen hatte und gerade das Aufnahmegerät einschaltete.

»Frau Sudbrock, Sie haben letzte Nacht einen Streit zwischen Ihnen und Richard Heberlein erwähnt«, begann Dominik. »Der Streit bei seinem Besuch am Abend des 3. Juli. Er hätte sich dabei eine Kopfverletzung zugezogen.«

Sudbrock fixierte ihn mit ihren veilchenblauen Augen. »Er hatte zu viel getrunken. Als er aufstand, stolperte er über seine eigenen Füße.« Ihre von Wimperntusche verklebten Wimpern hoben und senkten sich ein paar Mal. »Er stürzte und ist mit dem Kopf auf den Rauchglastisch geknallt. Und dann war er tot.« Dominik zog die Brauen zusammen. »Der Alkohol war für seinen Sturz verantwortlich?«

»Ich fürchte, es war nicht nur der Wein. Er hat das falsche Glas genommen. Wegen meiner Schlafstörungen nehme ich Schlafmittel, inzwischen höher dosiert, damit es noch wirkt. Ich hab die Flunis zerstoßen und mir in den Wein gemischt. Ich muss das Tablett aus Versehen gedreht haben, als ich es abstellte. Jedenfalls hat er wohl aus meinem Glas getrunken.«

»Nimmt man Schlaftabletten nicht mit Wasser ein? Die Kombination mit Alkohol ist doch bekanntlich nicht ohne«, sagte Dominik.

»Ich wollte mich betäuben, weil ich schon ahnte, dass ich in *der* Nacht sonst bestimmt kein Auge zutun würde.«

»Warum haben Sie keinen Krankenwagen gerufen?«, fragte Nina.

»Weil ich wusste, dass er tot ist. Er brauchte keinen Arzt mehr.«

»Daran haben Sie keinen Augenblick lang gezweifelt? Wie haben Sie das überprüft?« Nina lehnte sich vor.

»Er hat nicht mehr reagiert. Auf nichts. Ich war sicher, ja.«

»Gemeinhin ruft man einen Arzt, der das bestätigt, und wendet sich an die Angehörigen, die sich um die Bestattung kümmern.« Dominik verschränkte die Hände auf dem Kopf.

»Ich war durcheinander. Ich dachte, das mit der Verwechslung der Gläser und dem Unfall glaubt mir ja doch niemand.«

»Aber warum?«, fragte Dominik. »So etwas kommt doch vor.«

»Ich hatte etwas Dummes gemacht, als … in der Nacht davor bin ich Richard heimlich bis zu seiner Wohnung gefolgt und musste feststellen, dass er mich mit diesem Flittchen betrog, da …« Ein Zucken lief durch ihren Körper. »Ich war so wütend, ich habe ihr einen Zettel unter den Scheibenwischer gesteckt. *Schlampe!* Mit meiner eigenen Schrift, Sie verstehen …«

Dominik fiel etwas ein, das Lara Kaspari ihm gesagt

hatte. »Haben Sie die ›Schlampe‹ in den Tagen nach Richards Tod angerufen?«

Sudbrocks Lippen wurden zu einem Strich. »Sie sollte … Ich wusste, die Tussi findet schnell einen Neuen, der sie auf Händen trägt. Aber wenigstens ein paar Tage lang sollte …« Sie brach ab.

»Sie sollte leiden? So wie Sie litten?«, fragte Nina.

»Nachdenken! Sie sollte mal ans Nachdenken kommen!« Sudbrocks Gesicht verzerrte sich für einen Moment. »Ich hab nur angerufen und gleich wieder aufgelegt. Es gibt Menschen, die bekommen von vorneherein alles im Leben. Ohne etwas dafür tun zu müssen. So wie diese Frau. *Mich* hat Richard von Anfang an nur ausnutzen wollen! Und ich glaubte wirklich, er wäre anders als …« Sie lachte bitter. »Wie dumm ich war.« Ihre Augen wurden feucht. »Mein Vater sagte immer, ›Dörte, nimm lieber jemanden aus unseren Kreisen‹, aber wer sollte das sein? Es gab niemanden, nie. Weder aus unseren Kreisen noch …« Sie biss sich auf die Lippen.

»Und sein Kunde Dietrich Schlüter?«, fragte Dominik. »Sollte der auch nachdenken? Über einen falschen Verdacht?«

Dörte Sudbrock presste die Lider zusammen. Als sie die Augen wieder öffnete, hatten ihre Wimpern schwarze Flecke auf den Wangen hinterlassen. »Nein … ich wollte nicht … ich hatte einfach Angst und …« Sie brach ab.

»Wie sind Sie an Schlüters Brief gekommen?«, fragte Dominik.

»Richard hatte an dem letzten Abend seine Aktentasche dabei. Dort fand ich den Brief. Richard hatte sich schon bei mir über diesen nervtötenden Kunden beschwert, da kam mir die Idee mit dem zweiten Brief. Es war eine Kurzschlusshandlung. Aber ... ich glaube, Schlüter wäre sowieso unter Verdacht geraten.«

»Noch einmal zurück zu dem Schlafmittel Flunitrazepam.« Nina faltete ihre Hände auf dem Tisch. »Richard Heberlein hat es also aus Versehen genommen. Und Frank Herbst?«

Sudbrock senkte den Blick. Ihr rechtes Bein begann zu zittern, sie trat auf den Boden wie Rumpelstilzchen.

»Bei Herrn Herbst wurde eine beträchtliche Konzentration ...«, machte Nina weiter.

»Ja!« Ihr Mund zuckte. »Ja, ich weiß. Er hat ...« Die Muskeln an ihrem Hals traten hervor, ihre Brust hob und senkte sich schneller. »*Badboy35* ...« Die Finger ihrer linken Hand zitterten, und sie umklammerte sie mit der Rechten.

»*Bad*...?«, begann Dominik.

»*Badboy* ... das ist er wirklich! Schlecht!«

»Sie haben ihn vor Kurzem unter diesem Nickname im Internet kennengelernt?«, fragte Nina.

»Nicht vor Kurzem. Es ist schon Jahre her, dass ich ihm in einem Dating-Forum begegnet bin.«

Dominik und Nina tauschten einen Blick. Hatte Frank nicht berichtet, dass er die Frau kurz vor Ostern das erste Mal gesehen hätte?

Das Streifenmuster auf dem Tisch verschwand, als sich eine Wolke vor die Sonne schob.

»Sie haben also eine Geschichte mit ihm«, sagte Nina.

»Das kann man wohl sagen. Ich ...« Sudbrock machte fahrige Bewegungen mit den Händen. Es sah aus, als wollte sie ein Insekt einfangen. Dann nahm sie die Hände unter den Tisch. »Ich hatte schon unschöne Erfahrungen mit Internet-Bekanntschaften hinter mir, als wir vor Jahren anfingen zu chatten. Typen, die mir nach einem Kaffeetrinken versicherten, sich wieder zu melden, aber dann kam nichts mehr. Oder während eines Dates auf die Uhr schielten und urplötzlich zu einem dringenden Termin mussten.«

Das Streifenmuster erschien wieder auf dem Tisch.

»Mit *Badboy35* habe ich mir Zeit gelassen«, machte Sudbrock weiter. »Wir hatten wochenlang nur online Kontakt, und ich fand ihn sehr sympathisch. Er sah gut aus auf dem Foto, nett. Und er schien nicht so einer von denen zu sein, die sich aufplustern mit allem, was sie so besitzen und können. Dann haben wir ein paar Mal lange miteinander telefoniert. Er war witzig, hatte einen gewissen prolligen Charme ...«

Dominik hörte ein Räuspern neben sich. Nina verzog den Mund, schien ein Grinsen zu unterdrücken.

Sudbrock leckte sich über die Lippen. »Ich war sehr gespannt, als wir uns endlich verabredeten. Bin extra zum Friseur gegangen und hab mir auch noch ein eng anliegendes Kleid gekauft, von dem die Verkäuferin mir versicherte, dass es mich sexy aussehen lassen würde.« Sie fuhr sich unter dem Auge entlang, verschmierte die Wimperntusche.

»Sie haben Aufwand betrieben«, sagte Nina.

Sudbrock nickte. »Ich wollte nicht aussehen wie ein Mauerblümchen. Dieses Mal sollte nichts schiefgehen. Ich ahnte schon, dass ich noch so eine Abweisung nicht verkraften würde.«

»Aber er hat Sie abgewiesen?«, fragte Dominik.

Sudbrocks Blick wanderte zum Fenster. »Frau Sudbrock?«

Sie atmete schwer. »Frisch gestylt betrat ich die Bar, die er vorgeschlagen hatte. Er saß mit dem Rücken zu mir am Tresen, sein Gesicht erkannte ich in der verspiegelten Wand dahinter. Ich zog meine Jacke aus, damit das Kleid zur Geltung kam, nahm meinen Mut zusammen und begrüßte ihn. Er wandte sich um, starrte mich mit verzerrtem Lächeln an. Ich dachte, ist der vielleicht schüchtern?« Sudbrock blinzelte. »Ich wollte mich auf den Barhocker neben ihn setzen, als er sagte, das wäre ein Missverständnis. Er würde hier auf einen Freund warten und wüsste nichts von einem Date.« Ihr Blinzeln wurde stärker. »Der Barkeeper hob die Augenbrauen. *Badboy35* widmete sich wieder seinem Bier und seinem Smartphone. Und ich stand da wie bestellt und nicht abgeholt. Ich glaube, ich bin knallrot geworden.« Sie blinzelte jetzt unentwegt.

Hatte das mit ihrer Krankheit zu tun?

»Entschuldigung, meine Kontaktlinse …«

»Kein Problem. Gleich nebenan ist eine Toilette mit Waschbecken«, sagte Nina.

Nachdem Sudbrock den Raum verlassen hatte, machte Nina das Aufnahmegerät aus und schüttelte den Kopf.

»Schau an, unser Frank«, sagte Dominik.

»Das hätte ich ihm nicht zugetraut.«

»Frank hat sich oft über all die Fakes im Netz beschwert. Frauen, die sich ganz anders beschreiben, als sie in Wirklichkeit sind.«

Eine Falte erschien zwischen Ninas Brauen. »Ja, aber, sie einfach verleugnen? Ich meine, er hätte doch ein Bier mit ihr trinken können, bisschen plaudern und fertig! Dass er …« Sie brach ab, als Dörte Sudbrock von einem Kollegen in den Raum geführt wurde. Die Iris eines Auges sah nun grau aus, die andere veilchenblau. Sie hatte ihre farbige Kontaktlinse offenbar herausgenommen.

Nina wartete, bis sie sich gesetzt hatte und schaltete auf Aufnahme. »Wie ging es dann weiter zwischen Ihnen und Frank Herbst?«

Sudbrock drehte an einem der Ringe, die sie an fast jedem Finger trug. »Erst mal gar nicht. Die Situation in dieser Kneipe damals war schlimm für mich. Zumal der … ausgerechnet ein Raumausstatter unseres Möbelhauses hockte mit seiner Freundin an einem Tisch in der Nähe und glotzte. Alle glotzen mich an wie ein Weltwunder. Ich kam mir so lächerlich vor, *nackt* mit einem Mal.« Sudbrock kratzte an ihrem Nagellack, der schwarz war wie der von Lissa. »Wissen Sie, ich hasste meinen Körper so sehr, dass ich mich nur im Dunkeln umzog, dem Spiegel auswich, wenn ich aus der Dusche kam. Aber es gibt auch noch eine andere Form der Nacktheit …«

»Wenn man sich seelisch nackt fühlt?«, sagte Nina.

Sudbrock nickte. »Alle hatten mitbekommen, was los war. Ich floh aus dieser Kneipe und gerade bevor ich die Tür nach draußen aufstoße, höre ich *Badboy35* sagen: *Nie mehr ohne Foto!* Und der Barkeeper bricht in wieherndes Gelächter aus.«

»Er hat sie sehr verletzt«, sagte Nina.

Das Streifenmuster verschwand. Regen trommelte leise gegen die Fensterscheibe. Aprilwetter.

»Vielleicht, wenn ich nicht vorher schon all diese …«

»Abfuhren?«, schlug Nina vor.

»Ja, Abfuhren erlebt hätte. Das war der berühmte, letzte Tropfen. Ich hatte die Nase voll, hab das Kleid und die XXL-Dessous in die Tonne gestopft, mich von dieser Dating-Börse abgemeldet und … mich mit Essen getröstet, wie immer. Hab mich auf die Arbeit geworfen, die Urlaube mit meinem Vater verbracht, abwechselnd im Berchtesgardener Land und in der Holsteinischen Schweiz. Ich war auch schon so kurzatmig wie die Senioren, die dort aus den Reisebussen quollen.«

Sie hielt den Blick auf ihre Hände gesenkt. Es war so still, dass man ihr Schaben hörte, während sie ihren Daumennagel bearbeitete.

Kam da noch etwas? Dominik schaute kurz zu Nina, die ihren Stuhl näher an den Tisch rückte, als ob sie zu einer weiteren Frage ansetzen wollte.

»Ich habe mich all die Jahre lang gefühlt wie lebendig begraben«, sagte Sudbrock plötzlich.

Dominik holte tief Luft, sagte aber nichts. Würde man Dörte Sudbrock je nachweisen können, dass sie Heberlein möglicherweise vorsätzlich diesem Schicksal ausgesetzt hatte?

»Bis Sie Richard Heberlein bei einer Kur kennenlernten?«, fragte Nina.

»Ja. Eine Zeit lang war ich überglücklich, begann abzunehmen, bis dann … Sie wissen, wie das ausging. Aber ich konnte so nicht mehr weitermachen …« Sie wischte sich über den Mund, verteilte Lippenstift auf ihrem Kinn. »Ich hatte es gründlich satt, immer nur die ›dicke Dörte‹ zu sein! Die man betrügt und missachtet!«

»Haben Sie sich deshalb in ›Malou‹ umbenannt?«

»Ja. Dörte klingt nach biederer Matrone, nach dem Leben, das ich nicht mehr führen wollte! Und dafür habe ich wirklich alles getan … täglich ins Fitnessstudio, Stilberatung … ich habe mich sogar unters Messer gelegt, weil meine Haut wie ein ausgeleiertes Kleidungsstück an mir hing. Es war nicht leicht, aber … mit der äußeren Veränderung bekam ich Blicke von Männern. Unglaublich, ich war nicht länger unsichtbar!«

Das Streifenmuster erschien wieder auf dem Tisch. Der Schauer war vorüber.

»Ich habe mir ein Häuschen in Schildesche und einen kleineren Wagen zugelegt«, fuhr sie fort. »Um meinen Reichtum zu verbergen. Damit mich niemand nur wegen meines Geldes … Ein Gutshof mit Bediensteten ist da nicht so günstig, Sie verstehen.« Sie strich sich das blauschwarze Haar hinter das Ohr. Ein Weißgold-Ohrhänger mit einem Opal, der zum Veilchenblau ihrer Kontaktlinsen passte, kam zum Vorschein.

Das Streifenmuster verschwand wieder.

»Dennoch habe ich gezögert. Sollte ich mich noch mal auf den Markt werfen? Ich musste an all die hässlichen Sachen denken, die Richard sagte, als er erkannte, dass sein Spiel vorbei war. Fette Wachtel. Wabbeliges …« Es rummste, Sudbrock war mit ihrem Knie gegen den Tisch gestoßen. Sie leckte sich die Lippen und damit den Rest des Lippenstiftes ab. »Meine Krankheit änderte dann alles. Es fing damit an, dass ich beim Zumba-Tanzen aus dem Takt geriet. Und es wurde immer schlimmer. Ich kam mir bald vor, als wäre ich mitten in einer Stephen-King-Geschichte gelandet: beladen mit einem Fluch, der mich von der dicken, trägen Dörte in eine Art Zappelphilipp verwandelt, der sich nicht mehr unter Kontrolle hat.«

»Bei Ihnen wurde Chorea Huntington diagnostiziert?«, fragte Dominik.

»Fünfzehn Jahre hätte ich vermutlich noch zu leben, sagte der Neurologe.« Sie wischte sich über die Augen, verschmierte dabei die Wimperntusche noch mehr. »Dann schrieb er mir ein Medikament gegen Hyperkinesien auf und riet mir dringend, zum Psychologen zu gehen.« Sie schnaubte. »Als ob der mich retten könnte!«

»Sie sagten vorhin, die Diagnose habe alles geändert. Auch in puncto …«, begann Nina.

»Wieso *ich*, habe ich mich gefragt. Andere gründen in meinem Alter eine Familie …« Wieder wischte sie sich durch die Augen, zog die Nase hoch. Dominik schob ihr eine Packung Papiertaschentücher über den Tisch. Sie schnäuzte sich. »Gibt es so etwas wie eine ausgleichende Gerechtigkeit? Im Himmel vielleicht?« Sie lachte auf. »Ich glaube nicht an Himmel und Hölle. Jedenfalls nicht im Jenseits. Es gibt nur die Hölle auf Erden.«

Dominik räusperte sich. »Wollten Sie Gerechtigkeit herstellen?«

Sie starrte vor sich hin. »Nachdem ich mich von dem ersten Schock erholt hatte, dachte ich, ich hab wenigstens noch ein paar schöne Jahre verdient! Der Traum von der großen Liebe ...«

»Also sind Sie wieder ins Internet gegangen«, sagte Nina.

»Ich musste mich überwinden, aber ich sagte mir, so wie ich heute aussehe, wird es sicher besser laufen. Ich stellte mein Foto in das lokale Dating-Forum, benutzte einen anderen Nickname als früher. Und siehe da: *Badboy35* war noch immer aktiv und gerade online ... Er hatte nicht einmal die Zahl hinter seinem Namen geändert, dabei muss er inzwischen auf die Vierzig zugehen. Man kann es ausgleichende Gerechtigkeit nennen ... ich wollte ihn demütigen, ja. So wie er mich gedemütigt hat damals.«

»Auf welche Weise?«, fragte Dominik.

»Ich habe mir ausgemalt, wie ich ihn abkanzeln würde, stellte mir sein Gesicht vor, wenn er dahinterkam, wer ich war. Ich wollte ihn kalt sitzen lassen, diesen Möchtegern-Casanova!«

»Aber es kam anders?«, fragte Nina.

Sie runzelte die Stirn. »Ich stellte mich als Malou vor, und er erkannte mich nicht! Auch später nicht, es war nicht zu fassen! Er sprach von seinen Urlaubsmissgeschicken, war lustig dabei, wirkte eigentlich nicht wie ein Routinier, der das Internet abgrast nach attraktiven Frauen, sondern wie einer, der selbst hat Federn lassen müssen. Dann erzählte er von einer unglücklichen Liebe, von der er sich erholen müsste ... Ich dachte, ist das jetzt seine Masche, oder was?«

Nina warf Dominik einen Blick zu. Er ahnte, was sie dachte. Betty.

»Ich hätte mich glatt in ihn verlieben können, aber die Situation war wie ... Kennen Sie diese Kippbilder, bei denen man entweder eine junge, schöne oder eine alte, hässliche Frau sieht? Je nachdem, aus welchem Winkel ich die Situation betrachtete, ergab sich ein völlig anderes Bild.« Sie knetete ihre Hände unter dem Tisch, schob sie zwischen ihre Knie. »Er sagte, er fände mich sehr nett, er könne sich einen Kurztrip über Ostern gut mit mir vorstellen. Ich hätte mich geschmeichelt fühlen können, aber wie ist es möglich, dass Kilos über Nettigkeit entscheiden?«

»Er sollte büßen für seine Oberflächlichkeit?«, fragte Dominik.

»Es war eher … ich war wie gelähmt, ließ es zu, dass *er* die Dynamik des Abends bestimmte. Eine meiner Ferienwohnungen war noch frei, also nannte ich ihm die Internet-Adresse, und wir verabredeten uns für den nächsten Morgen zum Sektfrühstück in meiner Jagdhütte, um die Einzelheiten der Reise zu besprechen. Er fand das mit der Jagdhütte im Wald wohl romantisch.« Sie atmete einmal tief ein und wieder aus. Ihre Linke zitterte wieder. Sie starrte ihre Hand an, als müsste sie sie im Blick behalten. »Mir war nicht romantisch zumute.«

»Wann haben Sie beschlossen, dass er sterben sollte?«, fragte Dominik.

Sudbrock schwieg. Ihr Gesicht hatte etwas von dem einer erschöpften Diva beim Abschminken. Alles war in Auflösung begriffen, mit der Schminke verliefen auch ihre Konturen. Die blassroten Lippen zuckten.

Dominik stand auf und trat zum Fenster. Auf den Autos auf dem Parkplatz glänzten die Tropfen vom letzten Schauer in der Sonne.

»Frau Sudbrock?«, sagte Nina.

»Das kann ich nicht … nein, das … Als er am nächsten Morgen zum Frühstück kam, habe ich ihm Flunis in den Sekt mit Orangensaft gemischt, weil ich nicht wusste, wie ich mit der Situation umgehen sollte. Ich kam tagelang zu keinem Schluss und … ich hab ihn einfach weiter ruhiggestellt. Als er sich plötzlich nicht mehr rührte, dachte ich, oh Gott, er ist tot! Was mache ich denn bloß?«

Dominik wandte sich um. Sein Schatten fiel auf das Streifenmuster. Sudbrock hatte den Kopf in den Händen vergraben. Damit man ihre Miene nicht deuten konnte?

»Oder haben Sie ihn deshalb so lange festgehalten, weil Sie genau wussten, dass erst nach Ostern wieder Beerdigungen stattfinden würden?« Er stützte die Hände auf den Tisch. »Diese Methode, jemanden verschwinden zu lassen, hat sich ja schon bewährt, nicht wahr, Frau Sudbrock?«

»Innerlich ist sie wohl immer die dicke Dörte geblieben«, sagte Nina, während sie am späten Nachmittag nach der Vernehmung in der Cafeteria saßen. »Der Druck ist immens. Vor allem auf Frauen. Überall diese perfekten Model-Fotos. Immer schlank sein müssen. Ständig Diät halten.« Sie biss in einen Hamburger, leckte sich Ketchup von den Lippen.

»Man sieht's.« Dominik grinste und klaute ihr eine Pommes vom Teller.

Nina trat ihn unter dem Tisch. »Dodo, ich habe seit heute Morgen nichts gegessen!«

»Kein Bonbon von Weber mehr in der Tasche?« Er zerteilte seine dampfende Frühlingsrolle.

Nina klopfte auf ihre ausgebeulte Jackentasche. »Jede Menge, aber nur Eukalyptus.«

»Gab es nicht zwischendurch mal Acerola-Kirsche zuckerfrei?«

»Ottfrieds experimentelle Phase?« Sie lachte. »Die ist schon wieder vorbei.«

»Und morgen geht es also ins Krankenhaus zu Frank.«

»Jep. Wir wollen übrigens zusammenlegen für ein Geschenk. Hast du eine Idee?«

»Hm … wie wär's mit einer Premium-Mitgliedschaft für ein Partner-Vermittlungsdings im Internet?«

Nina stöhnte. »Lustig, haha. Du, ich bin zu müde, um zu denken. Würdest du ein Geschenk besorgen?«

»Mache ich.«

»Aber ein Vernünftiges!« Sie tunkte ihre Pommes frites in die Mayonnaise. »Dodo, sag, wie geht es dir eigentlich? Ich meine, seitdem Betty … du weißt schon.«

»Kennst du eine Putzfrau, die einen Job sucht?«

Sie rammte ihm den Ellbogen in die Seite. »Ist das alles, was dir dazu einfällt?«

»Wer hat eigentlich Bella gesteckt, dass ich solo bin?«

»Weber. Geschieht dir ganz recht!«

»Ach, schau mal, Big Bent ist zurück.« Er deutete Richtung Vitrinen-Theke.

Nina wandte den Kopf. Bent reihte sich gerade in die Schlange an der Theke ein. Geistesabwesend kratzte er sich unter dem Kragen. Die Narben in seinem Gesicht gaben ihm einen unruhigen Ausdruck, darüber lag der Schatten eines aschblonden Bartes. In der letzten Nacht hatte sie ihn noch einmal gefragt, was los sei, denn dass ihn etwas bedrückte, konnte sie ihm ansehen. Natürlich nannte er es nur Erschöpfung. Sie seien ein gutes Team, hatte er gesagt, wie zum Ausgleich für seine Verschlossenheit, und ihr war klar, dass er sie beide meinte. Und wieder war ihr bewusst geworden, dass sie ihn attraktiv fand. Sie lächelte in der Erinnerung.

Bent kam mit seinem Tablett an ihren Tisch. »Moin. Störe ich?«

»Natürlich nicht.« Nina rückte ihm einen Stuhl zurecht.

»Ging ja schnell«, sagte Dominik.

»Wiebke Fischer wollte schon lossprudeln, bevor wir sie über ihre Rechte belehren konnten.« Bent nahm einen Löffel Linseneintopf.

»Sie wollte sich was von der Seele reden?«, fragte Dominik.

Bent blickte suchend über den Tisch, griff dann nach dem Pfefferstreuer. »Unter anderem ihre Tatbeteiligung. Sie hat ihrer Arbeitgeberin in beiden Fällen geholfen, die Männer zum Friedhof zu verfrachten.«

»Unter anderem?« Dominik spießte ein Stück Frühlingsrolle mit der Gabel auf.

»Es ging ihr auch darum rüberzubringen, dass sie und ihr Manni sich wegen ihrer Spielschulden in einer auswegslosen Lage befunden hätten, aus der sie nur mit Dörte Sudbrocks freundlicher Unterstützung gekommen wären. Zum Ausgleich für gewisse Dienste von Fischer, die nicht in der Aufgabenbeschreibung einer Köchin zu finden sind.«

»Eine Hand wäscht die andere.« Dominik pflückte ein Reiskorn von seinem Hemd.

»Aber da war noch etwas anderes …« Bent schob seinen Teller von sich. »Die Fischer ist ein bisschen schlicht. Sonst hätte sie wohl gewusst, dass sie sich selbst belastet damit.«

»Was meinst du?«, fragte Nina. »Keinen Hunger mehr?« Er hatte nur wenig von seinem Eintopf gegessen.

Bent schüttelte den Kopf. »Sie sagte, sie leide seitdem unter Alpträumen. Sie schien zu glauben, dass wir sie davon befreien könnten. Mein Kollege meinte, wir sollten unsere Vernehmungen demnächst im Beichtstuhl durchführen.«

»Oder auf der berühmten Couch«, sagte Nina. »Aber was heißt nun ›seitdem‹?«

»Sie hätte etwas gehört, als sie ihrer Arbeitgeberin half, Richard Heberlein mit Erde zuzuschaufeln. Etwas wie gedämpfte Schreie. Dörte hätte versucht, sie zu beruhigen, das wären sicher Katzen, aber sie habe den Eindruck gehabt, es sei aus der Grube gekommen.«

»Habe ich schon erwähnt, dass ich eine Feuerbestattung möchte?«, bemerkte Dominik. »Falls mir mal ein Ziegel …«

»Sudbrock war klar, das er noch lebte«, sagte Nina tonlos.

13. Kapitel

Samstag, 6. April

Betty verbrachte eine Weile vor Christianes Spiegel, um zu entscheiden, welches von den neuen Kleidungsstücken sie anziehen sollte. Ihre Freundin saß in ihrem Lesesessel, lagerte den angebrochenen Fuß auf einer Fußbank, die zu zwei Dritteln von Tiger eingenommen wurde. Sie las in einem Prospekt über mineralische Dämmstoffe.

»Du, Christiane, wenn ich so darüber nachdenke, dann finde ich, eine helle Hose macht einen dicken Hintern.«

»Unsinn. Das ist schick.« Christiane verschwand wieder hinter ihrer Broschüre.

»Oder soll ich doch besser die weite lila Hemdbluse anziehen? Mit der schwarzen Jeans? Macht mich das …«

»Wenn das so weitergeht, dann wird er aus dem Krankenhaus entlassen, bevor du da ankommst!«

Unterwegs machte Betty bei einem Blumengeschäft halt. Es gab hübsche Sträuße mit roten Rosen und weißen Chrysanthemen. Aber rote Rosen? Wie würde er das verstehen? Nach einigem Hin und Her entschied sie sich für einen Strauß Tulpen. Schließlich hatte auch die Parkplatzsuche in der Nähe des Krankenhauses ein Ende. Sie überprüfte ihr Make-up im Rückspiegel, stieg aus und schlenderte durch den Stiftsgarten des Johanneskrankenhauses, ohne die Holzskulpturen, die Laubengänge und Wände aus geflochtenen Weidenästen wirklich wahrzunehmen. Sitzgruppen luden zum Verweilen ein, doch sie war im Park nicht wie erhofft ruhiger geworden und machte sich auf den Weg zum Haupteingang. An der Information erfuhr sie Station und Zimmernummer. Als sie an seine Tür klopfte, tat sich nichts. Zögernd drückte sie die Klinke runter. Es roch nach Desinfektionsmittel. Sie ging am Badezimmer vorbei. Frank lag in dem Bett am Fenster und blickte hinaus. Das andere Bett war leer. Langsam wandte er ihr sein Gesicht zu. Er riss die Augen auf, unter denen Schatten lagen.

»Betty!« Er stemmte sich hoch, machte einen unbeholfenen Versuch, seine wirren Haare zu glätten und fuhr sich über den kurzen Bart. So elend hatte sie ihn noch nie gesehen.

Sie bemühte sich um ein Lächeln. »Guten Morgen, Frank.« Ihr fiel nichts Besseres ein, als ihm die Tulpen entgegenzustrecken.

Frank starrte den Strauß an.

»Ich … soll ich eine Vase dafür holen?«, fragte sie.

»Später. Leg sie einfach auf den Tisch.«

»Kannst du schon aufstehen?«

»Sicher, ja ... ich bin okay. Ich hatte am Morgen noch eine Blutabnahme, aber vermutlich werde ich bald entlassen.«

Er sah ganz und gar nicht aus, als ob er »okay« wäre. Betty kam die Idee, seine Wohnung vorzubereiten, frische Blumen zu kaufen und seinen Kühlschrank zu füllen.

»Frank, ich habe übrigens noch einen Schlüssel für deine Wohnung und …«

»Bent Andersen hat mir erzählt, was passiert ist. Wenn du diese Handynummer nicht bei mir gefunden hättest …« Er schluckte und wandte das Gesicht ab.

Betty entdeckte eine leere Vase auf der Fensterbank. Sie ging damit ins Bad und füllte sie mit Wasser. Als sie zurückkam, hatte er sich wieder gefasst.

»Nimm den Strauß doch einfach mit, wenn du entlassen wirst. Wäre zu schade, dass der weggeworfen wird«, sagte sie.

»Danke, Betty.«

Er meinte wohl nicht die Tulpen.

»Ich bin so froh, dass das noch mal gut gegangen ist!«, erwiderte sie.

Frank nickte. Er wirkte nicht, als ob er ihre Freude teilte.

Betty setzte sich an einen kleinen Tisch. »Du warst tagelang fort. War es sehr schlimm?«

»Ich habe die meiste Zeit über geschlafen«, sagte er. »Einmal richtig schön auspennen. Wer kann das schon?« Er lächelte schief. »Außerdem habe ich mir diesen Mist wohl selbst eingebrockt. Ich hatte keinen Schimmer, bis Nina mir erzählte, warum diese Malou mich hasst. Sag es ruhig. Ich bin ein Idiot!«

Betty spielte mit ihrer Strass-Kette. »Ich weiß nicht, was zwischen euch vorgefallen ist … aber Frank, das hast du nicht verdient! Niemand verdient so was!«

»Ein Psychodoktor war bei mir. Falls dich das beruhigt.«

»Fängst du eine Therapie an?«

Frank seufzte. »Bent Andersen hat mir stundenlang von post… ähm …«

»Posttraumatischer Belastungsstörung?«

»Wow. Ihr kennt euch ja alle bestens aus. Ich habe gesagt, ja, ich mache es, damit er endlich aufhörte zu quatschen und ich pinkeln gehen konnte. Entschuldigung, aber … ich hatte ja keine Ahnung, dass Bent so eine Plage sein kann.«

Sie grinste.

»Aber Betty: Dominik muss nicht wissen, dass ich zum Psychofritzen gehe.«

»Ich schweige wie ein … ich sehe ihn nicht mehr oft.«

Frank hob die Brauen. »Hat er seine Campingliege wieder im Büro aufgestellt?«

»Nein. Dieses Mal bin *ich* ausgezogen.« Sie löste vorsichtig eine Haarsträhne, die sich in der Kette verfangen hatte. »Es kriselt ja schon länger. Die Kinder sind bei ihm, das ist das Wichtigste für ihn.«

Frank beschäftigte sich mit seinen Händen. »Er ist deine große Liebe, hast du mal gesagt.«

»Stimmt, das habe ich mal gesagt. Es funktioniert trotzdem nicht.«

»Heißt das … dass ihr euch scheiden lasst?« Zögernd blickte er auf.

»Das werden wir, ja. Ich wohne jetzt bei einer Freundin in Sennestadt.«

»Gibt Schlimmeres.«

Sie schaute ihn fragend an.

»Na, als Sennestadt«, erklärte er. »Milse zum Beispiel.«

»Was hast du gegen Milse?«

»Ich rede nur Unsinn.« Ein Lächeln huschte über sein Gesicht. »Du siehst übrigens toll aus!«

»Danke.« Sie bemühte sich, das Grinsen nicht zu breit werden zu lassen. »Soll ich dir die Nummer geben, unter der ich dort erreichbar bin?«

Sein Lächeln verschwand. »Ich weiß nicht, ob das … nein, lass mal lieber, das ist wohl keine so gute Idee.«

»Und wieso?« Ihr Mund war plötzlich trocken. Sie zerknüllte den vorbereiteten Zettel in ihrer Hosentasche.

»Weil – das mit diesem ›Freunde bleiben‹ und so …« Er machte eine wegwerfende Handbewegung. »Das ist doch Bullshit, und das weißt du auch!«

In der Teeküche fiel ein Sonnenstrahl auf die blau-weiß gemusterte Tischdecke, die dringend gewechselt werden musste. Dominik schob sein Handy mit einem Finger auf der Tischdecke hin und her, verdeckte mal den einen und mal den anderen Kaffeefleck, dann den Zettel, den Nina ihm geschrieben hatte. Richard Heberleins Eltern waren schon vor Tagen von ihr informiert worden, als man die exhumierte Leiche ihres Sohnes anhand seines Gebisses identifiziert hatte. Ob *er* Lara Kaspari die Nachricht übermitteln könnte?

»Ulm.« Mit seinem Handy näherte er sich der Zuckerdose in konzentrischen Kreisen, bis er gegen die Dose stieß. »Frau Kaspari, Sie wundern sich sicher, dass ich den weiten Weg aus Bielefeld persönlich gekommen bin, aber ich muss Ihnen etwas Wichtiges mitteilen. Darf ich hereinkommen?«

So ein Blödsinn. Er wählte Lara Kasparis Nummer. Sie meldete sich nach dem dritten Klingelton und schien jemand anderen erwartet zu haben. Als er ihr die Nachricht mitteilte, wirkte sie nicht überrascht. Die Umstände von Richard Heberleins Tod verschwieg er ihr, erzählte nur in groben Zügen, wie sie Dörte Sudbrock auf die Schliche gekommen waren. Lara Kaspari schwieg. Vielleicht musste sie die Offenbarung, dass ihr Freund sich des Geldes wegen an eine andere Frau herangemacht hatte, erst mal verdauen. Er hob den Deckel von der Zuckerdose und nahm den Löffel heraus, spielte damit. »Sie waren zwischendurch übrigens auch verdächtig«, brach er das Schweigen.

»Natürlich«, erwiderte sie. »Ich bin die Femme fatale, die immer verdächtig ist und für Ärger sorgt, nicht wahr? Die Schlampe.«

Es war ein billiger Löffel. Der alte Zuckerlöffel von Karl, der an seinem verschnörkelten Ende das Wappen von Garmisch-Partenkirchen zeigte, war seit einiger Zeit verschollen. »Haben Sie deshalb mit mir geflirtet? Weil Sie die Femme fatale sind?«

Die Kaspari lachte.

Er beendete das Telefonat und betrachtete den verbogenen Löffel. Beim Versuch, ihn wieder geradezubiegen, zerbrach das Ding.

»Nun weiß ich also, wie unsere kleinen Löffel immer verschwinden.« Nina lehnte mit verschränkten Armen am Türrahmen.

Er stand auf. »Nina, du bist eine fantastische Ermittlerin.«

»Und – hast du das Geschenk für Frank besorgt?«

Er öffnete den Kühlschrank und holte sechs Dosen Bier heraus. »Hier ist es.«

Sie nahm die Arme herunter und machte ein entsetztes Gesicht. »Dodo, diese Form von Humor …«

»Wir müssen los.« Er schob sie aus der Teeküche.

Sie fuhren zu zweit. Bent Andersen, Kux und Weber waren schon vorgefahren. Während der Fahrt zum Krankenhaus sprach Nina kein Wort. Ihm war es recht so. Er parkte den Wagen auf dem Parkplatz eines Baumarkts in der Nähe des Krankenhauses. Vor dem Eingang des Baumarkts waren Stände mit Frühlingsblumen aufgebaut.

»Wir könnten noch Blumen besorgen«, sagte Nina unvermittelt.

»Die haben nur Topfblumen. Die sind im Krankenhaus nicht erlaubt.«

Sie verstummte wieder und wäre fast in die warnend klingelnde Straßenbahn gerannt, die vor dem Krankenhaus entlangfuhr, wenn er sie nicht festgehalten hätte. Sie entriss ihm ihren Arm.

»Hey, was ist denn?«, rief Dominik. »Willst du lieber überfahren werden?«

»Wenn du keine Lust hattest, ein Geschenk zu besorgen …«

»Ich habe eine DVD-Box für Frank gekauft. Dazu Bier und Popcorn, weil das eben dazu passt.«

»Und warum sagst du das dann nicht?« Sie ließ ihn stehen. Vorm Aufzug holte er sie ein. Die Aufzugstüren öffneten sich, und sie ging schnurstracks hinein.

»Eine DVD–Kollektion von Filmen der Coen-Brüder«, bemerkte Dominik, während sie nach oben fuhren. Sie fixierte die Etagen-Anzeige. »Ich könnte jetzt auch beleidigt sein, Nina. Dass du mir zutraust …«

Der Aufzug hielt und enthob Nina einer Antwort. Sie schoben sich an einer Dame mit Krücken vorbei, die hineinhumpelte, und gingen den Flur entlang.

»Dir traue ich alles zu!« Sie klopfte an Franks Tür.

Andersen, Kux und Weber standen feierlich um das Bett herum, in dem Frank saß und sich am unrasierten Kinn kratzte. Nina stürzte auf ihn zu und umarmte den Verdatterten so fest, dass ihm etwas Röte in die blassen Wangen schoss. Auf seinem Nachttisch prangte eine Flasche Connemara Single-Malt-Wiskey neben einem Tulpen-Strauß.

Es dauerte eine Weile, bis Nina ihn losließ und den Platz am Bett freimachte.

»Hi, Frank«, sagte Dominik und boxte ihn gegen die Schulter. »Als ich letztes Jahr im Krankenhaus lag, hatte ich nur eine Flasche Stilles Wasser auf meinem Nachttisch. Und Kamillentee.«

Frank grinste. »Ich brauche eben was Stärkeres. Hat Karl vorbeigebracht.«

»Der gute Karl.« Dominik lächelte. »Anstandshalber hat er noch ein paar Tulpen aus seinem Vorgarten gerupft.«

Franks Grinsen verschwand. »Die sind … von Betty.«

Mit einem Mal herrschte Schweigen. Es waren Stimmen vom Flur zu hören und ganz leise – das Rattern der Straßenbahn.

»Jaaaa …«, sagte Nina laut. »Wir haben dir natürlich auch eine Kleinigkeit mitgebracht, ähm, Dodo?«

Dominik setzte sich auf die Bettkante, holte eine Dose Bier aus seiner Tasche und legte sie Frank auf die Bettdecke. »Kein Single-Malt-Wiskey, aber gekühlt. Freust du dich?«

Frank starrte auf die Bierdose. »Klar. Auf jeden Fall. Vielen Dank.« Mit angestrengtem Lächeln nahm er die Dose.

»Von uns allen«, sagte Dominik. »Gute Genesung.«

Kux und Weber fixierten die Bierdose. Bent runzelte die Stirn und warf Nina einen Blick zu. Es war alles so absurd. Plötzlich konnte Dominik nicht mehr an sich halten und brach in Gelächter aus. Er schüttelte und krümmte sich vor Lachen, bis er fast vom Bett fiel. Nina zerrte an seinem Arm und zog ihn hoch, weg von den betretenen Mienen, raus aus dem Zimmer.

»Dodo, was …«

Er machte sich los von ihr, stolperte laut lachend den Flur entlang. Zwei Krankenschwestern kamen ihm entgegen, streiften ihn mit seltsamen Blicken. Schließlich flüchtete er auf die Besuchertoilette. Er sank auf die Knie, presste die Hände auf den Mund und lachte und prustete, bis daraus ein Wimmern wurde. Er lehnte die Stirn gegen die kalten Fliesen und ließ sich schütteln. Als der Ausbruch vorbei war, holte er sich die Klopapierrolle und schnäuzte sich die Nase. Er saß eine Weile auf dem Boden eingeklemmt zwischen Klo und Kabinenwand und starrte ins Leere.

»Dominik, bist du da drin?«, hörte er gedämpft Ninas Stimme.

Umständlich stand er auf, stolperte über den Klobürstenhalter, entriegelte die Toilette, begegnete seiner roten Nase im Spiegel, entriegelte die Tür des Vorraums und sah sich Nina gegenüber.

»Alles bestens«, kam er ihrer Frage zuvor. »Lass uns wieder reingehen. Was ist?«, fragte er, als sie nicht mitkommen wollte.

»Nichts. Gar nichts.« Sie schüttelte den Kopf.

Im Krankenzimmer bot sich das gleiche Bild wie vorher, nur dass sich die Gegenstände auf Franks Bettdecke vermehrt hatten. Die DVD-Kollektion war bereits aus dem Geschenkpapier gewickelt worden. Alle außer Big Bent, der die DVD *Burn after Reading* begutachtete, lutschten Webers Bonbons. Dominik räusperte sich und hatte sofort die Aufmerksamkeit der Kollegen.

»Danke, Dominik«, sagte Frank steif. »Ich liebe die Coen-Brüder, und jetzt habe ich endlich alles auf DVD.«

Dominik nickte. Die anderen schienen auf irgendetwas zu warten.

»Ich treffe mich nicht mit Betty«, platzte Frank heraus. »Falls ... falls du das denkst. Sie hat mich nur einmal hier im Krankenhaus besucht.«

»Ich denke gar nichts.« Dominik vergrub die Hände in seinen Hosentaschen. »Was mich interessieren würde, Ottfried: Weißt du, ob die Soko bei den Brandermittlungen weitergekommen ist?«

Weber legte die DVD *Fargo* zurück auf die Bettdecke. »Allerdings. Der Bock wurde zum Gärtner. Nein, genau andersherum, der Gärtner wurde zum Bock.«

Bent hob die Brauen. »Gärtner? Wies... ?«

»Also ein Feuerwehrmann«, sagte Dominik.

»Genau, ein junger Spund. Dem war wohl langweilig«, bemerkte Kux.

»Apropos langweilig«, sagte Weber. »So soll es ja nicht sein und schon gar nicht am nächsten Samstag. Ich habe die Eintrittskarten mitgebracht.« Er zog einen Umschlag aus der Tasche. »Dann müsst ihr nicht so früh da sein, aber was die Stühle, besser gesagt die Sitzposition, noch besser gesagt die Positionierung im Raum im Verhältnis zu den Musikern anbetrifft, da fängt der frühe Vogel bekanntlich den Wurm, und zwar einen Wurm in Hinblick auf Akustik *und* Optik. Einen doppelten Wurm gewissermaßen.« Er wedelte mit dem Umschlag. »Ehepartner ...« Er verstummte. »Walter, für deine bessere Hälfte habe ich selbstverständlich auch eine Karte mitgebracht. Falls da noch Bedarf bestünde ... « Er schaute Bent fragend an. »Für das Highlight des Jahres«, fügte er hinzu.

»Du ... ähm ... spielst in einer Band, nicht?«, fragte Bent.

»So ähnlich«, sagte Weber. »Frank, du kommst doch auch, oder?«

Frank lächelte matt. »Klar komme ich. Und wenn ich aus dem Krankenhaus ausbrechen müsste.«

»Das nenne ich Einsatz! Und mit euch darf ich ebenfalls rechnen?«, wandte sich Weber an Dominik und Nina.

»Was für eine Frage, Ottfried!« Dominik tat empört.

»Ich zähle schon die Stunden«, sagte Nina. »Fritz Redekop holt mich ab.«

Weber schaute triumphierend in die Runde, bis sein Blick an Bent hängen blieb.

»Tut mir leid«, sagte der Chef. »Ich würde wirklich gerne zu deinem Funk-Konzert kommen, aber ich habe für nächsten Samstag ein paar Leute zum Essen eingeladen.«

Ottfried Weber sah ihn fassungslos an. Nina versuchte, Bent Zeichen zu machen.

»Da verpasst du was«, sagte Frank.

Dominik unterdrückte ein Grinsen. »Zweifellos.«

»Es geht wirklich nicht.« Bent schüttelte den Kopf. »Das nächste Mal komme ich mit. Ich habe das schon mehrfach verschoben mit diesem Essen.«

Kux' Adamsapfel hüpfte rauf und runter. »Bent ... glaub mir, das ist ein Erlebnis, das du nicht verpassen darfst ... schon allein aus Gründen kollegialen Einvernehmens.«

Bent hob die Brauen. Einen so langen Satz mit einem derartigen Begriff am Ende hatte er von Walter Kux vermutlich noch nie gehört.

»Kollegiales Einvernehmen«, wiederholte Nina und nickte heftig, fehlte nur noch, dass sie Bent auf den Fuß trat.

»Na ja, wenn ihr ... hm ...« Der MK-Leiter seufzte. »Also gut.«

Nina atmete aus. Frank sank in sein Kissen zurück. Weber löste sich aus seiner Erstarrung. Kux' Stirn glättete sich. Dominik grinste.

»Benötigst du eine oder zwei Karten? Gemeint ist eine Zusatzkarte für eine etwaige bessere Hälfte.« Weber öffnete den Umschlag.

»Eine reicht. Ich gehe mal kurz auf den Flur und bringe die Absage am besten gleich hinter mich.« Er rollte mit den Augen und verließ den Raum.

»Bent sieht nicht glücklich aus«, flüsterte Dominik Nina zu.

»Was hat Bent denn mit Funk-Konzert gemeint?«, flüsterte Nina zurück. »Wir hätten ihn vorher aufklären sollen, dass Weber so was sehr persönlich ...« Sie brach ab.

Ottfried Weber kam freudestrahlend auf sie zu und verteilte seine Karten.

Durch die halb offene Tür hörten sie Bents tiefe Stimme. »Ich weiß, dass das blöd ist, Henning! Aber ich bitte ja nur darum, das Ganze um eine weitere Woche zu verschieben. Es geht um den Kollegenkreis, und nach allem, was passiert ist, möchte ich mich da nicht ausschlie... Joe kann dann nicht? Wie lange dauert denn diese Fortbildung? ... Na dann eben erst mal ohne Joe ... Was? ... Jetzt hör endlich auf, mich mit Joe verkuppeln zu wollen! Joe ist nicht mein Typ!«

»Josepha?«, fragte Weber.

»Josephine?«, schlug Frank vor.

»Jedenfalls ist sie nicht sein Typ«, sagte Nina.

»Wenn er gleich die Tür aufmacht, holst du dir eine Beule«, sagte Dominik.

Nina trat einen Schritt von der Tür zurück.

»Henning? Bist du noch ... ach Scheiße!«, hörten sie ihn fluchen.

Sie eilten zurück an Franks Bett, kurz bevor Bent wieder eintrat. Sein Gesicht war gerötet.

»Alle Klarheiten beseitigt?«, fragte Weber.

»Es gab eine kleine Meinungsverschiedenheit.«

»Josepha wird das verstehen.« Weber lächelte.

Bent starrte ihn an wie ein Wesen vom anderen Stern. »Welches Instrument spielst du eigentlich, Ottfried?«

»Rate mal«, gab Weber zurück.

»Bass oder Trompete«, riet er. »Nein? Etwa Kontrabass? Geht es in den Jazzbereich?«

»Er singt«, sagte Frank.

»Und es geht keinesfalls in den Jazzbereich«, erklärte Dominik freundlich.

Weber schmunzelte. »Keine Angst, das ist kein Jazz. Du kommst doch von der Waterkant, was, meen Jung?«

Bents Augen weiteten sich. »Doch nicht … «

»Oh doch! Da bist du sprachlos, was?« Webers Lächeln wurde breit.

»Ein Shantychor«, murmelte Frank.

»Bent liebt Schlager«, warf Dominik ein. »Meine Tochter hat dich auf der Kult-Schlager-Party am Ersten Weihnachtstag getroffen, nicht, Bent?«

»Tatsächlich?« Kux nickte anerkennend.

»Das sind keine Schlager, sondern Shantys!«, sagte Weber. »Auch wir Landeier können das. Wir werden es dir beweisen, Bent. Dein Urteil würde mich interessieren.«

Bent setzte sich langsam auf das leere, zweite Bett und nickte düster.

»Wir treffen uns immer schon früher«, sagte Nina und setzte sich neben ihn. »Dann trinken wir ein Bier zusammen.«

»Und gehen rechtzeitig zum Konzert, um des doppelten Wurms teilhaftig zu werden«, ergänzte Dominik.

»Ich bin dann nicht dabei«, erklärte Weber. »Ich muss ja nüchtern bleiben. Ich will das Konzert ja nicht vergeigen. Vergeigen ist natürlich das falsche Wort ...«

»Schon verstanden«, versicherte Bent schnell.

»Können wir, Ottfried?« Kux lächelte entschuldigend. »Ich muss heute eher nach Hause, meine Frau ist krank.«

»Klar doch! Man sieht sich. Noch jemand ein Bonbon?« Weber knisterte mit der Tüte.

»Immer gerne«, sagte Dominik.

Frank hielt die Hand auf.

Nina nahm zwei aus der Tüte, eines drückte sie Bent in die Hand, der es erstaunlicherweise annahm. Er hatte offenbar kapiert, dass Widerstand zwecklos war. Kux und Weber griffen ihre Jacken, winkten zum Abschied und verließen das Zimmer. Bent wickelte langsam sein Eukalyptus-Hustenbonbon aus.

Dominik setzte sich auf einen Stuhl. »Willkommen im Fan-Club.«

»Wie bist du bloß auf Jazz gekommen?«, fragte Nina. »Oder auf Funk?«

Bent kratzte an einem roten Fleck an seinem Hals. »Weber hat mal was von funky erzählt, als er die Mitglieder dieser Band befragte beim unserem letzten Fall. Das hat sich irgendwie festgesetzt bei mir. Weil dieses Wort nicht zu ihm passt. Und da dachte ich …« Er senkte den Blick. »Es passt tatsächlich nicht.«

»Wir geben uns jedes Mal vorher die Kante.« Frank hob eine Bierdose hoch.

»Dann geht es «, sagte Dominik. »Je feuchter, desto besser.«

»Es ist eigentlich ganz lustig«, sagte Nina. »Danach teilen wir uns immer ein Taxi.«

Bent glättete das Bonbonpapier. »Ich habe gerade die wenigen Freunde, die ich in Bielefeld habe, ernsthaft verärgert, um zu einem *Shanty*-Konzert zu gehen.« Er steckte sich das Bonbon in den Mund. »Wieso?«

»Du kennst Ottfried nicht«, sagte Nina.

»Schau mich an«, sagte Dominik. »Meine Frau ist ausgezogen, und meine pubertierenden Kinder tanzen mir auf dem Kopf herum. Und ich gehe trotzdem hin.«

»Oder schau mich an«, sagte Frank.

Dem war nichts hinzuzufügen.

Danksagung

Auch bei diesem Krimi habe ich Unterstützung von vielen Menschen bekommen, ohne die ich das Buch so nicht hätte schreiben können. Ich bedanke mich herzlich bei meinen Testlesern und Testleserinnen Michael Colberg-Engemann, Joanna Engst, Heiko Höflich, Sabine Kugis, Jutta Lorsch und Christoph Weber-Schlauss. Bei fachlichen Fragen haben mir Norbert Horst (Polizei Bielefeld) und Dr. med. Lars Oesterhelweg (Stv. Institutsdirektor, Institut für Rechtsmedizin, Charité – Universitätsmedizin, Berlin) weitergeholfen. Vielen Dank dafür!

Mein Dank gilt auch meinem Lektor Volker Maria Neumann, der mir wieder mit hilfreicher Kritik zur Seite stand.

Sehr dankbar bin ich meinem Lebenspartner Willy Koch für unerschöpfliche Geduld und Zuspruch.

KBV KRIMINALROMAN

Heike Rommel

NACHT AUS EIS

Taschenbuch, 400 Seiten

ISBN 978-3-95441-194-8

9,90 EURO

Wenn Dunkelheit und Kälte dich umfangen …

Es ist kalt in Bielefeld. Kurz bevor das Jahr zu Ende geht, wird in einem verfallenen Bauernhaus die Leiche einer jungen Frau gefunden. Kommissar Dominik Domeyer hat die Tote nach Durchsicht der aktuellen Vermisstenanzeigen rasch identifiziert. Es handelt sich ausgerechnet um die sechzehnjährige Freundin seines jüngsten Sohnes. Hat Robin möglicherweise etwas mit dem Mord an dem Mädchen zu tun?
Der Verdacht, der plötzlich auf seinem Sohn lastet, lässt in Domeyers Familie zahlreiche Konflikte aufbrechen. Das Leben des Ermittlers gerät in diesem vorweihnachtlichen Drama völlig aus den Fugen. Seine Frau Betty geht auf Distanz zu ihm, seine beiden Söhne entwickeln Argwohn und offenen Hass gegeneinander, und auch auf der Arbeit läuft es alles andere als rund: Domeyers neuer Chef, der ihn von Anfang an auf dem Kieker zu haben scheint, entfernt ihn wegen Befangenheit aus der Mordkommission und setzt ihn auf eine Vermisstensache an, die zunächst nach einer belanglosen Routineermittlung aussieht.
Doch auch in diesem Fall entdeckt Kommissar Domeyer eine Verbindung zu seiner Familie. Bald stellt sich die Frage: Haben die beiden Fälle etwas miteinander zu tun? Domeyer muss starke Nerven bewahren, um der Wahrheit auf die Spur zu kommen.

KBV KRIMINALROMAN

Ulrike Dömkes

ROTER RIESLING

Taschenbuch, 264 Seiten
ISBN 978-3-95441-253-2
9,50 EURO

Lebenslust und Todesgefahr

Mit der Produktion des ›roten Rieslings‹ ist Karl Petit, Spitzenwinzer aus Mesenich, ein Wagnis eingegangen, das ihn an den Rand des Ruins führt. Da entdeckt er die lange vergessenen Tagebücher seines Ahnherrn, der im 19. Jahrhundert als italienischer Wanderarbeiter beim Bau des Kaiser-Wilhelm-Tunnels in Cochem mithalf. Petit zeigt seinen Fund dem Weinjournalisten Boris de Beers, den die Recherche für einen Artikel an die Mosel geführt hat.

Boris macht sich gleich an die Übersetzung und erfährt von Kisten voller Dynamit und kostbarer Sakralgegenstände, die im Felsenkeller der alten, verlassenen Brauerei am Moselufer versteckt sind und stößt auch auf das dunkle Geheimnis der Familie. Gemeinsam mit Ispettore Claudio und seiner Freundin Marlene gräbt Boris eifrig weiter in der Vergangenheit.

»Dass in diesem kulinarischen Bereich reichlich Geld zu verdienen ist und demnach auch enorme kriminelle Energie steckt, das macht die offensichtlich hervorragend informierte Autorin glaubhaft deutlich.« (Alliteratus.com zu ›Chablis‹)

KBV KRIMINALROMAN

Regine Kölpin

STRAßENSCHATTEN

Taschenbuch, 288 Seiten

ISBN 978-3-95441-236-5

9,95 EURO

Irgendwann holen sie dich ein …

Ein belegtes Brot für die Obdachlose Frieda, das gehört für die Oldenburger Studentin Paula zum täglichen Ritual. Doch eines Tages liegen nur noch ein verlassener Wollmantel und eine schäbige Isomatte an der Haltestelle Marschweg. Ein unbestimmtes Gefühl sagt Paula, dass Frieda nicht freiwillig verschwunden ist. Kurz darauf wird ganz in der Nähe ein anderer Obdachloser brutal zusammengeschlagen. Etwas geschieht auf den Straßen der Stadt. Jemand hat die Gestrauchelten ins Visier genommen, die dort ihr Schattendasein fristen.
Als Paula sich auf die Suche nach Frieda macht, bekommt sie plötzlich Drohbriefe. Jemand beschattet sie. Paula fühlt sich verfolgt. Nach einem weiteren Anschlag auf die Obdachlosen werden der Polizei Beweisstücke zugeschoben, die ausgerechnet auf Paula als Täterin hindeuten.
Wer will ihr da etwas anhängen? Hat die undurchsichtige Clique ihres Freundes Piet etwas damit zu tun? Warum verhält sich ihre Mitbewohnerin mit einem Mal so eigenartig? Paula weiß nicht mehr, wem sie vertrauen kann, sie spürt nur, dass sich die Schlinge um sie herum immer mehr zuzieht …

»Gesellschaftskritischer Thriller erster Klasse … Bereits beim Lesen der ersten Seiten wurde schnell klar, dass es schwer werden würde, das Buch aus den Händen zu legen.« (Lesestille; LOVELYBOOKS.de)

Hardy Crueger

DIE STUNDE DER FLAMMEN

Taschenbuch, 392 Seiten

ISBN 978-3-95441-252-5

11,90 EURO

Der grausame Tanz des alles verzehrenden Feuers

Auf dem verschneiten Gipfel des Brockens wird in einem Fahrzeugwrack die verkohlte Leiche einer jungen Frau gefunden. Zunächst deutet alles auf einen Suizid hin.
Dass es sich in Wirklichkeit um den Auftakt einer grauenhaften Serie von Ritualmorden handelt, offenbart sich erst, als es Kommissar Carsten Sanders vom LKA Niedersachsen gelingt, eine Verbindung zu einem anderen Todesopfer in der Nähe von Braunschweig herzustellen.

Nachdem eine weitere verbrannte Leiche im Landkreis Börde gefunden wird, ist Sanders gezwungen, an der Seite der spröden Kommissarin Mandy Kolwicz aus Sachsen-Anhalt zu ermitteln. Als es dem ungleichen Ermittlerteam schließlich gelingt, sich zusammenzuraufen, scheint es fast schon zu spät, denn der Mörder begeht seine Taten nach einem unerbittlich schnellen kalendarischen Rhythmus.

»... Ein packender, eiskalter Thriller, eingehüllt in eine Welt voller Angst und Hass. Mein Fazit: Lesenswert!« (Neue Braunschweiger zu »Glashaus«)

KBV KRIMINALROMAN

Manuel Vermeer

MIT DEM WASSER KOMMT DER TOD

Taschenbuch, 400 Seiten
ISBN 978-3-95441-264-8
11,90 EURO

Skrupellose Geschäfte mit dem höchsten Gut

Für die junge deutsche Ingenieurin Cora Remy wird die Geschäftsreise nach China zum Albtraum. Kurz nach ihrer Ankunft entgeht sie nur knapp einem Anschlag, und von einem Moment auf den anderen steckt sie mitten in einer schmutzigen Korruptionsaffäre. Ihre Firma rät ihr zur Rückkehr, aber Cora beschließt, ihren Auftrag zu erfüllen und über Shanghai nach Tibet weiterzureisen.

Die Fahrt durch das geheimnisvolle, fremde Land führt Cora nach Qingdao und Lhasa, zum Base Camp des Mount Everest und an die Ufer des Brahmaputra. Mehr als einmal muss sie dabei um ihr Leben kämpfen, denn Schritt für Schritt kommt sie einer gigantischen geplanten Umweltsünde auf die Spur. Ein Krieg um Wasser könnte die ganze Welt ins Chaos stürzen!

»... bei all der Spannung und Problematik wundert man sich immer wieder, wie wenig man über die ferne Kultur weiß ... Das lässt sich ändern, mit einem Buch, das sich flüssig lesen lässt wie Wasser.« (Mannheimer Morgen)

KBV KRIMINALROMAN

Eva Brhel

GALGENHOHLE

Taschenbuch, 304 Seiten

ISBN 978-3-95441-232-7

10,50 EURO

Finster sind die Hohlwege im Kraichgau …

Die Zunge hängt heraus, die Augen stehen weit hervor, Blut rinnt in feinen Fäden aus der Nase. Deutlich zeichnen sich die Einblutungen der vorderen Halsmuskulatur ab. »Das ist kein Suizid«, ist Hannah Henkers erster Gedanke, als sie Philipp Waldhoff erhängt im Krankenhaus findet.

Während ihrer Therapie auf der Psychosomatischen Station hat sie den erfolgreichen Manager kennengelernt. Deshalb weiß die Hauptkommissarin, dass Waldhoff auspacken und seinen Boss anzeigen wollte. Also nimmt sie gemeinsam mit ihrem Team die Ermittlungen auf und stößt in deren Verlauf auf einen Kollegen Waldhoffs, der ein halbes Jahr zuvor auf den Bahamas erschossen wurde. Auf seine linke Hand hat der Sterbende noch ein letztes Wort gekritzelt: Galgenhohle.

Noch versteht Hannah diese Botschaft nicht. Sie begreift nicht, was all das mit seltsamen religiösen Ritualen und alten Seilschaften zu tun hat. Sie realisiert nicht, dass sie sich längst in große Gefahr begeben hat …

»Eva Brhel weiß, auf welche Mischung es ankommt, um den Leser nicht nur zu fesseln, sondern auch für ihre Figuren und ihren Stoff zu interessieren … An Hannah Henker könnte man sich gewöhnen, sie hat das Zeug dazu.« (Wolfgang Butt)